U0927797

读客彩条外国文学文库

熊猫君激发个人成长

[美] 索尔·贝娄 著
吴刚 译

MORE DIE OF HEARTBREAK

Saul Bellow

文匯出版社

图书在版编目（CIP）数据

更多的人死于心碎 /（美）索尔・贝娄
(Saul Bellow) 著；吴刚译 . — 上海：文汇出版社，
2022.7

ISBN 978-7-5496-3787-4

Ⅰ . ①更… Ⅱ . ①索… ②吴… Ⅲ . ①长篇小说 - 美
国 - 现代 Ⅳ . ① I712.45

中国版本图书馆 CIP 数据核字（2022）第 113630 号

更多的人死于心碎

作　　者 / ［美］索尔・贝娄
译　　者 / 吴　刚

责任编辑 / 徐曙蕾
特约编辑 / 夏文彦　王　品
封面装帧 / 陈艳丽

出版发行 / 文匯出版社
社　　址 / 上海市威海路 755 号
邮　　编 / （邮政编码 200041）
经　　销 / 全国新华书店
印刷装订 / 河北中科印刷科技发展有限公司
版　　次 / 2022 年 7 月第 1 版
印　　次 / 2022 年 7 月第 1 次印刷
开　　本 / 880mm × 1230mm　1/32
字　　数 / 322 千字
印　　张 / 13.75

ISBN 978-7-5496-3787-4
定　　价 / 88.00 元

更多的人死于心碎，

而不是＿＿＿＿＿＿＿＿＿＿。

目　录

更多的人死于心碎

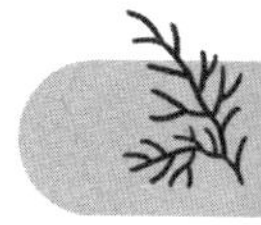

去年，在我舅舅贝恩（他的大名叫本诺·克莱德尔，是一位知名的植物学家）经历人生中的一场危机期间，他给我看了查尔斯·亚当斯[1]的一幅漫画作品。这幅作品平淡无奇，适足一笑，可贝恩舅舅的心思却一直萦绕其上，想要和我好好地讨论上一番。我不大喜欢对一幅漫画详加分析。他却过不去。好几次他说着说着就把话题又引到这上面来了，弄得我不胜其烦，动了把这幅漫画裱上画框送给他当生日礼物的心思。我心里想的是，索性把它挂上墙，一了百了。贝恩有时会让我心烦，是那种在你生活中占有特殊地位的人才能让你感到的烦。他在我生活中占有特殊地位，这是毫无疑问的。我爱舅舅。

让人奇怪并且值得一提的是，他对亚当斯的其他作品并不怎么在意。他曾粗略地翻过亚当斯的一本作品大合集《怪物大聚会》，到头来令他意兴阑珊。为黑色幽默而黑色幽默，千篇一律，实在是没劲。打动他的只是那一幅作品。画面上是一对恋人——常见的带着凄凉与邪气的一对儿，场景也再典型不过：墓碑林立，紫杉

1　查尔斯·亚当斯（Charles Addams，1912—1988），美国漫画家，以黑色幽默风格的作品和诡异的角色著称，代表作为《亚当斯一家》。——译者注（本书注释如无特别说明，均为译者注）

森森。男的一脸凶相，女的一头长发（我想粉丝们管她叫墓地霞[1]吧），穿了件女巫的袍子。两人坐在墓地的长椅上，手握着手。下面配的文字很简单：

> 你不开心吧，亲爱的？
>
> 哦，不开心，不开心！不开心极了！[2]

“为什么这幅画会打动我？”舅舅问。

“是啊，我也纳闷儿呢。”

他对我抱歉道：“一天里要和你聊到五次，肯定让你烦透了。我很抱歉，肯尼斯。”

“考虑到你的处境，我可以表示同情。要是换了别人钻牛角尖，我才懒得管呢。你这个我还能再扛一会儿——可你要是想看讽刺画或漫画，为什么不去看杜米埃[3]或戈雅[4]那样的大师呢？”

“人不是任何时候都有得选择的。我不了解你们的文化。在我们中西部，心思要慢一些。我看得出来亚当斯不在大师之列，但他给出的是我们这个时代的表达，我喜欢他这种疯疯癫癫的表现爱的方式。他没有想要去操控任何人。不像阿尔弗雷德·希区柯克。”舅舅对希区柯克很反感，“从希区柯克那儿你得到的是一件产品。

1　英语原文为Morticia，其中“mort”来源于古法语，含义是“死的”。

2　这里的梗在于这两位在墓地约会的怪咖，他们的情感与我们常人正好相反，是以“不开心”为“开心”的。

3　杜米埃（Honoré Daumier，1808—1879），法国画家、讽刺漫画家、石版画家，以其政治和社会讽刺画闻名。

4　戈雅（Goya，1746—1828），西班牙浪漫主义画派画家，曾以风俗画的方式讽刺教会和国家。

亚当斯是循着自己躁动不安的本性来创作的。”

“几百年来爱情让我们变成傻瓜，所以这也不仅仅是他躁动不安的本性。”

舅舅的肩膀沉沉地耷拉着，一言不发。我的话他没有听进去，他要是不想听进去便是这副样子。过了一会儿他开口道：“如果希区柯克站在我面前，我连跟他说上两分钟都不乐意，可要是换了亚当斯，我愿意跟他好好聊上半天。”

“我觉得不大可能。他不会跟你搭腔的。”

“虽说你比我小了二三十岁，可其实你在生活上的见识比我广。”舅舅说，“这我是认的。”他指的是我在法国出生并长大这件事。他每次跟人介绍我的时候都说“这是我的巴黎外甥”。他喜欢称自己不谙世故。他当然见识过很多，但或许他见识得不够用心，又或许没有带着功利的目的去见识。

我说：“你必须得跟亚当斯承认，你喜欢他的只有这一幅作品。”

“一幅，对。可它直指人心。”

然后，就像身处危机之中的人都会的那样，贝恩开始跟我讲他看到的人心是怎样的。由于被自己的麻烦事（他在婚姻上不愉快的尝试）弄得晕头转向，他对人心根本弄不明白。

“每种生活都有其基本的、各具特色的难处。”他说，“一个主题生出成千上万的变化来。变化，又复变化，直到你巴不得自己死了才好。我觉得你其实不该用‘钻牛角尖’。我对弗洛伊德没有任何不敬，但我也不喜欢用‘强迫性的重复’这个词。即便换‘执念’[1]也不对，因为它也可以指掩饰难以启齿的可耻之事。有时候我会

1 原文为法语，idée fixe，心理学术语。非英文用词均用楷体表示。——编者注

瞎想，不知道我的主题会不会跟植物形态学有什么关系。但或许与干什么职业无关。要是我成了花店老板，或如我母亲所愿成了药剂师，我依然还会听到那同样冷酷的‘邦邦邦！’的命运敲门声……在抵达生命的尽头前，你有一张关于痛苦的清单得填满——那单子长得像联邦文件，只不过那上面要填的是你得去受的苦。有无数种分类。首先是肉体上的痛苦——比如关节炎、胆结石、痛经什么的。下一类是丢面子、遭背叛、上当受骗、遭受不公正对待。但所有项目中让人最难熬的必然与爱情有关。那么问题来了：既然如此，为什么每个人依然要坚持呢？如果爱情伤得他们那么痛，而且到处都可以见到为情所伤的惨象，那人们为什么不理智一点，早早抽身而退呢？”

“因为不死的向往，”我说，“或者只是希望得到幸运的眷顾。”

舅舅总是想着要来上一场重量级的对话，所以跟他说话你要当心才行。如果把什么想法表达得不清不楚，只会增加他的不快。所以我对自己也得保持警惕，因为我也有相似的弱点，非得把什么事都说明白了才行，而我也知道揪住不放其实于事无补。但在舅舅上次经历危机期间，我对他屡屡想要自我反省的作风必须加以容忍。我的工作——我全部的责任——就是要令他振作起来。他在哪儿出了问题于我来说是一目了然的，我简直可以把问题一个字母一个字母地拼给他听。这样做增加了我的自得。在历数他一桩桩肉眼可见的过错时，我发现自己单就此事而言像极了我父亲——无论是手势、语调、不失亲和力的优越感，还是对于能弥合所有分歧、填平所有沟壑的自信。骤然醒觉自己说话腔调像的是谁令我心中为之一震。我父亲自有其过人之处，但我仍下定了决心要超越他。按照大家惯常的说法，他是“用更好的尘土制成的”[1]；他智慧过人，跟大家“不在一个级别的赛事联盟”[2]。在某些方面他的确胜我不止一筹——网球、参战记录（这玩意儿我根本没有）、性能力、谈吐、长相等。但也有些方面（我自认为是一些更高级的方面）他毫无建树，而我却遥遥领先。因此，在应对舅舅的时候，听到自己竟然冒出了父亲的口音，乃至冒出了那些他为了让你明白而会用到的法语词（在某些英语显得不够精妙的地方），这对于我的人生规划而言，不啻一个重大的挫折。我最好对那些方面再重新审视，以确定它们的确算得上是一些方面，而不是虚幻的泡影。不管怎么说，舅舅跌倒的时候，我也跟他一起跌倒。我也会一蹶不振，这是无可避免的。我想我应该一直在场。我也的确一直在场，只是方式当时根本没有预见到。

贝恩的专业是植物解剖学和植物形态学。一位标准的专家应当是这样的，他对自己这一行该知道的全都知道，但除此之外便再也不会承担任何责任与义务。比如：“我是修油位表的，别找我修里程计。”或者就像那句玩笑话所说的：“我不是给人修面的，我只管打肥皂沫。修面请去街对过。”有些专业具有更为严苛的要求，从而令人与世隔绝，这是可以理解的。它们顺理成章地令投身其中者拒人于千里之外。我通过贝恩认识了一些投身此类精密科学的人，他们身上的怪癖宛如天赋特权。贝恩从没想过要得到这种与人类保持距离的特权。要是他杜绝了这种“对外的关联”，便不会像现在这般从女士们那里惹来这么多伤心事了。

1 典出上帝用尘土造人。

2 犹如鹤立鸡群之意。

对于这种杜绝对外关联的现象我这儿倒是能举出一桩实例来：我们曾经跟一位顶级科学家一起在大学的教工俱乐部里用午餐。过来帮我们点单的侍者是勤工俭学的学生。贝恩的同事对那位年轻人说："我点奶油白汁鸡。"那孩子回答道："您已经连点了三天奶油白汁鸡了，爸爸。为什么不尝尝墨西哥辣肉酱呢？"

那孩子自打出生以来见到的就是这副样子的父亲，早就对此安之若素了。其他的用餐者为之莞尔。我也感到有些好笑。这是一个所谓灵光乍现的时刻。我一边在笑，一边在脑海里闪过这样一个画面：我此时的侧面轮廓像极了一把真人大小、下颌张开着的活动扳手。此类画面常常会不由自主地袭入我脑海。当下的这幅画面绝算不上美化，究其起因，怕是因为陪在我身边的这位身上散发出了金属感吧。

这位科学家朋友极端的心不在焉在他和自己同事相处时无伤大雅。这意味着他在遥远的地方，在他的学科前沿尽着自己的责任，因此亲戚朋友什么的只能再见了。顶级科学家是君王般的一族。毕竟，他们是两个超级大国最核心、最前沿的机密。我们有我们的顶级科学家，俄国人也有他们的。这实在是一种相当高的特权。

心不在焉其实还不算什么大事。所有的人都能理解，在掌控大自然的时候，显然有权可以把平庸乏味的人性撇到一边，因为人性既非绝对，也非四海皆然。我们正在看着的是一群后历史精英，或诸如此类的说法。但舅舅在这方面就跟在其他方面一样与众不同。他并没有要求让自己免于作为生灵所应受的磨难。这一点让他显得非常引人注目，也许会令他的同侪觉得是迟钝。甚至我有时候也觉得他迟钝，对于人性比许多天资平常的人还要糊涂。没有人因为迟钝而怪过他。在他自己的专业上，他的出类拔萃是公认的。在专业之外他善于观察，阅读广泛——光看样子有点像恺撒说卡修斯的，“颇谙人事”。如果我扮演恺撒的话，这几句台词我会念得满含嘲讽。在恺撒这样的伟人眼里，常人会引以为豪的那些成就根本就不值一哂。他是比他们聪明太多的人。但有一件事是肯定的——舅舅并不谙女人事。但要是他下一番功夫，判断力不会太差的。

因此，在他开始要谈论存在之复杂性时，最好（为他自己好）不要去搭理他。尽管在植物王国中他是一个天才，但他那种凡事都爱较真的劲头会令人大感头痛。他有时候让我觉得就像是一个拙劣的司机在倒车入库——一连试了十次，幸运还是没有降临，让你真想一把把方向盘从他手里夺过来。然而当他不再试图“条分缕析”，貌似有思想的胡扯也停止的时候，他是能令你感到惊奇的。他有一种很少见的天赋，能直截了当地对自己加以描述。就最简单的层面而言，他能非常详细地把自己的感觉告诉你——一片阿司匹林在他身上起了怎样的效果、对他的后脖颈或是口腔内部产生了什么作用。我对此大感诧异，因为大多数人穷其一生都说不清楚自己身体内部发生的事。酒精或毒品让人头脑太过混沌，疑病症患者是他们自己的恐怖分子，我们中的大多数能意识到的只是一阵新陈代谢的喧嚣。物质的确正在我们的体内，在有机组织的回旋加速器中分解。但如果舅舅服下了治高血压的β-受体阻滞剂，他不仅能够对身体上的反应，还能对自己情绪上的反应做出非常细致的描述。而若是你能够小心翼翼地等待时机，他最后甚至还会把自己极隐秘的心理感觉都告诉你。诚然，我有时得在确认这些心理感觉上帮他一把，但他一旦抓住了这些感觉却是非常乐于宣之于口的。

他身体各部分都长得相当大。造化的这种安排令他极易被人打趣。我父亲，他其实并不如自己所想的那般具有幽默天赋，总喜欢说他的这位小舅子长得像一座俄罗斯教堂——俗称的“洋葱头”。舅舅从血脉上来看算是个俄罗斯犹太人，长着一张经典的俄罗斯人的脸庞，矮鼻梁、蓝眼睛以及浅色而又稀疏的头发。如果他两只手再大一点的话，他就几乎和钢琴家斯维亚托斯拉夫·里赫特长得一模一样了。里赫特在弹奏钢琴的时候，那双手的重量仿佛把他的双臂从燕尾服的袖子里拖曳了出来，乃至于等他站起时双手都可过膝了。在舅舅身上，最引人注目的倒不是他那双手，而是他的眼睛。这双眼睛的颜色很难确定，大的方向来说是蓝色的——苯胺蓝，湛蓝（该色颜料由天青石研磨而成）。比起颜色来更撼人心魄的是凝视，在他用诚挚的目光盯着你的时候。有那么几次你能明显地感到他那种注视的力量在你身上起了作用。他的两只眼窝像侧躺着的数字8，这有时候会产生让人神魂颠倒的效果，让你想入非非——比如：这是一种视觉的能力；这是眼睛看见自己的能力；这才是眼睛真正该派的用场。又或者：光为了其自身的目的而把这些器官从我们这些生物的身上剥离了出去。你当然不想让光这样的力量弃你而去。因此在贝恩大声叨叨着存在之复杂性，说着“社会决定因素”时，你并不把他当回事，因为在他全力对你施加影响的时候，你看到的那种凝视的目光并不属于一个由“社会决定因素”构成的人。不过他并不经常对人施加影响。他更喜欢扮无辜——无辜而又迷茫，甚至看着有点傻。不管遇到什么样的人，这招都能管用。这套蓄意的或精心选择的“无辜”把戏也真是奇了怪了，不过我不准备在这里详细展开。

显然我对他的观察是很仔细的。我守护着他，监看着他，研究他的需求，也替他抵挡威胁。作为一个天才，他需要特别的照看。奇怪的人会有奇怪的需要，我的任务便是令他保持他那弥足珍贵的怪。我不远万里从欧洲赶来做这件事，来守在他身边。我们之间的联结是双重的，乃至多重的。到目前为止，我们俩都没有其他真正意义上的朋友，因此失去他是我无法承受的。他在行事上并不像天才，他不喜欢高调，对之尽力避免，追求独立达到了怪异的程度。他甚至不允许物理学或生物学的“定律”来阻止自己。那家伙从来没有提到过“科学的世界观”。我一次也没有听他提过诸如此类的东西。他尽力避免展现出我认为他具有的那种“弥足珍贵的怪”，也不在意我对他的监看或管理。他会说：“我可不是从垫场表演里跑出来的怪佬。”这样的话足可暴露他所属的时代。狂欢节上的垫场演出中那些打扮夸张的蠢蛋，那些长大胡子的女人，那些嘴唇又厚又大的非洲乌班吉人，都已经消失好些年头了。有时候我怀疑这些形象转入了地下，当他们在私生活中再度出现时，就成了所谓的“心理类型”。

据他的某个同事说（一般而言同事最不可能说这种东西），贝恩是个“非常卓越的”植物学家。我觉得这种话对于大多数人来说没有多大意义。为什么他们要在意叶子的组织发生，或是不定根呢？若不是因为舅舅的关系，我自己就不会对这些东西感兴趣。科学家？除非他们进行癌症研究或者像卡尔·萨根[1]那样在电视上带着大家穿越宇宙，否则科学家对于大众有什么意义呢？大众需要的是心脏移植，需要治愈艾滋病，需要逆转衰老。他们对植物的结构连半毛钱的兴趣都没有，为什么要有呢？当然，对于研究这些东西的人他们是能够包容的。一个强大的社会总能容得下几个这种类型的人。他们相比较而言也不算太昂贵。在史泰特维尔惩教中心拘押两

1 卡尔·萨根（Carl Edward Sagan，1934—1996），美国天文学家、天体物理学家、宇宙学家、科幻作家和科普作家。

个罪犯的费用都要多过为植物学家设一个教席的费用。但是罪犯能带来的刺激却要多得多——他们会在监狱里暴乱，纵火，他们能勒死守卫，也能用尖棍戳穿监狱长的脑袋。

在美国当大学老师还是挺不错的。你们可以相信我的话，因为我自己就是个大学老师。我没说我热衷于当大学老师，只说我是个大学老师——暂时是，而且挺边缘——我是教俄国文学的助理教授。俄国文学对我来说很精彩，但和诸如歌星布鲁斯·斯普林斯汀、卡扎菲上校或是美国参议院多数党领袖相比，有多少人会对这样的研究发生兴趣呢？我跟贝恩舅舅在同一所大学任教。对，他的确运用自己的影响力让我获得了教职。但我并不是一个真正适合大学的人。这里的大学指的是大家心目中的、传统的“象牙塔”，现在已经没有这样的东西了。那里的确还有博学的学者，不过他们已经不十分起眼了。大学的一部分已经介入了“意识提升”[1]事业之中。所谓“意识提升”意味着有需要消除的麻木状态。旧有的麻木不仁结束后，人们便有资格过上意识更加丰富的生活。比如，对黑人长期的麻木不仁随着民权运动而结束，黑人就此被拖进了意识群体，在这个意识群体中必须要发展出一套“观念语言”。没有概念的话是无法发展或宣传你的利益的，而大学成了那些绕不开的行业术语的一个主要来源，这些行业术语通过法庭、教堂讲坛、家庭咨询、犯罪学、电视网络等渠道流入公共生活。这只是整个图景的一部分。大量的权力从大学流进政府——国防部、国务院、财政部、美联储、情报机关、白宫。现代大学同样还是生物技术、能源生产、

1　原文为consciousness raising，20世纪60年代后期美国女性主义运动中开始流行的一种行动主义。从团体活动开始，试图提高更多人对社会议题的关注。

电子工业的权力基础。大学教师将偏振光应用到复印机上，他们从霍尼韦尔、通用磨坊、通用电话电子那里得到风险资本，他们是极广大意义上的公司型创业者——顾问、一流专家、国会各委员会在举行有关军备控制或外交政策听证会时的技术证人。即便是我，一个俄罗斯方面的专家，偶尔也会参与其中。

可是，我舅舅却远离所有这一切。同样作为一个博学的学者，他几乎一点都不了解那些权力玩家、那些拿巨额资金来博弈的人、那些工科人士和商学院精英们的活动。他（貌似）代表了许多种麻木被攻克前的岁月里那种老派的天真无邪。其实我在这里只需要说他醉心于植物研究就够了。在这种以植物为基础的满足感之外，他还想要加上一些属于人类的满足——正常的、普通的满足。他这么干了。于是痛苦清单上的项目就开始出现了。几个简单的事实就能说明这一点。在当了十五年的鳏夫学者后他又结婚了。他的第二位妻子跟第一位相比很不一样。她比第一位更漂亮、更难伺候、更会折磨人。自然不会这样看自己，但事情就是这样的。她是个美人儿。美貌和魅力是最吸引眼球的，没有人会想着要去看看妍皮下面裹着的是不是痴骨。舅舅正愿意以她想要展示的形象来看她。他想要的只是平静的生活。两个人类怀着爱与善意结合到一起，这是世上所有人的向往，实现起来不应该这么难的。不管怎么说，在西方，人们依然在为此努力尝试，为他们享受到的诸多好处添上圆满的一笔。至于其余的人类，他们尚在较低的发展阶段挣扎抽搐，我就不能在这里谈论了。

由于“陷入非理性的热情或被莫名其妙地吸引”——这是“痴迷”一词在词典中的第二义项，第一义项则是“变蠢”——贝恩在提到自己的新娘时仿佛她是埃德加·爱伦·坡某首诗中的“爱人”：“你风信子的柔发，古典的面孔。”[1]第一次听他这么说的时候，我实在无法保持风度。我的反应是一言不发。我离开了一阵，去看我身处国外的父母，而他利用我不在这儿的当口，事先不和我商量便和这位女士结了婚。他心里清楚，他该跟我先商量一下的。我们的关系是到那个分儿上的。我做梦也没想到过他会这么不负责任，这么不靠谱。在如同抽了我一个耳光般把消息突兀地告诉我后，他为了让我消气居然马上就用如此浮夸的词语宣称他的爱人是“风信子的柔发”和“古典的面孔”！天啊，你让我到底该说什么好！我无法忍受这样的事情强加到我头上，心中大为光火。我从来不会阻碍别人表达他们的感情。由着他们去吧！他明白我的原则一向是顺从别人的情感，对别人的反常极尽体谅，因为即便是一个心智很成熟的人，在陡然遭遇比较强大的感情时也会陷入笨拙或粗鲁。即便是一位平日里深受其北约同事们尊重的四星上将，在因爱而来的松弛和软弱时刻，也会哼上一段平·克劳斯贝那首《噗噗噗噗》的副歌。对于这种极高成就与私下里极笨拙表现之间的巨大落差，最恰当的说法就是“野蛮”！舅舅为我奉上坡的《致海伦》：“你的美貌对于我/像古代奈西亚的那些帆船……”想要对我稍加抚慰。我倒宁可他唱平·克劳斯贝的歌呢。我的沮丧和愤怒到了无以复加的地步。我碰巧认识那位新娘。她叫玛蒂尔达·莱亚萌。我想对于“古典的面孔”你会表示认可，而学植物学的他会想到“风信子的柔发”也属自然。这让我想起华兹华斯诗中那位在其母亲的坟墓上研究植物的冷酷的科学家[2]，我想舅舅说他妻子“风信子的柔发”

1　出自爱伦·坡的名诗《致海伦》，此处及下一处引文均选用了余光中的译文。

2　这里提到的诗是《一位诗人的墓志铭》。

该不会就是这类人不再在坟墓上研究植物，他们的心回归正常之后的作为吧！

把舅舅归入此类人并不是很公正。他是一个重感情的人。在今时今日，要保持鲜活的情感，某位中国圣贤将其称作“初心”，绝非一件易事，这是任何有过人生阅历的成年人都能告诉你的。即便“初心”没有在认知的过程中遭到扭曲，它也被扔进自我的熔炉中，以保证温饱所需不致冷却。但舅舅的确是一个重感情的人，特别是家庭亲情。他对自己的双亲极为孝顺。有一次他找了个借口把我叫出去，带我到公墓，还在坟墓边哭了一会儿。环绕墓地的植物是他亲自挑选的：一种墨绿色的、形状像拇指的多肉植物——没有什么特别的科学价值，他说。这是题外话，却也值得一提。本来任何一种植物都能让他点评上两句的。我甚至觉得这些多肉植物起着灵媒的作用，从逝去的父母那里为他传递着什么。

我不由得展开了遐想，我若是比父母活得长，不知道会不会在他们的坟墓前落泪。我的体格不算壮健，而我父亲在生物学上却十足是个成功者，魁梧昂藏，快七十岁的人了，还是很有女人缘。两三年前他拿自己的这一点打趣，说以前的老情歌里唱的是“到了十二月，你还会像五月那样爱我吗？”，到了他这儿该把歌词改成“到了十二月，你还会像十一月那样爱我吗？”。他不是一个很善于自嘲的人，但偶尔也的确能说出一句好笑的话来。至于我母亲，她看上去就是她那个年龄该有的样子，甚至还略微显老。就身体而言，她已经越来越不行了，一点都谈不上强健。她比自己的弟弟大十岁，两个人一点都不像。

我得预先告诉你，我基于这样的想法来尝试解决舅舅的问题，即如今人人都想要获得的，是一种新鲜的体验方式。人们提出这种要求，将其看作一种权利，几乎纳入人权的范畴。“给我一种新的体验方式，不然就给我滚。”这在个人心理中绝不是很少见的一种……请不要领会错我的意思。我很少以卖弄理论为乐，也不是要用理念来砸你。我曾经对理论感兴趣，但后来发现，如果你对这些理论进行一番不带任何偏见的思考，就会发现它们除了麻烦什么都不是。对于我们正在研究的事情，将其上升到理论并不能带来任何的解决方案。尽管如此，你还是不想错过正在你眼皮底下发生的事情，因为你意识不到那些熟悉的体验方式已经变得多么令人失望。

所有这一切，不要再拐弯抹角了，指的正是我们人类发现自己所处的堕落状态。人们虚构了海量的事件，意在转移我们对此的注意力，或给予我们补偿。这些海量的虚构事件经常被误以为是“信息”，其实是戴着假面的低级庸俗的娱乐。死亡亦是如此，当你作为一个旁观者可以超然其外时，死亡也是极具娱乐性的，比如在罗马帝国，或是在1793年的法国。在当下，萨达特被谋杀，英迪拉·甘地遭暗杀，教皇也在圣彼得广场被枪手击倒，而你则丝毫未受伤害，活着看了越来越多、越来越多的死亡，直到在许多次的延宕后，死亡甚至和你也发生了密切的关联。如同跳伞长对伞兵们所说的那句：“你，下一个。”

出于好奇，我问舅舅：“舅舅，你是怎么想象死亡的——你想到过的最糟糕的死亡景象是什么？”

“怎么说呢，从一开始就不停有画面——里面的外面的都有。”他说，“对我来说最糟糕的是这些画面会停止。”

舅舅并不担心什么新鲜的体验方式，因为他总是自己来阐释体验。他布置自己的图画。

继续说点题外话：事件很多，但（这正是“堕落状态”所表示的意思）能容纳这些事件的个人空间非常有限。一位与艾森豪威尔将军相熟的优秀观察家暗示说，艾克[1]组织与负责的欧洲登陆计划对他个人而言是一件没有切身感受的身外事。他心中没有一个与欧洲战场相对应的内部战场。或许为欧洲而进行的艰苦斗争对于丘吉尔来说也没有太多的个人意义，而戴高乐或许会觉得对他来说这正是天降之大任——他可以装下整个文明史，而他或许也是其最中意的容器。

好了，且让我们把想要上升到理论这一部分给切除吧（这有点像一个不太严重的麻风病病例——你有时会失去一个脚趾，但身体的其他主要部分就不用担心感染了）。

作为对这个最重要的现代主题的入门，我向每一位推荐海军少将伯德的回忆录。这本书叫《孤身一人》，是一部奇怪的作品。我之所以读这本书是出于贝恩的强力推荐，他也曾到过南极。在谈论到漫长的极夜期间被隔绝成小群体的人们时，伯德说在这样的条件下人们要不了多久就能看透彼此。那他们很快就看透了的是什么呢?“很快便进入了这样一个阶段，一个人再也没有什么东西可以向别人揭示，甚至连他尚未成形的想法也能被料到，藏在心底深处的念头变成了毫无意义的傻话。”这让人想起了查理·卓别林的《淘金记》。在卓别林和他的大胡子伙伴为大雪所困，忍受着饥饿的折磨时，他在陷入幻觉的伙伴眼里变成了一只公鸡。这里多少掺杂了一点滑稽幻想。然而真正的事实是残酷无情的，伯德直截了当地将其呈现到你面前:“你无处可逃。你被自己的缺陷和来自伙伴们的压力四面包围了。”于是，就在地表最冷的寒冷中，连X光都用不着，

1　艾森豪威尔的昵称。

文明人人格中的畸形与弊端就以灰色和白色呈现，而你自己的就位于中心。如果你必须在月之暗面孤独地过上六个月，不停地在自己的心里翻检，你以为你能翻出什么丰富的东西?

俄国人也有这个现代主题的翻版，其侧重点略有不同。我作为俄罗斯文学迷，在诸如沙拉莫夫的《科雷马故事》等书中都发现过这个主题。科雷马是地处远北地区的劳改营。劳改营当局跟囚犯们玩一个很奇怪的游戏，将他们始终保持在死亡线的附近。其中两个偷偷跑去某个最近刚下葬的官员位于永久冻土中的坟墓，去偷尸体的袜子和内衣。除了尸僵外，尸体还被冻成了硬邦邦的冰棍。这些衣物换成面包后，可以让他们又多活上几天。劳改营当局的政策是将你维持在生存水平之上一点点。这样一来，你便会受到挑战，必须对究竟是否想要生存做出形而上的思考。生存的意义何在?有时候你对自己是否真的存在也不是很清楚。如果要你交一份宣过誓的证词，你或许都无法充满自信地说自己的确还活着。但这套东西是苏联体制自身发明出来的，既然所有的恶都是当局作的，每个被强迫劳动的个人就没有什么好指责自己的。遭受流放和奴役的只是他处在外部历史中的身体。而西方，睡在羽绒枕头和高级密织棉布床单之上，需要面对另一种极为不同的严峻考验。

我说不上来我为专业而读的俄国文献是否真有价值。这不该由我来判断。我能告诉你的是，这些东西有时候会提供很奇妙的视角。此时此刻我在想，斯大林的朋友潘特列伊蒙·波诺马连科所作的一些非正式的陈述，他现在依然为斯大林辩护。他说，政府的任务像一座污秽的大山压在革命接班人的头上，为此而必做的残忍之事如此众多、如此卑鄙，必须要犯下的罪行如此令人发指，以至于无辜的群众必须被他们的领导人保护起来。这就是为什么有那么多的行动必须要“封档”。能对老百姓提供的“公开的”事实将他们封闭在一个美好环境构成的世界里，就像桑尼布鲁克农场的丽贝卡[1]。官僚机构作出的牺牲就是像听人忏悔的牧师一般把所有的秘密都承担了下来。如此一来，群众都被屏蔽在了无辜这面盾牌之后，可以保持天真无邪的欢乐。所有的政府或多或少都像这样——扮演着保护意志不坚的大众的宗教大法官角色。（当然，不是所有的政府都会大肆屠杀自己的无辜百姓。）因此这只是一套“把他们蒙在鼓里是为他们好”的说辞，这也解释了为什么俄国人会被密不透风地与世界的其他部分相隔离。这种关于保护人民之无辜的粗暴煽情是政客的虚构。很有可能没有人是无辜的，大众真的认同其统治者那套愤激的说辞。精明的习性流传极广。外部的强力注入我们，穿透我们的神经系统。待到某个人在自己的头脑中发现这些强力时，它们的样子在他看来已经完全自然了，它们的说辞他能真正理解，就像希特勒和全体德国人民在用共同的语言说话。那些声音，无论是现场的还是录音的，从空中传来，对你说，或是为你说。这些声音若是在极度的隔离状态下听到，会具有特殊的重要意义。情绪低落时，你拨通一个号码，电话那头传来一个声音，那声音通过聊天让你放弃自杀的念头，那声音为你背诵一段祈祷文，或为你带来一次性高潮。许多报纸上都列着这样的号码。根据你特殊的性需求，一个声音会刺激你，对你说甜言蜜语，说脏话，直到让你达到高潮。只要报上你的万事达卡或运通卡号码，费用就会计入你每月的账单，跟任何其他的服务一样。你躺在床上，拿着工具——你的无

1　指儿童小说*Rebecca of Sunnybrook Farm*。尽管丽贝卡和家人生活在贫穷的农场，她还是尽情想象美好，为家人念诗、唱歌，让一家人开心起来，并将农场起名为“Sunnybrook”。

线电话，就像是重新进入自然状态，再次回到了最初。这多少让你想起了霍布斯和洛克，只是霍布斯根本没想到过在新的孤独中你可以拨哪些电话号码。

我取出舅舅的一本书看了起来，这几乎令我感到解脱。我看到的是卷柏和石松或舌形叶和多中柱茎的异同，或者雌配子体是如何靠储存在大孢子中的物质为自身提供营养的。现在我置身在了一个完全不同的世界里。纯粹，纯粹，纯粹！但我不想在这里多说这件事了。我有更为急迫的项目要继续下去。

舅舅曾在南极洲度过一季的时间，因此对伯德海军少将怀有极大的敬意。伯德的书改变了舅舅对海军的看法，之前他一直觉得海军就是水上的高科技。不管怎么说，南极对于舅舅起到了有益的镇静作用，因为这里绝看不到一点植物。丰富的植被在极大刺激他想象的同时也会影响他的判断力。但是在南极，是由不得你心游物外的。一个不当心，手指就会少掉几根，鼻子就会冻掉一截，因此虽然周遭的景色如梦幻般壮丽，但夺命的寒冷却让人不敢浮想联翩。在南极，你可以看到这个星球呈现出别处绝看不到的纯粹形态与色彩。贝恩曾经坐了直升机到厄瑞玻斯山的山坡上去采集苔藓，他说在白雪的映衬下一片片苔藓鲜亮夺目。我有一张他们在那里降落后拍的照片。照片中他被防寒服捂得严严实实，活像科幻小说中的人物或是登月的宇航员。美中不足的是苔藓丰富的色调没能照下来。

在我还是个小孩儿的时候，舅舅在我眼里是个有魔力的人，不知怎的我到现在还觉得他是。在我父亲眼里他是个蠢蛋科学家。如果爸爸碰巧在家里吃饭的话，会令我和舅舅的关系出现裂痕。他对舅舅的各种姿态进行滑稽模仿，表演贝恩怎样一个劲儿地晃着大拇指表示拒绝，或者把手探进外套里去检查衬衫有没有掖进裤子。爸爸的模仿秀很拙劣，只有家里人才会觉得好笑。我当然会笑，过后我会走进卧室，用墨水在我读公立中学那会儿记的私密日记上画上一道杠，表明我做下了背叛的事情。有时候母亲会表示异议：“这不公平。你把他演得太怪了。他的脚不是这样戳出来的。”然而她也很享受这种乐趣，提出的抗议并不是十分强烈。爸爸的拙劣模仿反倒更增强了我对舅舅的忠诚。舅舅对我来说具有那叫什么来着——克里斯玛[1]。我对这个词总有点将信将疑。听着像是一种病。“那个家伙是怎么死的？”“我想他死于‘克里斯麻’吧。”这个词就跟艾滋一样听着有种邪恶的感觉——顺便提一句，舅舅以他长久不变的科学作派把了解疱疹、艾滋等疾病当作自己的职责。他会用一副很纯粹的临床医生口吻，跟人进行很恐怖的谈话，谈论直肠和咽部的淋病，谈论巨细胞病毒，谈论肠道内传播的原虫感染。他有时候还会加上一句说，你可以通过某个时代的疾病的本质来评价该时代——艾滋病导致的死亡跟伯德宣告的对人性缺陷的判断极为相似，是人性缺陷的一种精巧而又可怕的有机形象。我之所以会在这里提到舅舅的这种临床兴趣，是因为它预示了他后来把性爱看成魔鬼的偏见。他试图用婚姻逃避性生活。

通过评估我认识的人，看他们之中哪些人能获得传统形式的爱情，我断定贝恩舅舅会是竞争中的领先者。他生来就具有那种越来越稀有的能力。我想，他是真的会坠入爱河。在我眼里他有“魔法”。这是我用来替换“克里斯玛”的词。亨利·詹姆斯很喜欢“魔法”这个词，就跟他喜欢用“浩繁”[2]一样，这个词在我知道的其

1 原文为charisma，可理解为非凡领袖的非凡人格魅力。

2 原文为numerosity，表示数量众多，在英语中使用频率相对较低。

他作家笔下都没有用到过。舅舅在我眼里具有魔法，每次爸爸贬损他，他的魅力只增不减。

爸爸有点纨绔子弟的派头，现在也还是。我跟他很像，这是不可避免的。儿子注定会学会爸爸的举止和做派。我在还没搞清楚自己在做什么之前便已经在用他那套谈话的小伎俩和说话的样子了。在接下来的叙述中我或许看着像是在取笑他。否认也没有用。即便在最美好的感情上，也总是能找到一点怨毒，所以咱们也就不要指望有谁能如皎月般完美了吧。父亲原籍美国，老家在印第安纳州的瓦尔帕莱索，向往法国，铁了心要做巴黎人。二战延迟了他奔赴巴黎的脚步，但二战刚一结束他就去了那里。在海军允许他离开，德国人也被赶跑后，他得偿所愿——成了一个巴黎人。我母亲在巴黎也很开心，只要还让雇用仆人就行。而对我来说，我觉得在哪儿都无所谓，成为巴黎人跟成为纽约人或波士顿人没什么两样，成为朝鲜人和柬埔寨人也可以。所以选择法国对于一个美国人来说，看上去只是一个合情合理的转变罢了。据说，单在罗马就定居着八万名美国公民。有些巴黎人会跟你说，除非死了，否则离开巴黎就等于流放，然而他们中的许多人在纽约也住得好好的。我父亲去巴黎的动机或是出于浪漫，或是出于冲动。他是学法国文学和政治学专业的，也许是法国人疯狂的反犹主义一直横亘在他的心上，又或许是他想起了德雷福斯冤案[1]时期为了抗议反犹的记者德鲁芒在《自由论坛报》上写的《毒害法国的犹太佬》一文而引发的暴乱。不过说句公道话，吸引他的并不是德鲁芒，而是司汤达和普鲁斯特。还有塞

1 1894年法国陆军参谋部犹太籍的上尉军官德雷福斯被诬陷犯叛国罪，法国右翼势力乘机掀起反犹浪潮，社会爆发严重冲突和争论。以左拉投书支持德雷福斯清白为开端，法国激起了天翻地覆的改革运动（1898—1914）。

纳河、餐馆和女人。

舅舅虽然还有一些魔法有待细述，但爸爸也有他自己的魔法，而如果我选择了贝恩的道路，这并不完全是一个出于力量考虑的选择。从体格上来说，我和父亲很像。我是特拉亨伯格家族中那些体形瘦长成员中的一个，脸窄，黑色头发，脑袋长长的。贝恩长着一张圆脸，身形也比我更阔一点。爸爸在壮年的时候走起路来昂首阔步，摆出一副你在纪录片中能看到的，比如火鸡或任何一种长腿鸟类在求偶时展现性魅力的样子。（雄鹳通过上下敲击鸟喙发出咔嗒咔嗒的声响来吸引雌鸟。）爸爸在女人中称得上是个万人迷。我不是万人迷，却也有样学样。我分享了他对高级衬衫和奢华领带的强烈爱好，尤其是红色的生丝领带。我会因为自己的身高而戴高级领带。个子矮的男人戴起领带来要么显得领带结太大，要么有半条领带都挂到了皮带以下。现在的平均身材已经比过去更高大了。但我的身材相对于我的性格来说却太高了。我并不拥有需要如此身高的性格，这种不匹配使我成了一个缺乏自信的人。之前我曾把自己比作一把人形的活动扳手——作此想象时我并不抵触。但经常会有人跟我说我长得很像演员约翰·卡拉丁。在西部片里，他曾演过一个有教养的结核病患者。在过去的好时光里，人们相信如果你来自东部，那么怀俄明或亚利桑那的空气能治愈你的哮喘或肺结核，让你身体棒到能去当总统。但骨瘦如柴的卡拉丁是不该活的，他已经有点皮包骨头了，因此总是死于枪战。他是一个极度虚弱的人。如果比较得细一点的话，会发现我们俩并没有太多相似之处。我的确是略长的中分发型，浓密的头发垂在脸颊两边，和他很像，而且略略驼背的憔悴身形也跟他一样。有一点稍稍不同：因为法语，我的母语，有很多唇音，所以口腔肌肉变得发达。因此不妨把我想象成一个法国版的约翰·卡拉丁。我本可以有一副与我这般爱好的男人更合适的外表，我的爱好其实与贝恩舅舅的更相仿。而且我也不是演员。贝恩的身材倒是与他的性情很相衬。

我已经说过，舅舅身上有点俄国人的味道，许多俄国的犹太人都是如此。应该有人来写一本专著，写犹太人被流放到不同地方对土地的反应。有的土地令他们身心舒畅，有的土地令他们处处生畏、步步惊心。德国越是拒绝他们，他们就越是急切地想要让自己融入德国，变得和德国人一样。俄国的环境极其恶劣，但犹太人还是对俄国怀着强烈的向往之心。斯拉夫人的观念很适合舅舅。他甚至拥有俄国人身上最常见到的宽阔的虎背，而且这种身体曲线并不是由他的学者习惯造成的。我观察到一辈子从没读过书的斯拉夫人也有这种身体曲线。他们看上去就好像在衣服下面背着放翅膀的鞘似的。此外还有那副怯生生的样子，对于那些身怀强大禀赋却不想让人知道的人来说，这是一种适应性的伪装。作为一个身居巴黎的小男孩，我感受到了俄国人对我的吸引，并逐渐对此有了明确的意识。借助我父亲的交往圈，我曾经拜访过鲍里斯·苏瓦林，那位写出了《斯大林传》的了不起的作家。要想了解任何事情，最快的方法便是跟那些最了解此事的人进行私下的接触，并想法子令他们开口。苏联最伟大的黑格尔专家亚历山大·科耶夫[1]也曾来过我家。聆听这些伟人的谈话给我这样一种教育，即我并没有意识到自己是在接受教育，而只是在顺着对俄国的兴趣迤逦前行。我很早就学会了俄语，长大后还成了这方面的专家。等我在舅舅的大学找了工作

1 亚历山大·科耶夫（1902—1968），出生于俄罗斯的法国哲学家和政治家，通过他的介绍，黑格尔的概念进入20世纪的法国哲学。

并且搬去中西部之后，我的父母很生气，因为那里正是他们好不容易才离开了的地方。他们觉得我有点在和他们故意作对，好像他们唯一的孩子在批判他们对欧洲的崇拜。母亲和舅舅都是在那个城市里出生的，移民而来的外祖父母埋葬在了那里，我的舅公维利泽是民主党核心层的一位顶级掌舵人。这里是一个如此美国的地方。初到那里的时候，我感到自己身上的外国气质太过扎眼。但其实伊朗人在那里开出租，韩国人和叙利亚人拥有菜市场，墨西哥人在餐桌旁侍应，给我修电视的是个埃及人，选我俄国文学课的是日本留学生。意大利人呢？他们啊，他们到这儿已经足足满五代人了。亨利·詹姆斯曾为自己在意大利见到了意大利人而欣喜若狂，却又为在康涅狄格见到意大利人而大感无趣。美国已经把所有的事情倒了个个儿，赋予了异域气质一层新的意义。说到异域气质的话，其终极形式只怕得是死亡了。

闲话打住吧，我的舅舅贝恩成了我最亲近的朋友，没人比他更近了，实际上他是我唯一的朋友。在我这代人里，如此亲密的家族内部关系是不常见到的。叔叔舅舅，姑妈姨妈——在这件事上得把父母也一起算上——都像过季的圣诞卡，只是放在壁炉架上惹灰用的。七月里注意到了，你会跟自己说一句是时候该扔掉了，却又一直不得空。最终是变皱发黄，付之一炬。但在舅舅和我之间，出于尚未弄清的原因，却不是这般情形。我们之间的亲密关系是真的，是一种令双方都乐此不疲的友谊。

“叶绿素教授。”我小时候曾这样叫他，还觉得他干这份职业是天经地义的。现在，意识到他是一名真正的植物学家，也意识到植物是非常奇怪的生物后（这点认识也是拜他所赐），我倒对此觉得有点难以理解了。在他降生前后，肯定有超过一百万个孩子在这座城里出生，而在所有这些人之中，只有他成了一名植物形态学的教授。其他人有的进入了酒业，有的卖二手车去了，有的卖家用电器，还有的进了街道和下水道事务局。他是一个离经叛道的人，这是从这个词好的一面来说的，他的离经叛道对他造成了影响。他把自己所有的一切都投到了植物上。暂且不提他是我舅舅这层关系——让我们这么来说吧，我这位最亲密的伙伴、我心灵中的同居者、我的朋友，是一位犹太人植物学家。“应用科学”不是他的研究领域——他搞的不是农艺学，也不是基因学。远在内盖夫有许多实验人员在研究高蛋白的水藻。那些看着像是从水洼里长出来的黏糊糊的东西可以拯救乍得或印度乡村那些受着饥饿折磨的人。舅舅并没有如此有用的研究方向。抛开那些想象性的活动外，你看不出他对植物都做了什么。你只能把他想成是一个投身到了植物王国之中的犹太人，一个纯粹为了研究而去研究叶子、树皮、根茎、心材、边材和花的人。这多少带着点德鲁伊[1]的气息。当然，他并不是崇拜植物，只是对它们进行思考。思考也得有资格才行——他能把植物看明白，看透。他把植物当成自己的奥秘。所谓奥秘不只是简单的秘密；奥秘是你必须去了解的东西，只有这样你的创造性追求才能硕果累累，才能有所发现，才能准备好与精神上的神秘事物建立起沟通。（请原谅我的语言。我有点匆忙，无法停下来字斟句酌。）如果我是一个画家——我画的肯定只能是亨利·卢梭那一路的原始风格——我会把舅舅跟一棵树画到一起，像一对儿，像伙伴或哥们儿。一个宁静的绿色圆圈，树林中的一片空地，背景是齐

1 德鲁伊（Druid）原意为“透彻橡树之道理的人”，是古凯尔特人信奉的神职人员，他们在森林居住，擅长运用草药进行医疗。

腰高的蕨类植物，画面上一个身材结实的男人（这是代表稳定的形象，尽管实际上他是个极喜欢一惊一乍的人）和一棵巨大的树相依共存，且想象这是一棵枫树吧——上了年纪，患了关节炎，肥硕，朝着树冠方向越来越膨大像一把巨型大号，一个古老而又高贵的生命，行将被自己的重量压塌，却依然能生出数以百万计的树叶来。我画的这幅现代版的伊甸园将会把安宁、恒久或圆满与20世纪的不稳定结合到一起——来自堕落世界的各种冲动包围着这片绿色的方外净土。

在世俗的观点看来，“堕落”云云完全是废话，是宗教兮兮的玩意儿，对这类东西，强烈的个性如果偶尔出现尚可忍受。一个健全的、奋发向上的人应当投身于政府、市场、电脑、法律、战争，投身任何有男子气概的行动——最重要的是应当投身于公共生活和政治：超级大国的武装力量、中东地区、中央情报局、最高法院。或者相同事物在金钱上的对应。或是在性方面的对应，可与超级大国政治相匹敌的亢奋性欲。一个心智成熟的人同样会注意到，我刚才所展现的这幅伊甸园般的图画中不包含任何女人，只有我那沉思着的舅舅，而卢梭那幅有名的林中空地图则在画面中央画着一位裸女，躺在一张贵族式的卧榻上，几只象征欲望的老虎在边上眈眈而视。这是一幅晦涩难懂的景象，但却更像真事。

正是如此。那正是我心目中的景象。

再回过来说我舅舅，就在刚刚我说到了一种极具影响力的不合常规之处，现在我来对此加以解释。让我们从童年开始说起。你是一个生活在贫穷街区的孩子，父母是移民，你只能在后门廊上玩玩牛奶瓶，研究空中飘荡的芥子微尘之美，坐在马路牙子上发呆。渐渐地你下定决心，长大以后要干这个干那个。我现在说的可不是当医生或搞电气，甚至也不是街道和下水道事务，而是那些奇怪的选择。你决定了要做某件奇怪的事，后来你做成了。就这么简单？你怎么知道那件事里会有前途、有未来？你不知道。但这就是波普尔教授所谓的“开放社会”，在一个开放社会中有什么会来阻拦你呢？什么都没有，除了那些常规的想法，随着你越长越大，越变越狡猾，这些想法在你心中占了上风。你怎么会信任一个有着怪异癖好的小孩子呢？就连神庙中的小撒母耳也没有意识到是耶和华在叫他，还以为是祭司在叫他，半夜里想要喝水。先知们反正有上帝罩着，我们身处的时代却是更有风险的。这个好冒险的孩子就像在太空中行走的宇航员，他身上的绳子有从母船上松脱的危险。但是三十年过去了，那个怀着诚心的学生一头扎进了裸蕨门植物、节蕨门植物、蕨门植物，他没有被炸飞到月亮的另一边去，而是得到了大学里的一个教席。他本来也许是无法生存下来的，或许是天上掉下来的馅饼救了他。

会有轻狂的思想家说，这当可视作资本主义的一项成就。但这就像是说雅典造就了亚西比德[1]。亚西比德心里有雅典，这是肯定的。然而为了得到他想要的东西，他会立刻改换门庭，转而投效斯巴达或波斯。

说着说着又跑题了，言归正传吧。我跑去中西部，这在我父亲眼里简直就是把他抛弃了（请原谅我的这个说法，很容易让人想偏）。随后抛弃又变成了双重抛弃，因为母亲在威胁了多年之后也离开了他。“把我给蹬了。”这是父亲的原话。他从来就不是个爱

---

1 亚西比德（Alcibiades，前450—前404），雅典将军、政治家，聪明而注重自我的雅典人的典型，在伯罗奔尼撒战争期间，曾多次更换政治忠诚。

抱怨的人。于是他独自住在了波拿巴街上，那可真是让人羡慕的好地段。母亲搬了出去，以抗议他带给她的那种生活。但如果说他变成孤家寡人，那可绝对是说错了。他从联合国教科文组织领着一份优渥的津贴，手上还攥着匹兹堡一家公司的股票，那家公司早年曾雇用他为公司在第三世界法语区的代表，那些曾留法的政府官员们都盼着能有人来跟他们好好聊聊加缪最新的剧作或是格诺的《扎姬》。上帝啊，他们整天都望穿秋水地盼着有人来跟他们聊聊文明的八卦。而父亲正精于此道，他脑子聪明，温文尔雅，谈吐大方。整个非洲和东南亚的王公贵人和军事独裁者都将他引为密友。这些海外关系令他很受用。别人捧着他，他也捧他遇到的大多数人。我不能说没人说他坏话，经常会有言辞刻薄的人说他是好色之徒，性格孟浪轻浮。不过他并不是一个肤浅的人。过去所谓的“风流浪子”的标签根本不能往他身上贴。许多出类拔萃的男人都和好些个女人保持着关系。不管怎么说，他拿着自己的津贴，日子过得很滋润。你无法让鲁迪·特拉亨伯格离开巴黎和那些友善的街道哪怕一步。他有自己的朋友圈，然后还有女人，四十年岁月中的女人——那是一个慈善团体、一个粉丝俱乐部、一个资深人士的组织。

母亲加入了医疗志愿者团体，驻扎在吉布提附近，那里每天都有数以千计的人被饥饿夺去生命。她穿斜纹布裙子，廉价的斜纹棉布，那是她所能得到的最接近麻袋布的布料了。那里不再有最新款的山羊绒和丝绸服装，不再有女装设计师，也不再和爸爸的前女友们按照巴黎的规矩举行下午茶约会了。从她那些自索马里写来的信中她要我代她向舅舅问好，却一点也没问起过他的生活详情——沉浸在植物学之中，或是和女人们沦陷在面粉般的关系当中，那些女人要是有心的话，个个都能把他弄成面拖鱼给炸了。爸爸也有信来，一直想用移居巴黎的苏联异见分子的消息引诱我回巴黎去，还不时在信中提到那些巴黎老住客的名字，如果我依然计划要研究勃洛克、别雷和茨维塔耶娃的话，这些人或许会成为我研究材料的富矿。他可以带我找到胁迫茨维塔耶娃的丈夫为GPU[1]工作的那个间谍。此人已垂垂老矣，在塞瓦斯托波尔大道背后的一所房子内奄奄一息。得赶快，如果你想要采访他的话。（我可以看到自己在盘问这个濒死的老间谍，把脑袋贴在他胸口，竭力想听清他的临终之言。）父亲自己对这些俄国佬不感兴趣，但他能帮我牵线搭桥，让我见到他们。或许能忽悠到哪个基金会拨款，让我能出上一年的国。我到底为什么会想要住在中西部呢？一个文化如此落后、俗而不自知的地方。“那儿的人连‘财神’两个字都不会写，不过那倒正是财神喜欢他们的地方。”我回答他说，如果身边的俗气哪天太过迫人了，我会连夜回到巴黎去的。如果普惠发动机的金属疲劳没能让你送命，阿拉伯的恐怖分子没有在停机坪上把你击倒，或是一枚锡克人的炸弹没有让飞机坠入爱尔兰海，那么旅行并不是问题。

在某些圈子里，整天忙忙碌碌，日程排得满满当当，脑子里仿佛装了部繁忙的电话总机，似乎对于满足自尊必不可少。我手头有许多块放在炉火中要打的铁，如果我有一百根手指的话，我会愿意每一块都兼顾到。跟之前我父亲一样，我到处旅行。不过比不上贝恩舅舅，他是一个旅行狂魔，实在是多到过分了。对俄国人的了解会让你陷入政治（卷入其阴暗面），如果你热衷于觉得自己身处幕后的话。那么多的研究所、情报机构、顾问职位都在等着你。如果

1 GPU，苏联国家政治保卫局的缩写，俄文音译“格别乌”，1922—1934年间苏联的机构。

想要的话，我可以每周都去参加一次学术会议。自孩提时代便认识了不起的苏瓦林，还有诸如马内斯·施佩贝尔等其他人，这对我来说是没有坏处只有好处的事。虽然没有成为专门研究苏联政体的学者，我还是很自然地跟踪着与斯大林继任者们相关的政治等内容。因为我对异见者团体很熟悉，所以不时会有人请我提供背景文件。我一直跟《大陆》和《关联》杂志，以及与索尔仁尼琴、马克西莫夫、辛亚夫斯基和列夫·尼沃佐夫[1]等人有关的活动保持着关系——这些人有的很有威严，有的则极具天赋。我还始终关注俄国的右翼势力——狂热分子、法西斯分子、偶尔的双重间谍（对谁效忠？又对谁不忠？）。上面没有哪一样是我的根本性关注，只是次要的“职业活动”，让我始终有事可干。在我干这些的同时，贝恩舅舅也在到处旅行，时间都比我长得多。他到处飞来飞去，但他与周围存在的“思想差”如此明显——我指的是他的个人兴趣与当代生活热衷事物之间的鸿沟——所以他还不如骑上一头驴绕着死海打转转呢。若不是他如此频繁地外出旅行，我本来会有更多时间待在家里的。（我有那么多严肃的事情想要跟他讨论！）我大多是到华盛顿或纽约过上一夜，而他的旅程很长。我是为了能待在他身边才移居国外的，离开了欧洲，选择了美国的腹地（位于宾夕法尼亚州和太平洋之间的广袤陆地）。我偶尔会有受伤的感觉。我的牺牲没人放在眼里。时间从数以百计的缺口中流逝。他为什么就不能老老实实

1 此句提及人物中：索尔仁尼琴（1918—2008），苏联作家，曾获得1970年诺贝尔文学奖，因出版《古拉格群岛》被驱逐出国，死后被誉为“俄罗斯的良心”；马克西莫夫（Vladimir Maksimov，1930—1995），苏联作家、出版人，后移居海外；辛亚夫斯基（Andrei Sinyavsky，1925—1997），苏联作家，1973年移居法国；列夫·尼沃佐夫（Lev Navrozov，1928—2017），苏联作家、历史学家，将俄语作品翻译成英语的先锋译者，1972年移居美国。

地待着呢？

他当然有他的理由。莉娜，他的第一任妻子去世的时候，他开始绕着世界跑了起来（就好像那是一个静电场，一个能让他的粒子充满能量的回旋加速器）。

因此，在午饭的餐桌上，当他从对面伸手过来拿面包卷的时候，你可以看到一个印度航空的小票夹从他口袋里冒出一截来。

“又是公费旅游吗，舅舅？这回你又要去什么地方了！”

在他那双湛蓝的眼睛上方，开始为了解释而聚出了几道皱纹。他准备用不失尊严的回答来搪塞我。“哦……当时心不在焉，去年秋天，想也没想，我就接受了一个邀请，后来都忘了，结果这张已支付的机票就送到了。”

有人需要他，这让他感到荣幸。这些公费旅行其实在科学上并没有多少非去不可的理由。针对这些具体的目的，其实其他的专家比他更适合去，这他自己也承认。他那些第三世界的同事们肯定冲着他是一个“信不信由你”节目里那种记忆怪咖而邀请他的。只要有人点播，他便会闭上眼睛，把某一种植物贮藏器官的所有部分一丝不差地一一道出。他在午餐时表演这个，在世界各地都表演，在印尼的西里伯斯岛或是哥伦比亚的波哥大，餐桌上的其他人则来回传阅着教科书见证神奇。他甚至比教科书还要完备！他自己所在的院系则对他这种旅行秀很不以为然，觉得他不务正业。他更应该老老实实地待在教室和实验室里。但他写出了很多书和文章，有些很扎实，有些颇具神秘气息，没几个人能看懂，所以他名声显赫。他跟世界各地那些想法古怪的人通信，让他们觉得他支持他们的想法。像这样飞往澳大利亚或是南极（尽管他的确对苔藓所知甚多——这是真的，苔藓、水藻、真菌，他都知道）业已成了他人生计划的一部分。

我唯一的目标是保护他那该死的生活。他正走在一条危险的路上。每次有哪架波音747坠毁，我都会仔细核对乘客名单。我对于获得有意义的解脱之憧憬和希望都受到了威胁。我和他有一个重大项目在进行。因此如果他不在了，会对我造成双重的损失：第一层，事情没人干了；第二层，个人的。他也想念我。他会从西里伯斯岛，甚至从南美的巴塔哥尼亚给我打来电话。对，有一次他从巴塔哥尼亚打来电话，我问他："你什么时候回来？这里需要你。我等着呢！"

对于三十多岁的人来说，流露出这样的依赖可不好。舅舅在跨越大陆的天空中纵横穿越，在世界各地的大机场中步履匆匆，这或许是为了进行他在静坐时无法进行的思考。或许是从我的身边逃开。那个，我应该也是能够忍受的。我应该专注于更重要的自我满足。我对自己说："柯尔律治的信天翁究竟为什么会跟着那艘该死的船呢？[1]它应当满足于独处暴风雨之中。它为什么要追着海上的食物？正是那些水手和他们污秽的英国饼干酿成了它的死。还有，渴望人类的陪伴会成为一种致命的错误。"由此可以明显看出，我所担心的并不仅仅是旅行的危险，还有舅舅的基本判断。我害怕他会采取糟糕的举动，某种"听了馊主意"后的"鲁莽之举"。说得更直截了当一点，我是怕没有我在他身边拦着，他会把自己的命都赔进去。

他会从巴塔哥尼亚吼着回答我——你仿佛都能听到两地之间隔着的几大海洋的波涛汹涌——"就说到这儿了，肯尼斯。我乘坐礼

1　典出柯尔律治最著名的叙事长诗《古舟子咏》。

拜六的飞机回来。”

久别之后总是会有一次盛大的重逢。我们会去他最喜欢的意大利餐馆，喝酒喝到很晚，然后第二天一起来就继续昨天没聊完的话题，然后又是一顿长长的午餐。有那么多可讨论的！这些谈话是我的节日，也是我精神生活的核心。

贝恩因为没有孩子，周末是无事的。我有一个小女儿，有一段时间周六下午都和她一起度过，直到她母亲突然决定搬去了西雅图。自那以后，我承担着一个孩子的花销，却既无须负责任，也得不到乐趣——我承认这种乐趣是复杂而又矛盾的。我没有小女孩可以带到动物园去看狗熊和老虎了。动物园里的动物自己是绝不会知道的，但它们的确是离婚世界的一部分。

说起来，其实并没有离婚。我和特雷姬就没结过婚。她一直说要到市中心去办结婚证，可一直没办成。渐渐地她开始对这座城市生出怨言来，寻找它的种种不是，心里做着离开的准备。事情恶化得很快，这里人办事比较粗暴。一打开报纸就会读到年轻女人被绑架、强奸、挨枪柄、被淋上汽油点着。西雅图的生活肯定会更令人愉快。

所以在中西部，除了跟谁都不怎么来往的维利泽舅公和他的家人，我和贝恩舅舅是关系最近的亲戚了。

我们的关系不止于此。我和贝恩合作的“重大项目”，其特殊与非凡显得如此怪诞，乃至于没有什么简单的话可以将其解释清楚。我想过，有没有可能把舅舅带给植物生命的东西带进人类世界呢？这个主意是他自己提出来的。他曾经说过：“你觉得我对人也能拥有我在植物学领域同样的能力吗？”好吧，他没有。“我会变成不知所措的人。”他说。在他身上已经可以看得出来一些不知所措了，因此要是他表现出堪堪躲过一劫的样子，那么他如释重负的感觉是可以理解的。那他是怎么会出现在这个项目中的呢？他在某个王国里具有天赋，而其他人或许会具有属于另一个王国的天赋。消除意识中的幽闭恐惧（伯德海军少将的伙伴们正是深受其苦）：经典的现代性挑战。如果你能想象它，那么你就已经上路了。对幽闭恐惧的想象使你成为取得这一成就的可能人选。要想消除幽闭恐惧，必须要依靠一种生命的力量。靠深思熟虑和步步推演是无法达成这一目的的。那种生命的力量我每天都能在舅舅的身上见到，我希望能在他的影响下以自己的方式去获得这种力量。那正是我来到这里的目的。

从某种意义上来说他成了我的父亲。我母亲可以说是发了安贫誓了。爸爸曾经总给她买华丽富贵的衣服，以弥补对她的冷落。她的胸部一点都不丰满，但她穿上漂亮衣服后很有型——她也很喜欢穿昂贵的丝绸和羊毛时装。在年纪大到这些衣服穿不出去后，她摇身一变成了特蕾莎修女。我不忍心批评她。我还记得自己尚是小男孩的时候被带到马伯夫路上的裁缝店里的情景。那天我父亲收到了他父亲的死讯。特拉亨伯格爷爷的葬礼定在中部标准时间的十一点。于是母亲说："我们得让鲁迪振作起来。我们要带他去一家好点的餐厅。"她为父亲点了一顿丰盛的午餐——他最喜欢的牡蛎配一瓶很好的红酒。吃完饭我们到女装设计师那里去试衣。正是在这里，他像普鲁斯特那样，摆出一副女性时尚权威的派头来，有点不受控制了。他不仅提了母亲在胸脯方面存在的问题，像一个真正的法国人那样，还跟店里的姑娘们勾勾搭搭、眉来眼去。他是个很有女人缘的家伙，一个招蜂引蝶的人。作为一个拥有耀眼魅力的人，他颇能履行"执子之手"的承诺。把手交给他的女士绝不会后悔。她甚至不会后悔再回到丈夫身边，因为但凡有头脑的人就会明白，我父亲不是能长久拥有的，就像秋天，就像诺亚方舟。在和人谈话方面他才华有限，但他肚子里的话题却令人叹为观止，这往往能令他无往而不利。他曾经短期培训后在一艘驱逐舰上服役，也曾经近距离见过罗斯福、哈里·霍普金斯、丘吉尔和蒙哥马利。在红海，伊本·沙特曾和他的宫廷人员登上舰来，把帐篷搭在船尾甲板的凉篷下，烤着他们自己的羊，还把杯子倾倒过来，把咖啡渣倒在他们自带的精致地毯上。爸爸有一次还曾跟他们的大穆夫提[1]聊过天，此人甚至闪烁其词地提到自己曾乔装进奥斯维辛集中营，还视察了那里的毒气室。在巴黎，爸爸曾在许多场合与马尔罗会面。萨特曾戏谑地指控我父亲是美国间谍，就因为他的法语说得实在太棒了。我不想开始说我父亲，但要是想稍微理解我对我舅舅所怀的深厚感情，那么他是绝对绕不过去的。有时候甚至贝恩都会以羡慕的口吻说起我父亲，因为他在女人方面实在是太成功了。贝恩喜欢描述或模仿我父亲走进餐馆时的样子（他们在彼此模仿时做得同样糟糕），模仿他对斟酒服务生的百般盘问，模仿他要给主厨带的关照。如果他带着普鲁斯特去吃饭，后者准会被他逗得不轻且留下长久的记忆。

我父亲（唉，他那双要命的眼睛啊！）舞艺高超，从狐步舞和查尔斯顿舞一路下来的各种舞步他无一不精。华尔兹、伦巴、康茄、探戈——只要他对一个女人张开双臂，她就会有宛如回家的感觉。他所呈现的身姿体态，会使得她那在性欲的荒野中寻找路标的身体长长地吁出一口气来，直到她停止呼吸。而对男人，爸爸的

1　一些伊斯兰国家的官职，负责有关教法问题的解答。

举止，他与人接近的方式，则显得品位不佳。不过女人们不那么介意艺术的问题。很显然，他是个自成一派的人。我甚至不能望其项背。无法按照他的模子来塑造自己，我真不是那种能让女人着迷的男人。不过在我三十岁之前，我是努力过的。不过没能说服女孩们接受我在性方面的十二平均律（这就是我父亲的说法）。对了，他说起话来很纯洁，很干净，没有冒犯的言辞，没有对性行为的具体描述。诚然，情场老手的那套惯有说辞说顺嘴了不时还是会漏出来："她见了我的家伙不禁发出了惊叹""这简直像是一场宗教体验"。诸如此类。他的天赋并不在语言表达上。然而女人们在遇到鲁迪·特拉亨伯格之后都和过去再也不一样了，而她们在跟我分手后都还完全是她们自己，跟以前一模一样……为什么我女儿的母亲不愿意嫁给我呢？如果换了我父亲，她还会拒绝吗？

我之前提到过，我学会了很多我父亲的作派，这些作派都透着精致。这套作派我知道怎么开始，却不知道该怎样妥善收场。到了我身上，味道就全变了。就好像不是我在召唤女孩们跟我去，而是我在求她们带我走。

爸爸并没有沦落为一个无可救药的淫棍——就像人们描述的卡萨诺瓦那样，面颊浮肿、满口蛀牙、口气恶臭、性病缠身。其实我父亲身体倍儿棒。我倒才是伤痕缠身的那个。

我家老头子从来没意识到，他这一辈子主要是为女人而活的。在他看来，自己对女孩子的兴趣在正常的范围内。他并不整天把女人挂在嘴上。他阅读广泛，所有当代的主要问题他都能聊上几句。杰出的人物拿他很当回事。几年前，格诺曾到我们家来过几次。我们家能从美军基地贩卖部弄到波旁威士忌，当时这可是很紧俏的东西。格诺的确好一口波旁威士忌，但他来我们家却不单是来喝酒的。当时常来我们家的还有亚历山大·科耶夫，他是不愿意跟傻瓜同桌吃饭的。我提到科耶夫是因为他在书中描绘过，黑格尔是如何在最恰当的历史瞬间完成了《现象学》一书，当时耶拿战役[1]的炮声已耳力可闻——这个时代以拿破仑的胜利而达到顶点，还完成了整个人类历史中的一栋巍巍巨厦，从这栋巨厦之中，绝对知识（直到现在才）得以观照所有的存在。

我们家在餐桌上讨论的话题是，举个例子：大写的人在到达历史终点时会不会还是以动物的身份而存活着；他是不是到了该成为“纯粹自然”的时候了。这和其他类似的话题一样，在争来辩去中蜿蜒穿过事件的迷宫。我长大的过程中一直听到希特勒和斯大林对欧洲的分割，后来又变成了斯大林和西方诸强来分割；听到华沙的犹太人隔离区和“转运中心”；还听到种族灭绝，“欧洲的吉卜赛人被纳粹像咖啡豆一样烤”；听到特雷布林卡灭绝营和古拉格劳改营，还有其他令人毛骨悚然的地名。一个经常谈起的话题是，人类时代的终点、自由的“历史性个人”的创始是否即将到来。谈的都是极其严肃的东西。没有席间漫谈常涉的色情、施虐受虐或鸡奸等淫邪内容。若你的思考不是从一个正确的历史概念一路推断过来，若你不是生活在自己所处的时代，那么思考只会令你感到迷惑——它会把你逼疯。过度活跃却没有聚焦的意识活动，其可怕的后果更导致我们人类的衰退。

这事你必须得这么来看：启蒙的人是一个小宇宙，能将普遍意义上的存在都包容于一身，条件是他得位于普遍知识之巨厦的顶

1　拿破仑指挥的法军与第四次反法同盟交战的著名战役。普鲁士战败，但开启了从封建国家向现代国家转变的过程。黑格尔视这次战役为“历史的完结”，即人类社会将会趋向我们日后所称的“自由民主制”。

端。不用说，我自己是做不到的。然而，如果你不知道世上存在着一种东西叫作伟大的黑格尔的大局观，那么你便永远也无法对这些反常的时代作出哪怕是最微不足道的判断。

现在来设想一下，你所拥有的不是拿破仑的军队，而是你的女人们，不是耶拿而是你的卧室，不是大炮而是你知道的那玩意儿——这样你就能开始以一种更为真实的眼光来看待爸爸的生活了。那件历史性的事，那件数以百万计性欲勃发的男人努力想干并且正在搞砸的事，他干起来轻松无比，他是一个天生的赢家。你是因为无法在历史的罗盘上找到精确的读数而迷失的。而爱神厄洛斯[1]即是固定的磁极。爸爸的天赋便在于成为爱神的化身。母亲对此极为窝火，但她明白，摊上爸爸这样的丈夫，婚姻和家庭生活不可能干净整洁。他从来不会恶语相向，也不会举手动粗，就性情而论他慷慨而又善解人意，他有温度，是个温情脉脉的父亲。不过我想你能看得出来我为什么要从巴黎抽身。因为他不是常人，是个特例。他不用像其他人那样“锻造自己的灵魂”。他的灵魂是特殊的力量专门为他定制好的。而我，因为“灵魂正在锻造中”，必须为了这一目的而远赴美国。此事的前景目前尚不明朗，但肯定会有所成的，我把话放这儿了。

再说回到当时，科耶夫先生坐在我们家的餐厅里，详细地阐释着他的理论，他说苏联在用复写纸复写美国，只不过颜色暗淡些而已，那些国家正努力满足现代人在物质享乐方面的追求，其程度已经超出了马克思或启蒙时代哲学家们最狂野的想象。十月革命的胜利者们把活儿给搞砸了。我想科耶夫感觉到了，虽然我父亲很聪

1 希腊神话中的爱与情欲之神。他的罗马同位体是更多人熟悉的爱神丘比特。

明，书读得也很多，但他真正的兴趣在另一个方向上。不过我母亲能布置出一张出色的饭桌来。那就像是一场美食的大弥撒，祭坛上摆着的是牛的肾脏。我受不了那股子尿臊味，对葡萄酒的兴趣也一般。科耶夫先生对美食的鉴赏力跟他身上的其他一切同样出色。他在特拉亨伯格家总是能大快朵颐。很自然，他这样的人到哪儿都会大受欢迎。毕竟，我们在说的是巴黎，那可是天才依然会受高看的地方。巴黎即便已经不再品评天下事了，曾经却是为着品评天下事而建立的。巴黎拥有这种语言。它和伦敦以及罗马一道，正处于廷塔哲[1]阶段，等着亚瑟王的再度归来。等待着黄金时代的第三度崛起。

去年圣诞我回了趟法国——又来到几百年没有变化的波拿巴大街——老爸神气活现地来回踱着步，一边说话，一边挥舞着双臂来突出重点。他身材并不壮，但个子高大，说起话来颇有风度，让你不好意思打断他。他说："我不会质疑你对舅舅的感情。我想，在他自己的领域里他是受人尊敬的，但在其他方面他就有点老土了。不过，我一直都尽力不干涉你的生活。"

这话对，有点对。只是作为一种自然的力量，或者诸如此类的东西，老爸会忍不住对其他来源的信号予以干扰。

讲到这里他停了下来，长久地望着我，审视着我。作为儿子，我或许在他眼里显得不可理喻的暗淡。这样一个人哪里算得上他的"儿子"？光看看我对自己的一连串想象就行了——开始我是一把真人大小的活动扳手。老爸已经具备了一个人物形象的全部明确特

1　廷塔哲位于英国康沃尔郡，面向大西洋。该地区有廷塔哲城堡，修建于1233年，和亚瑟王的传说有着密切的关系。

征，连同最后的点睛之笔。而我尚处于蜕变之中。“我弄不懂你为什么想要把自己埋在中西部。巴黎哪怕再了无生气也还是巴黎。隔三岔五地我们就会爆发一下，再怎么说也还有阿拉伯人的问题。但你所在的地方是蛮荒之地。无政府状态。我的——我们的表亲——被一个拦路抢劫犯当面打了一枪。一个很漂亮的女孩子。只在脸颊上留下了伤口，还算幸运，不过也有火药的灼伤。那个打劫她的小崽子根本不在意会不会毁了她的容貌。见到街上单身行走的女孩子就下手了。这样的事情每天都会发生。”

“是的，爸爸，是这么回事。”

虽说他眼里看到的儿子摇摇晃晃、瘦骨伶仃，是他自己一个走样的翻版，但他并不介意，还是喜欢有我在身边。他被我母亲抛弃了，他其实对我母亲一心一意，不过是以他的方式。那也不纯然是错觉。她的利益一直是他的关切之一。他倒不是怕到了老年万一中风了没人来照顾。他不是那种会中风的人。再说他身边还有好多女人呢。如果他需要人看护的话她们自会来看护他。就算他得了老年痴呆，她们也绝不会让他进养老院的。可即便如此，她们也不是他的家人。我看得出来爸爸是怎么想的，我可以用深情的画面想象出他在思忖这件事时会是怎样一副表情。在他进入老年后（他自己并不怎么服老），他的妻子和儿子本应成为他生活那金色的中心，可实际上，他们却成了其失控的边缘。但人世间的事就是这样，父亲。一个人成就越大，他的个人和家庭生活便越是无法令人感到满意。我们历届总统的妻子、儿女、兄弟和其他亲属及助手都是酒鬼、瘾君子、性倒错、撒谎精和精神变态。对有些事我很少发表看法，那些有时会东窗事发、酿成悲剧的秘密绯闻啦，那些发生在广告牌后面的蒿草间的事啦……那些一辈子都忘不了他们的查帕奎迪克[1]的参议员们和高官们。与个人相关的真相往往很不堪。那个没认出桌边的侍者就是自己儿子的科学家，后来和他的男研究生一起生活了。姑且不去管他的性取向（新的冷漠带来的好事之一），但私生活却几乎总是一堆溃疡，用来遮掩的是一些无聊的琐事或索性是彻头彻尾的垃圾。所以有着一群前女友、儿子在美国中西部、老婆在东非做慈善救济的爸爸，再怎么也不算是混得糟的。在老爸心目中，索马里的评分还比美国中西部要高些，因为它至少还具有“世界政治意义”——这说的是，几十万埃塞俄比亚的部落居民正被驱赶，或者用西方捐给索马里用于分配粮食的卡车运往所谓的“安置点”。无论舅舅和我觉得我们在自己的乡土上干的是什么，他都觉得索马里的一切比这儿要好。

在老爸眼里，贝恩是个笨蛋，是个窝囊废。他连串的失败记录，他和女人那些让人弄不懂的关系，让他往好里说都只是一个滑稽的角色。他干的叫个啥呢？据说是跟植物有关的事，满世界转，老爸说，当他在空中的时候他碰到各种女人，这些女人根本说不清楚她们在35 000英尺的高度以650英里每小时的地面速度运动时在干些什么。照老爸的说法，这事怎么都透着滑稽。贝恩当然很滑稽。他还很了不起，而这是我父亲看不到的。他对贝恩宽广的心胸视若无睹。心胸宽广和身体强健在古希腊属于卓越的品质。我们现在用智商和学习能力测验衡量头脑。现今健身俱乐部里引人羡慕的身体要比史上任何时候都更加硕大，人们为此跳有氧健身操、慢跑、吃普里特金低脂减肥餐。尖端印象商店寄来的产品目录里充斥着

1 这里指泰德·肯尼迪，美国总统约翰·肯尼迪的弟弟，曾担任参议员40余年。他曾在查帕奎迪克岛举行派对，派对结束后，他驱车带一名女孩同行，不料发生交通事故，他自己脱险，但对女孩见死不救。

复杂的、价值上千的健身设备，帮你形塑大腿、小腹、二头肌和胸肌——打造出一副令人倾倒的躯体。了不起的施瓦辛格出门旅行的时候要带上1.5吨的器材，一到酒店套房就用来健身。简言之，这份曾是属于天神的美，现在没有了翅膀，而且是以物质主义的标准来诠释的。

我一口完美的法语如今在美国日渐荒废，这令父亲一想起便气不打一处来。那里有什么人值得用任何语言去交谈，我在那里又能见得到什么人呢——家人吗？维利泽舅公吗？我只在报纸上读到过这位哈罗德舅公的消息，他本人和家人则很少见到。这位昔日的政坛和选区大佬，核心市议员，是个奸猾似鬼的家伙。大陪审团虽然一直有这份心思，却始终无法给他定罪。可以毫不夸张地说，受他控制的官员足可填满一座大联盟棒球场的看台。因为觉得老爸也许会爱听，我便想把维利泽舅公的某些手段跟他细细道来，结果却是热脸贴了冷屁股。跟雅克·希拉克一比，维利泽算个什么东西？一个不入流的美国犹太佬罢了。

不过那会儿，家族成员正在跟维利泽作对。母亲跟他打了一场官司，尽管贝恩舅舅也算是原告，他人却远在印度的阿萨姆，从未出庭，对这桩官司也丝毫没有兴趣。维利泽这位野牛似的人物是克莱德外婆的弟弟。外婆在她的遗嘱中委托他当执行人，而他竟借机将外婆的财产昧掉了一部分，事后发现这部分的价值还颇为不菲。所以老爸问我有没有见过维利泽，这话里其实透着很重的讽刺。老爸的意思是，在锈带[1]那种地方，我所能作的选择，要么是跟贝恩舅

1 锈带（Rust Belt），指美国中西部诸州，东起俄亥俄州，西至艾奥瓦州，北至密歇根州。这些地区曾经是美国传统制造业中心，现已衰退并陷入经济困境。

舅一起对知识胡思乱想，要么就是跟那种没有文化的禽兽打交道，做出出卖灵魂、诈人钱财的行径来。

父亲和我之间还是有感情的，即便我让他伤心。他自然是希望儿子能接续他的未竟之事，这是人之常情，沿着同一条道路走下去。虽然他没有太多形诸言语，但我怀疑他在性方面把我当成了小透明。我们要是脱光衣服裸裎相对（我在脑子里设想过这一画面），那样一对比肯定会对我造成伤害。为了扬长避短，我一直努力让自己具有更多心智上的力量，培养出他所缺乏的情感。这表明我们已经离古希腊标准多么远了。我们已经把完整的事物分割成了两部分，把体魄与心智给分开了。在巴黎的是一个有着世界历史级生殖器的父亲，在美国的则是一个有着极高心智天赋的舅舅。老爸总是会问起我跟特雷娅生下的那个小女儿。一想到自己这唯一的孙女，他便有些伤感。也许他很想弄明白我是怎么会有这么个女儿的。他问我跟特雷娅为什么不结婚。“她不想结。”我这么回答他。他摇了摇头，不愿意问出我在床上到底行不行这么直接的问题来。对于一个有世界眼光的人来说，私生子不是什么大不了的事情。考虑到法国贵族的作派（尤其是法国大革命以前的那套）对他所具有的意义，他要是没有一两个自己的私生子，我反倒要感到意外了。他问我看特雷娅的来信。在这件事上她倒没有不把我当回事。她经常写信。“我要是看了她的信，说不定能告诉你很多关于她的东西。”他说。照我的理解，爸爸这么做的动机是想要把我从舅舅身边拉走。突出丈夫和父亲身份会减少我对舅舅的需要。

母亲并不喜欢讨论我跟贝恩之间的亲密关系，而父亲则永远都在挖掘我的动机。他说：“肯尼斯，你是那种好学不倦型的人，所以你觉得贝恩还有东西可以教你。而作为回报，你必须得照顾他，因为就像阿里斯托芬会说的那样，他是个脑袋长在腚上的蠢蛋。”（老爸不喜欢粗鲁的表达，所以总要替它们找一个受人尊敬的出处。）“你为他干的那些事，应该为你的妻子和小闺女去做。”

这实在是荒唐可笑。如果父亲真是如此讲究家庭情感，那他就不会睡别人的老婆睡得这么来劲了。那些别人的老婆也会跟他想的一样吗？世界危机正是每个人用来遮掩好色（lasviciousness）与淫荡（libertinage）（这是你平时不大能看到的两个小词）的幌子。

家庭情感在碰到远亲的时候是相当单薄的。维利泽对此同样不怎么看重。他经常出现在我们学校，受邀在市政府有关腐败问题的研讨会上做讲演。他告诉学生们说，腐败是一种属于过去的事物。那么多的纳税人如今都逃往了郊区。那么多来自联邦政府的钱都接受着层层的监管，想要监守自盗变得越发困难、越发危险。他们党的核心机构已经丧失了影响力，拉不到赞助了。我去听过他的某次演讲，偷偷地站在角落里。我是他姐姐的外孙，他绝不会知道我在那里，也绝不会在意。我有几次忍不住想问，为什么联邦调查局会发动那么多次“钓鱼行动”，拍下市议员等高层人士收受贿赂的画面。如今司法部正在用鱼叉追捕着维利泽之流。这件事情当中颇有其吸引人的地方。在共和党执政时，凡属民主党的哺乳动物（无论大小）都是可以捕猎的猎物。对于学生们来说，他们喜欢维利泽的废话，他是个有趣的粗坯。他的肤色晒得黝黑，脸上的横肉透着狡黠，白头发直直地朝前梳到前额的边缘，然后像古罗马帝国时的样式那般卷曲着。年轻时他有着挖煤工般的壮硕身躯，现在也依然粗矮敦实。虽然个子没有年轻时高了，但横向却长了不少。而且尽管据说心脏问题让他元气大伤，但那双蓝色的眼睛紧紧盯着你的时候仍然可以让你感受到威胁。他在二战期间被征召入伍之前和犯罪团伙多少能扯上点关系，而且还是个心狠手辣的家伙。家里人给他起的外号叫“大灶”。传说他有一次把某个家伙带进一个设在地下室的木工间，把那人的脑袋放在夹木料的夹钳当中。当那家伙听到自己的头盖骨夹裂的声响时，便乖乖地把大灶想要打听的消息告诉了他。

他来到我们大学的时候并没有来找他外甥和孙外甥。母亲的那场官司把他得罪狠了。贝恩曾撞见过他一次，当时维利泽正要进入他那辆暗红色车窗的加长版豪华轿车。贝恩跟他打了招呼，大灶回了一句：“你的事我以后再也不管了。”维利泽的上嘴唇是耷拉下来的，跟他额前的刘海儿一样。

“你是怎么回答的？”

“什么也没说。你是个有急智的人——换了你你会怎么说？”

“我会送他一盒麦克白夫人牌洗手皂[1]。”

舅舅后来把我这个玩笑跟他的熟人们转述了好几次。他很喜欢我说的俏皮话。不过，维利泽绝不可能听说过麦克白夫人。

“他有没有跟你说你不会从他那里继承到半毛钱？”

“哦，得了吧，我根本想都没想过。他有自己的家人。”

“最大的儿子已经出局了。”

“那倒是，费舍尔被剥夺继承权了。他太聪明了，他老爸觉得他脑子像我。不过还有别的孩子呢。他们做自动售货机和市营保险生意。都是往日美好的战利品体制。孩子们往往是贪腐的借口。政客们会解释说——如果有必要解释的话——‘我为什么会腐败？这

1 之前“你的事我以后再也不管了”那句的英文表达是“I wash my hands of you”，字面意思是“照顾你的事我以后洗手不干了”。麦克白夫人是莎士比亚戏剧《麦克白》中的人物，在受野心驱使撺掇丈夫刺杀了邓肯王之后，她陷入了癫狂，幻想自己手上沾有血污而整日洗手不止。

真是个愚蠢的问题。当然是为了孩子喽。’”

“他欺骗了你和我母亲。”我说。

“外甥女或外甥就是两码事了。如果外甥想当选区负责人或是公园里的某个闲差，这完全可以做个顺水人情。但真金白银的美元现钞只能留给家中的至亲。他生我们的气是因为我们质疑了那笔财产交易，我们从你外婆那里继承来的房产是他给卖出的。希尔达和我从中获益颇丰，原本应该对他充满感激才对。我们跟他打官司，把他气得直跳脚。他把我叫去对我说：‘我会叫你尿出紫色的尿来！’”

我说：“有过这样的家族经历，我绝不会怪你更喜欢植物。”

“等等，我可从来没说过我更喜欢植物。血浓于植物汁液的道理我还是懂的。”舅舅说。

可怜的家伙，他肯定对血亲关系看得很重。有时候这看着像一个愚蠢的弱点。我敢肯定，他跟玛蒂尔达·莱亚萌结婚，部分是为了想要有个家。他还打算把我也给拖入这个家庭中去，这实在让人无法想象。再说，我敢打赌莱亚萌一家是绝对不会接受我的。玛蒂尔达跟舅舅说我是一个狡诈的人。这话从本质上来说是错的。本质上我自认为是很坦诚的人。不过从绝对公平的角度来说，我的瘦长脸和我瞥人的眼神的确会让人觉得我有点狡诈。有些人跟我在一起的时候会感到不自在，老觉得我在盯着他们。他们怀疑我在怀疑他们。我为了贝恩的缘故想大事化小，便说：“她不是第一个这么说我的人，我自己也经常对此感到纳闷。我是个‘又狡诈又坦诚’的人，或者说我脸上有这种互相矛盾的样子吧。”

贝恩在情感上是彻头彻尾真诚的。很多人对这一点很不以为然，将其看作人格发展缺陷的表现（“都什么年代了，这家伙在感情上居然还要这么实诚！”）。我自己对此也是抗拒的，但到头来我承认这种真诚对我很有吸引力。通过我父母那些高端的人际往来，我在巴黎或许可以在思想上获得完全的自主，而巴黎最近这段时间正在向好——那里有一种正常神智的回归，人们丢弃了某些战后主义，而诅咒是从野蛮的美国那里开始解除的。但是我舍弃了所有这一切，跑去贝恩舅舅身边生活。他对我意味着家庭。出于同样的动机我如今依然每月飞往西雅图去看我的女儿南希。

但我要向你们承认，要长久地承受人与人之间的情感羁绊是很困难的。每个人都害怕在亲密的情感中遭遇欺骗，虽说自私愤激的人依然在情感上奉行动口不动心的态度，就像为斯大林唱赞歌的波诺马连科朝着“无辜大众”的方向鞠躬那样。在这方面，文学一直在努力保持着其旧有的立场。菲利普·拉金，一位广受欢迎的诗人，这样写道：“每个人心里都沉睡着一种因爱而生的生命意识。”但这种感觉正在沉眠。他还说人们梦想着“所有如果得到了爱就能够完成的事。这种想法是无可救药的”。这似乎也是对的，尽管此事或许可以跟艾森豪威尔的情形形成类比——他们心中没有一个与欧洲战场相对应的内部战场。可以让爱发挥作用的空间在哪里？即便拉金的这些话可以用来与相反的主张抗衡，情形却也并不太鼓舞人心。持相反主张的人为数极众，他们放弃了爱而独自前行——那些坚强、健康、理性、邪恶得很理性或至少“不感情用事”的人，那些一般而言比其他人更清醒的人。你现在已经很少能听到人们说起爱了，除非是以一种悲伤的组合方式。比如在最近一期缅怀布鲁斯歌手比莉·哈乐黛的节目中，发言人说：“她因为爱而生到这个世界上，却饱受缺爱之苦。她所有的音乐都是关于爱的。”比莉死于吸毒和酗酒，在临终的病床上还遭到逮捕，医院的病房里都有警察守着。

维利泽，再说回到他，是外婆的遗产执行人。他通过一家傀儡公司从贝恩和母亲手里买下了外婆的房产，后来将其卖给了黄道圈电子公司，该公司在这块地上盖了全市最高的摩天大楼，其规模堪比芝加哥的希尔斯大厦。从这笔交易中他发了多大一笔财让人无从猜想。母亲和贝恩舅舅总共得到了三十万美元。母亲对此的评价是："哈罗德真是给我们俩好好洗了个澡啊。"她曾希望用她分到的那份买一栋位于圣路易岛上的房子。若干年前，维利泽舅公有一次到巴黎来，那时他们还没有闹出那堆麻烦来，母亲曾带他去看过那栋房子。他说："你要这样一个旧垃圾场干什么？只要花一半的钱你就能得到又新潮又干净的。我绝不会住这么吓人的便宜地方。好歹买一所马桶冲了之后屎不会泛上来的房子，哪怕厨房里有扇窗子也行。"

因此起诉哈罗德是疯狂之举。没有关于他搞定过多少法官的传言。但即便是他还没搞定的，他平时也跟那些替他们收受贿赂的中间人一起打高尔夫。

我对舅舅说："跟他搅和到一起简直是白痴。"

"你对这种事感觉很准。"舅舅说，"我觉得这事应该有点傻吧。"

"我来告诉你这事怪在哪里：因为他是你家人，所以你甚至对他也还会动感情。"

"我以前爱过他。"

听到他说这话时，一阵阴影掠过我的心头。就是那种瞬息万变的该死的阴影，唰地就溜进来了，一眨眼又跑远了。如果这样他都还能爱哈罗德·维利泽，那他对我的爱（或对任何人的爱）可真是贬值不少。

贝恩继续说道："1946年哈罗德从二战中归来。他是超龄服役的志愿兵，能入伍是因为他一提起希特勒就一副义愤填膺的样子。希特勒在地堡里开枪自尽的时候，哈罗德远在意大利，复员前还在那不勒斯挣了些钱呢。那不勒斯，那里的人对那套把戏可擅长了。他当时在卖军队里的多余物资。只要让他一沾手，什么物资都马上变多余了。后来他回来了，穿着军装坐在厨房里。他到哪儿都是笑声一片。渐渐地他就到街上混去了，就在这个城里，接受人们下赛马的赌注，给警察送钱。作为一个赌马经纪，他是街面上最成功的一个，后来等他亏了一大笔的时候，警察们还一起给他凑了五千块钱，怕他以后不干了。对他们来说，这钱绝对花得值。再接下来，我们知道的就是他已经去搞政治了。"

"你告诉我的所有这些亲情似乎都是你的一面之词。其他人呢？"

"要我说哈罗德那会儿是个冷漠的舅舅，这话我可说不出口。桑葚可以吃就是他教我的。那是在我们家后院还有两棵树的时候。这事我跟你说过的吧……"

"还不止一遍。"

"那地方现在变成黄道圈电子公司了。"

"是啊，没错。"我应了一句。我身上偏哲学家的那部分对舅舅那些琐碎的细节很不感冒。我有时会对他的讲究细节表露出不耐烦之色。不过即便在那些时候我也常常怀疑，他那些具体被我一抽象，变得更狡诈了。

"那些桑葚真是好吃。舅舅和我经常花一个下午采桑葚。我们把那些鹩哥给嘘走。他还请我到市中心去吃饭。我们还去看歌舞杂耍表演——吉米·萨沃、索菲·塔克、杂耍、魔术、驯狗。偶尔也会有滑稽歌舞。还有台球和拳击表演，他两样都喜欢。我想他是想让我做他的小跟班，调教我。我们还一起去赛马下注站，去玩骰子，看电影。我当然一分钱都没有，全是舅舅请客。有一次我们看了一个很棒的另类电影——超现实的戏，疯狂的伯班克那种类型，讲有个人从茄子里提取出了鸡蛋[1]。战争期间，哈罗德的妻子带着孩子们搬去了加利福尼亚，好离她自己的父母近一点。在等她们回家来的那段日子里，他对我就像个父亲。”

“这么说短短几周你就生出深厚的感情来了……？”

“当然，甚至还要早——我爱自己的父母，爱姐姐，老想要跟他们说话。八岁那年，我有天早上爬到希尔达的床上去了，因为我爱她。你母亲那时已经是个大姑娘了。她抽了我大概有二十个大嘴巴，告诉我什么是乱伦，其实我那会儿还是头一回听说这么个词儿。”

他回忆起这件事时脸上带着笑意。

“一切都是如此美好。”我说，“哪怕我母亲对你这么狠。你跟我说过，舅舅，你小时候爱读童话——全套的《朗格童话》：《格林童话》《黄色童话》《蓝色童话》。那，我来告诉你我觉得你都干了些什么——那些童话在你的童年意味着什么，你那美好旧时光中的家庭如今又对你意味着什么。所有那些王子、灰姑娘、睡美人和邪恶的后妈。在你成为老年人之前，你难道不该把这些都好好反思一下吗？”

我不是在奚落他，我的表情充满着同情，声音也几乎没有提高，因为我的看法是，不知出于何种原因，他从我们大多数人正在

1　茄子的英语是eggplant，鸡蛋的英语是egg，从茄子中提取出鸡蛋来是源自文字游戏的无厘头搞笑。

经历的世界之掌控中滑脱了。舅舅没有（或不屑于）保护自己，到了几乎不见容于当代生活的实际情况（超出忍受极限）的地步。他姐姐抽他耳光，他根本没有试着去抵挡。我提这事是因为这个男人后来成为女人们如此关注的对象，而当她们的兴趣尚停留在字面含义，尚处于外表阶段之时，他总是不知道该如何应对。有时候我觉得她们能吸引他的好奇心，根本就是在很危险的天然层面上。他对她们的反应让我想起以前的一首打油诗：

男人娶了个老婆后很快发现
她的胳膊和腿全靠胶水来粘

但是他当然还不是老于世故的人都会生恨的那种傻子。所谓“人情世故”其实也只是一套接一套的错觉，如同在“成长”过程中换下的一套套戏装。

但我在把家庭亲情与童话相比拟这点上也并非全然错误。他常常会回到——要叫我说的话他回得太过频繁了——他当年的岁月。“七八岁的时候，我从大街上回到家里，很想把我看到的稀罕事告诉家人。我有那么棒的东西要向他们宣告，我很亢奋。但家里每个人都很忙。肉和土豆得摆上桌，所以他们就让我闭嘴。他们通常对我挺好。他们只是没有时间而已。最后我觉得也许我在外面看到的在他们眼里不过是旧帽子一般的东西，所以也就不再说了。母亲觉得我是小孩子里面的撒谎精。她后来这么告诉我了。”

“所以你就转而面对植物去了？”

“我可不想这么说。我们在家里说的不是同一种语言。我们有亲热的举动，亲吻啦，温柔的表情什么的。就连我容易激动的姐姐平常也对我挺好的。家里缺的只是言语。”

贝恩认为我是他唯一能进行高水平交流的家庭成员。也许是我的部分失聪给了他这样的感觉。我把头发留长以遮盖助听器。因为听不清所以我必须加倍专注才行。很多人一边听一边读取说话人的唇语，如此不同寻常的专注也许会被误以为是认同。不过总的来说我也的确能领会他的意思。我们读的是相同的基础书籍。在轮船航线退出营运前，贝恩舅舅和莉娜舅妈每年都会跨越大西洋旅行一次，每次会用军用小提箱给我带回一箱书来——刚开始是童话、《皮袜子故事集》、马克·吐温和狄更斯。后来，等我一到了能看懂的年龄，他们就开始给我看巴尔扎克。莉娜舅妈体态丰满，面相纯真，苍白的肌肤上笼罩着一层带着若有若无香水味道的忧郁，这样的一个人居然是巴尔扎克的粉丝。她最喜欢陷入忧郁时的巴尔扎克，每当这样的时候他便会和着背景中无处不在的小军鼓和手鼓声在德行与恶行交织成的栅栏门上拍打出轰天的巨响：一处是高老头儿的葬礼；另一处是凶悍的看门女人劫掠着临终前的音乐家邦斯，而楼下房间里她自己的丈夫正在被垂涎于她的雷蒙诺克，一个来自奥弗涅省的可怕人物下药毒死。谁能想得到，像莉娜这样一个矮矮胖胖的人竟会对这种强烈的善恶交混有着如此的偏好？但她会说：“如果没有读过巴尔扎克，你便无法了解生活或是人际关系，便无法懂得社会。”最后她还会补充说：“要想弄懂巴尔扎克你必须先回溯到斯威登堡。先从巴尔扎克的《塞拉菲达》读起，然后再读《夫唱妇随》。”

贝恩显然没有凭着爱而去读斯威登堡。他把那本皇皇巨著送给我当了纪念品。（我还真读了。）不过在巴尔扎克上他跟莉娜观点一致，他说：“若不是她介绍我看了那些书，我永远也不会知道自己身在何处。没有看过《邦斯舅舅》和《贝姨》的人，我不知道他们能有怎样的指导体系。在有人因为什么事而找上他们的时候，他们根本弄不清自己是怎么受骗上当的。没有《贝姨》我早就迷失了。”

不过他还是经常迷失。要是他能把《邦斯舅舅》读得再仔细一点的话，他就不会跟玛蒂尔达·莱亚萌结婚。莱亚萌的父母很有钱，她是家中的独女，而巴尔扎克非常具体地在《邦斯舅舅》中提到过，娶富裕之家的独女是很危险的。说起来，文字在那一方面是很狡猾的。因为你在读到庸人生活的时候，或许会认定自己不可能是庸人。这实在很荒唐。你或许还会在阅读时不知不觉地被一种秘密的狂热所吞噬，被有毒的废物毒害，又或者意识不到自己身上有着那本书正在替你遮挡的情感浪潮。舅舅读书很容易受到影响，有时候还会产生幻觉，这从他强烈推荐我读书的热情中便能得到佐证。在推荐海军少将伯德那本《孤身一人》上面，他做得一点都不错；可他还逼着我去读《一个瑜伽修行者的自传》。那本书虽说也有一定的魅力，但你必须克服自己对悬浮空中和灵魂出窍等体验的怀疑才行。比如书里提到，瑜伽大师的妻子走进他房间，发现他不是躺在她留给他的床垫上，而是悬浮在空中，紧挨着天花板。对此类作品舅舅带有一种不可知论的，或毋宁说是浅薄的态度，这点我不怎么喜欢。

但在见识到了舅舅的阅读品位后，我倒是也能让他对神秘的、玄学的、隐士作家的或诸如索洛维约夫[1]和费奥多罗夫[2]等人的作品产生兴趣，后两位是我为研究俄国象征主义而做的功课。舅舅的样

1　弗拉基米尔·索洛维约夫（1853—1900），俄国宗教哲学家、诗人、政论作家，是现代意义上俄罗斯哲学和东正教神学的奠基人。

2　费奥多罗夫（1828—1903），俄国宗教哲学家，也是俄国宇航学的奠基人。

子看上去那么可靠，所以某些我自己还不是很有把握的观点也敢拿去让他给鉴定一下。我很小的时候曾将他比作一座老式城堡的一角。跟我父亲说他的身形像一座俄罗斯教堂一样，我也用了建筑来比喻他。如此老旧的砖石建筑对于现代的炸药或是导弹系统来说根本不堪一击。（这对于他通过婚姻所进入的莱亚萌家庭来说也构不成多少挑战。）不管怎样，舅舅喜欢上了费奥多罗夫，后者的观点认为，人类所有的问题归根结底是死亡。地球就是一个大墓地，人类唯一该要开展的计划就是对其进行开拓与调整，令生命复活。那些对我们来说最亲近的人居然要永远消失，是可忍孰不可忍，要是连这都能接受，我们岂不是懦弱之至。一定要从我们最亲近的家人开始做起。儿女们必须要让那些给予他们生命的人起死回生。哪怕是要登上月球，我们也必须去搜集我们已故先人的每一点原子和微粒。死去的人和活着的人构成同一个群体。我并不喜欢对死而复生进行这种字面意义上的努力。但我引着舅舅到这条路上来，想看看他对这个问题的看法。孰料他看得满心欢喜，竟照单全收了。有那么几次他——这只是比喻——朝着天花板飞升而去了。我真不该引他上这条路。我之所以会这样做，全是因为在任何我感兴趣的题目上，我都可以指望他给出奇妙的评论来。

一个可爱的舅舅是一件大大的宝物。注意，我没有说一个可爱的老舅舅。不幸的是，他还没有老到招惹不到桃花的地步。对莉娜舅妈他一直是绝对坦诚的——从来没有骗过她。她还活着的时候他甚至不朝女孩子看——当然了，看还是看的，但从来没有主动搜寻过。在经过了好几年的循规蹈矩后，自然会有人对他的能力产生一点怀疑。他叫我去看达尔文的《自传》（在与最优秀的人保持神交这一点上他从来没有犹豫过），在那些段落里达尔文承认自己在年轻时曾经被诗歌和音乐打动过，而到了晚年这些事物却令他作呕。他对此的解释是，他忽略了自己的反应能力，这些能力因为长久不用而生锈了。科学工作，沉浸在无关紧要的细节之中，关注生物之间非常细小的差异，毁了他对更为宏观的情感的感受能力。（我的猜测是达尔文的这种能力早就开始丧失，他因为感受到了这一点才转向研究的。）莉娜舅妈性情温和，臀部和大腿上略微多肉，气质忧郁，周身散发着一缕若有若无的香水味道，一双黑色的眼睛活像是挂在脸上那样。我曾经偷偷想过（男人似乎都有这种奇怪的癖好），贝恩舅舅是怎样跟她亲热的。他对她宠护有加，从来没有欺骗过她。这其中也有斯威登堡的影响。她虽说没能说服贝恩阅读这位伟大智者的著作，但舅舅对于他两性之爱的观点倒是很熟。女人天生就具有更强的意志力，斯威登堡这里所指的是爱慕之情。男人的倾向则表现得更为抽象。男人和女人之间会发生交换。伴侣之间在爱情和思想上相互补充，按照神的规划，发生着类似于灵魂交换的事情。不过舅舅还是担心自己跟达尔文一般因长久不用而丧失欲火焚身的能力。他饱受这一心魔的困扰，最终还是拐弯抹角地跟莉娜舅妈聊起了这个话题。她倒是不介意谈论此事。

作为一个体形臃肿的鳏夫学者，贝恩在女人眼中的形象绝算不上浪漫。然而在他第二段婚姻之前的数年里，他手上一直没空过，老有女人的事要处理：调情、求爱、思慕、迷恋、被甩、受辱、苦恼、两性间的束缚——从赏心乐事到神经崩溃一样不少。结婚似乎是为了让这些折磨有个最终的了断。

“至少我可以不再绕着地球表面四处漂泊了。”他这么说，是为欺瞒我而找借口——我不是很能接受他结婚这件事。他应该事先跟我打声招呼的。

但他为什么要整天在外面跑呢？印度的森林、中国的山脉、巴西的雨林，还有南极。他承认自己这么不消停有性欲上的原因，却也一直不知该如何解释。这其中有相互矛盾的欲望在起着作用。当你还在爱欲与死亡冲动会相互冲突的年纪，你最好是收拾行囊直奔机场，也不要站在那里无所事事，等待结果。不管怎样还是动起来好？让身体里的力比多保持活跃？在一只纯粹的发情公猫身上，是不会有这种情况的。想想巴尔扎克笔下的于洛男爵吧，这个八十岁老头儿在他圣洁高尚的妻子临终前尚能听见的情况下，公然向一位年轻的女仆求欢。还有一桩事情也同样有意思，斯特拉文斯基的祖父，老头儿享年一百一十岁，抵达生命的终点前还在半夜与人幽会，是翻篱笆掉下来摔断脖子而死的。在舅舅身上甚至没有丝毫这类男人的印记——比如愤怒的老叶芝一家，这些家伙早在20世纪20年代便前往瑞士进行猴子睾丸移植手术以期增强性欲。没有，整整十五年里他都是一个忠诚的丈夫，他就是这样的人。而且对于那种需求很多、很有压迫性的女人，他是应付不来的。

对，他是真的有性上面的问题，不是缺乏性能力的问题——在这些具有混合型气质的人身上会有未被发现的力比多积淀在那里，如果有哪个具备了眼光和同情心的聪明女人能将这样的男人导入正轨，让他们品尝到性的乐趣，那么便无异于在性方面找到了一笔财富。我无法告诉你他为何会走到这一步，要和玛蒂尔达·莱亚萌进行婚姻的赌博。我至今依然想不出原因。如果大英帝国照麦考莱和丘吉尔的说法是在不经意间成就的，那么贝恩舅舅的第二个妻子便也是同样情形。唯一的区别在于，在前者这等重大的事例中，帝国的意志是逐渐成形的，而在后者这等不那么重大的事例中，一个男人对自己的意见，即其自我判断，是明确表达出来的。但我并不准备深入探讨他的动机。我对心理学的信任已经日渐匮乏了。我将其看作现代意识之不安与动摇的一种低级的副产品，一种我们美其名曰“洞见”的可怕的焦虑。我们姑且认为，舅舅自己知道把婚戒套上玛蒂尔达的手指并说一声“我愿意”有多不理性。他身边那些遍地狼藉的婚姻难道还不够多吗？这些爱情的残骸难道不是像极了一架架撞山坠毁的波音飞机吗？后来等到了我们俩把这事说开的时候，他很坦白地跟我讲了那些“性爱场面”。所有那些男人和女人同床而卧的事。所有那些两个精神病人滚床单的事。你真的了解自己的枕边人吗，了解那些以“体贴照顾”为幌子的想法吗？“啪”的一声打开爱的控温器，爱的温暖便爆炸了，一颗燃烧弹令你灰飞烟灭。当你从灰烬中飘然进入以太世界，如果听到毁灭你的人正在发出悲伤的啜泣，不要对此感到意外。

但我还是略微收敛些吧，不要向我言辞刻薄的大癖好屈服。

让我更加冷静地说下去吧：我能明白为什么结婚居然会是一个如此诱人的提议。贝恩的一多半都被植物给占据了——叶片的组织发生，管它叫什么呢；其实他在我心目中就是一个植物神秘主义者——但剩下的那点还是有感情的。像他这类人，如我之前所说的，往往在情感上都是粗线条的，而且没有人会因此而对他们产生什么负面的想法。他不准备步达尔文事例的后尘，去接受自己情感的彻底萎缩。他会说：“我变得有点太过自立了。”你也许会要劝服我说，他是对自己照顾自己开始生厌了，尽管做家务对他一点都不是负担。相反，他还挺喜欢做家务的。他把蓝色的洁厕灵倒进马桶。所有的厨房清洁剂当中他最喜欢409。他会用护丽洗涤剂来洗袜子。削土豆皮、清洗奶酪刨丝器、擦洗煳了底的炖锅、跪着擦地板，这些能让别的男人发狂的活儿，他干起来一点都不算个事。

他从来没觉得对他这样一个曾经修正过一些植物形态学基础概念的人，做家务有失体面、不合适。在我父亲看来，什么活儿都愿意干意味着天性上的无趣。老爸是稍微被宠坏了，作为一个身处欧洲的美国人，他日子过得舒服得简直不像话。在过欧式生活这方面，没有一个欧洲人能比他更成功。后希特勒时代的欧洲自己都瞧不起自己。硕果仅存的一些传统特权也正在消散中。在还有女仆的日子里，厨房的境况凄凉不堪。等到女主人得自己做家务了，厨房里已经安上了现代美式或西德的各种便利设施。不过特拉亨伯格家一直都是有一个女仆的。知识分子不擦地板。但舅舅不介意洗衣、熨衣、缝纽扣、擦锅底。他还把自己的实验室也保持得干干净净。老爸说："别看他面子上这样那样的，其实就是个老太太。"错。换了舅舅准会这么说："我并不比你们更优秀。"他会不厌其烦地宣扬平等。在我看来，他做得都有点过了。这种态度，照一个巴黎朋友的说法，多少有点礼貌过头。当时正在研究马赛尔·普鲁斯特的他跟我说，普鲁斯特会举轻若重地回答一位在席间与其搭讪的女士的问题。他娓娓道来，巨细靡遗，不仅没有必要，而且远超预期。人们被这位外表英俊、神态慵懒、面色如酸奶的同桌客人灌了一大堆根本不需要的信息。真是让人想死的心都有。这一切所反映的就是出于平等的殷勤，或自以为是的平等。

在并不合适的地方（即思维方式根本与你大相径庭的对方）出于平等而给予赞美，对一个只是具备莫须有力量的灵魂尊崇有加——这就像是在祷祝掌管一座已经熄灭了几百年的火山的神。祂甚至根本就不在那儿。祂掌管着一整条山脉的火山（像凯悦连锁酒店），那些活跃的火山都还让祂忙不过来呢。

还有一点需要记得的是，舅舅是一个调子定得很高的人，而且因为定了调子就会要求自己奏出高音来。弦绷得太紧了，表演也就不可避免了。过分的礼貌能缓解一点他对听众因强加于人而造成的冒犯。像他身上这种聪明睿智和活力充盈都是具有强迫性的。举个例子吧，他打开一盒维生素片，这时身边跟他一起吃饭的伙伴问他这是什么。于是他开始娓娓讲起在瓦尔哈拉的纽约医学院里开展的晚期癌症研究和“自由基”理论——新陈代谢过程中分离出来的危险的中子，有可能会导致恶性肿瘤。这些能够创造奇迹的维生素，其作用便是扩张前列腺的毛细血管，避免前列腺的肿大。它们治愈了他一个裂开了有好些年的指甲。（他拼命想要给她看，奈何烛光实在是太微弱了。）一个奇怪的副作用是，他继续说道，维生素片会刺激肠道细菌的生长，造成一定量的肠道肿胀。应对这一问题的办法是以高级灵长目动物为榜样，它的消化道和我们人类的消化道神奇般地相似，而它富含纤维的饮食结构能令它的肠道保持清洁……“抱歉。”她开口道，女士一直在等着这位一讲起来就没完没了的讨厌鬼结束他的讲座。然而接下来又是一大堆她一点都不需要的信息。

所以再说回到刚才的话头，舅舅并不介意自己做家务。不过，如果换个别人出于好意来洗一下碗碟也是不错的。那么，他跟玛蒂尔达·莱亚萌结婚到底是为什么呢？古典的面孔，风信子的柔发——她不可能去洗碗碟。在这一切的下面是主人—奴隶的关系。主人之所以是主人，是因为他已经做好了直面死亡的准备去维护他作为主人的特权。而奴隶并不想付出生命的代价……我们在此无须对这一点进行深入，去解释为什么贝恩舅舅对洗碗并不感到羞耻。但我忍不住想起在二十年代早期的莫斯科，象征主义诗人安德烈·别雷在一次公众集会上勃然大怒，因为他必须排长队才能得到一片鱼。诗人的鲱鱼应该是别人给端上来的，放在一个干净的碟子里！他还曾在生命快要走到尽头的时候，谈论他所认识的女性时说过这样的话："她们之中没有任何一个人配得上我。"我无法想象贝恩说这样的话。那样的话，以他的声音说出，根本不可能。然而他倒或许有理由说出这样的话来。许多现代的思想家们都同意，"高估"是爱情的秘密。卢梭也认为，这是自由社会必不可少的一种幻觉。在这一切之下，还是海军少将伯德在南极所获得的发现。在那里，人们把彼此都看透了。这一点只在这里提一下就够了，不想过分强调。

如果这其中有自欺欺人成分的话，舅舅应该能感觉得到。他不是一个懦弱的人。他是一个因为知识，因为记忆力超强，记得既准且多而备受欣赏的人。要我说，这样一种力量只应天上有，是上天的眷顾。"科学的世界观"会对此嗤之以鼻。那也是没办法的事情。这并不是一个论点，而是我暴露无遗的心灵的自白。寻常的解释，源自凡俗世界的常识，永远都无法令我满意。对我来说，那个人是个奇才，他拥有"魔法"。这些不求自来的天赋会暗中摸索着寻求在人间的兑现。但兑现多少才算兑现呢？非得要尽心竭力吗——小有成就难道不行吗？行的，不过只对那些情感粗线条的人如此。而对于情感丰富的类型，像我舅舅这般拥有充满爱的心灵，精力旺盛、活力充盈的人，很容易激动的、贫穷的、贪婪的——他们弄不懂为什么一项极高的天赋不能紧接着另一项，紧接着一连串的天赋。这时的需求便是想要一个人来分享，一个迷人的女人，一个如斯威登堡所描述的女人——由上帝造就来导引男人，引领他通往灵魂的交换。或许像女祭司狄奥提玛教苏格拉底那样教导他有关爱的知识。

总的来说，在回顾了所有的事实后，舅舅可算是遭遇了重大的打击。此时此刻他感觉自己——让我们再回到爱伦·坡那首该死的诗吧——像一位旅途劳顿的游子。依我的看法，他是一个受到性虐待的男人。在学术论文中，性虐待这个术语是专指孩童的，因此把一个五十多岁的男人推入这个类别或许听着会很不得体。一个置身幼儿园中的著名中年植物学家——这让我们情何以堪啊？不过，还可以说成饱受打击的男人。这些人也是遭受过殴打的。在我的书里，贝恩舅舅是一个饱受女人打击的男人。你会说："他那样的体型会受女人打击？"这儿我得好好说道说道了。还真是这么回事。他现在正在寻求保护，而在任何词语联想测试中，美国人对"保护"一词的反应都会是"讹诈"："一场骗局"。

尚未绝对弄清楚的一件事是，为什么贝恩舅舅，如果他真的比想象中的更懂，会面对虐待表现得如此逆来顺受。这便是最让人弄不懂的地方了。在我仔细审视这件事的时候，我审视这件事一如人们审视一幅抽象派的画作，想要从中找出真实世界的线索（那是一只花瓶吗？那是一门老式的大炮吗？还是一只糕点裱花嘴？），在我仔细审视这件事的时候，我看到舅舅自己置身在背景中，那个真实的人，大个子，体重超重，面色苍白，有着俄国人的背部线条。他以一种沉重的姿态走着。上半身显得很沉稳。然后是圆圆的脑袋，圆脸，一双眼睛的曲线很像是侧躺下来的阿拉伯数字8。我认识的一位俄国哲学家说，人类的眼睛不外乎两类，一类是接受型，另一类是意志流露型。有些眼睛张得大大的反射光线，另一些则小心审视所有的东西，留意着猎物；对于一类眼睛来说地球是一座伊甸园，一处永恒的当下，而另一类眼睛则流出一股令人激动的意志。舅舅的眼睛当然是属于第一类的。他眼里看到的是人。（而不是像那个货真价实的德国疯子费尔巴哈所坚称的，是人要吃的东西。）不是的，你看到什么，你自己便是什么。他那双眼睛还能有什么别的意味呢？他的脑袋，为了他的职业而长成了那样的形状，是一座植物的瞭望台。因此他或许会被流露令人激动的意志型眼睛看作一个容易受骗上当的人，一个活靶子。意志流露型是些爱要弄诡计且精力充沛的人，反射光线型的注定会沦为他们的靶子。（他们的仆人、他们的猎物、他们的午餐。）

但在他性格那蜿蜒的深处，舅舅也有着一丝精明。事情发生后，他显出精明来了，能看出来自己哪里做错了，怎么上的当，怎么帮着别人卖了自己还帮着数钱。但他的精明永远都是事后的。这种时候他面容淡定，然而淡定的也只是面容而已。不过他是一件真实的东西，一个真实的例外。出于对精英主义的恐惧——这是一种多么令人厌烦的迷信啊！——我们号召自己要无视例外。

想想！这原本是我们获得解放的唯一希望，而我们居然连看看这些例外都是不应该的。

我想问问舅舅，一个来自杰弗森大街马路边的小孩子是怎么会痴迷上植物学的。如果不算上牛蒡、豚草、矮星黄花菜和其他长在货场里的东西，那片贫民窟里是没有植物的。克莱德尔外公甚至连生菜都不吃。外婆要是给他端上来了，会惹他生气。他会抬起那张睿智的脸，那张脸因偏见与可悲的嘲讽而呈现出精神衰退的迹象，他抬起脸来说道："把这拿去给畜生[1]吃。"老头儿虽然教希伯来语，却不是个严守教规的犹太人。即便如此，他还是对神秘主义传

1　原文是behemah，源自希伯来语，原是《圣经》中一种凶猛而强有力的野兽，现在也泛指畜生，偏向家养的动物。

统感兴趣，喜欢讲生命之树和知识之树。说来奇怪，知识之树（以科学的形式）居然掌握在非犹太人的手里，而生命之树倒百分之百为犹太人所拥有。最终科学与生命会合而为一。我在想，不知道是不是那两棵树影响了舅舅对职业的选择。舅舅说他也不知道。

舅舅并不喜欢表现出神神秘秘的样子。他不想讨论他的天赋，连想都不愿去想。他带着感谢接受了这些天赋，而对其他人他更愿意闭口不谈。在我这方面，我必须思考这些神秘的事物，因为它们对我产生了很大的影响。我追着他问生命之树的时候，他能告诉我的只是他父亲有一本犹太教神秘哲学论述这一问题的书，作者是16世纪的神秘主义者海姆·维特尔。我当时没有时间去对此深究——炉火中等着要打的铁太多了——但我必须要对其认真考虑，因为在上次的分析中它影响了我回到中西部来的决定。我并不准备虚掷我的生命。我也许会一生一事无成，但这并不意味着我会把生命当垃圾一样给丢弃。所以我经常在想，为什么我没有去追随科耶夫的足迹。在巴黎我家餐厅里聆听他的谈话时，我有时候会想象自己见到了从他脑袋里向外迸发出的光芒。他让我觉得自己像一个在精神上追求时尚的少女。他聊精神和自然，把历史像洗扑克牌一样随意变换着顺序与组合。我感受到心智的狂喜。多了不起的家伙啊！不过尽管如此，我也注意到自己的头脑正在被小声嘟囔着的怀疑填满。我当时非常年轻，只知道不顾一切地朝着我的摆渡船靠近，初时纯然只是羡慕他对思想的精妙掌控，后来这种羡慕越来越在怀疑中暗淡下去。我把他在心智上和我那住在德拉贡大街上的俄语会话老师进行了比较——他那装饰着圣像和布哈拉地毯的冷得要命的房间，他那刚刚谢顶的脑袋，他那尖尖的嗓子。他用令人难以想象的俄语叫我要警惕思想的魔力，警惕那种精于算计的智力及其构建方式，警惕那不接生活地气的虚构。世上的真理有两种，一种以知识之树为象征，另一种以生命之树为象征；一种是奋斗的真理，另一种是接纳的真理。知识如果与生命断绝了关系就与疾病无异。舅舅知道许许多多关于植物的东西，但他的知识某种程度上并非主动求索而得。

“那么，舅舅，那本书在哪儿呢？”

“关于生命之树的？我可不知道。肯定在他们把房子夷为平地的时候给埋在下面了。老头子会念给我听，一边念一边还加上自己的评论。我自己从来没钻研过。”

“那你自己读什么书呢？”

“我从捡破烂那里花五分钱买过一本书，是阿蒂利奥·加蒂写的《伟大的森林母亲》。这书肯定是从浴缸里捞出来后又在太阳下面晒干的，都泡得胀起来了，满是污渍。我当时才看了一点就给迷得死死的。我还特别喜欢巴特拉姆的书——两个世纪前他就在未遭破坏的佐治亚和佛罗里达四处游逛，独自一人搜集稀有的植物，在荒野中风餐露宿。”

在巴黎我曾听到有人提出过一种自作聪明的见解，说犹太人隔离区是犹大旷野[1]的一个复制品，而犹太人之所以能躲过没落的命运是因为他们生活中缺乏植物元素。他们不依靠植物的汁液，因此也不会枯萎凋谢。犹太人隔离区并不像某些法国知识分子们的脑子那般寸草不生，也真亏得他们能得出如此貌似带着同情的奇思妙想来。这是把我赶出巴黎的原因之一。许多个世纪以来，在破落

1　又称犹大沙漠或犹太沙漠。是耶路撒冷以东，下斜到死海的一个荒漠，位于以色列和约旦河西岸。犹太荒漠内有很多干谷和沟壑。

斑驳的贫民区犹太教堂里，犹太人一直背诵着祈求甘露的祈祷文（Tal）。不过这一点只有在跟舅舅的职业挂起钩来的时候才会显得有意思。

“因此是那些奇奇怪怪的书把你变成了一个满世界转悠的人吗？”

“我不这么认为。有那么多波音747飞机等着把人拉走。几天的假随时都能请到。还有各种为特别目的而设的基金，再加上有利的汇率。天气变糟了——一连十天的雨夹雪——你闷闷不乐，情绪低落，这时候还干坐着简直傻透了，甚至会对你的心理结构都造成破坏。于是你开始翻弄桌面上的东西，发现一捆没有回应过的邀请函。这时你想，为什么不去印度呢？此时正是印度最好的季节吧。在马德拉斯有位皮肤黝黑、个子高大、乐于助人的女士，每次见到你时都是那么高兴。她是如此可人的一位伙伴。”

他说的是拉贾什瓦里。她是位图书馆工作人员，也是出色的音调低沉的大肚子印度吉他[1]的演奏家。那附近就是安纳马莱大学，这所学校的植物学系颇负盛名，该系的辛格博士在实验中为含羞草播放小夜曲，增加了它们的气孔数目——不过舅舅一点也不相信辛格的数据。

“不过回到那个杰弗森大街的孩子吧。”他说，“并不是因为《伟大的森林母亲》，也不是因为巴特拉姆的魅力，那些芬芳氤氲的亚热带夜晚。而是因为我体内似乎寄寓着第二个人，他会走出来替我拿主意。他叫我把五分硬币给那个捡破烂的。我相信那个人一直在等待着，当植物学走过来的时候，他便跳了出来，将它囫

1 指西塔尔琴，印度最重要及最流行的传统乐器。

囫吞下了肚。我普通的那个自我会瞻前顾后，思来想去，就像人们常说的爱紧张的内利[1]。要我在某些事情上拿定主意还不如干脆杀了我……”

“那现在的问题是，是两个人中的哪一个或是更多的人帮你作出了决定。或者毋宁说是魔鬼，或者精灵——一种内在的精神？”

我并没有指望他会作出回答。

1　原文为Nervous Nellie，英语中为了和nervous一词押上头韵而编造出来的人物，指的是整日忧心忡忡、优柔寡断、不敢冒任何风险的人。

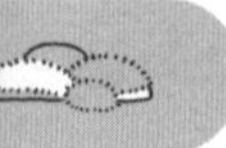

舅舅和我曾一起长途旅行。去年春天他带我去了日本。

当时我刚巧又一次去西雅图看我的女儿，同时再次尝试说服她母亲跟我结婚。舅舅为此感到特别担心。他从宾馆给我打来了电话，那里是他出入的超级现代的场所之一，房间里到处都是玻璃。我花了好几个小时阅读《时代》杂志，西雅图的雨小溪般淌过玻璃，淌啊淌啊。雨就是不停。

他给我打电话倒不全是为了我。他说："我明天要飞去东京，要是想跟我一起去，我替你出机票钱。"

"是什么——天气吗？家里在下雨夹雪吗？"

"没错，没完没了呢。"

"这还是我第一次听人说起东京呢。"

"两天以后有人会在京都等我。"

"我走之前还跟你一起吃饭呢，你当时一点都没说起这事。"

"突然冒出来的。如果你告诉我护照在哪儿，我可以给你带过来，肯尼斯。"

"在我手提箱里，在这儿。我可以跟你一起去。"

"西雅图什么情况？我挺关心的。"

“一事无成。还能怎样呢？”

“跟我想的一样。一如既往地从那个漂亮的小女人那里受着打击。给你生了个孩子，也生出恨来了。你没必要成为如此上心的父亲。小孩的赡养费你从来没拒绝过……”在你落难的时候，你的朋友们哪怕自己的裤子前裆还敞着，也会跑来叫你要拉上拉链。他们总有办法逃开一会儿，短暂地登上高地俯视你。

我说：“没事，贝恩舅舅。我们俩都面临女人的麻烦——两个都挺傻的。我很高兴和你一起去，我们可不管这叫逃跑。对吧？这是在度假。”

他回答得有点尴尬。他没有跟我一样强充好汉。这种事，打死他都做不出来。但这事多少有点卑劣——从一个女人身边逃开，还是这样一个女人。对，是她挑上他的。但难道不是他自己同意被挑上的吗？

“我把日航的航班号给你吧。我替你订个座，你可以到柜台去取票。西雅图——东京——西雅图。”

我说：“这么说来卡罗琳是上了超车道，很快就要追上你了喽？”

“她明天就会到这儿了。”

“而你没有对她说不。从一开始就是她在对你步步紧逼。”

“我们等到了飞机上再谈这事吧。你会爱上古老的京都，他们的植物学也是一流的。我在电话上跟他们的老教授小松聊过。他已经荣休了，但植物学系的人都很尊重他。”他开始说起那个系怎样怎样，他要去做的讲座讲些什么，但我跟他说我马上要走了，要带南希去看电影（对她来说太早了些）。

卡罗琳·邦奇是来自克利夫兰一个百货公司的女继承人，舅舅是在波多黎各的海滨遇见她的，那儿实在是很适合男女乱性的所在。在他交往过的女性中，卡罗琳比大多数人和他年龄更为接近，她身材高大，外形飒爽，待人总的来说还算和蔼，衣着得体，虽然香水喷得有点太过。两眼间的一道垂直皱纹让她给人一种爱沉思的感觉，但其实她的脑子飘升得太高已经无法胜任思考了，而且当她张开嘴的时候，你会意识到，她一直对那些无人应当形之于口的东西有着热忱而又大胆的追求。不过，她有着颇为体面的外表，其镇静和口音都属于那种在海外，比如英国和美国的名校中受过教育的女人。她谈论爱尔兰的骏马、跳跃赛、猎狐和威士忌。听说我是在巴黎长大的，她便讲起了自己跟让·热内和玛格丽特·杜拉斯的友谊。对于他们，她说不出比他们自己所写的作品更糟糕的东西来了。在她的圈子里有什么不能说的东西吗？说到她的镇静，我猜那跟她服用的锂或安定这类镇静药有关。此外，她喝酒喝得很凶。她谈吐很流利，很少有沉默的时候。但她倒也没醉得看不出舅舅是个出色的男人，因为她一直准备好了要建立一段永久性的关系，所以她马上就跟他说他会成为一个很棒的丈夫。她说："我这样的女人最怕的就是碰到冯·布洛式的婚姻[1]。"

他不仅是一个安全的男人，在其他方面也颇有吸引力。

在目前的情况下，这样的决定便更显得有问题了。个人的自由受到了选择障碍的困扰。在更低的层面，这个问题更容易看清楚些。对于某些特定性情的人来说，任何家用产品的目录都无异于一场火的考验。蒸汽熨斗、床罩、烤箱器皿、照明器材、厨房橱柜、家具装饰织物。对于神经紧张的女人来说，一款客卫用的墙纸或许会

1 玛莎·冯·布洛（1932—2008）自幼继承了父亲近亿美元的巨额遗产，在第二次婚姻中，她被发现昏倒在家中浴室，自此再也没有醒过来。丈夫冯·布洛被控注射胰岛素意图杀妻。

整整挑上一年。碰到一家好一点的店，她会发现十英尺高的架子上堆得满满的都是样品簿。再说到选男人，可想而知从看得上的人中细细筛选，挑出一个丈夫要付出多少精力。简直是受罪啊！更何况选定后还得施展手段去说服那家伙呢！有钱应该能让事情好办些。但其实不是，因为有了钱就成了生意，而做生意意味着得签合同。你刚一开始看合同，就已经在心里想着怎样逃避合同的规定了。甚至在你还没签字的时候，就已经想好了逃生路线。这些全都是心里的算计，每个人都站在自我的体系中考虑问题。在法国，人们管这叫独立的小系统[1]。小系统一开，人与人之间的关系就很难长久了。要想在你的任何选择中能有“这正是我所需要”或是“这是命中注定”的感觉实在是太难了。爱情（“跟死亡一样强烈的”爱情）不能建立在合同契约的基础之上，因为爱情一旦遭遇挑战，便会令合同契约土崩瓦解。独立的小系统会哭着喊着要解约。合同条款只是凡人定的，而对自己的爱则是神一般的存在。

舅舅没有必要陷入其中。他有他的科学。麻烦的是他太有野心了。想要的东西太多。隐士的幸福无法满足他，对植物的心灵感应力也同样不能。我自己或许也有责任，因为我一直都在撺掇着他的欲念。

不管怎么说，从那片混乱的景象中渐渐出现、成形，并愈加分明的是卡罗琳·邦奇那梦游者一般的身形。在遇到舅舅后，她开始制定计划嫁给他。还有什么能比这更自然呢？她有美貌和财富，他是博学的鳏夫和绅士，尽管是个犹太人。她谈论起犹太人来就好像他们个个都是她丈夫似的。有一次她（在一家酒吧里等贝恩来的时

1　原文为法语le petit système à part。

候）曾跟我说，犹太人可以成为良配。她说玛丽·洛根·史密斯和伯纳德·贝伦森就过得很不错，尽管贝伦森是个艺术骗子。当然，那是以匪夷所思的怪事著称的爱德华[1]时期嘛。在他们那个圈子里有一个英国女人，她身上带着一只大大的女式钱包，里面装着青蛙，那些青蛙接受过训练，能从钱包里跳进她张开的嘴里，再从嘴里跳回到钱包里。也许她是用死苍蝇来引诱它们的。英国人和犹太人一向都相处甚欢——我觉得吗？——因为他们都放高利贷，卡罗琳说。至于这里的情形嘛，这是犹太人在寄身的国家中唯一没有祸害过的，因为资本主义那看不见的手眷顾美国。美国是看不见的手的宠儿。我意识到卡罗琳只是在鹦鹉学舌，那些话是她从鸡尾酒会上或曼哈顿波道夫·古德曼精品店的试衣间里无意中听来的。

反正她是厌倦强悍的男人了。她的愿望是安定下来。她跟贝恩说他很适合她。她也会适合他的。出于礼貌，他表示了同意。他不会知道该怎样表示异议。她告知了自己即将抵达的消息，要他到机场来接。她会带来一份她的律师起草的婚前协议。到时候得坐豪华的礼宾车去市政厅，会有一位海军牧师来主持婚礼。

她刚挂断电话，舅舅就给京都打去了电话。

半小时后他就关门打烊，给系主任留了条子，整理好包，订了机票。他锁了公寓的门，到我在教工宿舍里的房间过了夜。因此在卡罗琳降落机场国内到达口的时候，舅舅正进入国际出发口，匆匆地赶往日航的值机柜台。

现在我请你抽出一点点时间，考虑一下我自己在西雅图与特雷姬之间的问题。

1　指为了迎娶辛普森夫人而不惜逊位的英国国王爱德华八世。

一个严肃的男人在遇到一个很有吸引力的女人时会问，她和我能一起打造出一个怎样的稳定未来?

任何人都会说，问出这样的问题，便该在道德上得高分。然而一千次当中有九百九十九次，这是自我伤害的序幕。

我有时候会用亚原子粒子的术语来说明我和特雷娅之间的情形：A粒子携带的正是B粒子所需要的电荷。真正的相互吸引。这也消除了合同契约的危险。虽然婚姻是从契约开始的，但它必须进入一种更高的范围。不管如何，我至今都还坚信，特雷娅和我是互相匹配的粒子，非常适合建立起终身的亲密关系，堪称绝配。

这位特雷娅，一个体态丰满的姑娘，很善于接纳别人，让人如沐春风。她那微微卷起的黑发通常是把脸箍着的，但有时候也会自一边垂下。我特别中意她的轮廓，矮小而又坚定。我喜欢长腿妹，但她们并不是我真正的偏好。时尚界所说的“小”指的只是身高，这个词不足以形容她，因为它没有说出身材是扁平的还是丰满的。特雷娅的胸部是顶级的，正是我喜欢的类型。我对她身材轮廓的起伏特别有感觉，因为在我看来它联结着物理的……说到物理的我指的是行星的，或者更宽泛地讲，重力般的吸引力——针对力量而产生的力量。因为自感瘦长、松散，所以我对密集的力量特别有反应。特雷娅是个小个子女人，简直可以说是微小，而我对这种兼具了女性成熟的高密度尤为欣赏。这个性感的孩子，我为她着迷，她那小小的脸、袖珍的笑容、丰满的身材、发育得很好的胸部。她就像是一个白皮肤的土著小姑娘。我可能对小个子女人情有独钟——跟埃德加·爱伦·坡一样，他还娶了个智力有点迟钝的女孩。经过与这女孩子的母亲克莱姆太太的一番安排，后者把这个只有八岁智力的女孩子送到了他手里。我可没有这样的幸运。特雷娅是个聪明的女孩子，拥有生物学的学位。我刚遇见她的时候她受雇于复员军人医院，就住在我们家附近。

爱伦·坡的妻子似乎真的头脑简单，而特雷姬则很聪明——要么是真的很聪明，要么是在按着聪明人的法则行事，在我看来，那些法则建立在外国人对新一代年轻女人的想当然之上。我会说得更具体些。两个恋人间初次宽衣解带是一个很特殊的事件。法语中所谓的“取得所有权”。我到现在还对初识男女的滋味幽幽难忘。特雷姬一点都没有令我失望（我在她眼里是什么我可管不着——骨瘦如柴，皮包骨头，游客用镜头拍下的长发男子）。她正符合我的期待，除了腿上的瘀青有点碍眼。她的小腿肚子上全都是青一块紫一块的。不，是青紫色的圆圈，就像孔雀羽毛上的图案——这样说才更准确。我无法问出那个最自然的问题：“上帝啊，你是怎么会——谁干的？”在当时的情况下，我无法说出“谁干的”，即便是今天，依然还有那些存在于“诸如此类”和“等等等等”之中的行事规则。她看到我盯着她看，就耸了耸赤裸的肩膀，把头歪向一边，下嘴唇软软地朝我翻卷着。这姿态中蕴含着一种挑战，仿佛在说：“你拿这事怎么办呢？”她似乎颇为这些伤痕而感到骄傲。其实，这些也并非真正的伤害，最多不过是吻痕罢了，只不过会对另一个男人造成伤害。谁会对这么一个小小的女人如此粗鲁呢——电话架线工还是别的什么戴安全帽的人？某个穿着靴子爬遍了特雷姬全身的陷入爱欲癫狂的人？她似乎在问我接下来准备如何进展。我会闭嘴不语吗？默许她的“行事方式”？如果我好好地待她，她或许根本不把这事放到心上。我在那样的情形下能做的，只能是我知道该怎么做的事，我不能说这有多么令我满意。有的女人就是喜欢把你蒙在鼓里。

我最近一次在巴黎的时候跟父亲谈起此事，他的回应很积极，他很高兴有人把他当成专家来咨询。由于有着一生的经验可供参考，再加上一个父亲的关切，他说起这个话题来毫不敷衍。他一听就明白了。这种类型的女孩，小小的家伙，会特别想要表现出她们在性方面的成熟。她们能让粗汉和巨人对她们俯首帖耳。她们不怕任何男人，跟任何六英尺的瑞典人或非洲人一样有血性、有能力。“喜欢支配别人的小矮人，”老爸这样叫她们，“让我们来看看到底谁才是老板吧。”他问我，有没有对她动过粗？然后他自己很快给出了回答：“你不是那种人……有些人就是非得在自己身上留下些记号才能享受到性快感。我以前认识一个小个子，来自俄亥俄州的一个小镇，奇怪的小女人。她的某个男朋友赏了她个黑眼圈。她告诉我这事的时候还颇有点扬扬自得。多么可爱的小家伙啊！有天早上她就带着这只黑眼圈走进公路边的廉价餐馆去喝咖啡，你要是信她的话，她说所有那些原本在吃饭的卡车司机全都停了下来，一个个目不转睛地望着她。她说她走进去的时候，身上穿了件简简单单的米色亚麻西服，头发盘在头顶，一副学校老师的派头。可脸上却有一只引起轰动的黑眼圈。那些家伙简直个个羡慕得要死。她激起了整个餐馆里的壮汉们的性欲！好吧，肯，对这事该作何解释呢？一段时间的做爱转变成了一份宣告。其他男人，数量按打论，听到这讯息后，都为她这种情欲的力量所撩拨……我们不懂女人，儿子。哪怕是经过了一辈子的观察，几乎是研究。科学本身对知识的这个分支一无所知。”

他此刻在我面前扮演起了智者，一副法国人的做派。光作为一个出众的好色之徒是不够的，他还想要上升到理论层面。这位黑格尔派的哲学家该让我叫他什么好呢——灵魂大师？——他把关注从拿破仑的突击部队转移到了由充满性欲的女人构成的军团。不过他在这方面的知识上还颇能给我教益。我还得说他一直算是我的好父亲，对我很热心。在一夫一妻制的父母中没人比他更关心体贴了。我爱我的父亲。他有些话说到了点子上，也有些话没说到点子上——说起来跟其他的父母也差不太多。我没有跟他说我迷恋特雷娅，他会尝试让我聊着聊着透露出实情的。他会管我叫性受虐狂，对我来上一番理论归纳——从“自爱”到“狂爱”。这个爱，那个爱的。他离爱情的距离之远，就我的理解来看，跟我离养蜂的距离也差不多。事实是，我是个比父亲更坚强的人，行事也比他更追求刺激。我之所以要移民到美国去，因为那里是风云正在变幻的地方——真正的当代风云。我所需要了解的东西，他在自己的巴黎地盘上是不可能教会我的。

在性这片领域中，我还有许多东西要迎头赶上，这是不争的事实，在这片领域中，舅舅无论是在大西洋的哪边海岸都帮不了我太大的忙。他跟莱亚萌或她的前任们的关系都不大有值得我借鉴的地方。

到了最近这些日子，特雷娅也许已经准备好倾听了，而届时她就会了解到真正的肯尼斯·特拉亨伯格。

在此期间我无事可做，只能陪伴在她身边。她对我并不反感，还算挺喜欢我，还跟我有了一个孩子。她没有接受我的求婚，这其实也没什么，因为她并不理解我要图什么。等到想要成为“新人类”的愚蠢和虚荣散尽，爱情这位魔法师终会找到她，于是我定下心来等待。在她怀孕期间她一直保留着复员军人医院的工作。到了七个月的时候，我搬去和她同住。她很高兴地接纳我住在那里，因为想着这是暂时的（不是丈夫，而只是深度寄宿者）。这让她心情愉快，而心情一愉快，她每天就会讲医院里的轶闻趣事来让我高兴，她一直都觉得那里是一个充满乐趣的地方。可怜的复员军人们大都既缺乏能力又有点傻傻的。由于拨款极其充裕，医院的场地非常漂亮，还有自己的高尔夫球场。那些傻瓜病人可以从窗口看到医生们坐着高尔夫球车，用丰厚的联邦政府薪水过着快乐的日子。在一群可怜傻子构成的噩梦般的背景映衬下，医生们过着如梦似幻的生活，九成的时间都在娱乐休闲。

一个婴儿，一个小女孩的出生让特雷姬的好心情锦上添花，但也没有产生什么重要的结果。她继续住在原来的公寓里，那是给研究生住的贫民窟，位于一道冬青树篱后面的一间英式地下室（即窗口与街面齐平那种）。里面配备了冰柜和微波炉，马桶水箱的陶瓷盖子拿掉了，这样可以把手伸进去揭塞子冲水。小厨房充其量只是一个壁橱。不过她能收到股息分红的支票。她拥有美国电话电报公司等蓝筹股的股票。美林国际的评估报告也会寄来。我以自己狡猾与坦率相结合的方式机敏而又间接地了解到，她有一个富有的母亲，和她的关系很不融洽，所以她没有把南希出生的消息告诉母亲。股票和经纪人账户都是已故的祖父给她的礼物。“刚够给我保个底的。”虽然外表像个孩子，那张脸看着就像才刚换了第二颗牙似的，可她却拥有并独自操控着一台强大到惊人的意志发动机。吃饭的时候她必须得坐到电话本上，可她却能从医院带回猥琐的笑话来。有个血液实验室的技师在夜深人静的时候工作，就在他的培养皿烧煮加热或快速旋转的时候，他脱光衣服，换上了轮滑鞋。空无一人的走廊太适合轮滑了。还有一个人把家里的地毯拿到医院来蒸汽清洗。这里的妇科医生拿着八万美元的年薪，却总共只有三个病人，都是陆军妇女队的队员，还有几个参加过朝鲜战争的军人往衣服里塞上枕头后跑来跟她叫唤说自己怀孕了。每个人都行事乖张，发明着各种恶作剧，跟这个国家差不多——新事、奇葩事、怪诞事层出不穷。“知道前天发生什么了吗！”医院的雇员们在任何地方都会玩恶作剧。电梯门打开后，里面漆黑一团，于是特雷姬伸手去摸开关。两个在电梯里摊开手脚躺着的家伙开口骂道："白人婊子，别动灯开关！"但她还是把灯打开了，看到电梯轿厢的角落里有好几个上了年纪的老兵正挤在角落里吓得瑟瑟发抖。

"别以为那些家伙不会到老板那里去投诉我。"

"那个伊朗人？"

"他吼我了。'你他妈的去惹他们干啥？你要是到处干这种事，叫我怎么罩你？'"

"他们这么有影响力？"

"别傻了，肯尼斯。他们搞行政的都是穿一条裤子的。一个庞大的官僚机构。"

"还是个光怪陆离的集市。"

"上梁不正下梁歪嘛。在权力结构的最高层，在华盛顿特区，那些人杀了人可以没事，还花费数以千万计的美元为自己定制政府礼品，那我们下面的人为什么不能乱来，在工作中找点乐子呢。"真是幼稚园里的一群大人。特雷姬说过很多让人刮目相看的聪明话。她有冠军的本能，比所有人都领先了一截。她可以赢得比赛却无须撞掉终点线，因为她长得够娇小，可以从下面穿过去。但她还没有准备好要结婚，至少目前还没怎么准备好，尽管对孩子的到来她是欢迎的。跟这个城市百分之九十的未婚生育的少女们一样，她不觉得有领结婚证的必要。

跟我讲医院趣事的时候，特雷姬用她那小小身体所具有的全部力量爆发出笑声，喉咙胀大，胸部的丰满也展露无遗。即便是坐在电话本上，她也会很随意地向我展露出性感。她并不怎么排斥我。不过也只此而已，没有再更进一步了。"还没准备好全身心投人。”她说。然后她就调职去了西雅图。

我跟她指出，她搬去的地方是新纳粹分子们为自己选定的独立的全白人共和国的领地。她对此的反应，只是一边用撩人的手指理着鬓边的鬈发一边说：“你接收的似乎总是这类信息啊。”

“我只是想说——”

“我明白。你想说我们的孩子有一半犹太血统。那，随时都欢迎你来西雅图，为了南希。孩子需要父爱，你在这方面做得很好。你整天跟你的贝恩舅舅在一起，不会太想我们的。”

“哦不，我会想的。”

“你是一个很自立的人，不过人生规划却是他的。”

这话她说到点子上了。特别是在当前这样一个时代，如果你不觉得能令自己的生命成为时代的转折点，那你就没有理由存在。这是对所有人而言的转折点——为了全人类的。说这话是要有一定胆量的。你可以称之为雄心勃勃，这是另一种厚颜无耻。如果我在礼堂里对着复员军人医院的雇员们解释这种想法，他们准会投票把我投成精神病人。不过，如果你觉得历史的力量正在把所有人都直直送往地狱的话，你可以顺从命运的安排跟着队伍走，也可以与之抗争。这抗争不是出于骄傲或其他个人的动机，而是出于对人类的能力和力量的钦佩与爱。这种能力和力量，毫不夸张地说，可以用得上“奇迹”和“崇高”这样的词。不知不觉中，我的兴趣沿着某些方向发展，这些方向在我成熟后显现出这样一种规划，其要素简列如下：（1）美国人是什么；（2）俄国人是什么；（3）犹太人——因为我是其中一员——是什么；（4）某人是（或不是！）一个永恒之公民意味着什么。随口列举一些这样的公民会揭示出“永恒”这个词的意蕴：摩西、阿基里斯、奥德赛、列位先知、苏格拉底、《李尔王》中的埃德加、《暴风雨》中的普洛斯彼罗、帕斯卡、莫扎特、普希金、威廉·布莱克。我们对这些人进行思考，而且如果可能的话，以他们为模板来塑造我们的灵魂。正是因为怀着这样的目标，我在法国学习俄语，我移民到美国，我和贝恩舅舅建立起了与众不同的关系。如果贝恩还不是一个这样的公民，如果永恒还没有准备好要给他正式的申请书，他离这个目标的距离也和我竭尽毕生之力所能达到的一样近。至于我老爸，尽管他在性方面具有出类拔萃的天赋，却根本没有达成目标的可能。他所拥有的只是一种特别的福气。在这个欲望的时代，他享受到了所有人——可却是所有人——都在追求的性欲满足。这是令人羡慕的，能令人为之振奋；（几乎）所有人都因为这点而爱他。我若是能从他那儿遗传到这份幸福，也许会感到非常高兴。可我没有。因此我有自己的路要走，这条路将把我引领到远非父亲可及的地方。他那过人性欲的前提是死亡。性爱的拥抱具有死亡的气息。他把永恒转变成了死亡。我一遍遍地跟我的灵魂确认着，它总是这样回答道："你的父亲不是你的目标所在，如果你对他竭力效仿，那你不可能走得比他更远。"

到如今，既然说了就索性说得准确些，他的健康状况正在变差。几个月前他告诉我，在跟一位丹麦女士于巴黎的莫里斯酒店见过面后，他坐进自己的车里，手握方向盘，却发现自己再也认不出周围的环境了。协和广场很美，看着如同置身天堂，但他一点都不知道该如何离开，或者找不到该往左转或右转的理由。他在巴黎的正中心迷路了，一点也想不起自己的家在哪里。"我跟这个可爱的女孩子在一起的时候，我知道得很清楚自己在干什么，但一离开她后，其他所有的目的感都变得麻木了。可我也不能再回到莫里斯酒店去了。我把她的名字也给忘了，还有房间号码。"

“你肯定吓坏了。可怜的老爸。”

“我当时肯定脸色煞白。但到了晚上的时候我记起了自己住哪里。我没有感到害怕。我只是在想，该是改变习惯的时候了。不过巴黎看着是那么的高贵，即便是在一部分意识缺失了的情况下。”

对我来说这还是第一次。父亲之前从来没跟我说起过他跟女人们一起度过的那些下午。他想要通知我他的衰退已经开始了。另外有一点也很重要的是，为了转移话题，他问起了自己的孙女。

我的脑海中时时会浮现出那孩子的形象。她是个长头型的特拉亨伯格家人，长着她老爸的长脸和耶稣式的长相。我对她的未来已经有了一些打算，可她还不到三岁，要预测她的未来为时尚早。

有了这番说明，我前往西雅图的动机就显得充足多了。我想来了解一下特雷姬有没有想念我。也许分居两地会让我的机会有所改观。不，并没有。她的小腿肚子上又有瘀青了，那个地方不是很容易弄到瘀青的。她坐着的时候得意扬扬地把她好看的双腿伸展着，这样我（我，爱她的这个男人）能亲眼看见某人对她做过的事。她要确定我没有漏看那些彩虹般的孔雀羽毛痕迹。我的心沉了下去。为了掩饰，我摆出一副从我父亲那儿学来的气定神闲的表情。很有可能这正是他在协和广场迷路时脸上的表情。也许特雷姬告诉自己她这么做是为了我好——真相是最好的补品。她还没有准备好接纳我。我还没能占据她全部的兴趣。我没有对她动过粗，也根本不想对她动粗。毕竟，这世上并没有那么多一流的施虐者可以随便碰到。也许她努力尝试着想要尊重我、仰视我，只是纯粹做不到而已。很明显，由于我存着要让自己的生命成为时代转折点的雄心，所以虽然这份雄心没有形诸言语，却已经秘密地提出了申请，想要得到别人的尊敬。我觉得这让她很反感。我能明白个中的缘由。而她跑去跟那些爱虐待性伴侣的男人打闹（这些人的三观好歹简单些），等于是在对我进行着无声的驳斥。这些男人或许是电话排线员，或许是伐木工人。我甚至还胡思乱想，觉得有可能是家乡城市那个攀爬黄道圈电子公司大楼的人，那是一个胆大至极的家伙，他用了吸盘或在手脚上涂了塑料黏着剂。警察和电视台的人在摩天大楼顶上等着他。她或许喜欢那样的人胜过喜欢我。我是一个充满了难以解释的性迷恋和人生目标（比如成为转折点）的人。她对于我头脑中的想象有什么要在意的呢，又凭什么要在意呢？我的头脑中充满着她那些女性财富的性感画面，输卵管像盘于节杖上的双生蛇[1]，或像游行乐队的长号和短号上跃动的可载入活页乐谱的华彩乐段。恐怕这样的心神状态证明了我是一个真正的当代个体。（还有能比这更糟糕的人吗？）而且这样的一个个体越是老实，会对他产生吸引的女人就越是古怪。他会追求充满欲望的女孩，这样的女孩或许会治愈他那具有精美装饰性的天真幼稚。我觉得她应该知道，她越是难弄，我就越是会对她充满向往。我在她眼里，就和在我老爸眼中一样，也许只是一个苍白的性幽魂。

在巴黎波拿巴街的旧公寓中与父亲谈论特雷姬的时候，我说：“女人应该会想要和她爱的男人有个孩子。所以既然她已经有孩子了，我想她不管怎样，多多少少，是爱我的吧。”

“你怎么会让自己有这种想法！”

“我愿意打赌，甚至发誓，有这种情感的女人依然能够找到。”

老爸很不以为然地回答道：“那你去找一个来吧。”接下来他让我很吃惊。海军的短期培训让他获得少尉军衔，把他培养成了一个

1　节杖上盘蛇，或称蛇杖，是著名的医学标志。

绅士，可现在他说话的样子却像一个普通大兵。“我早就告诉过你了，你这个用阿里斯托芬的话来说，就是把脑袋长在腚上了。”

我笑了，他也笑了，可我们俩笑的不是一回事。这会儿不是解释我在笑什么的时候。不过我可以捎带着提一下：半年前在教工俱乐部，我跟大学医院的泌尿科主任一起吃饭，他问我愿不愿意报名参加他一项用到最新技术的调查。在对照组中，他需要一名我这个年纪的男性，想知道我是否愿意参加，于是我报了名。后来我就到了他的实验室，坐在了一套内窥镜设备上（电磁共振仪，或诸如此类的玩意儿）。在我的身体里，一个气球充了水，一个电视屏对着我，我看到了自己的前列腺、自己的精囊、自己的膀胱，里面装着液体，像是一个水面平静的小池塘。前列腺进入画面时像一只鸡蛋的上半截。所有这一切都呈现出灰白的色调。你可以去卡拉哈里沙漠或是去死谷探险，但对于人自己内部的风景却从来也没有哪个旅行家看到过。

所以在父亲说我脑袋长在腚上的时候，这正是让我笑起来的景象。人们在那里会看到什么呢？这会是传说中亚特兰蒂斯的样子吗——这样一幅平静、安宁的风景（全赖电磁共振仪所赐）？这便是神奇的科技引领着我们到达的地方。越过庸知的边界，你进入了幻想的疆域，这里是科学不想与之有任何关系的地方。

我应该会喜欢跟叶尔梅洛夫老师聊聊此事的。如果还是在往昔的岁月里，我会跑去德拉贡大街敲他的门，不过他已经过世十年了。这位叶尔梅洛夫是我的第一位俄语老师。作为一位上了年纪的流放者（自二十年代初期开始便遭流放），他对神秘主义传统颇为熟稔。我的外祖父克莱德尔曾对此有所涉足（生命之树与知识之树）。但叶尔梅洛夫钻研过特里斯梅季塔斯（可见的神）、《光明篇》、伊利法斯·利未、乔尔丹诺·布鲁诺和巴拉赛尔苏斯[1]。圣日耳曼大街一路上有专门卖此类文献的店。叶尔梅洛夫有点想要对我进行这方面的指导。我倒是挺愿意，也有接受能力，但毕竟还是太小了点。不过，这位老人很显然对我的头脑形成了终生不变的印象，因为我依然记得他说过的话。他跟我说，每个人都有自己的天使，天使存在的目的是帮我们做好准备，迎接一种更高级的精神的进化。目前，我们基本上还是孤独的，首先盛行的世界观禁止我们认可天使的存在，其次在于我们对其他人的存在的认识还模糊不清，因此对我们自身的存在也认识不清。在这种状态所施加于我们的孤独中，我们每个人都意识到，在我们的胸臆中存在着一片小小的冰川。（如马修·阿诺德曾写到过，在三十岁时他的心中有三处被冰川覆盖了。）这片冰川必须被融化，融化冰川所需要的温暖刚开始的时候必须通过意念来获得。思考从主观的意愿开始，而且思考必须得到情感的温暖与着色。德拉贡大街上的那个房间冰冷彻骨，老人在上课的时候穿着好几件毛衣，最外面还用毯子裹得严严实实。你能明白，温暖是他极其看重的。外面必须做好必要的准备来协助天使。此处困难的是，在今时今日，依然清醒着的意识是非常匮乏的。世界如此喧嚣，我们只有将自己裹在睡眠中方能忍受。在他们尝试着将温暖——爱的温暖——注入给我们的时候，我们从

1　此句提及人/作品分别为：特里斯梅季塔斯（Trismegistus），即赫耳墨斯·特里斯墨吉斯忒斯，是希腊神话中的神祇赫耳墨斯和埃及神祇托特的综摄结合；《光明篇》，犹太神秘主义对摩西五书的注疏；伊利法斯·利未，17世纪法国神秘学家；乔尔丹诺·布鲁诺（Giordano Bruno，1548—1600），文艺复兴时期意大利思想家、自然科学家、哲学家和文学家；巴拉赛尔苏斯（Paracelsus，1493—1541），瑞士医学家、化学家，在欧洲文艺复兴时期，主张医学科学必须建立在经验和观察的基础上，反对古代关于疾病的“体液学说”。

自身当中几乎难以给予他们多少帮助。而且天使也是会犯错的。他们自己也曾是凡人，那就是为什么他们也会陷入困惑。而且，叶尔梅洛夫说，他们会犯下大错。我们身上清醒着的意识会把他们的努力搞砸，而因为他们接收到的指令是不惜一切代价把他们的念头传递给我们，于是他们便在我们沉睡时做了此事。随后发生的事情就很可怕了。（叶尔梅洛夫为这可怕的思想所激，举起戴着手套的双手，指向了天花板。）由于无法进入灵魂，天使们便直接对着沉睡的身体发力。在肉身之中，这种天使之爱便堕落成了人类的淫欲。我们当下这个时代所出现的一切失常的性欲，其源头正在于此。“动物化了！”叶尔梅洛夫说。电源插座直接通向了肉体和本能，而电流原本应当进入有知觉力的灵魂。现在，非但该进的没有进，反倒是电流中那些来自下面、来自地球内部的俗世的恶魔进入了我们身上。它们把肉欲的电流灌注到我们的脊髓液中。在千年即将结束的时候，这正是人类性欲的真实写照。爱神自己也受到了电流的攻击，同时向他发起攻击的还有硬化症。纯洁的爱情已经被乖戾任性战胜了。我们越来越执着迷恋情感家族中那些与性欲相关的成员。天使们失败了，医生们取而代之，如同柏拉图在《会饮篇》中所预言过的那样。爱情被健康取代，而健康是通过解剖学的方法获得的。弗洛伊德亲自开出了方子：“取常规阴茎一剂。”[1]求完医便是用药，我们往自己身上注射了各种各样的药、荷尔蒙、麻醉剂，

1　此处的原文为拉丁文“penis normalis, dosim”，典出一则轶闻。弗洛伊德曾受朋友之邀为一位患焦虑症的女士诊病，其实该女子的病因是丈夫无性能力。朋友知道缘由，但碍于女子丈夫的情面无法道出实情。该处方是这位朋友跟弗洛伊德说的戏言，原处方中末尾还有一词“Repetatur!”，即“反复使用！”之意。在原来的轶闻中弗洛伊德听了之后对此摇头，但这里给讹传成了他开的处方。

我们的灵魂丧失了情感，人类对各种更高尚的冲动变得麻木不仁。情欲的迷狂、色欲、淫荡——这些与性相关的狂暴——在我们的身后蜿蜒追逐。对那些天使你也该感到怜悯。因为无法穿透我们的痴睡，他们也同样堕落了。叶尔梅洛夫会坚持这种说法。

这就是我最初上的俄语课。当然，也有除了性之外的话题。老叶尔梅洛夫的侄孙叫伊利亚，他是我在公立中学里的好朋友。我经常会去伊利亚家，跟他的家人们练习俄语，这算是我得到的额外福利了。

所有这一切看似是在说我。但其实不是。这是在说贝恩舅舅，说的他跟玛蒂尔达·莱亚萌结婚的前前后后，以及由此导致的他和哈罗德·维利泽之间的争斗。我说这些都是因为这和他有关。不过当然，这些关于性问题的思想对我也有一定的影响，我全部都参与其中。贝恩跟我无话不谈，他对我思考问题的方式再熟悉不过了。

舅舅到西雅图来接上了我，随后我们一起前往东京和京都。

他平时一块钱都花得很小心，这次却承担了我所有的路费。我自从认下了父亲的身份后自然便破产了，养小孩的钱都是我在出。像眼下这种旅游我根本花不起。舅舅会带上我一起走是因为他自己的日子也正不好过。他因为自己从卡罗琳身边不体面地逃走（在他这样的年龄，以他这样的身份）而感受到屈辱。只有我才是他可以倾诉的人。我在特雷娅的事上应对得如此糟糕，所以他跟我聊的时候根本没有不好意思的必要。我们在感情上堪称是一对窝囊废。而且我非同一般地愿意听他倾诉，还很热心帮他出主意。我觉得自己能成为一个很棒的牧师。你要是有麻烦尽可以来找我。许多人的确来找过我。我很少拒绝倾听，也从来没拒绝过给他们出主意。要么是我这人很八卦，要么就是我很适合抚慰别人的灵魂。

我提醒过舅舅要当心卡罗琳·邦奇。谁不会发出这样的警告呢？她长得很漂亮，可她意味着麻烦。她身形高大，举止优雅（老式的那种），善于拿捏男人，富有，做作，动作不急不缓，一个属于舞台中心的人。尽管已届中年，但她仍像齐格飞歌舞大场面中的女神一般出挑，《金色的维纳斯》那种风格，那些个在音乐家们鞠着躬匆匆下场时从舞台当中冉冉升起的人物之一。她会头戴白鹭的羽毛，项上戴着珍珠，胸口戴着钻石，站在张开的贝壳之中。她说话用的是过去的声调，二三十年代的那种，这是卡罗琳身上奇怪而又美好的事物之一。她说话都要经过鼻子，这种腔调曾经是很迷人的——就是琪恩·亚瑟那种风格。但我必须承认，我喜欢有卡罗琳作伴。待你仔细审视的时候，会发现她那种属于往昔的气质主要来自她与当下的疏离。也许是她服用的碳酸锂令她显得疏离。服用情绪镇定药是一件百分之百当代的事情。如果你连接不到当下，便不是完全真实。但疯子总是属于当下的，就像鹬总是跑在海滩上泡沫线的前头。

那，为什么贝恩没有意识到这位可怜的女士是疯子呢？

他跟她邂逅于波多黎各海滨一家高层赌场酒店。他担任客座讲师的里奥彼德拉斯大学的一帮同行带他来旅游。因为他对掷骰子和“二十一点”不感兴趣，他们把他放到了游泳池附近，自己便跑去赌场里一试手气了。

舅舅说酒店的泳池是007电影里面会发生犯罪和性阴谋的场地……他东走西走，想要给自己找到一处阴凉，可以呼吸到海边的空气。他最强烈的印象之一便是泳池那股氯的味道，加上晾在躺椅上的被水打湿的报纸的味道，蒸腾起酿酒厂附近才能闻到的气息。耳边是疯狂的喧嚣，有咚咚咚的摇滚乐，有孩子们的尖叫，有拖曳着彩旗广告的飞机在头顶转圈。在这些喧嚣的后面，远离那些挥金如土的人和太阳崇拜者们的地方，是安静的棕榈树林。加勒比的美丽从海滩上后撤了几百英尺。

卡罗琳·邦奇碰巧就躺在他找到的那处阴凉附近晒太阳。是因为那是个阴凉的地方，那个座位正好空着，才决定了他的选择吗？不是那个齐格飞女神形象？她极具吸引力地躺在那里，而舅舅不是一个会对此熟视无睹的男人。泳池里的孩子们当中有几个是她自己的。这些从来没有得到过确认。他们绝不会靠近自己的母亲。贝恩坐到了白格子的塑料椅上，一场对话开始了。他记得脚下的草看着像纸一样，全都是人工的。他拔下一根来仔细检验。叶脉有条纹，不是工厂里制造的。“他们把草皮成卷儿地带来，像铺地毯一样铺上。我不喜欢交界处自然与人工制品间那种不确定的感觉，让人很不舒服。”他跟我说。接下来他又点评了卡罗琳的浓妆。对于胭脂、眼影和口红，我更喜欢法语词胭脂[1]和它的言外之意——装饰却也是负担。

是她开始的谈话，问舅舅为什么在热带的海滩上穿着北方城市的衣服。他告诉她自己是个行色匆匆的游客。“植物学让她感兴趣。”他说，“她对植物学甚至有点概念。她有点疏离当下，人却不傻。”她说话的方式很精致。句子都是事先想好的。你可以看得出来她在每次开口前做着准备。在整理思绪的时候她会把眼睛转向一边，这样子自有一番魅力蕴含其中。她说，贝恩那套冬天穿的格子呢衣服是在这种气候中“发表声明”。有人曾经跟她讲过，表现派画家贝克曼会身着盛装到海滩上去。有影响力的人会以那种方式来表现自我。贝恩说他只是没想到要带其他的衣服而已。她很好奇高级的头脑中有着怎样的行为动机。她一直受到哲学的吸引，她说，而她认为作为一个大学教授他一定很热衷于形而上的东西。有一段时间她一直困惑于巴克敏斯特·福勒说过的一句很重要的话。她当时就是听众，亲耳听到他说的这句话。他说：“上帝是一个动词。”她将此当作一句冥想的咒语。词语是与上帝同在的。词语即上帝。福勒坚持认为，理性（Logos）不可能是一个名词。他提到，

1 原文为fard，名词含义是胭脂，形容词含义是涂脂抹粉的，动词有掩饰的含义。

《浮士德》中曾经有这样一句话："最开始是行动。"

舅舅说："很好，但前提是你知道自己在干什么。"

在事后的复述中，他也许表述得比她当时更清楚。这场显然颇具刺激性的谈话在现实中肯定并没有给双方的头脑带来什么感觉。当时他再一次展现了自我描述方面不同寻常的天赋，这种天赋很可能根植于他习惯性的诚实。"我开始有了性方面的动机，"他说，"可与此同时在她讲话的时候一股困倦也在向我袭来。这并没有令人不快。倒有点像是传说中希腊人用的忘忧药。她不停地说着。"出于某种原因，他在看人的时候，总比别人愿意看到的程度看得更多。我本人就是那些个不愿意看到太多的人之一，所以我很为他这种特殊的才能着迷。

卡罗琳告诉贝恩她已经离婚好几年了。她提到自己在伦敦有一套公寓，在纽约的东汉普顿也有一栋房子。她聊起了长岛上面不同层面的社交生活——画家们同时也是百万富翁，百万富翁们喜欢待在画家们中间。到了星期天，画家们和百万富翁们会一起打垒球。成群的人从曼哈顿驱车赶来看这些知名人士玩球。这些从城里来的游客匆匆吃一块比萨或火腿蛋卷当午饭，然后便驱车回家。花了五个小时在路上，只为了这么浮光掠影地看上一会儿。她接着又讲起了艺术经纪人、批评家和税务律师之间相互勾结的内幕，细说了关于罗斯科遗产的丑闻[1]，这件事舅舅从来都没听说过。经纪人的名声向来不好。没有人知道杜维恩、贝伦森和其他的骗子们交易过多少幅假画。梅伦、摩

1　马克·罗斯科（1903—1970）是美国抽象派画家。1970年2月25日自杀。他的经纪人劳埃德在三个月的时间内，以远低于市场价的价格获得了遗产中的800多幅画。后来经纪人被告，最终赔偿了920万美金的罚款，遗产被重新分配，其中约一半给了马克·罗斯科的两个孩子。这事件充分暴露了优雅而体面的艺术交易领域中的黑幕。

根、奥特曼、弗里克、加德纳等许许多多画廊都大上其当，那些博物馆的专家们也是如此。运输业巨头耶基斯和芝加哥的餐馆业大亨汤普森都买到过假画。稍后，她又把话题转向了恶意的公司收购，她的朋友们怎样通过绿票讹诈和套汇大肆牟利。她报流水账似的说了很多去过汉普顿的联合国大人物、各行各业的大咖、耶稣会会士、电影明星和摇滚明星，他们办过的派对，他们吸毒的习惯，他们在性爱方面的玩法，他们得的病（艾滋病、性病等）。她的某些股票经纪人朋友在积极资助中美洲的革命者。他们“介入政治”，她说。

卡罗琳跟利比·霍尔曼·雷诺兹，已故的专唱伤感恋歌的女歌手是至交，这位歌手的丈夫是骆驼烟业的继承人，她曾被指控谋杀自己的丈夫，后被判无罪。这个外表靓丽的女人曾在爵士时代风头甚劲。卡罗琳跟她是无话不谈的知己，也是她丈夫尚克的好朋友。尚克以他那跟一堵墙一样大小的版画作品而著称。几乎每次见到他时他手里都拿着刻刀。不过他人很好，对利比见了帅哥就把持不住的毛病也忍了下来。利比是出了名的大美人，她只有身边一直有帅哥围着，才能把这份艳名保持到老年。卡罗琳很羡慕利比，不是把她当作自己的榜样，她说，而是欣赏她对待生活的勇敢态度和她过的王公贵族般的生活——大宅子、劳斯莱斯车、私人包机、整整一班仆佣；她还不厌其烦地（饱含深情地）提起利比泛滥的情欲，她的悲剧，死过一个孩子，还曾被一个她全身心爱着的情人抛弃。

我观察到卡罗琳为了舅舅有点不厌其烦，她描述利比的时候部分是在描摹她自己。“她就像是诱人的塞壬海妖在唱歌。很管用。你被迷住了。”我说。我没说那是一个很奇怪的塞壬，一个吃碳酸锂和盐酸阿米替林的塞壬。

舅舅说她一定是照搬了利比的作派，一个看着很像杀人犯的夜总会明星的做派。虽然很戏剧性地被证明无辜，却终生也难以摆脱丑闻。只是卡罗琳，舅舅这样描述她道，躺在沙滩椅上时带着一种悠闲的慵懒，说些让人摸不着头脑、常常是根本无法理解的话。舅舅在她身上看到了什么？正如詹姆斯·乔伊斯所说，并不是所有人类的事情都能白纸黑字地写下来。她吸引他的原因，正是那种带着挑战意味的疏离感。

他自己也是从很遥远的地方——从他那些植物学的沉思中——回到此刻中来的。性把他拉了回来。因为他没法真正地跟我讨论科学，所以会经常想跟我聊聊女人。

“她跟我说要买适合热带穿的裤子。我当时汗出如浆。她说我要是能到大海里去泡一泡会感觉很棒的。说我可以从服务员那里租泳裤。问我有必要这么快就回到冬天去吗？”

在飞往日本的飞机上，我只能由着他整理清楚对卡罗琳的感觉。

“把你钓上手了！”我说，“她可真没费什么力气啊。”

“这么说不准确……我在酒店附近逛来逛去是想干吗？我就是在寻找一个卡罗琳这样的，一个合适的女人——漂亮的、谈得来的、成熟的。”

“跟我说说成熟那部分吧。”

“她年纪够大，能懂得欣赏我这样的男人。她能够原谅我的不足，完整地接纳我。”

“爱情是比苔藓和地衣更难对付的对象。可是年纪跟爱情有什么关系呢？”

“人们是通过伤心事来获得理性的，这需要时间，而时间会使你变丑。她有过漂亮的双腿，曾经有过。卡罗琳不再年轻了。男人在看女人的时候，往往会忘了自己也不再是男孩子了。我总是忍不住用十八岁或差不多年龄的视角来看人。”

对于美女他有着特别的喜好，而在卡罗琳这儿他发现的是一个曾经的美女。他觉得自己勉强可以接受。

反正大部分时候都是她在聊天，她说了很多好玩的事情。舅舅跟我说，她说的话有时候就像是小孩子自制的卡通书，用拇指轻按着让书页一张张掠过，那上面的画面就舞动起来，滑稽动作就展现在眼前。然而他受到卡罗琳的吸引，尽管他不大能说清楚是怎么被吸引的。当然，这事很少有人能说清楚。在这回的事情上，也许舅舅以为一个不知道自己在干些什么的女人就不会对缺乏自信的男人那么挑剔了。一个思想上爱开小差的女人或许正是他要找的那种。唉，我觉得他这是在自轻自贱，在贱卖自己。但转念又一想：有点呆的女人正能撩起有些男人的激情。俄国文学中就有这样的例子。托尔斯泰笔下想要成为圣徒的谢尔盖神父，他能够拒绝一位精明妇人的勾引，后来却在一个不那么聪明的女孩子面前放弃了抵抗。老卡拉马佐夫占了一个低能的女孩子便宜，让她怀了孕。这到底是因为他喝醉了酒，还是因为一个智力愚钝的人具有一种特别的力量，能让他变得兴奋呢？

跟平常一样，我想着想着就跑得太远了。卡罗琳可不是个白痴。她只是经常表现出喝醉酒的样子而已。她跟我说在六十年代她嗑过迷幻药。那会儿可能会有出格的尝试——在跟你聊到曼森邪教和琼斯镇杀人与自杀事件[1]的时候她想要让你这样想。但在一定程度上，她是很令人愉快的同伴。一天当中任何时候见到她，都是经过

1 此句提及的话题：曼森邪教指美国公认的邪教组织“曼森家族”，其大多数团体成员是有中产阶级背景的年轻女性，并使用致幻毒品；琼斯杀人与自杀事件指1978年11月18日在南美洲圭亚那的琼斯镇，美国邪教组织“人民圣殿教”的913名信徒，在教主吉姆·琼斯的胁迫下集体自杀。

精心打扮的。她看上去、闻上去就像是一个来自最好店铺的主打商品集锦——邦威特·泰勒百货公司、古驰精品店、蒂凡尼珠宝（领市面的人会知道更多时尚品牌并对我的无知付诸一笑）。

我说："舅舅，到目前为止你已经见过她在汉普顿的宅子和东七十大街上的宴会了。你难道真的要加入她的世界吗？"

"她只是想要叫我看看，她必须逃离的世界是什么样的，那种存在方式有多么的不值一哂。她过够了这样的日子。她计划把东汉普顿的房产给卖了，搬到海湾对面，换个新环境。康涅狄格州的米斯蒂克，也许。她要买两辆梅赛德斯奔驰。"

"你们俩一人一辆？那你跟大学的联系怎么办？"

"我可以缩减到原来的一半时间。"

"你还没做好准备从植物学中退出来，去住到米斯蒂克或者旧莱姆！"

"她的律师会设立一项小型的私人研究基金，我可以继续我的北极苔藓研究。我正在进行某些细胞学细节上的……这些我就不跟你多说了。"（他不喜欢跟我把谈话变得技术性。）"这样一来系里也不能抱怨我离开学校的次数太多。他们能省下钱来了。"

到这时候他和卡罗琳已经相当亲密了。她到威斯伯雷酒店来过，那里是他在纽约住的地方。他跟我说，当他靠近她躺着的床边时，她打开了台灯以便能仔细地打量他，然后她说："我同意。"这把他给逗乐了。事实上他高兴得像个孩子，而且藏也藏不住。她阅男人无数，所以觉得他是可以接受的。"所以我还不算太糟糕。"

"那个孟加拉女人跟你说过这话。"我说。

"拉贾什瓦里，对，她说过。但东方女人不是用西方标准来衡量的。"

“谁说你非得要符合西方的标准呢？我宁愿跟那位印度女士也不愿意跟卡罗琳打交道。”

“不，西方式的幽默感对我来说很重要。”

“你得好好想想你以为是幽默的东西都是什么——到底是赞安诺锭、盐酸阿米替林、碳酸锂，还是酒精或者还有可能是可卡因。剂量大到整个印度洋都能变得安定下来。”

先不去管幽默感了。在她打开床边的台灯时，她也许看见的不是一个而是三个赤裸的男人。她很高兴地同意他们一起来。

“你担心她会插到我们中间，会把我埋在旧莱姆，让别人再也见不到我。那样的事情永远不会发生的，肯尼斯。”

“听上去好像你已经在考虑结婚了。我不能责备你。也不敢指望你跑这儿来瞎逛是为了我。我的理解是，有什么核心的东西缺失了。就算是能跟上帝说上话的亚当，也请求能得到一个人类的伴侣。我要是能的话，就会跟特雷姬结婚。在你这个年纪，你会喜欢居家生活。我们就此讨论过许多次，摆过利弊：契诃夫说过‘如果你怕孤独，别结婚’，而演员阿基姆·坦米罗夫在《了不起的麦金蒂》中说，‘男人没有老婆就像有上衣没裤子，就像有猪没袋子[1]。’当时你说，‘我已经变得太自足了。不需要任何人。每当我意识到随便哪个人都几乎跟我没什么关系时，我不禁感到毛骨悚然。’那么，这会儿为什么又要选择卡罗琳这个人来跟你有关系呢？你要是跟她结婚，只会变得双倍的自足。你可想好了，到底需要哪个？是两个人凭着爱与善意维系在一起，还是因为身边有一个不正常的老

1　这句话脱胎自一句俚语to buy a pig in a poke（买一头装在袋子里的猪），意指在未经过目的情况下乱买东西。

婆而变得双倍自足？”

他听着，对，而且他相当明白我在说的话。不过，他接受了卡罗琳推进她的计划。她一点点地向他描绘着他们今后要一起过的生活。他会有自己的实验室。她会陪他去冒险——在我不负责任的想象画面中，我看见卡罗琳正由四个人用担架抬着在茫茫的雪原上旅行。贝恩曾经告诉我，在他坐直升机降落在厄瑞玻斯山的斜坡上准备采集样本的时候，他感到自己非常接近地球的尽头，所有边界的最边缘。“当然，世界上没有这样的东西。”他说，“不过的确有那样一种感觉存在。”而从卡罗琳她自己身上就散发出这样一种所有边界最边缘的感觉。

告诉你吧，若从神之悲悯的角度来看，这其中有许多值得怜悯的东西。可我们这些软弱易变的人要想保持这样的角度又能保持多久呢？幻想可以帮上点忙——事实上我们会屈从于幻想，因为我们称之为平凡、庸俗的那个世界，是借着进入其中的荒唐的潮流决定我们漂流方向的。自由的性接触如今已经变得传统了，随之而来的是，在爱上特雷娅这样的姑娘后，我发现自己陷入了施虐受虐狂的问题之中。以前属于狂乱的行为如今已经显得再平常不过，就像在家里摆桌子吃晚饭那样普通。比如，舅舅告诉我（他不常跟我讲起他的人际交往，在他记忆里我还是个小男孩，所以有些东西是不适合跟我说的），卡罗琳不是用避孕药来避孕的。她会在身体里塞上一堆纸——面巾纸或撕开的餐纸巾。这样的举动在晚餐快吃完的时候开始。她坐在桌子的另一端，几乎是心不在焉地开始抽起餐巾纸来。

告诉我这些对他来说并不容易。

“有什么迹象表明她在做什么不同寻常的事吗？”

“没有。”贝恩说。

“不会是性专家们所谓的前戏吧？”

“那她倒宁愿去刷牙呢。”他说。

我用西方的幽默感开了个玩笑。舅舅只是耸了耸肩。

我不会假称舅舅是个天真无邪的人——连试都不想试。不过我确信他保有（仿佛在他内心的神殿中）一种幻想，幻想着一种持久的亲密关系。那些关于爱与亲善的承诺。只是他到最奇怪的地方去找寻这些东西。问题不在于他喜欢大个儿的漂亮娘们儿（和我偏爱小巧玲珑型的形成对照），而是要想达成正常意义的美没那么容易，必须得经历一番困难才行。这是世界上最棘手的问题之一，最狡猾的老手经过最长久的努力也未必能搞定。

不管怎么讲，尽管卡罗琳浑身萦绕着与当下疏离的气质（神游到月球），她还是一步步逼近着她选定的男人。为了能成功地嫁出去，她给自己买了全套装备。“她的人”准备好了结婚证书的相关事宜。她问了舅舅是怎么处理他和莉娜的结婚戒指的。戒指放在银行的保险箱里，跟他的金袖扣、他母亲的小纪念品盒和他父亲的钢笔放在一起。“我想起来了，也许还是新戒指更好吧。”她说。她给了他航班号码和到达时间。她制定了整个计划——她有制定计划的狂热。希尔顿酒店里预定好了一个套房。没有爱的表达，连三两句表示亲热的话也没有。电话挂掉后，他马上拨电话问到代码，给京都挂了直拨电话。从上个电话挂断到拨号音响起的那点时间，让他觉得漫长有如永恒。

在西雅图机场他问我：“你觉得我做得对吗？”

“我不觉得你还有什么别的选择。”

他仔细端详着我。像平躺的数字8一样的两只眼睛中透露出来的想法我觉得自己能看懂：因为他已经放弃了卡罗琳·邦奇，所以我，肯尼斯·特拉亨伯格，再一次成为他唯一的人脉。这并不是太好的事情，于是我马上行动起来给予他支持。“或许是你身上的那第二个自我。”我说，“就是决定了你必须成为植物学家的那一个。”

“有可能。我不敢肯定那个自我是不是好心。也许我应该在电话里告诉她叫她别来。”

“从穷追不舍的女人手里滑稽地逃跑。这毕竟也不算是稀罕事。”

“我的那第二个自我有时候做出事来像魔鬼。”

“果戈理写过一出小戏叫《婚礼》，里面的新郎刚决定要结婚就从窗口爬了出去。他理性地解决了问题，然后他逃跑了。好吧，就算你身体里有一个魔鬼又怎么样呢？难道你宁愿有一个看孩子的保姆吗？如果你是这些女士把你看作的无辜的植物学家，那么你充其量也就只能算个保姆了。她们会跑去找叶绿素教授。他人畜无害。你可以把宝宝托给他照看。他可不像那些坏男人，会让她们的日子很不好过。”

“我像坏男人的！黛拉·比德尔的事你怎么说？”

“拜托你别再提那件事了吧！舅舅！这件事的结果的确很不幸，可那不是你的错。她也是采取的主动。”

“可我一路奉陪了。我没有任何借口。”

比德尔太太，楼上的那位女士，她的公寓就在贝恩的正上方，有天她下楼来按响了他厨房的门铃。她没有走前门。她不想让他那层的住客看见她。她是从后楼梯来的。说起来这的确是黛拉·比德尔的不是。她和酒鬼老公离婚了，自己也会喝点。她是一个体面的、郁郁寡欢的女人，不过能干倒是挺能干的，在城里还是个负责人呢——在一家大公司里担任人事部门的主管。在工作中她严格克制着自己，但到了周末，有时是到了晚上，她会允许自己崩溃一下。尽管在某些方面她还有点吸引力，但她让自己坚强得有点过了头，还给自己剪了寸头——时尚但不好看，属于改良版的朋克。

她按响门铃后，舅舅从椅子里起了身。当时是晚上十点。她肯定已经跟自己较过一会儿劲了。但是照着女性杂志和电视上的说法，女性采取主动已经不再是一种不当的举止了。

比德尔太太的借口是什么呢？她厨房里的灯不亮了，灯在天花板上她没法换。她需要一个男人来帮她换灯泡。那她不能叫大楼管理人吗？舅舅问。他的衬衫还晾在外面。他正在更新自己的研究材料。她不喜欢这么晚了去打扰管理人，他会告诉她不管怎样等到早上再说。而楼下有个男人，单身，跟她一样，没有要打扰的家庭圈子。舅舅没有建议说，她可以从隔壁房间拿个灯泡走，如果她想要煮水泡茶。她平时不喝茶。所以凭着他但求简单的行事方法（也许吧），他穿上了鞋，跟她上了楼。她没有活动梯子。他只能站在餐厅一把套了套垫的椅子上。她建议他脱了鞋。最后，所有的都脱了。

后来发现她其实是个小个子的胖子。从身体上来说并不适合这样的欲望。他在跟她做爱的时候很尴尬。谈论的是奴役与自由——他只能谈论这个！他没有事先准备好的立场，让他可以礼貌地凭着他的原则的力量抽身而退。他很有可能是一个永恒之公民。我的预感是他最后会成为的。他有想象的力量，让他可以看到别人看不到的东西，而衡量一个男人的标准便是他所能见识之物的等级。如果他能集聚起他所有的力，那么人世间就会变成他的天堂。但即便这个也无法阻止他成为一个傻瓜。贝恩呈现给世界的坚固的表面已经被欲望、渴望、大声呼喊着的需求和饥渴在四面八方都给布了雷。

在这一方面，他跟黛拉·比德尔并没有很大的不同。她同样也在内心布满了雷，达到了很危险的程度。反正他没法告诉她："您是一位很有吸引力的女士，但我认为跟一个几乎不熟的人上床不太对"，或者"正因为我是一个当代的男人而您是一个当代的女人……"，又或者"碰巧成为邻居并不是发生这种事的充分理由。除非我们有比这种肉欲的瞬间更多的共同点，否则不过是徒增一条走不通的死胡同而已"。但他就像一家以前的堪萨斯银行一样，随便哪个小混混劫匪都能进去捞上一票。没钱的女人都能打劫他。她们像十六岁的少女一般揪住他，装出一副醉态来，仗着自己的性别和年龄要蛮使横。技术问题出现了。找到准确的地方成了一个问题。最终行为自己就油然发生了。舅舅得以离开——回到自己的床上，把整件事情给忘记，如果他能的话。但他当然做不到。睡眠，在那天晚上，是想也不要想了。

她现在期待着他来按响她的门铃。他没有。他没有送上一张亲切的便条，这既显出他的笨拙，也显得很是无礼。几天之后的晚上，她又下楼来按响了厨房的门铃，咄咄逼人，怒气冲冲。她留下信息在他的信箱里："你是在假装出去了。我什么时候才能得到活下去的机会！""我的性欲该如何解决？"

贝恩现在有苦说不出。"我这真是何苦！"他说。

黛拉·比德尔可以找到酗酒和绝望的借口。他没有借口好找。他一遍遍地说："这样对双方都不好。"

我想要帮他厘清最近在起作用的心理动机，用一些我这代人所能获得的真知灼见来宽慰他。我说："无论人们陷入怎样的麻烦，都会寻找性来疗救。无论是生意上的麻烦、事业上的问题、性格上的困难还是对自己身体产生的疑惑，甚至是形而上学的问题，人们都会求助于性来止痛。”

“不，不，肯尼斯，绝不只是阿司匹林，不是的。这也太微不足道了。”

“那好吧。他们做出如此行为是为了传递爱，如果有爱的话。”

“这才像话。”

“此外，社会已经认可女人变得更具侵略性了。但一旦她们受到拒绝，下场就很惨。过去是男人具有侵略性，女人对他们说‘不’。男人对此已经习惯了。”

“我应该一口就拒绝她，不用品尝。让她受伤的是我尝过她的味道了。”

“她注定了就是会被人当傻瓜的——她那身打扮，她的发型，她说话的样子。一点都不像是个对自己很严肃的女人。你又能怎么严肃地对待她呢？”

在这件事上，理论上的考虑并不太能打动舅舅。我对他说：“要是把这些小的荒唐事看得太大，那我们就永无宁日了。”

“我的确荒唐。”舅舅说。

他处于情绪低落中，责怪自己，可怜黛拉·比德尔。她现在来到他的前门，敲响了门环。舅舅住的那栋房子是一所体面的建筑，不是那种多姿多彩的公寓楼，什么女人会跟两个丈夫住在一起，什么房客会交易毒品还互相枪战——那种市中心的景象。于是舅舅做了他习惯做的事情。他逃去了巴西，去做植物形态学的巡回讲座。

这时，最坏的事情发生了。他不在的时候，比德尔太太因心脏停搏而去世了。这事让他过不去了。“在我打开门，看见她手里拿着个电灯泡的时候，”他说，“她体内的生命就已经如残烛飘摇了。在那以后，她说的话听上去当然荒唐可笑，‘我的性欲该如何解决？’可那难道不是一个孤单生命在诉说着某些可怕的东西吗？一个孤单的人在道出自己的命运？”

“小心，舅舅，别夸大其词。”

“我跟她发生过关系。我知道自己知道什么。”

“这简直比和她做爱还要歇斯底里。你第一次跟我说起这件事的时候，正是你让这件事听上去荒唐可笑的。”

“好吧，是的。也许我这样干过。要是我没有把它当成笑话来对待，这事就会变得非常可怕，叫人无法面对……可现在她死了。我真不知该怎样才好了，肯尼斯。我看见她被高涨的情欲弄到窒息。可怜的家伙，她的心脏停止了跳动。”

“不是由你引起的。”

“我也许可以阻止这事的，不过可能再对此事喋喋不休也没什么好处。几天前一个报纸记者在电话上找到了我。本来找的是威廉，我们系主任，结果他把这家伙推给了我，这人要我对植物生命和放射水平增加等问题说上几句。还有二噁英和其他有害废弃物的问题。他正在对这些问题发表质疑。我同意这很糟糕。但最后我说：‘这当然非常糟糕，但我觉得更多的人死于心碎，而不是核辐射。’”

“他肯定觉得你是一个怪人。我想你当时脑子里想着黛拉·比德尔吧。”

“不光……不，不是。”

我继续想要帮他。我们为了这个动机而相互为难着对方，说着所有正确的东西，这实在是很糟糕。我对他说：“你必须树立一条均衡的准则。你不能对每个从你的人生之路上穿过的人都感到狂怒。她是个喝醉了酒的胖胖的小女人。为什么不这样看问题呢？为什么要把它弄得如此凄惨，为什么不把它看作一个轻喜剧般的转折呢？你是一个巧手的人，帮她换了灯泡。在卧室里她把灯给关了。不想被人看见。”

不过他还是继续为了她的事而折磨自己。

飞机起飞后我们不再谈论黛拉·比德尔了。我们爬升到了西雅图辽阔的雨云之上，进到了纯粹的阳光里。飞机上升时，阳光正照在我脸上，这让我不禁想象自己，想象舅舅会用他那双深蓝色眼睛看到的肯尼斯的形象。我头发长，所以会在两边的太阳穴耷拉下来，形成两个卷儿。我的眼睛长在脸上挺高的位置。

“我在想到底是什么造成了这些麻烦。”我说，“也许是一种不同的时间框架，即你从一个不同的时代出发而作出的假设？就好比你还是在用牛耕地的。想象一个在某个州，比如内布拉斯加的情形，你和你的牛在耕地，你的邻居坐在他们高级的机器上，看着你完全过时的劳作方式，狂笑不已。”

“对于我需要的东西，他们的先进技术并不比我的牛更有帮助。”

如果舅舅是个无足轻重的人，那就根本没有现在这样的问题了。如果黛拉·比德尔是一个大美女，如果卡罗琳状态能够再好一点，舅舅也就没有必要像果戈理剧中的博德科尔辛那样从窗子逃走了。世上有些女人会在压力之下迸发出大胆的创意，做出耀眼的主动之举。另有一些女人，因为害怕被人抛下，陷入沉沦，而做出绝望但又毫无意义的举动。有时候人们因做事缺乏计划而无所事事地望着窗外的大自然。在那里，他们看见生长、看见平衡、看见美，所有这些都是亿万年循序渐进的发展的结果，这令他们感到羞耻，让他们自惭形秽。他们坐在那里，像痴痴呆呆的傻瓜一样望着。但这时他们突然想道："意识到这种秩序、美以及诸如此类东西的，是我的头脑。还甚至也许是我的头脑创作了这些东西。可能自然甚至根本不存在，是我杜撰出来的，就为了填补空间。如果我蒙上天所赐，具有这样一个头脑，为什么还要躺在这里，心怦怦怦地跳个不停，像一只小豪猪一般，受着几只狗的嘲笑呢？"

飞行员发出了通告，我们已经来到了巡航高度。我想他说的是我们到了38 000英尺的空中。我们也许可以想象已经把地球抛到了身后。不过我们依然是在宇宙这个巨蛋之中，在这个巨蛋中所有的生物，所有的生命，靠着死而获得生的意义，在对爱的欲望中受着死的影响，而爱是唯一给予我们希望、使我们不至于被完全吞噬的力量。单纯的自然是地狱，这是斯威登堡写过的话（我请你们回忆一下我之前说过的，莉娜舅妈曾把她全套的斯威登堡著作都留给了我）。在将性等同于自然这一点上，欧几里得的逻辑是简单明了的。在性的欢愉（或者人们在那个范畴内准备接受的东西）中包含了许多的痛苦。人们越多将其归入"纯粹自然"中去，这其中便越多蕴含着地狱。总之，如你们从这些想法当中能看到的，我很替舅舅感到惋惜，而且因为我一直将他看作先驱者，属于我个人的先锋，所以我也替自己感到一点遗憾。我知道利己主义是资本主义伦理的核心，但简单的经验向我们展示的却是人们往往对自己比对别人更严格。

舅舅因为自己落跑东方而感到羞耻，为了宽慰他，我跟他聊起了特雷娅的事，还用低劣的高卢人手势拓宽着表达的范围（以我父亲的派头）。我指出整件事有多么麻烦，问他性本能能否对付黑暗力量，辩论说神智健全与注重实际的人早就不再相信那一套了。跟全世界范围内都是不可能的事情较劲是没用的。斯威登堡为什么要说纯粹的自然是地狱？他所谓的自然是最平实意义上的自然，是对自然最机械的阐释。我无意打扰他的多愁善感，但当黛拉把灯关掉的时候，那是因为她惧怕被平实的眼光看见。被人用平实的眼光看见会令人性干涸。不过，当女人关掉了灯，你还会让自己承载起从普遍意义上阐释世界的重任吗？这意味着你是一个永远以宏观世界为己任的微观世界。你纯粹是在自讨苦吃了。你会被宏观世界虐得死去活来的。专注于你把个人积蓄存入其中的共同基金都比这更有意义。不要想着用一己之力去打败市场。超大型调查公司有着大量的计算机。那些电子预言家们是不会出错的。在稍低一点的层面上还存在着另一个宏观世界（纽约股票市场）。远离所有那一切……我自己都有点迷糊了。我主要想说的是，人类的兴趣很快就会被平实所耗尽。海军少将伯德在南极对其伙伴们所做的观察之所以致命，便是因为这种观察如此平实。从性的立场来看，这种平实也是致命的。当一个人变成了肢体、身体部位和器官，爱神便被摧毁了。

“嘿，我说，肯尼斯——别再聊沉重的话题了。我们去京都可是度假去的。”

“抱歉。还是说回特雷娅吧。”

“她是喜欢你的，都跟你生孩子了。”

“什么都说明不了。她想要生个孩子。一个小个子女人生了这个属于我们的高个儿孩子。你会说她选择了我。怎么说呢，我短暂地被接受过。我觉得这堪比感恩节那天的流浪汉。想要行善的人把你请到家里，给你吃一顿漂亮的火鸡大餐。但这是只发生在周四的好事。绝不会在周五再次发生。”

这话听在别人耳朵里或许会发笑。可舅舅听了只是严肃地点了点头：“她也许是在等着你来开始些什么。”

“我该开始什么呢？”

“哦……某些她觉得重要的事。”

“我一点都想不出来特雷姬在等什么。我们说话不会说到我。最近这几天里我们谈的大都是她。她想要告诉我她在自我实现上取得的进步，她正在纠正的错误，她对自己之前感悟的新感悟，以及她相应作出的决定。她现在变得已经有多么多么好……”

“我可听不了这样的东西。”

“要想开始朝着更好的方向转变，就得要将其告诉所有的人。你要发布宣告。你不停地重复自己的意图，直到其他人也都开始跟你重复这些话。等你从别人嘴里听到这些话的时候你就会说，‘对，那也正是我所想的。’你的意图被重复得越多，它就会变得越真实。熟练是关键。最重要的便是让规划变得熟练起来。不过，她可真是迷人，真是可爱，真是招人喜欢哪。”

“但那些瘀青又该怎么办呢？”

“也许那只是一个阶段。人总是分不同阶段的。他们往往会清醒过来的。”

“她可能还会进入一个母亲的阶段。”

我不置可否地说：“也许吧。”然后又补充道，“我有点替那孩子担心。她长大以后会变成什么样？我心里对她尤其不落忍，因为她的性格像我。我想，她应该是从我这边继承了一些基本的设定吧。”。

“所以你就可怜她？”

“恐怕是这样。我想我肯定具有为人父的本能。”

“你也许能说服特雷姬，如果你在这事上再加把劲的话。要是她能看到真正的你，或许会有不同的感受。”

“她那套时髦的心理学是块绊脚石。我们好像说的都不是同一种语言。”

“人们不愿意让你得出结论，让你达成目的。你想要的东西他们注定不会给你，这似乎已成定律了。最终这样做或许符合我们的最大利益——想要偏不给——因为我们不想做我们应该要做的。而且在身体上，你对她简直是疯狂。这是多么美妙的结果！要是卡罗琳也对我有这种感觉该多好啊！”

“关于这一点，有件事你应该知道一下。就在大约六周前，你会记起来的，你跑去机场接她，就站在门边等她，可她径直从你身边走了过去。”

“人有时候会想事情入神的。这样的事情很常见。”

“入神，对。她简直是睡着了。世界上只会有这么一个新娘，要是她真有一个妆奁箱的话，里面装的会是满满的可卡因。对了，舅舅，你还记得霍桑写的《拉伯西尼医生的女儿》吗？讲一个美丽的少女因为从小在致命的植物中间长大而变得百毒不侵的故事？但她对自己的爱人则意味着死亡。只要她的呼吸接触到了他，他就会有性命之危。我记不清了——她有没有吻他？反正他就这样死了。”

“致命的植物，嗯？挺极端的案例啊。”

我们在聊什么话题其实根本不重要。他现在感觉糟透了，为自己在原本应该是卡罗琳婚礼的日子要了她，对于我竭力想要振作他的精神也反应迟缓。我到美国来是为了完成学业，还想从舅舅的身上吸取某些根本性的力量，而我马上就发现他其实正在从我身上寻求帮助。在某些他是大师的范围里他当然不需要任何人。他属于那种特别类型的人，只要不踏入普通生活就没事。不过一旦他们进入了生活的主流当中，那么若是没有人保护，他们便不知所措了。

唉，我爱舅舅，也不期望他是个完美的人。他具有魔法，但作为一个在生活主流中处理事务的人则一点都不行。广义地来说，这其中也许包含着决策，一种深思熟虑后的精明的放弃。我怀疑他骨子里的精明不输于任何人。那些精明得厉害的人绝不会接受这一点。他们不会相信。他们会说那家伙是在装，他们会不惮以最恶毒的动机来揣测他。他们会说他这是戴着老实巴交的假面具，是超级伪君子。你怎么能指望这样的人接受魔法，把魔法也纳入他们的算计中去呢？从另一方面来说，舅舅即便真是那样的人，他也不应该单方面解除自己的武装，而让精明之辈占了上风。他的策略是错误的。他需要让自己更有政治头脑才行。

随着事情的发展，这一点将来会变得清楚起来。此刻，我发现自己处于一个顾问的位置，并发现自己的顾问气质简直到了狂热的地步，固执到了偏执：只能按一种方法摆桌子、包裹上的订书钉一定要拆下来、咖啡一定要热过再喝。或许我身上有一种爱插手、爱干预的狂热，遗传自我的祖先，他们几千年来为每样事情都规定了做法——切开面包时的祷告仪式，上洗手间的流程，从葬礼上回来该做些什么。这的确稍微有点不太好，但特雷姬说我的时候我或许有点受伤。她把我给厨房碗橱镶边的纸给扯了下来。“你总是知道一件事该怎么干才对。”她拒绝了我的审美。在索马里，母亲曾说，若不是特雷姬怀了孕，我们俩的这段感情早就熄灭了。“她什么事都是逞自己的心意干的。”

“有理必说清”是我的另一个弱点。很多时候我毋宁说是在给自己做讲座。举例来说吧，在飞机上，我跟贝恩聊起给我们带来如许多麻烦的女人们的特点。“女人会把目光看向你这样的家伙，”我说，“她会意识到你有一定的价值。她也许会对自己说，‘那个男人倒有点特别。’与之相伴的便是‘创造灵魂’，一种很少有人会去遵循的生命历程。它会制造出放射性的效果来，受过教育的女性特别容易受到这些放射性效果的影响。这就是为什么浪漫主义时期的艺术家们偏爱农妇和妓女胜过有教养的妇女。农民如今作为一个阶层正在消失，而妓女也很少有谁没读过几年大学的。又一种惰性状态打破了，其碎片被扔进了现代意识的大锅之中。如今你所面对的是一群现代女性，她们对自己所受的教育和发达的头脑感到骄傲，但她们还在暗暗地害怕，怕自己不具有引起男人兴趣的东西，而男人，他们浑身能量满满，因为他们承载着重要的使命……她们其实并不需要如此担心——世上并没有多少人在做重要的事，在奔赴一种更加高尚的生活。但她们的确在担心。她们害怕的是这样一个男人会对她们感到厌倦。他会将她们看透。于是她们梳妆打扮，她们费心谈吐，在你面前表演各种举动。她们外表轻松，内心却感受着沉重，极度沮丧，极度悲观。她们的父母，尤其是她们的母亲做出过很多预言：这些女孩子如此光彩夺目，优雅迷人，天资聪颖，她们接受的训练令她们期望值很高。但她们如今身在何处呢？在杳然的黑暗中，可怜的心正在破碎。而这种女性的失望与悲伤让男人们觉得很受不了。他们往往感觉受到号召，要恢复已经失落了的自尊。”

舅舅不可能在认真听，因为他没头没脑地问了一句：“关于那些腿上的瘀青，你有跟特雷姬说过点什么吗？”

“我跟她说这让我想到虐待儿童，我觉得她有从茫茫人海中找到虐童者的天赋。”

“你从来没有说过那样的话。我觉得她不会喜欢那样的笑话。”

我对贝恩多少有点失望。我努力在跟他讲一些很重要的东西，可他根本没有在认真听。但人们固然应当洗耳恭听，你却也必须等待时机。不管怎么说，单单是我发出的声音也让他的心情好了起来，哪怕他没有在意我说的东西。

在离日本越来越近的时候，他讲了个我不怎么喜欢的笑话。他说要是飞机迷了路，飞到了朝鲜的水域上空，我们有可能会被击落。“被你的俄国朋友们”，这是他当时用的说法。

在东京降落后，他对着一些不停鞠躬的人鞠躬还礼，那是派来接我们的人。我们马上搭乘新干线前往京都，住进了俵屋旅馆[1]。很不错的地方。在那儿你会穿上和服睡在地板上，还会在木头澡盆里洗能把人烫掉皮的热水澡。那里的环境因其一无所有而让人愉悦——没有椅子，没有桌子，没有纸，没有书：单是这样的环境便是假日。

早餐是一位上了年纪的妇人送来的。清早，只听纸拉门一阵窸窣，老妇人端着托盘跪在门口的地板上，等着我们准许她进来。她的头发向后紧紧盘起，表明她正在接受苦修或惩罚。她的步子快而细碎。我的房间面向一个小小的花园。这，要是换了另一个国家，肯定会成为废物堆积的空间——像客人们会向其中丢弃威士忌酒瓶和牛奶纸盒的通风井。而我面前的这个庭院中放着一口苔痕斑驳的大缸，里面种了一棵低矮的树。地上覆着白色的卵石。这里的效果出奇地连贯——庭院不算是真正的外面，而我的房间也并不完全是里面。房间里除了供人坐的地板外没有别的东西。你要是想看《时代》杂志，就把它拿到浴室里去看。

对于舅舅来说，这一切都意味着古老的文化，令他兴致高昂。

1 俵屋旅馆是日本历史最悠久的旅馆之一，目前主要接待名流政要。

作为一个植物形态学家，他偏好持久的结构，而这正是这里充足拥有的。此外，他的良心也不再谴责他了。我成功地帮他卸去了一些对卡罗琳的愧疚。他逃离了卡罗琳和她那些巴基·福勒的祷文，就像大卫逃离了扫罗[1]。在我的脑子里她就像是一栋燃烧着的建筑的形状——性的火焰从屋顶喷射而出，一团烟雾则像一个女人顺从地躺在建筑上方。我已经准备好要告诉他了，他最后也许不得不把她送进精神病院，然后跟她的家族对簿公堂，也许吧，因为不知道她到底能分到多少遗产，也不知道他会在官司中陷入多深——最终被指控企图谋杀她，就像冯·布洛那个案子一样。不过这一切都没有机会发生了，因为在我们抵达日本之后，舅舅几乎再也没有说起过卡罗琳。

他坚持认为睡在席子上是有益身心的。变换一下视角会将人带入一个不同的精神世界，而睡在地板上会让人做出更有意思的梦来。

斯威登堡在他经历危机那几年中所写的日记里记录了自己做的梦，那些梦从“天使般的性欲”到粗野的色情都有。我在想，当舅舅说到有意思的梦时，说的不知是否就是这个。我怀疑他是，或曾经是，一个肉欲主义者。“曾经是”其实有点傻。如果是，那么终其一生都会在某种程度上是——不，夸张一点的话，就像巴尔扎克笔下的于洛男爵或是斯特拉文斯基年逾百岁的祖父。如果贝恩没有足够的情欲力量去吸引虐待类型的人或承受（也许是邀请？）虐待的话，那他是不会遭受女人对他的性虐待的。

1　事见《圣经·撒母耳纪上》。扫罗是以色列的第一位王，大卫在战场上杀死了巨人歌利亚后成为英雄，受到人民的爱戴，引起扫罗的嫉妒，扫罗屡次想要加害他，后大卫在扫罗长子约拿单的帮助下逃离了追杀。

同年晚些时候，我去东非探望母亲。我想要让她跟我讲讲她对自己弟弟的了解。她否认了曾在多年前打过舅舅耳光，不过她承认“他是个性感的小浑蛋”。当时杰弗森大街上当妈妈的都不会让家里的小姑娘跟他一起玩。但到了青春期的时候他身上发生了变化，她说。她不想跟我多聊这件事。她觉得这很怪，在周遭都是饥馑和死亡的情况下，他们却在谈论舅舅的性史。这里是谈论此事的地方吗？想到她自己跟我父亲之间的经历，也就是将她送来了这个难民营的那段经历，我便不能真正责怪她什么。为了力求周到与客观，我的确提到过，这些饱受痛苦折磨的人即便是现在，也依然在怀孕和分娩。“这不是肉欲，”她说，“这是生殖，或者说是抵抗灭绝。这跟西方可不一样，西方人做这事因为他们变质腐烂了。”她年老体弱，冒着送命的风险在救济营中工作，她觉得我在她那小小的房间里谈论舅舅是“不严肃的”。不过，她还是告诉了我一点东西，在我打开从馥颂为她买的奢华美食，她喝着几杯白兰地或诺曼底果酒的时候，她告诉我说舅舅在十七岁的时候有过一次精神崩溃——或者甚至是一段精神分裂的经历。让他乖乖卧床根本不可能，他时常都会跑出去躺到地板上。我家的全科医生对此无法解释。“也许是精神分裂，”母亲说，“克勒曼医生这么说起过，但是那时候的杰弗森大街上，谁又能懂多少呢？医生还不如跟大家聊聊中国的长城呢。”爱情是很显然的原因。贝恩爱上了裁缝科恩家的女儿。她瘦小、苍白、好看，母亲说：“只有营养不良才能让人有那样美妙的外表。在这儿待了几个月后我很有把握跟你说这话。科恩家那女孩有甲状腺亢进和缺铁症。总住在裁缝店后面，睡在没有窗子的房间里，才会长出那样的动人之处来。”

“这么回事啊！”我说，“他爱她。那她爱他吗？”

“她是个挺多人追的小妞儿。”母亲说，“我觉得他在犹豫，不敢做出她要他做的事来。有人不像他那么理想化，但比他更会说话。她开始和别人约会了。你舅舅难过得失魂落魄——还有性的悲苦。贝恩跟女孩子接触的时候很拘谨，总是一副手足无措的样子。”母亲说这话的时候，语气中的不耐烦要多过同情。她是那种个子精瘦、话语犀利的女人。要是跟她对上了脾气，她会对你掏心掏肺；如若不然，她就处处都跟你过不去。有时候跟她说话你得扛住她的为难才行，就像之前和她这会儿正在做的那样。作为女主人，她在家中款待过两三代精力充沛的法国知识分子，观察过他们宴饮的作派，他们对美酒和性的品位，他们那些惊世骇俗的思想，他们在面对爱的对象——男人或女人——时那些怯懦的手段。在经历过所有这一切之后，她身上对于“思想”所抱持的女性的、中西部的胆怯已经一去不复返了。她习惯了听人们讨论国家与时代。世界的历史，存在的范畴——再也没有什么能令她发慌了。她已经超越了被别人的思想唬得一愣一愣的阶段。

恐怕这正是我常常努力想做的。仿佛她会任由自己的儿子飞过一众伟人的头顶，飞越那许多学识渊博的人，那许多学院里的宿儒，那些写出过存在主义和地缘政治著作的作家们似的。你母亲是你唯一无法破其门而得分的守门员。

我和母亲此时正坐在小小的活动房屋内。屋子外面，每分钟都有人死去。那些或许能拯救他们的粮食正在被官员们偷盗，在遥远的地方（阿斯普勒蒙、蒙塔尔万、比塞大、中国[1]还有谁知道别的

1　前三个地方分属于法国、菲律宾和突尼斯，此处的中国在原文中用的是古语或诗歌中才会用到的Cathay，意在突出遥远。

什么地方）被卖掉。这些粮食中很多都被老鼠和鸟吃掉，被昆虫搬走，或索性只是烂掉。

我发现许多埃塞俄比亚人都具有非凡的美。他们那优雅的头型和深邃的黑眼睛令我久久不能忘怀。我的脑子里至今还记着斯威登堡关于一致性的观念，即创造是上帝与人类沟通的语言之一。我认识的一些俄国象征主义者从他们的法国先驱波德莱尔和兰波那里，或直接从斯威登堡的俄语译者阿科萨科夫那里继承来了这一思想。因此难民营宛然便有了些梦幻的气质，一如我母亲出现在这里，一副特蕾莎修女的样子，尽她所能地照料这些饱受病痛与饥饿之苦的人们。

但当着这一切，我却一直在谈论贝恩舅舅，一个劲儿地向母亲打探他的信息。没过多久她就开始生我的气了。她说："亲爱的，你一定是疯了。打听我弟弟和他那些个女朋友！要是打听你父亲倒也算了。不过他还是有点品位的。你舅舅根本连哪一面是上面都不知道。就他该得的来说，他能找到莉娜就够走运了。她是个体面女人，但要按任何真正的标准来说她只是个老古董。她死的时候他那一通闹腾啊，叫你还以为莉娜是个仙女呢。他就该专心搞他的叶子，或者树液，或是随便他在搞的哪个行当。"

我当然不敢苟同。她生起气来把谁都不放在眼里。如果有哪个男人最终想从自己的母亲那里获取针对女性的良言，你没什么好怪他的。闪耀着智慧光华的言语，这是唯一有可能让我产生兴趣的遗产。但她什么都不想给我。她对我感到失望，甚至是生气。她想要让我成为一个大人物。我应当成为《时代》杂志在巴黎的一把手，或《世界报》在华盛顿的主编，或者美国全国广播公司在西欧的、手下管着三十来号人的头儿，或者驻莫斯科大使馆的发言人。如果我是一个顶级的新闻工作者，会不会就对难民有更多的感觉呢？我就会满脑子都想着照片和传真，或是如何击败竞争对手。

她一点都没想到过自己弟弟的真正意义，不知道他是个永恒之公民，虽然在等级上低于我之前所列出的那些伟人，但和他们一样是具有头等重要性的人物。

她怪舅舅将我引入了歧途。他为什么不能别来管我呢？她也不想让我变得和父亲一样——尽管她对那种样子有更深的了解：求爱、自然史中的性舞蹈，一对赤裸着傲视同类的人在巴黎的一张床上做着他们的事情。至少鲁迪·特拉亨伯格是在对一种天赋做着回应，这种天赋若是将其隐藏起来是会让你死的。于是我的母亲与他应和，她屈服了，她甚至还怂恿着他的天赋，也许还对他的天赋带着些许的骄傲，她与他合作。面对着自然的力量，她还能干什么呢？但她的弟弟，看在她的眼里，并不在同一等级之中。他的植物学天赋对她毫无意义。她责怪舅舅将我引入歧途。这些学术的东西有什么用呢？我为什么要成为一个讨厌的教授呢？我跟本科生分享宿舍里的淋浴间，这些学生放的摇滚乐让我要发疯。我在跟特雷娅交往中表现出的温顺让她感到恶心。像我父亲那样的男人绝不会容忍那样的女孩子。她不想让我成为父亲那样的风流情圣，但我有必要成为截然相反的类型吗？我对舅舅的沉迷将使我落后时代一二十年。我成了令一位精力充沛的母亲大感头痛的事情，她为了我的缘故受了很多折磨，而我至今一事无成。

在索马里我犯下了想要跟她谈论自己观点的错误。我屈从于那时时困扰我的弱点，想要让她知道她的孩子在想些什么。我不想把自己装扮成科耶夫，或甚至是乔治·巴塔耶，但我的目的是带她透过我愚蠢行事和沦为一个傻女孩牺牲品的表象，为她快速勾勒或大体描述一下我的计划。如果不能令自己的生命成为时代的转折点，那你就没有存在的理由。没有必要加入衰退的人类的行进行列中去。我寄给过她一篇我发表在杂志（《俄国评论》）上的文章《阿克梅派的早晨，从古米廖夫和戈罗杰茨基到曼德尔施塔姆》，在其中一段引文下面还画了线："生存——那是艺术家最大的骄傲。除了存在他并不渴望其他的天堂……"以及诸如此类。在我的这篇文章中我讨论了阿克梅派与巴拉赛尔苏斯、斯威登堡和布莱克等人几乎一样的观点之间的相似之处。因为她是聪明女人，所以我给她机会让她自己去感受我暗示的意思：我喜欢舅舅是因为（这一点如果你看到过他置身植物中间时的情形便能看得出来）他显然并不渴望其他的天堂。换了别的地方他应该也能做出他对柱头折合状心皮所做的事来——这里我说的是几十年前一项令他声名鹊起的研究。他给了我一些理由去期待我自己也能拥有高质量的人生。我自然不想去效仿谁，只想做我自己。现在我指望她去弄明白蕴含在一篇学术论文中的暗示，这实在是够傻的。这跟看她这样一个六十多岁的衰弱的人等在小站上，想要跳上一列以超过一百英里的时速经过的特快列车有什么两样呢。

不过，如果你有一位智慧的母亲，你并不会轻易放弃与她进行根本性沟通的希望。

当时已是夜晚，难民们在荆棘灌木背后露营，你看不到他们受苦。此情此景很适于谈论更大些的话题。那天晚上我们吃饭时总算不必面对难民营的乱糟糟景象了。我开了几听馥颂的熟食罐头，我们就着一瓶上等的苹果白兰地把罐头都吃完了。我想我当时有点失态了，尝试要用我的一些关于东方和西方的观念去说服她。饥馑与罐头猪肉的组合让我起了这个话头。不过毕竟，薄伽丘让他笔下年轻的女士们和先生们在瘟疫时期用色情故事和笑话相互娱乐，于是在我们吃完了熟食，我也被优质白兰地弄得半醉以后，我开始跟她讲起了俄国集中营文学——索尔仁尼琴和沙拉莫夫等人的作品。我说，在东方，人类承受的苦难是匮乏。许多更高级的人类功能被消灭了。而在美国，一国的人却都被局限在最低级的人类兴趣上——俄国的侧重是废除高级，而在美国则是放纵低级。肤浅而论，呈现出来的样子的确如此。美国受过教育的观点认为，东方是值得羡慕的，他们拥有更多得到培养与发展的机会，因为在那里，人们承受着更多的苦难。而在这里，苦难是微不足道的。没有人会因为其脑中的想法而被砍成碎块。这意味着你还不如玩玩双陆棋呢。好吧，也许是这样。但苏维埃人[1]是一种无趣的实体。这不是他自己的错，我向你保证。这主要是一个人类的精神如何被所谓的革命打败的问题。不过，俄国人有一种特殊的财富，那是一种信念，认为俄国是更深厚、更诚挚情感的故乡。陀思妥耶夫斯基等人就竭力推动过这种名声的建立，认为俄国人有着无限的激情。而西方只不过是一所收容因情感冻疮而截肢的人和其他情感瘸子的医院。不过，也的确有俄国人跟我们说我们被彻头彻尾欺骗了。列夫·尼沃佐夫，他可不是个会随便上当的人，他说在非理性的和纯粹情绪性行为方面，美国人在20世纪刚达到俄国人在19世纪的水平。我们这里和苏联相比，有着多得多的感情直白表露。这并不完全给人带来愉快的感觉，但的确随处可见。他甚至指责陀思妥耶夫斯基是个空头理论家，说陀氏私底下是一个冷漠而精于算计的理性主义者，一个情感

1　原文用的是 Homo Sovieticus，这是苏联作家季诺维耶夫发明的一种带有讽刺和批判意味的名词，改自Homo Sapiens（智人，现代人类的学名）。

有缺陷的人。不过如果您不想听的话我们可以跳过这些，妈妈。

她对我说的话一个字也不赞同。她觉得我是在发疯。

于是我没有后退，又做了一次尝试。东方的苦难是匮乏，西方的苦难是欲望。

这也让她感到震惊。也许是想到了老爸那充满爱欲的生涯，她说我疯了。苦难，的确是！那不是他的苦难，那是她的！这么些年来她容忍着他的风流与花心，而现在我跑来告诉她他是承受着苦难的人。我生下来就有点聋，这已经够糟糕了；我没有必要还是一个白痴。“你是要把伦敦、巴黎和纽约跟俄罗斯的马加丹州和科雷马进行比较吗？或者跟我们正坐在其中的这个难民营？我真不该吃你拿来的那些花里胡哨的东西。”突然间，老爸和他那些妞儿以各种各样裸体的形态从我们面前招摇而过。那个居然是一种苦难！

世上的苦难是各不相同的。她没有读过D. H. 劳伦斯那首关于尖叫的海龟的诗：“被钉在十字架上进入性爱。”同样，她也没有读她的普鲁斯特，尽管家中的书架上摆着满满的普鲁斯特。在目前这样的环境中，她觉得我编织理论，放纵自己于似是而非的观点之中，实在显得很无情。

我也许跟她说过（以一种温和的纠正口吻），俄国人所受到的折磨，放到广阔的历史中来看，是经典形式的折磨，是人类从战争、瘟疫、饥荒和奴役中获得过最深了解的折磨。那些形式的折磨意义深远且为世人所熟知，必须理所当然地给幸存者带来人性上的深化。我忍不住要做的事是想让老妈明白，自由所带来的折磨也必须被纳入考虑。如若不然，我们便等于是把极权主义的门槛给提高了，我们会说只有压迫才能让我们变得诚实。自由的人格无法从装聋作哑的天堂或保持中立的人间得到任何帮助，正面临着具有致命危险的选择，这些选择将会决定文明的未来。讲到这里时，作为题外话，我提到了舅舅的痛苦清单。

母亲此刻正带着真正的担忧端详着我，仿佛我已经失去了理智。她并没有看上去那么老。在她不再想当时髦女士后，她便换上了沧桑老态。她想要谈论的是为两千人而设立的难民营挤进了四千人；水是从三十英里之外用卡车运来的；帐篷严重不足；一家家人都在树枝下栖身；边境另一边的埃塞俄比亚民兵武装会跑来抓走奥洛莫族的孩子，并强奸其中的少女；索马里的官员们则试图强迫这些难民返回，以便为了更大的暴行而组织起来的门格斯图的部队可以完成他们的工作。可实际的情形却是，他唯一的孩子跑来给她上了一课。在这方面，他倒是像他老爸，在他的赏心乐事清单上，紧挨在性爱后面的便是为人师了。她来访的儿子此刻正兴致勃勃地谈论着发生在1905年的一场风暴，俄国人在老帝国政权的末期对先天愚型[1]的恐惧；讲中世纪罗斯军队在库利科沃战役中击退了蒙古金帐汗国的军队。勃洛克曾关于这场战争写过一首很杰出的诗。别雷被这首诗的预言含义深深吸引，诗中原本弥漫着一种即将堕入混沌那原始深处的危险，直到一轮精神的红日放出光芒，直到身着青铜甲胄的骑士成功地跃过历史。革命的意义便是俄国尝试将自己与现代意识的苦难隔绝开。这是一种封闭。在这个封闭起来的国家中，斯大林把旧的死亡变本加厉。而在西方，苦难则拥有一种新的死亡。对于自由世界中的灵魂所发生的事情没有任何词语可以言表。别去管什么“不断增加的权益”，别理会什么奢华的“生活方式”。我

1　先天愚型的英语原文是Mongolism，字面意思是蒙古症，该病又称作唐氏综合征，正因为如此，下面的话题跳到了罗斯军队和蒙古军队的战役。

们被埋葬的判断力对此知道得更清楚。所有这一切都被遥远的意识中心看在眼里，它们挣扎着不想完全觉醒。完全的觉醒会让我们面对新的死亡，一种属于我们这半边世界的特别的苦难。对于真实发生的事情开启一种真的意识不啻炼狱。

“我真不应该让你跟德拉贡大街的那个老头儿学俄语。”母亲说，“他把你一辈子都给带歪了。”

我觉得我不该把自己痴迷的东西带到这片饥荒与种族杀戮的土地上来。母亲对我的这套学说感到震惊。我在说话的时候她听到的依然是那个半聋的孩子。我知道她是怎么想的。她到目前为止都会更愿意听到我说，“我有了个计划，可以把芙洛拉·刘易斯从社论版挤走并取而代之”，把这作为我终于长大了的标志。我太胸无大志，太蠢了，做不出这样的事情来。或许是老叶尔梅洛夫（还有舅舅）让我变得与这样一种富有创造性的生活不相适应了。

不过索马里的事我不想再多说了。

舅舅和我身在京都（我从地球的一个角被拽到了另一个角），舅舅的东道主，另一位植物界的巨擘小松教授，到俵屋旅馆接上了我们，带我们去参观一些著名的神社和寺院。

小松教授是一位年过八旬的绅士，肤色黝黑，骨瘦如柴，穿了件远算不上新的和服，脚上趿着凉鞋，光头上布满了老人斑。他那副金丝边眼镜属于更早前的年代。1925年他去牛津求学。他来时坐的那辆租来的豪华轿车也属于那个时代。我想那是一辆英国的沃克斯豪尔，除了在默片里我还从没见过任何那样的东西。贝恩舅舅的情绪已经整个改变了。他说着些轻松愉快的话，抑制不住地表达着心里的高兴。他似乎想要凭借自己的力量度过危机，因此一直也没怎么去碰那些能让他高兴的事物。这里正是春天，湿润而又柔和，与西雅图那连绵的苦雨截然不同。淅淅沥沥的小雨所自落下的天空是明亮的，而不是阴沉沉的。来到树下时，能听见雨珠从晶莹剔透的新叶间一声声地滴着。小松教授带了把绛紫色的大伞。

这里看不到一望无际的地平线，只有林木葱茏的山丘，和小片的田地。视野中一点都寻不到工业化日本的踪迹。它知道哪里是属于它的地方，那片地方当然是辽阔的，但这里连一扇朝着我们发光的工厂窗子都没有。教授为我们准备了特别的节目。他翻译了几首自己写的诗，在我们坐定到老沃克斯豪尔车中后，他得到我们允许把诗念给我们听。他那些诗有一个简单的主题：怀念儿时的保姆，那是他七十五年前曾经深爱过的人，她已于1912年去世，当时他只有六七岁大。

“是你终生的爱？”舅舅问。

一把年纪的小松不能接受这种西方的思维模式。

在他念诗的时候司机放慢了车速。我移到了前后座之间的折叠椅上，让小松教授和舅舅能相互看见。舅舅的脸有点扭曲，一副凝神谛听的样子。我们俩都看着老人的下排牙齿在朗读中的律动，一颗颗小小的牙齿就像渐渐干涸变得焦黄的石榴籽。在我被介绍给教授的时候，舅舅曾用压低的声音（每次他压低声音就表明所言非虚）向我保证，小松是一位向世界奉献出了具有真正科学力量的论文的植物物理学家。这样一个人居然写出诗歌献给一位去世如此之久的女性，这足以证明在有些科学家——这些经过训练来阅读蕴含无尽秘密的自然之书的人——的心中，爱也拥有极高的地位。就像爱因斯坦提到上帝也能对上帝的声名带来提升一样，教授以自己的诗来支持爱，这是能让正处于最低潮的爱的信用评级得到上升的。

以直角线为基础建造的古董车（流线型当时还远没有成为卖

点）进入了树林间的一块空地，那里，一小队身着黑褐色衣服的女人正在干着体力活儿。对美国的装配流水线熟悉的人见了日本人工作的样子会大感不同：美国人干活儿的时候有时会抽着大麻，把自己笼罩在烟雾之中；而日本人干活儿的时候是全身心地投入，没有任何的保留。这些小个子女人弯腰站在搁着树干的支架边，已经剥完了树皮，正在进行着刮擦、清洗、打磨和抛光。小松教授解释道："这些是家宅的梁柱，在传统屋宇的建造中具有特殊的重要性。"

"啊，对。是特别栽种的吧，我猜。"舅舅说。

"还要定期察看，还要风干处理。然后由这些女人用指定的材料加以准备，也许是浮石粉和油。全都是用手工。简直跟宗教仪式差不多了。"

舅舅脱口而出，评论道："做这种工作的女人也许是好妻子。"

你可以观察到小松的表情逐渐发生了变化，表达赞许的深深的皱纹依次加入。他抬起脸朝向车顶，开怀大笑。我觉得他要拿起通话管把这个笑话翻译给司机听了。可是没有，他只是抱着双臂（他的腿上铺满了诗）说道："这句话会让你出了名的幽默，克莱德尔博士。把对房屋梁柱的处理方式转到了对待丈夫上。要是丈夫愿意跟一根树干交换位置就好了。"

"哦，教授，有时候我倒很愿意做这样的事。今天真是如天堂般美好的一天啊。"

这些是卡罗琳肯定不会为他做的事情。可怜的黛拉·比德尔也不会。

"那些女人的手上会长满老茧。"小松说，"要花上点时间这些茧子才会变软。我想你说的是童话故事里的观念，就像《魔笛》

里面那样，一个又丑又老的怪物变成了一位年轻漂亮的妻子。”

“不过，预先计划好的、理性的选择往往不会管用。”舅舅说。我了解他的心境。舅舅居然还说理性的选择？他的兴致非常高昂，他这会儿正玩得开心呢。

老迈的小松教授渐渐跟他开起了玩笑。老人说：“我们的封建制度对你们的国人来说非常有魅力，不过到这里来找温顺妻子的美国人往往会失望。在美国待了一年左右，这些女人就被美国化了。角色倒转了。要不了多久，克莱德尔教授，您也许会成为动辄得咎的侍从，而她变成了对您发号施令的懒惰的妻子。”

说得没错——唉，不过即便那样也比后来发生在贝恩身上的事要好得多。想想，如果我当时开了口，请小松给推荐一个可靠的日本媒人，那样就不会有玛蒂尔达——就不会有莱亚萌那一家人了。

可笑的人民——我是指我们的，不是指日本人民。哦，他们的人民也够可笑的。东京和大阪是拥挤的城市，到处都是一堆一堆的人。拉开任何一扇门都会释放出数以百计的人来。无论打开哪一个盥洗室的小隔间，都会发现里面坐着人。打开一个井盖都会有人涌出来。但我们还要更可笑一点，在我们国家，人们期盼着满足那么多的欲望，在这世界上恣肆妄为，狂欢享乐。或者想着要得到狂欢享乐的钱。或者想法证明你能用别人的钱来狂欢享乐。特雷娅在西雅图的时候，有一次为了戳我的痛处曾跟我说过：“我已经习惯于多项选择了。”这话什么意思？

她让我联想到了司汤达在其回忆录中提到过的那个朋友，对于此君，与任何女人发生关系，如果只发生一次，那才是令人愉悦的。两次，最多了。

可我们身在京都，由人带着游览。

豪华轿车停在了一座古刹的下面，我们拾阶而上去参观寺院，途中时时停下来小憩一下。我稍微有点时差反应；舅舅对于环球旅行比我更有经验，因此没有任何压力。

之后的日本之行无法比这次更令人愉快了。我的两位长辈，两位植物学家，相互交换了关于叶子和花朵的信息，他们说话的时候密密的雨点从树梢落到教授的雨伞上，快得像摩尔斯密码。没过多久太阳出来了。云朵散开的时候，有那么一刻令我想起了特雷姬有时把头发梳向一边，盖过眉毛的样子。如果天空中出现这种女孩子的形象，就预示着你被挑选了出来，要有麻烦了。或许是你把自己给挑了出来，仿佛并不是别人已经把矛头都针对了你似的。

舅舅走在前面时，日本老教授跟我说，舅舅有一种特别的观察事物的天赋。这也许并不如一般意义上的“科学”。“植物出现到他面前时”带着一种明显的视觉意象。你可以有一种非常清晰的想法，但在这之上还有一种状态，在这种状态中想法不仅非常清晰，还变得可见，仿佛已经在你的脑海中画了出来。

我不确定我能理解这种说法。教授也不是很确定自己能理解。思想也可以是一个物体吗？欧几里得制作过思维导图。法国人管一种花叫思想[1]，他说。那不算，那是带感情的用法。花朵中蕴含着爱的语言？在奥菲利亚发疯后的那场戏中这种语言的确动人，但除了爱情的心碎和儿女的悲伤外，那其中蕴含的只是少女们的传说而已。我小心翼翼地不让自己冒犯到小松，他在自己的诗歌中也许用到过花的语言。不过我还是从老人那里得到些东西的，那就是印证了我的直觉，即舅舅看待事物的眼光与我们大家不一样。难怪他会经常

1　法语pensées，指火花三色堇，也意为“思想”。

跟我说，从他的视角看去，植物是奇怪的生物，成为这样的一支生命你必须具备特别的、几乎是预知未来的力量。尽管植物的结构非常高级，却没有迹象表明它们拥有我们所理解的意识。置身于岩石的世界之上，它们富含水分，它们会呼吸，它们会向外伸展。与之形成对照，我们人类是内卷的——想想我们的大肠、小肠和布满褶皱的大脑就知道了。

舅舅在这座寺庙附近忙忙碌碌，而且喜气洋洋。我看着他俯下身子仔细察看叶子与花朵。他那俄国人的背越看越像是在外套下面藏着放翅膀的鞘，而如果他乐意的话，也许会脱下几件衣服绕着这神社的花园飞翔。只是就这样把他的人类朋友撇在一边有点失礼。他是个很讲礼貌的人。

问题又来了：如果人类也具备了相似的洞察力会怎样？要是他自己也具备了一点会怎样？或许存在着一种影响，一种绿色的重叠，可以这么说，让人类的脸也进入他的视域中。不过，他没办法以通灵的手法将这种洞察力转移到人际关系上去。这一点很快就在他的第二次婚姻中变得再明显不过了。

我很快就会讲到这事了——介绍玛蒂尔达·莱亚萌。

不过我先要讲一下在京都的一次非同寻常的外出游玩。

老教授的一些年轻同事某天晚上带我们进城找乐子。他们笑着说，他们要对小松那些写给保姆的诗做出补偿，这些诗他逮住谁就要念给谁听。他们问不知道克莱德尔教授介不介意去看一场脱衣舞表演。请大家想象一下这画面：一个植物王国中的预言家受邀去看脱衣舞。“绝对惹火。”其中一人说。舅舅发表意见道：“我以为这里是亚洲神圣的城市之一。”他们似乎觉得这很滑稽。我看得出来，舅舅幽默家的名声也许建立在不同文化间相互误解的基础之上。小松教授那些年轻的同事们笑得不亦乐乎，也许是出于礼貌吧。（又说到礼貌了：越是礼崩乐坏，礼貌的行为便越是显得滑稽可笑。）

舅舅观看色情表演的经验十分有限。这类表演并不是他喜欢的那杯茶。其实这些年轻的学者是在考验他。他们想看看著名的美国植物学家会对这些女孩子做出怎样的反应。我自己也对此颇为好奇。即使是现在我还是说不出舅舅的内心到底色不色。我知道他心里会想女人，但不是别人想女人的那种目的。他没有我老爸的那种兴趣，对此我可以在公证人面前发誓。他有异教徒的爱好吗？他是在古希腊的意义上受着情欲的驱使吗？他是酒神狄奥尼索斯的崇拜者吗？不过首先，他是个犹太人，一个俄罗斯人长相的犹太人。我猜想，世上一直都会有像他一样的犹太人。也一直会有人像老爸。还会有像我的，又瘦又黑，凡事喜欢追根究底，坦率中又带着些狡黠。但我们从来没遇到过像这回这样的历史时刻，关于性的；既不同于巴比伦或罗马，也不同于古印度。这将会成为一个真正值得研究的题目。世上没几个人有足够的智慧能找到一个真正的题目。

那些年轻同事晚饭后带我们去的那个剧场没有座位。只有站立的空间。正中间有个舞台，一大堆男人围在四周。这数量，这人群密度，在日本都是再常见不过了。人群中的大多数都是年轻的公司管理人员，打扮得跟他们的美国同行很像，穿着英国人曾称作休闲装的商务装，好像那些在IBM、三菱或索尼干的人都是在休闲似的。一大群看着像是高收入、衣着光鲜的日本人，黑头发，很是热情却又很有压力，正目光向上望着舞台。表演者的名号写在海报上，都是叫大阪小姐、东京小姐、奈良小姐、横滨小姐、长崎小姐什么的。她们穿着浮花织锦和服，系了正式的阔腰带，脚下蹬着木屐，手中拿了纸伞，发髻束得高高的，脸上敷了粉底，化了浓妆。每个从学校来的少女都用甜甜的颤音唱着歌。这番亮相结束后，她们便开始干正事了，跟全世界的脱衣舞者并没什么两样。这些都是特别俏丽、娇艳的女孩子。只见她们每次两个一组，走进一个树脂玻璃的笼子里。笼子连着一根单轨索道，升起到了天花板上。笼子在剧场内时而纵贯，时而环绕，追光灯一直打在表演者身上，她们嬉笑着，打闹着，拥抱着，亲吻着，伸出舌头来，做出欲仙欲死的媚态。对她们而言，这就是一场嬉闹。而下面的男人们，那一个个仰着的、头发修剪过的脑袋，却反倒严峻而沉郁。下面的气氛颇为凝重，特别是树脂玻璃的爱巢回到舞台上的时候。随后每个女孩子依次俯下身子，打开并拢的膝盖。死一般的寂静。一种静止的疯狂降临到整个房子里。你可以画出从男人们的眼睛直到欲望中心的力的作用线。纯贞的宝藏完全打开了，每个人都一定要看到，要看到，要看到那万物中的极品，那小小的嫣红如缎子针垫一般的器官。男人们挤在一起，个个都很有节制，没有推来搡去。这些在商场或实验室中跟德国人、英国人和美国人展开激烈竞争的奇才，这些高科技人才或管理精英，没有一个人喝醉，没有一个人张开嘴巴，他们跑到这里就是来看这些女孩子向他们展示的东西。大阪小姐和奈良小姐将之摆到人们的面前，直白到了极致。而越是直白，那里面越是似乎蕴藏了无尽的秘密。那些带舅舅来的年轻同事们原本是要观察他的反应的，可现在根本都没有朝他看一眼。这些人是植物学家、工程师，他们发明出神奇的光学仪器，从电子显微镜到能从土星的卫星上传回画面来的设备，此时他们什么都不在意，只在意这缓慢的张开。他们看不够。女孩子们感受到了她们正在得到的关注的重量，似乎知道她们造成了多少痛苦，观众们颤抖得有多厉害。我也在颤抖。根本忍不住。舅舅穿着他那身精致的浅灰色西装站立在那里——他处于激动的情绪中。

这超出了他能承受的范围。他在京都已经失去很多地盘了。对此他直言不讳。第二天早上他说他准备要走了。

“你没睡好吗？”

“我吃了一颗安定胶囊。我现在要走了。看看我们，坐在地板上吃早饭。这样的日子过上一星期我可是够了。”

“色情表演你以前也看过。都过五十岁的人了，又不是头一回看脱衣舞。”

“当然不是。可我不喜欢昨天的那种感觉。”

“你环游世界有多少次了？”

“比儒勒·凡尔纳还多。”

“你昨天是什么感觉？”

“打开又关上，然后又打开、又关上，弄得我快要崩溃了。”

“很难理解，这种日本式的性爱观。他们的前提跟我们截然不同。”

“我很肯定你说得没错。不过这跟我有什么关系呢。”

“日本的商人会为自己安排前往各国的性旅行。妻子们待在家里，而丈夫们飞往拉丁美洲去享受特殊娱乐。”

“人类学家会对这非常感兴趣，但这不是我的专业。他们爱怎么研究且由他们去。对我来说压力实在太大了。”

“我们昨天晚上的那班朋友想带我们去一家俱乐部。那儿有个表演者在阴茎上打了个蝴蝶结。”

“哼，我不想见到他。”舅舅说，“如果人们拿定主意要把巧心思放在任何特别的领域，他们总是会做过头。这会变成一种炼狱。”

他内心很不安，否则他说话不会这么冲的。他在寻求保护，我应该感受到的。也许他在回味（跟我自己一样）那些日本少女。舅舅是一个无法保持反讽距离的人。他缺乏世俗的调和。所有的人现在都把整个世界摆在他的面前，要他来判断，其潜台词便是：“要是你搞不定那就只能认倒霉了。”于是他走到哪儿都倒霉，因为其实谁都没有搞定过。说到性，舅舅并不是合格的选手之一。他从来都不会成为一个真正的参赛者。这倒不是因为他纯真无辜。世界上根本没有这回事。想想所有那些托儿所里的小孩子，他们在性侵案的法庭上做证，指控那些上了年纪的女看护，也许正在把这些受人尊敬的人送进监狱。这些小小孩的欺诈究竟是怎么回事？还有雷米·德·古尔蒙一伙人的颓废行为，斯温伯恩那群人的“英国式”恶行，和上个世纪的《酷刑花园》[1]。所有这些，其司空见惯和那种高兴劲儿跟早餐时的干麦片没什么两样。至于“纯真无辜”，我自从见到过波诺马连科的那番话后就再也不提了。“纯洁”是那些更重大的罪行最喜爱的伪装。（也是某些形式的疯狂的伪装。）所以，再说回到舅舅身上，他并不纯洁无辜。他过分讲究得有点奇怪，稍微有点吹毛求疵，很难解释，我能接触到的那些类型他都不喜欢。当然，他读过性方面的经典著作，诸如佛瑞尔、哈夫洛克·霭理士、金赛和另一个研究性学的霭理士——阿尔伯特·霭理士，人称性革命中的托马斯·佩恩——再加上马斯特斯和约翰逊，诸如此

---

1 此句提及人／作品分别为：雷米·德·古尔蒙（Remy de Gourmont，1858—1915），法国诗人、小说家，后期象征主义诗坛的领袖；斯温伯恩（Algernon Charles Swinburne，1837—1909），英国诗人、剧作家和文学评论家；《酷刑花园》是法国作家奥克塔瓦·米拉波（Octave Mirbeau，1848—1917）的小说，里面的女主人公患有歇斯底里病。

类。我提到过他曾颇费精力地跟踪过疱疹、艾滋病和其他疾病的最新进展。难道我能昧着良心假装他对黛拉、卡罗琳以及其他人没有动过心吗？他有一次说过，在和卡罗琳激情地拥抱时，卡罗琳会喊出：“哦，你真是个天使！你这个天使，你啊！”他为什么要告诉我这个，除非他的目的是自我形象塑造？她是个怪胎，而他是个科学家，是个怀着童心的成年人（天真无辜，天使），牺牲自己来满足她的需要……我实在想不下去了。

他跟莉娜舅妈以往真的感情甚笃，他一直都是个忠实的丈夫。不过我允许自己在这里记录下他的一件秘事——现在说出来已经不会造成什么伤害了。从前，在他三十多岁的时候，他的确做过一次小小的实验，不是跟另一个女人，而是一种毒品。他在医学院的某个同事给他打了几针睾酮，做实验的。在一段时间里并没有什么反应。但有一天——莉娜那天出去了，购物去了——他突然发作起来，体验到了猛烈的性的感觉：“我躺在那儿不知道该怎么办。突然间我变成了婴儿。一对小小的拳头，小小的婴儿脚，而我的其他部分全都在肿胀着，什么都感受不到，只有肿胀。肿胀到把你变成了一个哭泣的小宝宝——哭泣，因为你根本就对其无能为力。”

“你做什么了吗？”

“我等着它过去。除此之外还能干什么？我后来再也没有用过那玩意儿。”

要叫我看，他不需要这玩意儿。现在他已经五十多岁了，依然受着折磨，一个十足的受着欲望煎熬的例子。跟妈妈聊天的时候我脑子里就想着这个。在中年的晚期，人们依然被性的烟花弄得目眩神迷，而在别的文明中，到了这时候人们就会背身离去。他们在人生的每个阶段做这个阶段该做的事，带着尊严——我所知如是——

而不是悲伤地啜泣，像我们的某些诗人，甚至是最伟大的诗人，在这性的无政府状态时期所做的那样。但另一方面，每个时代都有其严重的危险存在：很有可能当这些危险的势头起来后，会将你耗得精疲力竭。想想黑死病或世界大战或强制劳役。一旦这些东西大行其道了，没有多少人有希望逃脱。把我们面临的严重危险，比如说和色欲有关的那些，跟战争或强制劳役相提并论，似乎看上去有些奇怪，但无论它是什么，只要它在把数以十亿计的人的灵魂攫走，便必须要认真加以面对。需要加以说明的是，到了某个时间，“睿智的观察家们”会向美国发出警告，为了使其停止成为一个肤浅的怪物，美国必须为艰难时世做好准备。美国因此需要一种主要范围内的苦难——一种老式的苦难。如果叶尔梅洛夫先生所说的那些天使来向我们注入更高尚的爱，却发现我们没有做好准备，便会将其直接注入肉体，于是我们马上就跌入最耀眼却也是最可怕的堕落之中（而由于我们的无知我们错将其当作了赏心乐事！），人们拒绝将其看作一种苦难的唯一心理基础只是因为他们没有意识到而已。由此你可以看出我为什么不怎么信任知识分子能成为“睿智的观察家”。这可怜的一大群啊。空有头脑却对根本性的东西一无所知。

但我不想在此继续讲这个问题了。我在这里只是陈述一个简单的事实，舅舅因为一连串性方面的痛苦遭遇而心乱如麻。并没有好的理由可以解释为什么横滨小姐和长崎小姐居然会令他如此受打击，给他带来偌大的痛苦，乃至于他决定要一劳永逸地让自己的生活安定下来。关于这点他没有跟我说实话。我想他是不想把自己放入我的掌中。这些是一个男人该为自己作出的决定。这一点我能明白。我能明白为什么跟肯尼斯·特拉亨伯格讨论婚姻会让他发疯。我不明白的是，如果他想要的是平静或秩序，精神上的满足就更不用说了，他为什么会选一个玛蒂尔达·莱亚萌这样的女人。

不管怎么说，在圣诞节的时候，在我人在国外的时候，他娶了这位女士，仪式没有大张旗鼓，是在她父母——威廉·莱亚萌医生和太太——家低调办的。

我去了东非看我母亲，去了波拿巴大街看我父亲。等我过了新年第一天后回到家里，发现了婚礼请柬，上面还标着“请勿转寄”。像这种品质的结婚请柬必须得提前几个月定制才行。像这种蒂凡尼风格带镂空工艺的请柬不是随随便便就能做得出来的。很显然，他们是在我出国之前很久就定制了。在舅舅开车送我去机场的时候，计划就已经制定好了。然而关于玛蒂尔达·莱亚萌，他一个字都没有提过。我甚至都不知道他在带她外出约会了。而他还是通过我才认识的这个女人。母亲把玛蒂尔达介绍给我认识。母亲喜欢给在巴黎的美国女孩子指导指导人生，玛蒂尔达是她的女弟子之一。在欧洲住了几十年，母亲足以提供极有价值的指点与信息——也是极有用的人脉。如果你能哄得她高兴，她会把你介绍给别人，甚至会为她最喜欢的几个弟子举行派对。母亲将家门向漂亮的女人敞开，也许是在借此向老爸显示她有多么无畏。谁知道呢？我不相信她会想着成为他的同谋。她当然意识到自己嫁的是一个天才（一个四处留情的天才，直到现在也还是）。一个人在一生中会遇见多少真正出色的人物呢？贝恩舅舅的事给出了一个可堪类比的例子。他也是个出色的人物，尽管此时此刻在我对他的叙述中我不怎么愿意承认这一点。我心中的某个地方还在痛，因为他欺骗了我——他打破了我们之间相处的规则。

对了，玛蒂尔达从来就没跟老爸有过什么关系。她是母亲这边的，不过她的支持倒也不是母亲求来的。母亲跟老爸的关系属于官方秘密。玛蒂尔达给身处东非的母亲写信，但没有哪一封信提到过贝恩舅舅，而且给母亲的婚礼请柬直到二月才寄到，表明玛蒂尔达是在确保没有来自母亲的任何干涉。妈妈经常拿贝恩在女人方面的麻烦打趣。作为克莱德尔家族的一员，她继承了家族特有的风趣。她有一次说过："在爱情上面，我弟弟就是那种血友病患者，虽说一碰就会出血不止，却还要在黑暗中用剃刀刮胡子。"等玛蒂尔达终于告诉母亲她和贝恩已经坠入爱河，而且圣诞节的婚礼非常美丽时，她还说能够跟母亲这么好一位朋友成为姑嫂真是一件特别的幸事。就算母亲最吃别人对她的吹捧，也觉得这事实在是过分。在给我写信说这件事时她把自己给择得干干净净，还总结道："打死我都没想到过，像玛蒂尔达这样的女孩子，居然会把贝恩这种家伙当成结婚对象。"

在一篇长长的"又及"中，母亲评论了这桩婚事，批评了我跟舅舅的关系，以及我模仿他的倾向。她认定舅舅对我有了依赖性。"他用亲情（和妄想）捆绑住了你，不让你实现自己的远大抱负。现在你们俩不会再有那么多接触了，而你也会有兴趣要结婚了。特雷姬不是一个合适的妻子。她属于肯·克西[1]的迷幻文化，所有那套疯狂的东西现在都已经过时了，而且她还似懂非懂。迷幻文化没有创

1　肯·克西（Ken Kesey，1935—1990），美国著名小说家，因出版《飞越疯人院》而一举成名，他被称为嬉皮时代的催生者和见证人。

造出前卫的东西来，而这原本是它有资格存在的唯一借口。你在这里的时候，说起过一个叫迪塔·施瓦兹的年轻姑娘。你也许没意识到你提到她有多频繁。很显然她很乐于听你说话，出于受教育的目的。你拥有所有在巴黎的文化优势，而她只是一个美国妞儿，而且还是来自中西部，所以她哪儿哪儿都要学。这也许意味着，作为必然的结果，你哪儿哪儿都会有损失。叫独子要谨慎行事通常会刺激出更多的鲁莽之举来。不过现在你舅舅不会再像从前那样需要你了……”

这最后一句话证明她不仅身处索马里，连脑子也停留在了索马里。舅舅从来没有像现在这样迫切地需要我。

这里我要稍微倒回去一点，说个前因后果：玛蒂尔达当初到巴黎来是为了搜集有关纳粹占领时期文化活动的资料。她对那些大咖特别感兴趣，像是德国这边的恩斯特·荣格尔，法国这边的赛琳，还有德里厄·拉罗谢尔、布拉西拉克和拉蒙·费尔南德斯（真可惜，像费尔南德斯这么一个有天赋的人居然加入了法西斯文学圈）。母亲介绍了玛蒂尔达给玛格丽特·杜拉斯认识（那时杜拉斯还远没有成为名人），玛蒂尔达花了几个星期为自己的博士论文做笔记。对于一个研究生来说，她的法语好得不同寻常；对于一个美国人来说，她有着一流的推荐人；她是个漂亮女人，是那种能引人注意的倾听者，正是那种话多的受访者喜欢的类型。她在搜集信息时不知疲倦，而且通过调整自己的状态，赢得了那些受访者的信心。这些人当中大多是欺世盗名的骗子，他们拥有奇怪的观念，要把战争时期的暴行和法国作为文明国度的最高目标调和起来。比如，为了替抵抗组织获得信息，有人会跟通敌者睡觉，或是在一个两头讨好的人被枪毙后你也许发现自己真的爱过他——反正是能想到的都有了：色诱、撕心裂肺的痛楚、被玷污的爱情、爱国主义，还有精致的文学风格，于是法国文化的纯洁得到了保全。简直是彻头彻尾的腐烂，彻头彻尾的堕落。没有哪个心智健全的人会去钻研这样一个话题。

玛蒂尔达回到美国后（她父亲是个医药界的大人物，很有钱）来找过我，贝恩就是通过我认识她的。我和他一起带她去吃饭。他说她长得不错——一个客观的陈述，没有什么特别的意思。他不可能是在故意误导我。当时结婚的想法还没有进入他的脑子。那会儿是初夏，他正在研究他的北极苔藓，庆幸能从前一年那段刺痛的性经历中全身而退。偶尔，他会省略复杂的技术性问题，告诉我苔藓是如何从大气中汲取营养的，因为气团从一个地区移动到另一个地区时携带着营养成分和有毒物质。我很高兴看到他重返工作，一点也没有起疑心。一到绿色世界中他就没问题了。世上没有多少东西能伤害到作为植物学家的贝恩。我们带玛蒂尔达出去的时候，她在吃饭时告诉我，她依然和杜拉斯保持着通信，不过研究项目已经不再在进行了。她终于意识到这个项目非自己能力可及，除非准备好了要一头扎进去五到六年。据我所知，她过去退出过好几个这样的项目。我的猜测是她没有把这些事做完的必要。社交探索才是她真正的意图。她现在已经过三十岁了，没有结过婚，要孩子也还不算太晚，她要找的就是一个丈夫。我从来没想过，贝恩舅舅会成为这么一个光彩照人、带点神经质、杂糅了法国和美国中西部气质的女士考虑的结婚对象。现在我明白了，贝恩在学术界的地位和科学界的声望为她提供了一个稳定的活动范围。她跟这样的人物打交道已经很久了，久到不会像恋爱中的年轻女人那样出于冲动而结婚。不管怎样，她要求舅舅不要把他们之间的恋爱经过讲给我听。我和舅舅谈论这件事会让她尴尬。她不喜欢去想她爱的男人在谈论她。我也许是个好人，而且舅舅显然对我疼爱有加，但没有人能否认，我这人稍微有点怪，而且以各种怪诞的理论而臭名昭著。即便是母亲也暗示过（比暗示还要略明一些），说我心理不够稳定。“男人要是结了婚，应该不受影响地作出他自己的选择。”玛蒂尔达告诉舅舅，“并且顺从他最强烈的本能。”

“所以你把我蒙在了鼓里。”我摆出一副很欣赏他别出心裁的样子。我不准备跟他说他背叛了我，在构成我俩关系基础的相互约定上食言了，也不准备说我很生气。

那么，一段“关系”和它的基础到底又是怎么回事呢?

我对这个问题的看法，简单来说，其本质就是斯威登堡所谓“纯粹自然”的枯燥乏味，就是对永远被封闭在一个不变的圈子里的厌倦，无论这圈子是宇宙还是自我，这样的封闭都使我们沦为囚犯。一个物质与能量恒定的世界，你难道看不出来吗?这就是所罗门智慧所谓的“太阳底下无新事”或“永恒的循环”——一个封闭的环，而一个封闭的环就是一座监狱。

我的父母（作为儿子我对他们很尊敬）是闭环类型的人。因此舅舅才会对我有吸引力。他显然不是身处在寻常的圆周之内，而是不时会跑出去，进入植物王国，有时候还会去更远的地方。我们达成了一种相互理解。在最基本的层面，谁都不会让对方走进旋转着的螺旋桨里去。而我们经历多年才形成的习惯，是会告诉对方（带着让对方感到解脱的轻松）在任何层面上正在发生的事情。先讲一个最初级的例子，舅舅会说：“我的肛门瘙痒老也好不了。”“试试坐浴吧。”那，有本事你去找个奥赛罗来跟他聊聊他身上的瘙痒。不过我们已经不是处于宏大战争那种辉煌的时期了。我们是从另一头开始的。不过无论你是从顶部开始还是底部开始，那种具有穿透性的人性的力量还是一样。一个伊阿古[1]的干预便能将你拉低到粗俗的猴子的层次，这是肯定的。不管怎么说，我和舅舅畅谈人类关心的所有事物。

人类应当在上帝面前游戏——游戏得越高级，越能讨得上帝的欢心。我颇怀疑，如果是看着狗屎一样的人在自己面前游戏，上帝是否还会有兴趣。我现在说的还不是伊阿古之流，而是平庸的、想象力发育不完全的人。心理学要干的就是解释和原谅这些狗屎，但是圣灵知道，最重要的状态是认识论的和形而上的，和封闭的环构成的监狱和地狱有关。“耶和华还没有创造大地和田野，”《圣经》里的《箴言》说道，“那时，我在他那里为工师，日日为他所喜爱，常常在他面前踊跃，踊跃在他为人预备可住之地，也喜悦住在世人之间。”[2]

“我必须得取消一些办公室接待时间。”舅舅又拿出了那套排练纯熟的替自己文过饰非的腔调，“我要接她下舞蹈课，或等她做完分析，然后我们要到公园的温室待上一个小时，或是去弗兰肯塔勒的遗传学实验室。”

“永远都不会撞见我的地方。”

“我真的没那么想过。”

“有人想过。”

“你不用一副遭人背叛的样子，肯尼斯。或者好像我才三岁，被你抓到玩火柴似的。”

好吧，说得有理。我改变了说话的腔调。我反应中的恼怒和发

1 伊阿古和前面提到的奥赛罗都是莎士比亚的悲剧《奥赛罗》中的人物，身为将军的奥赛罗在充满嫉妒的副将伊阿古的挑唆下，杀死了忠贞的妻子。

2 原文《箴言》是Douay-Rheims Bible版本，中译采用现代标点和合本。——编者注

作令我自己也感到意外。我感到自己像一个松开了孩子手的父亲，孩子马上就跑进了车流中，被一辆卡车给撞了。与事件不相称的悲伤和愤怒并不是对付舅舅的好方法。但在我回到家里的时候，那张婚礼请柬真是让我吃惊不小。我当时的反应具有一种来自旧时代的“高度的尊严”。我想法子跟贝恩联系。从他所在系的秘书那里我拿到了他的新号码，在电话答录机上留下了一段傲慢的讯息。他正跟妻子的家人待在她家的顶楼复式房里，那是一栋新建成的房子，在城里人称“上等旧城区”的地方——一大排公寓楼，许多是褐红色的，因此当其正面沐浴在阳光中的时候，会让你想到晨光之子[1]在欢呼（为聚集的财富而欢呼）。在父亲这边我也有一些叔叔伯伯或许适合这样的地方。然而，我这位特别的舅舅却跟这样一个场所沾不上边。没过多久，他回了我的电话。自然，他对我的反应是经过一番思考的。他度过了许多个不眠之夜来决定如何面对我。

我不会到他的旧公寓（就在黛拉·比德尔死的那些房间下方）去见他。于是他来到了我陈设简陋、没有任何舒适感的宿舍里。当我躺在损坏的躺椅里等他的时候，我不只是简单的愠怒，而是已经变得咄咄逼人了，在心里准备着、斟酌着对他的指控，想着要把他逼进一个又一个有罪的死角中去。你他妈的知道自己在干什么吗？你要是真知道自己在干什么，就不会想要瞒着我了！……但突然间我看清了自己，我这是要借此机会好好拿舅舅出出气啊，而他的麻烦已经够多了。

当时我带着旅行的疲惫，身处一个没有窗帘或地毯的房间，也许是受满地板的俄国出版物的影响，我进入了一种俄国式的“自己

1　原文为Sons of the Morning，指晨星，《圣经》里指路西法。

活也让别人活”的情绪之中。在苏联，眼前这样的房子得算是豪宅了……精神不振时，我常用艰苦困境排遣。我这般胡思乱想着，纯然只是因为此刻心绪不佳。我对自己的感觉像是一个素描中的人物，风格介于克鲁克香克和伦勃朗之间——骨瘦如柴、长脸、面色蜡黄还微微泛绿（像是投在荷兰运河中的倒影）。现代生活，如果你太过在意的话，会令你心神交瘁，而我只是因为某些期待遭遇了阻碍，便把内心的贫乏外化了而已。如果我是一个年轻女人，我会大哭一场，然后重新振作起精神来。此外，那天早上，一切都似乎不对劲。甚至连我的助听器也坏了，我把手指伸进长发轻轻叩击，一种类似音爆的巨大噪声突然在我脑壳里炸响。这时——我也不知道为什么——突然想起一个关于艾德·沙利文秀的老笑话来。这事有可能并没有发生过，只是以讹传讹。说的是有个患有痉挛性麻痹症的可怜的小女孩，沙利文从慷慨的美国大众那里帮她募集了资金进行治疗。小女孩接受了治疗，按计划她应该在节目中展现一下治疗后有所好转的状况。为了证明她有了多大的进步，现在的协调性有多好，沙利文把一个蛋筒冰激凌递到了她手里。她说了声“谢谢，艾德”后，接过了冰激凌。但她没有把冰激凌送进嘴里，而是戳到了眼睛上。想到这个残忍的笑话，不是要针对可怜的痉挛性麻痹症患者，而是在针对我自己，针对我那受损的听力——抖点让人生气的小机灵。

舅舅到了我这儿之后，再一次说我因为时差关系脸色有点绿（也许是气的）。他说他只待几分钟，不影响我补觉。其实他待了相当久。“你没在埃塞俄比亚得病吧？”

“那个难民营不在埃塞俄比亚，是在索马里，在塔格瓦加勒。我想你没收到我的明信片吧。”

“哦，我收到了。”

舅舅一般不太关心世界政治，当然不知道门格斯图在埃塞俄比亚的所作所为。门格斯图从一开始就是个恐怖分子。他把对手阵营的少年杀死后扔在他们父母的门前。除此之外他还营造过其他的种种人间地狱。与此同时，在地球这边的美国中西部，贝恩·克莱德尔，博士，娶了玛蒂尔达·莱亚萌小姐，一位声名卓著的医生的女儿。（世上的苦难真是各不相同啊。）好了，我的目标是要在提到舅舅时完全诚实。我常常羡慕他在科学中所拥有的生活。他被自然包裹着。整个植物王国是他的衣服——他的袍子，他的外套——而那对我来说意味着摆脱人类下等卑劣行为的重要的自由，这意味着普适性。不过，舅舅的这身衣服并不完整。它的扣子还没有完全扣上。在巴黎的时候，我有一次去听一场俄罗斯当代作品的音乐会，听到了一首肖斯塔科维奇的弦乐四重奏作品，第十四号，这首作品让我感受到了艺术衣服的不完整。这种不完整暴露出一个人悲剧性的一面。人类现在根本就无法将自己身上这件天选的衣服给扣上。对身边人所负有的责任或许阻止了艺术家扣上所有的扣子。这就是我对第十四号作品中那弦乐的呼喊，那些破碎的段落，以及想要结尾或终结而不得的阐释。然而在作品，或在言谈中又有多少人能走到这一步呢?

更远的思考暂且放过一边：今天的舅舅没有被自然所包裹，他穿的是一件定制的西装——要八百美元，至少。在他开始谈论起玛蒂尔达的时候，他并不是那个在更宏大的等级体系中为自己争得体面的一席之地的家伙。那个曾经驱策着他用五分硬币从捡破烂的那里买下《伟大的森林母亲》的精灵此时在休假，或忙别的什么去了。贝恩谈论玛蒂尔达的那些话你从安·兰德斯的专栏中都可以读到。我看得出他在如何挣扎，但我首先感受到的却是无情。

“这么说你喜欢这位女士？”

“哦，我真的爱玛蒂尔达。她是最棒的。”

我倒不是对爱情有怀疑，恰恰相反，我正是为了爱情本身才查问究竟的。我想要弄清楚他这回是不是动了真感情。坐在我对面的这个男人差点就要跟一位女士（卡罗琳）订婚了，这位女士会带着满满一袋限制级的录像带来到我们城市，这些录像带他会被动地观看，不做任何评论。诚然，在她向他步步紧逼的时候他对此心知肚明，所以他逃跑了，他其实也并不是那么被动，但如果要我相信他说玛蒂尔达的那些话，那可真是把我当傻瓜了。倒不是说他没有爱上一个女人的能力，也不是说他被这个自私而又卑劣的时代给侵蚀了心灵，而是他如此缺乏经验。那些人，莱亚萌一家，可不是平·克劳斯贝的老电影《圣玛丽的钟声》[1]或此类温情脉脉作品中的人物。

“这段日子，你和我可还有一个项目呢，舅舅。”

“我有忘掉过吗？我心里最先想着的就是这事。可世界上有些事你没法跟任何人商量。都重要，可还不一样——你应该能明白的。就因为你人在埃塞俄比亚，我难道就让这么个机会从指缝里溜走吗？”

眼下姑且认为他说的是实话吧，否则我就得怀疑这些话都是玛蒂尔达教他的了。他要么诚意满满，要么就是想要全心全意地相信自己正在说的话。这一点必须要强调一下，因为舅舅有一种内心深

1 该片讲述了自私而又吝啬的富翁在牧师、医生和修女们的影响下改变了想法，同意将自己新建的大楼捐给学校的故事。

处的天赋，那就是很确切地知道自己的感觉。因此，我不可以将他归入令人难以容忍的虚伪。

“好，如果这是一件这么重要的事——算了，重要就重要吧。那你告诉我，你的旧公寓已经退租了吗？”

“还没。”

“所以说莱亚萌家的顶楼复式你只是去做客喽？”

“认个门罢了。说她是家里唯一的孩子，诸如此类的话。”

“他们想近距离考察你一下。”

“看看玛蒂尔达到底看上我什么了？也许吧。我也在观察他们。”

“你应该是个天才的形态学家，不过那是在植物方面。”

“我对人也是有点感觉的。比如说，你……”

这话说得让人没法反驳，要反驳那也太不厚道了。

但如果要说他真从玛蒂尔达和莱亚萌一家那里找到了幸福，有些该有的外在迹象却看不到。那身定制的西服穿在他身上并不很舒服。他脸色苍白，脸颊被麻烦和疑惑弄得有点嘟了起来。在接受盘问的时候，他又拿出那些套话来应付。在一段沉默的间隔中，我从他脸上的光影里读到了如下的内容（大致翻译）：一个人不能一动不动地坐在那里。有些该干的事必须得去干。我们都难逃一死，有些人早死一点，有些人晚死一点，作为有罪的人，努力去获得平静是再自然不过的事情——两个人类凭着爱和善意结合到一起，诸如此类。他不喜欢听我说他一直是个受到性虐待的男人，是那么多的黛拉们和卡罗琳们，更不用说还有拉贾什瓦里们和其他第三世界女士们的牺牲品。我永远不会对他说出那样的话。有许多原因会驱使他要从妻子那里寻求庇护。就像在一个燥热难当的性的西西里之夏，一个人会快步跑进婚姻那清凉的教堂。

“你不觉得玛蒂尔达跟我很般配吗？”他问。

“你问我？我可从来没说过她什么不好。”

“你不会否认她很美吧……苗条女人不是你喜欢的类型。你喜欢特雷娅，相反的那种身材。还有你那个朋友迪塔·施瓦兹。”

“谁说人生就得是一场选美比赛？”

但我同意他的话，玛蒂尔达是个美女。我觉得有问题的不是她的美貌，而是他跟我提起她时用到的埃德加·爱伦·坡那些玩意儿——“像古代奈西亚的帆船在芬芳的海上悠然浮起”云云。简直把她当成彩色玻璃壁龛中的大理石雕像了。有那么一两次我让他摆脱掉那样的想法，然后我说：“这样会适得其反的，贝恩。诗里面的坡就是个对女人有疯狂癖好的人。而且，他娶的那个克莱姆家的女孩子甚至还未成年。你对我引用错作家了。”

“那你要推荐谁呢？”

“哦，比如威廉·布莱克啊，‘用瘟疫将婚车变成灵柩’[1]”。

“你觉得这个更合适吗？”

“不。我收回。我收回。[2]但你还没说你跟你妻子娘家人在那套漂亮的顶层公寓里的生活啊。他们有多少个用人？”

“不会比你母亲在巴黎曾经有的更多。”

“这些用人要花的钱可比我们的要多太多了，准没错的。”

“他们有个厨子，还有个女用人什么都干，一个是波兰人，另一个是墨西哥人。等着人家来服侍让我很不舒服。不过，再过几个

---

1 出自威廉·布莱克《伦敦》一诗的最后一行。

2 这里的两遍“我收回”，第一遍用的是英语“I take it back”，第二遍用的是法语“Je rétracte”。

星期我们就要走了。”

“去哪儿？”

“去巴西，短期的。”

“又要落跑了？我以为结婚意味着你要安定下来了呢。而且你第一次去巴西的时候并不喜欢那里。”

“不喜欢巴西整个国家？你被宠坏了才会拒绝这样大的一片陆地。反正我在她们家的举止行为肯定相当得体，因为我得到了回去做客的长期邀请。”

“是玛蒂尔达想要走。”我说。

“去那儿避寒。到暖和的地方去度蜜月。”

“而且，让她独享你两三个月。”

我没有加上一句：“为了把我甩掉。”

“此外，新公寓必须重新装修。”他说，“我们住进去的时候准是一团糟。”

“住了二十年之后你不得不放弃你的旧公寓了？”

“也该是时候了。”

“社会地位变了嘛。而且，你还可以摆脱你曾款待过的女士的阴魂。”

舅舅说：“那些事情我可是只和你一个人说过。”

“你不用担心，你的隐私在我这儿是会得到尊重的。你要搬去哪儿？”

“那栋很高的合作大楼，罗阿诺克大厦。玛蒂尔达的老姨婆在遗嘱里留给她的。”

“罗阿诺克大厦！十六座威尼斯宫殿叠在一起的高耸入云的那座。这可真够棒的——大约建于1910年，股票经纪人的巴洛克建筑。就像是资产阶级的天堂。每户有二十个房间吧？”

“没数过。我还没去过呢。总之，我们要去巴西了。你可以住到我的公寓里去，暂时摆脱这些光秃秃的宿舍墙壁。”

“我可以替你的植物浇水。”

“不敢劳驾，肯尼斯。我的助手会干的。”

“他当然会干的。我已经习惯这里的简陋了。除了楼下大放摇滚乐，这个住处就是家。”

“你要是把我的公寓接过去该有多好啊。还是自家人用。你会跟我说你付不起房租。不过我会怀念那个老地方的。”

我仔细地盯着贝恩舅舅看。他的脸无论从哪边看我都非常熟悉。在他对劲的时候，他那张脸就像是人类登陆之前的月球；而在他不对劲的时候，他盯着别人看的目光就会受到某种类似噼噼啪啪或刺啦刺啦的干扰，还有他那躺倒的8字形眉眼略微嫌多的挤弄和眨巴。这在我看来，多少是因为他努力想把胡言乱语给掩饰成一本正经。这便是他对我那些问题所给出的回答的意思。我必须要判断的就是，那些胡言乱语——或者美其名曰带有想象性质的现实——究竟是愉快的、不快的，还是两者兼而有之且尚未付诸尝试的。比如说，他很希望我能接手他的公寓——作为紧急安全出口？“我现在没法搬，”我说，“特别是不能搬到你那个旧环境里去。”

“因为我在那儿犯过的所有的错？但你最终也可能会有幸福的婚姻。”

“我们俩不完全一样。你有办法把时间平均分配给想要得到你时间的女人。我可不会那样做。”

他略微沉吟了一会儿后说道：“她们也不全是我犯的错。许多是重要的人与人的接触……我是喜欢卡罗琳的。”

"一个会在跟你上床前把自己塞满纸再化上全套浓妆的女人。"

"你这话说得夸张了。"

"这里面没有一个字不是从你那儿来的。而且，在做爱过程中，她的言行举止仿佛坐在歌剧院的包厢里，而你仿佛就是领衔的男高音。"

"那她说'你这个天使'的时候呢？"舅舅大着胆子问道。

"这得你自己来解释了。有很多男人根本不在意女人在做爱时的行为——一点都不在意。不过你不是这样的人。反正卡罗琳不再是真正的选择了。你现在是已婚男人了，幸福地结了婚。考虑到你是个那么挑剔的人，这实在是个奇迹。"

在我说"幸福地结了婚"时，他听得很认真，想要确定我在多大程度上是当真的，有没有接受了他的宣传。因为我是个说话风格难以捉摸的人，也许会说着说着，听上去还有点跟他在抬杠，实际上却已经信了他的话。他努力想要把我的成见朝他想要的方向引导。

可其实无论怎么看，我离他的轨道还差得远着呢。我说："这么说你现在住在帕里什广场了。那儿可是豪华街区啊。感觉怎么样？"

"对于一个满世界转悠的旅行者来说，哪里让他感觉最不舒服？"

"他自己的国家？"

"他自己的家乡。"舅舅说，"对于来自杰弗逊大街的孩子，帕里什广场超出我们世界的边界了。我们得倒三路有轨电车才能到那儿，去看看有钱人住的是什么样的房子。"

"那会儿他们还没有建起带彩色玻璃的超高层住宅楼呢。"

"那些旧建筑也还在呢——入口带遮篷，有看门人守着的。他们已经添加录像头监控了。过去，只要我们刚从有轨电车上跳下来，警察就会留心看着我们，以防我们损毁公物或是跑到巷子里去干什么非法的勾当。婚礼后的第二天早上，我在玛蒂尔达的卧室中醒来跟她说，‘这种经历对于一个电车轨道另一边的人来说真是不敢相信。’”

“她怎么说？”

“她用她那双大大的眼睛望着我。”

玛蒂尔达的大眼睛在瘦窄脸型的衬托下，就像舅舅那双蓝眼睛一样引人注目——大得有点过分，或者用他们的话说，是一双牛眼。贝恩说她的脸有古典美，这话倒也没错。你也许喜欢，也许不喜欢，但你不能昧着良心说她不美。

“那双眼睛是什么颜色的？”我问，“疯子爱伦·坡说过‘风信子般的柔发’，风信子是一种紫水晶或蓝宝石的颜色。”

我露出这种感兴趣的迹象让舅舅颇为高兴，这也许是接受或友好的前奏。“是丁香的颜色。”

“霜打过的丁香。淡紫色的丁香。她是个长相出众的女人。”我说。

“说起人生道路……我也许说得稍微有点多了，她不喜欢我说奇怪的话。也就是说，她不喜欢听到我对这一切感到奇怪。”

“她不介意你想象中的背景音乐吧？”

“在穷孩子的偏见中没有什么东西是那么富有想象力的。她提醒我说，‘那些道路已经逝去了；不再有什么错误的人生道路了。’”

“她根本不在乎那些遥远而又古早的事情。”

“说得没错。”舅舅附和道。

城市体现着它所包含的人文经验，包括所有的个人历史。但玛蒂尔达不喜欢舅舅回首往事，沉溺过往。也不能管她叫未来主义者（机器时代的、高速的、早期墨索里尼的那套玩意儿），但她设定好的方向似乎就是向前的。

舅舅坐在我那张很不舒服的躺椅上，他那硕大的膝盖朝两边大敞着。“关于业已消失的有轨电车的冗长故事，她说她是从父亲那里听到的。医生是在农贸市场附近长大的。‘相信我，伙计，’她说，‘这已经不是你长大的那个城市了。’当然，中西部的那种旧城区已经完结了。我跟她说，‘如果你要找的是真正的当代气息，那么现今的样板城市也许是贝鲁特。’”

我不怕费事，随着他对我的讲述，把他的对话从他的另一重生活（在莱亚萌世界中的那重）中给记录了下来，并且做了注解。刚开始他还是有所保留的，热衷于营造一种印象。不过，随着时间的推移，他开始讲得越来越有细节了，这跟他平时的思维习惯是吻合的。

玛蒂尔达很快开始指正他。她说：“你喜欢把自己描绘成一个局外人，一个确凿无疑的生手。以移民身份来到美国的并不是你，而是你的父母。但你却拥有这种下等客舱的思维模式——你拥有全套俄国-希伯来-阿拉米语的生活惯例，这其中甚至还包括了犹太人被掳到埃及和巴比伦后的囚徒经历。让我们试着更真实一点吧。我和我们家亲戚的确在这里过着更奢华的生活。他们完全拥有这套顶层的豪宅，每过几年还要花上一大笔钱请人来重新装修一遍。可那又怎样呢！你在苏黎世的高校里巡回讲学的时候，我们住在苏黎世多尔德大酒店，当时我观察过你。所有那些铺着丝绸羽绒被的床，那些长毛绒的、镀着金的、浮华的用品器皿？还带着给客人用的私人索道？那些东西一点都没有让你感到震撼。你跟我见到过的任何人一样远离贫民窟。而你觉得必须提醒自己还是个穷小子……”

玛蒂尔达倒也不是全错。她拒绝让他摆出一副清高的模样或是装傻充愣。（“哎呀，我真不理解这些有钱人是怎么生活的。”）她说：“别再老来这一套了，本诺。”贝恩并没有被莱亚萌家的顶层公寓给吓到，这话说得一点没错。穿行在没有尽头的一片片摆着家具的空间中，面对身边各种奇奇怪怪的摆设，是的，但他并没有像莱亚萌太太也许觉得他应该的那样感到震撼。对他造成影响的并不是社会地位上的差异，也不是“他们是资产阶级”的这种阶级观念，他的脑子没有朝那里去想。烦扰他的不是客观的事物，而是一种挥之不去的感觉，那就是自己身处在一个错误的位置。这正是这些家具所象征的意义。他把所有这一切都吸收进脑子，为的是要报告给我听；他虽对这些不以为然，但还是对身边的新奇感到兴奋。他承认他必须要“能配得上那里”——那就是说，他没有穿着睡袍或胡子拉碴的走出卧室。今天他穿着医生的裁缝替他做的西装，爱尔兰花格呢的料子——一种浓浓的肉汁的颜色，遍布着海藻绿的丝线。只有这一次，衣服的布料跟他的肩膀如此贴合，在他扣上外衣纽扣后他那翅鞘的隆起不再凸显了。“我的岳父岳母的确是拿放大镜来看我的。”他承认。

我自己是不穿花格呢的，那毛扎扎的料子会让皮肤不舒服。在那些暖气开得太足的公寓里，这样的一身简直就是地狱。

“我想要向玛蒂尔达解释的其实是，在我还是个孩子的时候，我一直都是从外面向里面看的。突然间我来到了帕里什广场的第五十层，从这城市之巅俯瞰这座城市。而这座城市，俯瞰它是要好过置身其中的。那些街道到处都散发着难闻的味道。阴沟里的水水位很低，所以恶臭。我放弃从高处找到杰弗逊大街了。我能看见的只有黄道圈电子公司大厦，在方圆几英里的瓦砾中鹤立鸡群。每个人都为它而感到骄傲……”

“建造在我们曾经拥有的土地之上。维利泽在其中赚了一大笔钱。”我说。

“莱亚萌家也一直说这话。这是餐桌上的一个主题。我有一次曾回忆起那些房子，我们是怎么从杰弗逊大街搬到那儿去的，还有父亲死后母亲把那地方改成老年病残之家的情形。这份收入供我上了研究生院。现在矗立在那块土地之上的是一栋日本人拥有的地标性摩天大楼。那两根电视发射柱的信号覆盖着整个地区。到了晚上，它们形同以色列的孩子们看见的火柱……”

“那可不是莱亚萌一家会在吃饭时用到的语言啊。”我说。

“的确不是，但我可不能坐在那里压抑自己的一切啊。那样我可就没法开口说话了，看上去像呆子一个。”

“就他们那对生活的见解，舅舅，你怎么能指望去引起他们的兴趣呢？”

“别跟我说我们彼此之间一点共同语言都找不到。一点都没有吗？这是不可能的。”

“共同语言？你和玛蒂尔达是为了爱而结婚的。这是首要的共同语言。”

舅舅没有跟我继续这个话题。他显出一副紧张不安的样子。他还没有意识到，通过婚姻关系进入莱亚萌的家庭后，他把我也一起带了过去。我原本希望凭着与贝恩的这种亲密关系在人格上获得拓宽与提升。可现在我们俩却在背道而驰。我并不准备和他一起进入那部分事物中去。我不应该增加他的难处：那是我起初阶段的策略，甚至稍后也是。

他说："除非你把帘子拉上，否则在你吃饭的时候，电子大厦一直都在俯瞰着你。所以这是一个话题。我跟这楼又有着自己的关联。我告诉他们在五十年代的时候我是给我母亲跑腿打杂的人。在那个脏兮兮却又很舒服的地方，我照管炉子。有时候我就睡在地窖里。"

"而现在那个空间矗立着这么一个庞大的建筑，令你感慨人生遭际的奇妙。"

"对，我是那么说的。我当时在那儿的许多房间里都养了植物。我们的病人中有些不喜欢见到它们，有些则很高兴房间里能有一棵大岩桐或是百合花盆栽。"

爱尔兰花格呢的西服永远也不会有"奇妙的人生"那般与舅舅合衬。玛蒂尔达举起双手，翻了个白眼表示反对。"别再提什么奇妙了！"她那双硕大的眼睛正如此时这般不时给他带来兴奋，一种"来源无从知晓"的兴奋。那种不时的反应很确定地与他的植物学相关。对于一种吸引他关注的植物，他经常会说："这对你来说真是一种奇妙的存在。不要把它想成是一种进化的结果，而是想成某人的发明。什么样的头脑会想象得出那样的东西来呢？"

他在跟我描述婚礼的时候提到过，婚礼是在莱亚萌家的圣诞树附近举行的。尽管上面覆了一层塑料雪，那棵树本身倒是真的。关于树，你可休想骗过舅舅。这是一株香脂冷杉，他多少有点把自己跟这棵枝条戟张的小植物联系到一起了。它就像是新郎的一个姐妹，最接近亲戚的一样东西，伫立在他的婚礼上。我还突然意识到，从他血脉中的血到一棵针叶树中的汁液，这可实在是很有象征意义的一种转换。如果当他和玛蒂尔达正在法官的主持下缔结连理时他闭起了眼睛并轻微摇晃的话，那是因为在他头脑的想象中，那些表皮深度角质化的针叶正在越变越大：那表层下的气孔、叶肉、有小梁的突起、树脂道、前形成层。如果你不是对他有更深了解的话，你或许会问为什么一个对另一种自然王国如此感同身受的人居然会投身到婚姻当中，或者怎么竟然会去当新郎的。这是个好问题，我必须要加以回答。与人类之间的亲密关系在他身上显然具有优先性。一棵圣诞树，如果你把它抱上床，拥抱它，它不会回以拥抱。更别说人与人的关系（又称人与人的纠葛）会喜怒无常、飘忽不定、变幻莫测、邪恶狰狞、诡计多端、薄情寡义——这些都只会使（人与植物间）没有激情的亲密关系意外地令人心动。舅舅很肯定，可以说是坚信，大自然是有内心的，一朵凌霄花或许跟一条狗一样有内心。想想那会令达尔文作呕的音乐；或马修·阿诺德心中被冰川覆盖的三处地方；或叶尔梅洛夫老师向我坚称的，在我们每个人身上都有一个小小的冰川，要求我们将其融化。胸中揣着这样一座冰川，人们或许会被植物的汁液所吸引。舅舅经常这样说。植物的汁液是一种诱惑，因为它是没有激情的。它能对你提出怎样的要求呢？极其有限。而鲜血则充满着向往。红色的鲜血是以自我为中心的，它带着可怕的力量，带着欲望和不正当的冲动，还带着需要净化的各种奇怪的废物。鲜血是自我生活的地方。将不同的王国在心中保持平衡是构成舅舅“奇妙”的因素之一。不妨假设植物中有很重要的内容流入了他的人格中，而且肯定被吸收了。肯定有某种内在的东西在做这件事。这就是为什么舅舅会对“奇妙”加以特别的强调。在他看到这个词能让玛蒂尔达变得那么急躁易怒后，他马上停了下来，不再重复了。

“所以说是那棵小树给了你力量，让你把婚礼给撑了下来。”

“婚礼的招待会上乌泱泱一大帮人——医生、律师、股票经纪人、建筑商、报业人士、政客。”

“你有没有邀请维利泽舅公？”

“他当然是在宾客名单上的，而且他是那种缺席明星。对参加招待会的一众宾客们而言，这是玛蒂尔达·莱亚萌跟政坛大佬维利泽的外甥的婚礼。那座该死的电子公司摩天大楼，位于市中心的另一边，向着我们渐渐靠拢过来，直到看上去就在街对面一样。入夜，摩天大楼的灯光亮起后，它更是不再受到束缚，直朝着帕里什广场飘了过来。”

“玛蒂尔达的老爸，那个医生，似乎也投身政治了。”我说。

“他是个很有影响力的人。”舅舅对他岳父所视甚高。他受到了震撼，颇为兴奋。他们正在把他给推出来，就好像他是个初进社交界的少女那般。莱亚萌医生早已融入了大城市的关系网络中。那些权力掮客们都是他的旧相识。有些人甚至还是他的密友。“医生的人脉真是令人匪夷所思。别摆出一副怀疑的样子，肯尼斯。”

“谁，我？我可是连半点怀疑都没有。我平时看报纸的，说不定看得还比你多呢，舅舅。我要是不及时了解华尔街、运动、电视、华盛顿和这里的政治动态，就根本没法了解我自己的学科。”我说这话时心里想的是勃洛克和别雷所处的1913年的彼得堡——和吸引了他们全部注意力的东西：邪恶的黑暗，反基督的深渊，充斥着无望、花岗岩和冰的可怕岛屿，日益临近的骇人审判，伊曼纽尔·康德对人类意识所犯下的罪行，等等。掌握成功的美国的动态于我而言是利益攸关的事情。医生那套盘根错节的权钱关系一点都没有令我感到吃惊。“好吧，舅舅，”我说，“你想要让我了解你的新生活图景。我掌握了。你娶了一个美丽的妻子，她的父母富有且拥有很高的地位。他们扔给了你一场地狱般的婚礼招待会。但你在他们的喧嚣中并不怎么自在，于是你一直紧紧抓住那棵圣诞树。”

“我跟你推心置腹，是想着你不会拿我跟你说的来对付我。说到有钱那一块，莱亚萌家也不是随便往外撒钱的。整个婚礼都做过预算，精确到每一分钱的。”

“你所要做的就是比那帮老家伙多活上几年。你已经穿上城里最好的花格呢了，还有一个正宗的领结，不是轮机舱里戴的那种破布。”

谈话出现了一段沉默的间隔，双方都在考虑如何能达成更好的协议。有那么一会儿，我们的眼睛都被冬天安排上演的飘雪景象给吸引住了——一点点、一片片，悠然飘落，朵朵洁白的雪花尽其所能地在空中表演着杂技，那些稍大些的雪花仿佛在揭示着凡·高那些夜空图中的星际震荡。

“你真的指望老维利泽会出席？”

“我是觉得我会替他争光的，轮到我了。倒不是我想他了。”

“他一直当你是个搞科学的傻瓜，没把你当回事。你整天操心的就是草为什么是绿色的——我猜这就是为什么他这样一个人会抛弃你。”

“我不觉得他没把我当回事。我们跟他打官司那事他还没原谅我们。现在我还有一件事要告诉你。”

“哦？”

“替我们主持婚礼的那个法官，你说巧吧，正是审理那桩案子的法官——是同一个人！”

听到这话，我的双腿一下子从躺椅上掉了下来，随即坐直身子，把头凑了过去，好听得更真切些。“不可能吧，贝恩舅舅，你肯定是把人家跟你说的给理解错了。”

“没有，相信我，就是同一个家伙。切特尼克法官。”

“你肯定吗，现在？就是维利泽搞定过的法官之一？你认识他？”

“你忘了，我当时远在阿萨姆，根本没参加过庭审。但法官的名字叫阿马多尔·切特尼克。我不会忘记的。”

“你是在仪式完成前还是完成后发现这事的？他的态度友好吗？”

“那些家伙，不管他们对你做过什么，或是准备要对你做什么，表面总是超级友好的。”贝恩说，“他是个虚头巴脑的家伙。脸长得很粗俗，尤其是鼻子，奇丑无比，不过无论他们长得有多寒碜，举止都还是客客气气的。”

“你的岳父岳母知道这事吗？”

“这我倒不太清楚。我能够假定的就是——这么说对各方都比较公平——他们还没有交往。希望我所处的位置让我的猜测还算靠谱。”

“如果你让我随便猜一把的话，舅舅，我会猜至少你岳父是认识法官的。”

“这样能开启一个感觉良好的时代吗？”

“他也许是为了你的最佳利益而有意为之的——从大局考虑的。这其中的细节本末不是我们能算清的。不过我还是无法想象，如果不是这样，怎样还能把各部分都合理地拼凑起来。那个法官的确做出了不利于你的裁决，让母亲和你失去了很大一笔钱。这个案子已经不能改判了。母亲从很权威的渠道问来的。套用法律术语的话，提出重审是‘不得当’的。如果事情就是那样的话，你又怎么解释他会愿意来主持婚礼呢？难道不反感吗？这事真跟他私人没有任何关系？在这个城里，事情难道不都是这么操作的吗？”

“这事其实轮不到我来多做解释。我意识到我必须得和玛蒂尔达一起慢慢接受这些。”

“如果她爸知道，她难道不会知道吗？”

虽然这话迟早会说出口，而舅舅肯定也料到我会说的，可他听了这话还是显露出得了热病的样子，冒出急促的下意识动作来。他拽了拽手表的松紧表带，然后拉下袖子来遮住了手表，小声说了句：“官僚主义。”看看时间是官僚主义？但一到关键时刻就死盯着一个词，这倒是贝恩舅舅的经典做派。这表明，在这一切之下，他意识到了真正的事实。他说：“在我能提出不愉快的话题之前，且让我和她先按照顺序享受婚姻愉快的一面吧。总得先把善建立起来吧。”

“我希望你能知道怎么照顾自己。”我嘴上这么说，心里是很不相信的，“那，就让我们希望这个切特尼克不是医生想开的玩笑吧。”

“医生算得上是个幽默家。他绝不是那种圆滑精明的人，不过他或许有所图谋，只是我们现在还看不出来。有点像是在修补关系吧。”

“我希望这篱笆不是像斯特拉文斯基的祖父在攀爬时摔断脖子的那种。”

舅舅并不完全处于正常状态。他正处于陌生的影响力之下。他的眼白有上过药物的迹象。玛蒂尔达是个漂亮而又极其性感的女人（像《时尚》杂志里的照片），成为她的丈夫令他感到兴奋，感到受到了挑战。他有野心，他坚称自己拥有之前从未拥有过的力量，他要我明白，面对那些影响力他能守住自己的立场。我没有再逼他，转而要他聊聊婚礼招待会。

“我觉得来了怕有一百多个人吧。一家一流的宴会承办公司布置了一大片漂亮的……”

“出席的人够多了。玛蒂尔达最终会嫁谁，这肯定是城里的人们猜了很久的一个谜，人们跑过来就是想看看那个家伙的。这么挑剔的一个漂亮姑娘……”

“有过那么多的经验，你不妨再加上这么一句。一个三十多岁的现代女性，你指望她是什么样的？”

“不过，你打败了全场的对手，所以你肯定是有点本事的。”

舅舅垂下了脸以掩盖笑容（并闪过一丝忧郁）。“前男友们肯定也来了。我能感受得到。”

“那新娘自己呢？”

“穿了件长长的、金绿色的衣服，脸上有金色有白色的。她那天激情四射。一点也没有……”

“嗯，一点也没有什么？”

“没有患得患失吧，也许。女人不都是那样的吗，在跟我这样的人结婚的时候。”

“我看不出为什么要患得患失。她是个聪明女人。聪明女人都是很有勇气的，在有素质的女人中这很常见。她们也许会发抖，但她们很坚定。我想她父母很高兴吧？”

舅舅说：“我不觉得他们对我有什么不满意的。她老爸的确说起过她应该嫁什么样的人，我也不能自欺欺人，说我就是她想嫁的丈夫。”

“得了吧，舅舅，你这话说得跟简·奥斯汀似的，什么样的人该配什么样的人。你拨错历史年代的号码了。为什么不挂了再重新拨一次呢？”

“这是她爸妈的态度，你自己要我说的。”

婚礼对他来说已经过去了，但婚礼的富丽堂皇却还余韵未消。舅舅身处在这阕富裕的幻想曲中，每天早上漫步在铺着波斯地毯和装饰性帘帷的长长的房间，用巴卡拉水晶和韦奇伍德陶瓷装点的亮堂堂的厨卫，四周是身份未经确定的（用我的说法就是未行过割礼的）18世纪奥地利或意大利画家的劣质画作。怎么看怎么不协调！而舅舅甚至比这些买来的画像更加显得格格不入。当然这只是感觉上的，判断的依据来自舅舅对莱亚萌家“生活方式”的报告。“你不会相信浴巾竟然那么厚，”他说话时的情感强度仿佛是在揭示一个秘密，“水龙头出水那么强劲。所有的马桶座圈都有套子——塑料座圈加衬垫。厨房的橱柜是肉桂色的，外加红色的边饰，切菜的案板上方装了泛光灯……”

“你说他们家的厨子是波兰人？”

“正派人，做事很踏实。不懂多少英语。那个墨西哥女佣有个丈夫，婚礼招待会上负责料理酒吧。”

贝恩跟仆人们相处时不大自在。仆人们在干活的时候要他干坐着或者哪怕是看书，对他都是一种负担。任何一个消息灵通的人都会告诉你，如果你非逼着他给“资产阶级”和“后资产阶级”下定义的话，他会觉得“资产阶级”意味着一个仆佣的阶级。但是莱亚萌一家并不是很在意自己是哪种。他们有钱，而且并不准备节俭度日，他们花钱大手大脚——至少在巴卡拉水晶和室内装潢上是如此。他们绝对认真考虑过为他们唯一的孩子找一个般配的人——不用在意我拿简·奥斯汀开的玩笑，或是舅舅说过的那些话，说对巴尔扎克一无所知的人跟那些有教养的读者说的不是同一种语言。从根本上说，他甚至不想要他们想要的东西——金钱。对他们而言，能把大峡谷都填满的钞票也填不满他们的欲壑。而对他，只要植物形态学就能令他满足。所以他们怎么可能相互理解呢？照我对事情的分析，他只不过是他们女儿拽回家的最近的一个难题罢了。

他们会努力将他融入他们的生活，只要他乖乖闭上嘴就行了。

我问：“他们怎么对你的？”

“哦，绝对友好。莱亚萌太太很矜持，但她是对的。嗯，她挺会为别人考虑的。不过别忘了，她只比我大八岁，跟你母亲差不多大。与其说是女婿，我倒更像是她的兄弟。在她确定我们能处好之前，我不会指望她对我展现亲情的。”

“莱亚萌医生呢？”

“医生对我很亲切，不过那更像是他一贯的风格。”

“他们非得在心理上压倒你不可。这是很自然的事情。这个过程根本不可能令人愉快。”

“我不会说他们令人不快。他们说的话不是我所习惯的那种。我必须得做功课才行，要是不找点《时代》和《华尔街日报》来临时抱佛脚，我就只能坐在那里闷头吃饭，一句话都插不上。幸运的是，我不需要说太多的话，因为医生实在是很能说。他可真能说啊！感谢上帝他讲了那么多东西！他讲了他作为高级合伙人的那家私人诊所，讲了医院，讲了那些个个都是干大事的病人：开发商啦，银行家啦，垃圾债券专家啦，专搞绿票敲诈的啦——对了，这些人到底是干什么的？玛蒂尔达保持着警惕，时刻准备替我打掩护。她对她父母是拥有你一直说的‘反讽距离’的，她还教我怎样做出被逗乐的样子，怎样不感受到压迫。可我觉得这是在接受一种教育。多么奇妙的一个国度啊！我早就该知道这些事了。”

“如果我是你，舅舅，我会先试着去弄明白为什么那个不公正的法官会被请来主持你的婚礼。我会去跟费舍尔·维利泽聊聊这事。”

“我怀疑他父亲不会跟他说任何有关法官的事。他甚至不会去见他父亲。”

“不过他们家老头子那点事，如果费舍尔不知道的，也就不值得知道了。你请过维利泽舅公来参加婚礼，但没邀请你表弟吧？这很重要。”

在一个新的知识分支中接受教育是舅舅为自己辩解用的全能理由，而“教育”能令他忍受几乎任何种类的虐待。我认为莱亚萌医生凭直觉注意到了这点，于是马上就开始了一场对自己癖性和能力的特别展示，并在某种程度上把贝恩彬彬有礼的、“学习体验”时的专注错当成了迟钝或是屈从。莱亚萌医生以他自己的方式是个聪明的、积极进取的人。对于自己，他有许多东西可以展示。且看他的生活：他有一套十二个房间的顶层复式公寓；在棕榈泉有一套冬季住的房子。在他的熟人和高尔夫球友中有鲍勃·霍普和福特总统。诺曼·李尔[1]请过莱亚萌一家去家中晚餐。玛蒂尔达对此略有讥讽，曾说医生觉得自己必须该给美国民权同盟捐上一笔钱“作为贿赂”。不过，这毕竟是同阶级之间的联系。因此，玛蒂尔达本来是可以从这个范围中任选一人来做自己丈夫的。据医生说，她曾经错过了一个国家级广播新闻网的主持人，还有一个家伙现在已经成了联邦上诉法庭的大法官，还有一个理查德·尼克松总统咨询过的税

1　此处两句的人物中：鲍勃·霍普（1903—2003），美国喜剧演员、主持人、制作人；诺曼·李尔，1922年7月27日生，导演、制片、作家，美国情景喜剧之父。

务天才。这份名单相当长。

莱亚萌太太是抱着不满意可以退货的心态接受贝恩的，对他该有的礼数一样也不缺。医生对自己的女婿表现得更友好，我倒更把他看作一个问题。就身形而言，医生很清瘦，动作机械多过自然，身体构造扁平，几乎是二维的，肩膀很宽，面色中带点潮红，差不多有点高血压，面部表情丰富多变，带着急智，说话间有一种想要向你施压的势头——几乎就像是在对你进行预审一样。他的嘴唇很薄，说起话来絮叨，而当他不说话的时候有时会露出非常一本正经的表情，像萧伯纳戏中的一个演员，被迫暂时听另一个家伙说话，但脑子里却在想着如何马上对他展开抨击。“他的拿手好戏是上来就给你个下马威。”贝恩说，“他对自己的直截了当很骄傲，即便关于自己的女儿也是如此。他说他要把情况简单地跟我透个底。这事事关道德。他对自己女儿的责任就要到头了，而我的即将开始，因此对我知无不言才是他应该做的。玛蒂尔达知道他要这么干，她能忍受，因为她知道自己老爸的原则，知道哪些是他所看重的荣誉。所有的事情都要摆到桌面上。不应该等以后再出现令人不高兴的意外，或者责备与抱怨。”

贝恩会把这一切都向我坦露是完全正确的。舅舅说在他把这些现象（医生的逻辑和真诚）描述给我听之前，他甚至对此都不能理解。所以他要将之呈给我来加以判断。贝恩给我的印象是他很为自己的新家庭而高兴，为他们而骄傲。如此有趣、如此地位高的人把他当回事，欢迎他进入他们的圈子，邀请他加入了他们迷人的生活中。

医生和他有过几次私下里的谈话，男人对男人的。有一个，或曾经有过一个得克萨斯的建筑商，坐着私人飞机千里迢迢地赶来，就为了来请玛蒂尔达吃饭。但你猜怎么着！那阵子她正在跟一个想要弄到绿卡的克罗地亚傻瓜交往，她居然更喜欢这个怪胎非法移民。你倒说说这算怎么回事！他肯定有着那个戴宽边高呢帽的家伙所比不上的东西。不过玛蒂尔达对男人就是有天然的吸引力。想想她那些优点——不仅是身材，还有她对服装的品位。把大自然替换成特勒[1]——你所掌握的是大自然发明的一颗美的氢弹，而且你还不是一个傻傻的超级大国，你是一个光彩照人的、独立的女人。刚开始的时候她并没有意识到。她根本没必要在巴黎跟那帮战后的卑劣家伙们厮混。这个女孩子所具有的头脑，足够她成为一家蓝筹股公司的执行总裁。凭她的心智，去管理太空总署都够了。蒙代尔宣布要竞选总统的时候，她给过他一份竞选计划纲要，要是他够聪明，让她来负责这件事的话，他这会儿说不定已经在白宫里了。她的脑袋像一家配备了计算机的银行，而她用它来派的用场只是制造了更多个人生活上的麻烦，她是父母的偏头痛，持续了三十多年。想着接受高等教育或许会减少点麻烦，他们将她送到最好的学府深造。其结果就是她得到的学位比温度计上的度数还多[2]——全都毫无用处，不值一文。耶鲁和哈佛的法学院都给她寄来了录取通知书，但她更喜欢跟克罗地亚人谈情说爱，快速流利地说法语，写那本永远也没有写完的书——整晚整晚地不睡觉，直到凌晨都敲打着她那声音刺耳的打字机，把窗帘熏满烟草和大麻的味道。对了，不知贝恩的外甥肯尼斯觉得她的法语怎么样？

---

1 特勒（Edward Teller，1908—2003），美国核物理学家，出生于匈牙利，曾任华盛顿大学和加利福尼亚大学的物理学教授，对研制氢弹作出杰出贡献，被誉为“美国氢弹之父”。

2 英语中表示学位的degree和表示温度计刻度的degree是同一个词，在这里是双关语。

谈话看似天南海北不着边际，暗中的形象建构却是为了吹嘘和夸耀。医生首先夸耀的是他自己，他的财富，他的人脉，然后是他的女儿。他大肆吹嘘着。滔滔不绝的时候，他会暂时失去对自己的控制。他打开了女儿这个话匣子，开始对她埋怨起来。从孩提时代——见鬼，是从刚一出生起！——她苛刻、执拗、喜怒无常，动不动就发脾气，整天抱怨，满脑袋的坏点子。她在高中里就够坏了，可在他们把她送去贵族大学瓦瑟学院后，她跟波基普西市那帮城里的朋克混到了一起，你能在报纸上读到的朋克们干的那些事她全都干了个遍。（他所谓的“报纸”是指《国家询问报》和其他摆在结账柜台上的出版物。）“在意大利我敢发誓她差点就要加入红色旅了。你和我这样的普通人根本无法开始想象他们搞的那些性活动。我们从来没有把性和迷幻药联系到一起过。这些年轻人从来都是见到什么东西两小时之后才开始出现幻觉。曼森邪教那些杀人的家伙在抢劫的时候会杀人取命就是这么个道理。看来各国政府也对此有责任，这就是为什么一个曼森类型的土耳其人会开枪击倒了教皇。好了，再说回玛蒂尔达，感谢上帝这些终于都到她身后去了。我说‘到她身后’可不是在说黄色笑话。我这些都是实话实说。她选择了你，这表明她终于想让自己的生活稳定下来了。终于啊！所以祝福你们两个，祝你们好运！”

医生与舅舅的谈话可不是我和贝恩此刻在宿舍里遇到这种场合会进行的谈话。医生的谈话虽“有趣”，却也颇为阴险。它将恐惧暗暗注入了你心中。贝恩应当是在描述自己的赏心乐事，浑身洋溢着幸福——或者要是“幸福”在眼下这个令人痛苦的时代里显得太过浪漫的话，至少也是在散发着成熟的满足感。对于他要让他那多疑的外甥改弦更张的这番努力，我们俩或许会报以一通畅快的大笑，然后一起喝点酒，说上些恭喜的话。只是我是个明白人，早就见够了高素质的人被实际生活给毁掉，让庸人心满意足的事。不过也未必，高素质的人在他们垃圾般的“私生活”中一直都是泥足深陷的。什么？舅舅也是如此？不过也许我刻薄得有点太早，直接就跳到结论去了。

我个人的想法是：斯威登堡将善与恶、天堂与地狱截然分开。威廉·布莱克则认为善与恶是不可分的。他关于这一点的激进论述见于他的诗集《天堂与地狱的婚姻》。婚姻与性的福音并不是我们人类能普遍体验到的。不管怎么说，就凭着这点早期的证据是不足以令我对舅舅放弃信任的。不过他无论如何也并不准备放弃。毕竟，他选择结婚，选择摆脱性虐待对他的统治，这样做并没有错。现在要评判玛蒂尔达为时尚早（尽管医生说了那些话），又或许那样的时刻永远不会到来。如某位睿智的古罗马人所言（也许是加图吧）：“只有丈夫，穿这双鞋的男人，才能告诉你哪里挤脚。”

这段时间里，分了几次，舅舅更完整地讲述了莱亚萌医生对自己女儿充满矛盾的判断。莱亚萌抵受不住双重的诱惑，既想要夸耀女儿，又想要诋毁她。他赞扬她的母亲，赞扬自己，对贝恩也说了不少好话。然后他有点不受控制了。他那流利的话语间带着陶醉，开始说出一些无法得到确切佐证的溢美之词来，就像一位大师背靠着椅背，把手反着伸到琴键上，演奏着各种可能的变奏，像那部电影里莫扎特喝醉了之后炫耀技巧来娱乐那几个轻佻女子那样。吹嘘、贬抑、抱怨，全都顺从着医生性格和思维模式的内在运动，不多久，你便看到一个现实（之一种）浮现在你的面前。像沙粒随风如波浪般前行，形成沙丘或起伏的沙漠。这位衣着精致的长者、医生，还没等你认识到，还没等他自己意识到，就已经在吐露秘密，在表明爱与钦慕，在表现出过分亲密，在随着自己的谈话把贝恩紧紧地钩向自己身边。他对人很喜欢动手动脚。他会把一只手轻轻搭在你膝盖上，搭在你脸颊上，拍打你的肩膀。他演奏乐队中每一件能表现强烈情感的乐器。不过，这样演奏出来的音乐是让人指望不上的。突然间便会有驴叫般刺耳的一声打破曲调的和谐。他恭维贝恩在植物学上的卓越成就。然后他又会说："你前排那两颗长歪的牙齿没有矫正一下真是太糟了"；或者"要么是你的衬衫太紧，要么就是你的胸大肌太发达了——也就是说，胸很大啊。"吃饭的时候，医生从身后经过贝恩的椅子时，停留了片刻，舅舅毫不怀疑自己头顶秃的地方被仔细看过了。他们在俱乐部里使用老式小便槽的时候，医生把脸凑到隔断上方，侧目俯视他的阴茎有多大。他的评论是："灭火设备似乎合格啊。"

贝恩对此有点恼火，将这事告诉了玛蒂尔达，惹得她一通大笑。她说："我注意到了，你刚一去洗手间，他就跟了上去。"稍稍正经了一点后，她又补充道："医生们对生殖器都是有特别癖好的。好些个医生都迷恋男性那话儿，也有迷上女人那玩意儿的。"

贝恩吃惊道："真的吗？"这也是玛蒂尔达令他着迷的地方之一：出人意料的看法，新的眼界。除此之外，这也给玛蒂尔达带来了语出不凡和令人捧腹的满足感，这是作为一个妙人儿的题中应有之义。

"植物学家在那方面是怎么样的？"她问。

"植物的生殖器官也用到了那些妇科的名称，这是不假，但我们之中有人对此略感疑惑，觉得这有可能是具有误导性的推断。"

她有着很迅速的直觉，这是她的风格。直觉一来，她就会不期然地陷入停顿。她的聪明让贝恩很受用，尤其是性方面的聪慧令他大为着迷。他也许觉得他结婚是为了摆脱有害的分心之事——健康上的风险、某些方面的放纵等。我对此不以为然。舅舅这是陷入了稍早些提到过的“新鲜体验模式”之中。他被驱使着想对某些情欲方面的事探个究竟。这其中蕴含着一种特别的痛苦，因为他来到这个世界上是真正有些事情要做的——而不是给别人带来麻烦，这似乎是那么多人来到这世上的唯一目的。他是个有感情的、正直而又高尚的人。问题是他是否看重自己的天赋，是否会为了这些天赋而自卫。对于这样一种个体来说，自卫甚至都不是他们主要的考虑。我将达尔文式的自我保全视作一种庸俗的思想。其主要的拥护者都是些施虐狂，他们总是跟你说，为了物种的利益，为了遵循自然的法则，对人生路上遇到的任何东西都要平静地对待。

医生在男厕所中的评语刺痛了贝恩，而玛蒂尔达虽然从理论层面道出了医生们的问题，其实更应该说上一句让他放心的安慰之语。埃德加·爱伦·坡的海伦站在自己的神龛之上未发一言。美的化身是沉默，这对于一个敏感的经典形象迷恋者来说实在是一种很妙的优势，尤其是如果这个迷恋者计划要跑一场了不起的当代的性的马拉松。

我有求于舅舅，是想从他那里获得大师般的指点，可他给了我什么呢？他给我的是在某一个领域中的脆弱，而在这个领域中我父亲取得了最伟大的胜利。我现在能做的，是把莱亚萌现象看作舅舅的一个瑕疵，这个瑕疵可预见、可原谅，并且需要耐心。（而耐心并不是我最大的长处。）如果我需要的是情欲方面的大师班课程，我没必要跑到美国来。我从老爸那儿就能获得。在这个知识范围中，一个美国人能在欧洲找到他最大的优势。不过我没有用我的意见去干扰贝恩。到最后，他会心甘情愿地告诉我一切。一旦开了头，他就绝不会对我有半点藏着掖着。我甚至敢预言，他会深更半夜给我打电话，就为了补充一些小的枝节到记录中去。所以对于他们两个人的事我肯定事无巨细都能知道。

贝恩坚持并重复道："我跟这个女人很快乐。"

"很好，我为你感到高兴。"

我之前跟贝恩讲过的特雷姬的事现在也发生在了他身上——这就是重复声明的力量。你宣布你要去做什么。然后你做了。然后你把自己做了的事公之于众。最后这变成了一个事实。用律师的话来说，这叫已决事项。

与此同时，医生正在不懈地对舅舅发力，而没有人保护可怜的舅舅。"你是高级的科学家，而我是有经验的医生。我们不仅能够相互畅所欲言，也必须要如此。女人们永远也不会这样。我们这样做很重要。你爱玛蒂尔达……"

"哦，对！"

"当然啦。我认为你是个好色的男人，不过还算有头脑，最终停止了猎艳。或许将来哪天你能跟我讲讲你上过手的女人。"

已故的黛拉·比德尔，带着她的电灯泡。

"我女儿会为你打理好完美的晚年生活。她可能是个很不好弄的女人，但她那份难缠会给你带来助力。你还能指望什么呢？眼下，是蜜月时光。你应该到巴西去度一个愉快的假期。我来问你：有没有什么特别的原因会让你不想回来的吗？在里约会不会有什么女人闹出桩丑闻来的？"

"没有。我在巴西没跟任何人关系好到能说话。"

医生说："交换看法会给我们带来好处。你可以把心里话跟我说。我们有共同的利益。有烦心的事放到一起来对付，这是聪明的做法。"

“非常感谢。”舅舅回答道，语气颇为无力。医生所说的“晚年”令他很不好受。他分明是新婚燕尔，生活又有了新的开始，而莱亚萌医生已经描绘了他的衰落。这些是信号吗？他是随口说说还是出于医生的诊断呢？他是指中风吗？阿尔茨海默症？性能力衰退？

“玛蒂尔达说，过高品质的生活会让你说自己来自人生道路的另一边。那你觉得我是来自哪一边呢？”

问题并不在于富裕与奢华，不在于极可意水流按摩浴缸、罗森塔尔陶瓷和玳瑁的厕所用品。住在顶层公寓中的玛蒂尔达和他以前追求过的女人很不一样。在谈恋爱的时候，他想象她跟自己一样是个早起的人，可现在在她自己的房间里睡懒觉。她从来不会在十一点之前起床。为了等她起床，他无聊地打发时间。他到门口去迎送报的报童，然后在厨房里读《华尔街日报》，一直读到波兰厨子来。然后他逛进家具陈列室，带着报纸坐到圣诞树边上，那是在圣诞树还没撤走的时候。接下来他想挑些花来插瓶。莱亚萌太太养了一些盆栽植物在她的办公室里。这间小房间是禁止他入内的。“我有时会朝里面看看她的杜鹃花。”

“她在那个办公室里干些什么？”

“写写短信，订订约会，预订食品，给疗养院里的人们录一些诗歌的磁带。”

“应该能派上点用场吧。”我说。

“能给老人们戴上个随身听，让他们听听罗伯特·弗罗斯特挺不错的。”

“或者威廉·布莱克。”

我想象中那些濒死的老人都是电视的囚徒。能让他们听听赞美诗比这要好多了。一边听着别人朗诵《箴言》、《传道书》、莎士比亚的选段和《经验之歌》，一边被慢慢编织入永恒。我问："她给他们念的是什么？"

"我从玛蒂尔达那儿打听一下。在莱亚萌太太那间阳光很好的书斋里，杜鹃花长得真是不错。那些花儿给我带来奇迹。我是说，事不顺的时候，我就站在门廊里望着它们。这个家里有一些滑稽的规定，其中之一就是没有人可以进入她这间私室。"

在讲到自己望着杜鹃花的时候，他那凝视的扭曲表情让他的整张脸都起了变化——这又是一个天性易激动的人具有的面相特征，这样的人向往着能找到或看到也许是根本不存在于世上的东西。俄国诗人勃洛克曾经写下过相似的情形。他还观察到这样的人一只眼睛（通常是左眼）会比另一只略小些。（那双呈躺倒的8字形的眼睛的确大小不一样。）这样一种想要去看见的渴望会贯穿一生，直到进入坟墓，也许还会超越坟墓。通过这样的标志我明白，永恒公民并没有与自己的内心之源隔绝。我依然不是很了解他究竟有何必要陷入这种地方，莱亚萌家的顶层公寓，就像我不明白以前他会一次就与我离开长达数月，投身于中国的山脉、印度的森林和亚马孙的雨林。

可他在那儿了。他等玛蒂尔达起床，他读报纸。他要是能读得懂那些卡扎菲、伊梅尔达和瓦尔德海姆[1]，或是华盛顿那些数以万亿计的预算，那可真是见了鬼了。他在那里唯一无可挑战的亲密关系是与三十码外拐角处的杜鹃花。另一段亲密关系，和玛蒂尔达的，则仍处在形成阶段。她现在需要的是睡觉，对她容忍是有必要的。

1　此句提及人物中：伊梅尔达（1927— ），菲律宾总统费迪南德·马科斯的妻子，生活奢侈；瓦尔德海姆（1972—2007），著名外交家，联合国第四任秘书长，奥地利外长、总统（1986—1992）。

他小心翼翼地不要吵到她，因此他把自己的裤子挂到浴室的门背后，这样钥匙和硬币发出的丁零当啷的声音就传不到她那里。整个早上，厨子在做饭，女仆在打扫，莱亚萌太太在磁带上录着玛丽安·穆尔或华莱士·斯蒂文斯[1]，而玛蒂尔达则裹着鸭绒被躺在她的闺房里。你只能看到她睡觉的侧面轮廓，有钱人家的孩子终于洗脱了所有的罪，可以完完全全地休息了。经过了许多的躁动、叛逆、充满挥霍与神经质的浪荡后，她跟家里妥协了。贝恩舅舅就是在这个节点进入她生活的。与舅舅的婚姻修复了她，她寻到了安宁。可以说她又恢复了早先的生活方式与特权。她睡觉。她睡得奢靡而又绚丽，她完全放纵自己沉溺于睡觉。你可以将那想象成是疯子在茫茫的黑暗中拥抱爱神。这是舅舅的说法，颇让我感到吃惊，“疯子”一词同样来自爱伦·坡的诗，他当时很为之着迷，就像后来对查尔斯·亚当斯的漫画着迷一样。刚开始的时候我想错了，我想的是：“疯狂的埃德加·爱伦·坡和这疯癫癫的书呆子倒越来越像是一对儿了。只是这个可怜的书呆子碰巧是我爱的书呆子，再这样喜欢下去他会把自己弄疯的。所有这些不过是二流的意象，里面充斥着对自我的放纵。这些东西离他的植物学那么那么远，而那里才是他该投入最好的自己的地方。”

在这点上我完全错了。他这话还多少有点说对了。如果她是个疯子，那她在睡梦中拥抱的爱神并不是她的丈夫。他婉转地告诉我的其实是这个。他是给她带来安宁的原因，但那份安宁的内容有可能是另外的东西。另一个男人？不，当然不是。某样东西，不是某

1　此句提及人物中：玛丽安·穆尔（1887—1972），美国诗人，与狄金森和毕肖普一起通常被认为是美国三大女诗人；华莱士·斯蒂文斯（1879—1955），美国著名现代诗人，普利策诗歌奖得主。

人。没有别的男人。只不过那东西，她的爱神，并不是贝恩·克莱德尔。坡的疯子当然都是冷酷的，象征了理想的美。坡的女郎是供人凝望的，不是供人拥抱的——凝神静思中的美人。（犹太人陷入这些希腊的东西里面，这是在干吗呢？）

“不过，让她好好睡她的觉吧。看得出来，她没睡够呢。我可不想去问她‘你为什么要睡那么多？’”

“这倒给了你一个机会，让你可以补上对当今世界的了解。”

“让她把真正的自己给睡出来吧。”他说，“从终极意义上来说，除了死亡，没有人，能真正得到他所需要的安宁。所以在她补那些以前没有睡的觉的时候，我希望能从中获得一些好处。”

不过（暂时也许是这样），她醒过来的时候并不开心。喝咖啡的时候，她脾气暴躁、闷闷不乐。那双大眼睛依然还滞留在睡眠的世界中。她不大说话。在说话前，趁她嘴巴张着的时候，贝恩注意到她的牙齿有多锋利。不过无论牙齿长什么样都不是一种过错。如果一位美丽的女人张开口来有什么值得注意的事，那么人们也会怪这个观察者而不会去怪那个女人。不过，我始终都把舅舅独具慧眼的观察力看作他的一个强项。所有如他刚才这般的批注都孕育着洞见。自从我请他帮忙参与我对俄国象征主义者的研究后，他便迷上了我没有太大兴趣的作家。我靠着他帮我写出他们论点的摘要，于是他成了阅读索洛维约夫（论柏拉图）、费奥多罗夫、贝尔达耶夫、瓦切斯拉夫·伊凡诺夫（论陀思妥耶夫斯基和悲剧生活）的行家。在这些阅读的基础上，他会说出一些关于来自地球内部的力量对脊椎液进行磁力作用的话来。他认为地球充满着（他给出俄语的引文）路西法的电流。由此可以看出，他的第一任妻子毕竟用斯威登堡的观念影响了他。比如对应理论：一棵树并不仅仅是一个自然的物体，它也是一个符号。其间有对应关系。各种物体，或美或丑，都是表达。一张人脸会给出信息，诸如颜色、形状、香味。所以玛蒂尔达张着嘴，对不对？贝恩舅舅注意到，一个非常美的女人会在牙龈上有四处突起，在她们犬齿的底部。这种缺陷，如果它的确是一种缺陷而不是观察者的乖僻，不是一种鸡蛋里挑骨头的冲动或是一种抗拒美女权势的怪癖，那它也许是一种软弱的标志。高高在上的美貌或许是一种折磨人的东西。它撕扯着我们的心（我们中的一部分），于是我们疯狂地与之相抗。我们会在女孩子纯真无辜的脸上叠印上一张美杜莎的恐怖的脸。

与无言的观察相比，说话能有什么用啊！

贝恩在本质上是属于晨起型，所以他在醒来的时候最有活力。于是他想帮玛蒂尔达克服醒来时的痛苦。他读《时代》周刊和《华尔街日报》，帮她挑出几条来，作为早餐桌上的谈资。“那个被克拉克西释放的恐怖分子，他去了南斯拉夫，他们把他送上了前往中东的飞机。”或“里根说，参与星球大战项目的研究者们可以以私人身份从接受联邦津贴期间获得的发现中受益。当然，出于他对自由企业的信任……说到这个，这儿有条有趣的新闻是关于弥尔顿·弗里德曼的。有人问他：‘你确信搞经济学的人是完全理性的——我们可以信这话吗？许多合格的思想家都声称，人类的行为具有明显的偏执，有些甚至说有一种极为普遍的生理状态称作精神分裂生理机能，创造出种种精神分裂心理。凯斯特勒做过这样的一个论断。那么，这种无可辩驳的疯狂和您关于搞经济学的人完全理性的论点究竟孰是孰非呢？’弗里德曼回答说，不管人们有多疯狂，他们依然能对金钱保持理性。你怎么看，这到底是事实还是信念？不过，他没有说到善与恶。他甚至没有讨论心理学，这是他很值得赞扬的地方。他似乎只是在说，人类离彻底的混乱只差一个自由市场。对看不见的东西的相信被他缩小成了相信看不见的手。”

此处的弗里德曼听起来多么像是卡罗琳·邦奇啊！

“呵，呵。”玛蒂尔达故意发出敷衍的假笑。她并没有把贝恩的观点太当回事。是的，他的确是在努力想让她的心情变好一点。他费这番劲纯粹是想安抚她。可她讨厌醒来——讨厌至极。

“像一片璀璨的雷雨云，一片充满电荷、行将释放暴怒的积云来到她的上方。”贝恩说这话的语气中颇带着欣赏。一个有激情的女人——多么值得欣赏！

早餐的面包卷里面是冷冰冰的，她顿时发作了起来：“这该死的微波炉，伊丽娜为什么就是不肯用煤气炉热呢！”愤怒、美、责备。可以说，这就是贝恩在那张脸上捕捉到的东西。

“我把小面包再拿到厨房里去热热。”他说。

“你去热个鬼！……伊丽娜！”

她不喜欢贝恩跟女仆保持良好关系。对于仆人他什么都不懂，什么都得学。

这些早餐之令人难以忍受超出了它们应有的程度。玛蒂尔达是对他不满吗？她是不是在重新考虑自己的婚姻了？换了我的话，我是不会为了她而自寻烦恼的。我会索性连早餐都躲了；跑到实验室去；到温室里去打发整个上午。他不应该这样闲待着。

大概就在这个时候，贝恩对我说（这话他经常说）：“我在想，要是我对人也能有对植物那样的天赋，生活会变成什么样子。”就拿玛蒂尔达睡觉这件事来说，这让他想到了植物世界的某些方面。深度睡眠是没有任何意识的，植物的生长显然也是无意识的。在水晶和在植物中，复杂设计的发生没有任何有意识智力的痕迹。

人们或许会受到诱惑，想像占卜师那样暂时中止意识，进入那些奇怪的（沉默的？可它们就是发不出声音的）植物有机体中去。至于舅舅，我猜他对植物的穿透与洞察是先于任何诱惑而发生的。更有甚者，玛蒂尔达睡觉的力量也许将舅舅的想象力牵引向了植物的睡眠。就我所知，他将她看作系在鸭绒被缎面镶边上的一束蕨类植物，顶部散开，长发是那蕨类植物的叶子，披散下来，覆住了闭着的眼睛。

但是再一想，他并没有跟一株植物结婚。玛蒂尔达也许会让你想起一株羊齿蕨，或田野中的一朵百合花，也许植物元素在她身上表现得很强——她从睡眠转换到醒来所经历的麻烦让人想到两种天性间的挣扎——但她毕竟还是醒了，无论多么不情愿，并且最终出了卧室，穿着她那艳丽的家常服，一件远东图样的缎子衣服。有时候她会让贝恩也一句话都不说。她说："哦，天啊，本诺，我没醒的时候别跟我说这么多话，弄得我头都疼了。"

啊，他已经有点难过了——进退失据，应对乏力，还奉命闭上了嘴。坐在早餐室一隅，他能做的唯有举目望向窗外方圆如此广阔的城市。所有那些被废弃的工业都在等待着电子业来将它们复活，锈带的巨大身躯，那些高耸的烟囱的茎干如今不再结着浓烟的花朵。如果你是个有钱人，那么你的特权之一就是能将这一幅衰败的景象尽收眼底。从电子公司大厦的楼顶你还能看到更为震撼的景象。莱亚萌太太的看法，她是在吃饭时给出的，认为该大厦是一件"具有现代美的重要作品"。贝恩从中看不出任何的美来，但他并不准备表示异议。在这种吃饭时的讨论中他都缄口不言。有时候他会在两顿饭之间重复一些初次说出时没有引起他们注意的话："我们曾经住在那里。我们是从杰弗逊大街搬到那儿去的，那时我大约十二岁。那栋建筑的前主人因为交不起税，房子被市里给收去抵税，我父亲便在哈罗德舅舅的建议下把它给买了下来。我想他付了七百块吧。这房子有个很好的院子，里面种着两棵桑树，六月的时候会招来很多鹩哥。”这段自然史的叙述几乎没有引起多少注意。“很棒的树，结白色果实的那种。紫色的桑葚闻着更香。”莱亚萌一家的脸上掠过意味深长的表情。舅舅注意到了，但将其解读为厌烦之色。在这里他确凿无疑地错了，我们会看到的。

从早餐室的一隅，贝恩享有俯瞰城市的得天独厚的视野，可以看到凹嵌其中的街道和低矮破败的公寓楼构成的街区。在中心地区是建造中的楼房——重建计划。“我在想不知道我岳母是从哪儿听来这句话的，‘具有现代美的重要作品’。有那么一两次我差点忍不住想说，‘您女儿正是这样一件作品。’不过我不想违规，把她女儿说成‘一件作品’。”

说这句话的时候他也许并不完全真诚。而且晚饭时，早上那道要他闭嘴的命令依然留有残余。命令针对的是玛蒂尔达喝早餐咖啡的时候——她一杯接一杯地喝着劲儿最大的浓缩咖啡。那会儿，他不会以审美的眼光来看她。他心里想的应该是：我哪儿做错了吗？也许甚至是：有什么她想要我做而我没做的吗？

“我们的第一段蜜月在阿鲁巴岛待了四天。”贝恩说，“我们住的旅馆属于某集团。医生在其中也有份。”

医生的病人们和伙伴们都是一流的开发商，时不时地这些打拉米牌的牌友或是打高尔夫球的球友会让他参与某个开发项目——达拉斯的一栋新办公楼、一座商厦、一栋豪华公寓楼、位于佛罗里达度假胜地的分时公寓、一处位于俄克拉荷马的天体观测馆、一份把幽灵车拖走的城市合同。这儿百分之几，那儿百分之几，玛蒂尔达说。爸爸的财富便是由一点一滴这样的小事业构成的。玛蒂尔达拼凑起了他财产的全貌，尽管医生拒绝向她提供任何信息。医生对贝恩说：“她在那方面可实在是让人难对付。你根本都瞒不住她。她会转来转去，跟人们聊天，跟他们喝酒，还没等你明白过来，整桩交易就已经全叫她给挖出来了。她一直都从她的人造卫星上看着你。她从来也没有因为对那堆法国破烂玩意儿太投入而放下过对经济动态的了解。还有，这对我们多少是个安慰。等我和她妈去世后，没有哪个银行信托部的高级职员能蒙得了她。谁要是敢的话，我真可怜那家伙。”

我说：“他这是想要你知道，玛蒂尔达是个富有的继承人。”

“这都是玛蒂尔达的。我几乎就没被考虑进去。不过我也不需要。”

那会儿，在她要动身赴巴西之前，玛蒂尔达和她母亲每天下午都忙着编写需要客人送礼的礼物清单，决定着水晶制品是用莱俪还是巴卡拉以及亚麻制品和厨房用具的品牌。作为比她们俩都更有管家经验的人，贝恩对于各种锅、盘和洗碗机有他自己的主意。对于许多跟科学一点都不沾边的东西他有着令人好奇的地道见解。“爱管闲事呗。”他如此评价自己。不过没人来问他的意见，而他知道自己人微言轻，也没打算开口说话。“我们都就当玛蒂尔达最懂这些，”他说，“我没指望过她是个持家能手，可她买起东西来那个样子，不知道的还以为她要开小旅馆呢。”

每天晚上，贝恩把脸刮得干干净净地来到晚餐桌旁，扮演起他植物学专业人士新郎和女婿的角色——叶绿素博士。我有天晚上也去和他们一家一起吃饭，在一旁观察着。席间的话都是老莱亚萌和玛蒂尔达在说。后来大家一起用录像机看了一部匪帮片《教父2》。

这回我亲眼看到了贝恩跟我讲的电子公司大厦。它在夜里显得更近了，一大片亮着灯的窗户，比泰坦尼克号还大，而那火一般的桅杆像是展示给犹太人的标志。那天晚上玛蒂尔达表现得很活跃，没有丝毫痕迹可以看出她是个怒气冲冲、难以醒来的美人，沉默地抵抗着白昼和清醒。我必须承认，她（客观而言）很有吸引力，说话有急智，有一种尖酸刻薄的高雅姿态。见了她之后的感受是，你不大能遇到像她这样不给旁观者带来痛苦的美女。我所喜欢的女人类型——对此我没什么好保密的——是比较接地气的那种。对我的品位而言，玛蒂尔达有点太端着了。毫不相瞒，我当时在想的是，那两条腿往上还有多长，它们是在哪儿以及怎样与躯干相连的；相连处是怎样一番景象？如果免去这番男性的想象，你便得不到生活的真相，而且你会看到舅舅，尽管他有那么多关于植物的幻想，也会在脑海里饶有兴趣地享受着同样的画面。我在想，不知道贝恩是如何从我想象的画面中得到快乐的。不过此时此地，要想能猜出来的话，哪怕是最迫切的第三方，都只会让自己筋疲力尽，徒劳无功。那些日子里我能从贝恩身上获得的唯一迹象只有这个，那就是他对我说："满足一个女人的愿望应该是有可能的。我们且做她要我们做的事。只有顺着她的意愿才能有所发现。这样我或许能略有成就。"他跟着她一起去购物，在她买了一个通用公司的洗碗机时什么话都没说。"只要多花一百块钱就能买上一台凯膳怡，比通用的要好上一千倍。"他告诉我，"我不会跟她说，'我怎么跟你说来着。'"

玛蒂尔达要量一下罗阿诺克大厦那套公寓的尺寸，就是她从老姨婆那儿继承来的那套，她带上贝恩一起去，因为用卷尺量要用到帮手。这是舅舅第一次见到那个地方。他跟我汇报说，我之前用威尼斯宫来作比其高度，这种比法在钱上也一样正确。一座像罗阿诺克大厦——资产阶级的巴洛克——那样的建筑，你可以同样想象其出现在维也纳或里约热内卢。即便是房子的钥匙看着都有威尼斯的风格。公寓的前门有一英尺厚，多半是吧，上面有羽毛和长矛的浮雕图案。门铰链推动起来特别费力。“屋子里面散发着病房的味道。”他讲述道。老姨婆一年多以前就去世了，自那以后这地方就一直上着锁。玛蒂尔达要么是没有闻到空气中的陈腐气息，要么是成为主人的喜悦自会营造出其独有的芬芳。自她的姨老爷去世后她就一直在打这房产的主意，打了足足十五年，其间打败了老姨婆另两个精于算计的外甥女。所以这堪称是一个重大的胜利。

“玛蒂尔达带着我参观了房子。‘这是我们将来要住的地方。你对这房子的布局有什么要说的吗？’我不想问，老太太有没有大小便失禁？她养没养过猫狗？我能说的只是这房子真是奢侈。”

“想象一下你住在这儿的景象——跟杰弗逊大街一个天上一个地下吧？”玛蒂尔达问。

接着她开始历数罗阿诺克的诸般好处：大学走走就到了；贝恩可以把实验室设在这儿，就在自己家里，如果他愿意的话——所有的管道工程都已经到位了。他们只需拆掉几个俗气的旧盥洗槽而已。他告诉我，她提供给他的空间对于一个摄影师的暗室来说倒是很理想了。他回答她说，这个提议真的很棒，不过他习惯了外出工作。而且，他需要走到学校这段路来帮助自己思考。

她问，放弃他原来的旧公寓会不会让他感到伤心：“那里是你第一段幸福婚姻的地点。”

第二段幸福的婚姻现在已经开始了，他机智地答道。

“然后就放弃老地方了，你在那儿招待过那么多美丽的姑娘，包括我。”

有些人是没有必要提的，比如黛拉·比德尔，以及她是如何重重地敲门，喊着：“那我的性欲该如何解决呢？”邻居们或许暗自庆幸，他们没必要对此做出回答。可怜的东西。她既然已经死了，那么忘掉她后来是怎么过的也就纯粹是一种礼貌，一种仁慈了。

不过我们现在是在这儿了，我们活着的人，视察着我们通过继承遗产获得的宽敞居所。贝恩估算着房间的规模、吊灯的展幅。他接收了房子里的墙纸和各种织物，其中有些已经一条条地挂了下来，浴缸的陶瓷壁油腻腻的，有蠹虫飞来飞去；加了重的下水管道都镀着铜镍锌合金——曾经全都是一流的品质。这不同于司各特·菲茨杰拉德所羡慕的那种财富——属于乡间宅第的那种获得已久的财富，马厩里养着打马球用的小马，肌肉发达、满头金发的马球玩家们，出身最好的学校，投身过拉法业飞行队。不，罗阿诺克是室内的、德国犹太人那种密室型的财富，身居长岛的富人会不屑地将他们称作犹太佬。贝恩舅舅甚至连任何一种富人类型的门槛都还没有达到。在玛蒂尔达带着他四处转的时候，他已经没什么话好评论了。“这是起居室。”她对他介绍道。他说：“这都快赶上一个牧场的大小了。真是太棒了。这块地毯是白色的，还是蚝壳灰？像是羊毛，只是开始发黄了。”

她告诉他，清洁工会用蒸汽把变色清洗干净。她说：“这栋大楼很安全，二十四小时都有警卫和门房。物理系的系主任就住楼上，楼下住的女人，她父亲发明了人造甜味剂。我再跟你指出一个这房子的特点，你肯定会喜欢的。我们住的楼层不算高，能听到街上交通的噪声，但从窗口望出去正好能看到树梢。”

她说得没错。贝恩看到了沿大楼种的梧桐树。住在这里的话，他有半年的时间有梧桐树叶做伴。玛蒂尔达虽是在拿他打趣，说得却是对极了。他此刻凝望着的梧桐叶是浅褐色的。它们的根系像长着长毛的猛犸象，在人行道的地下延伸，环绕着污水管道系统等设施，一路向下，直奔向地心。这话是他说给我听的——他那长着长脸、正凝神静听的外甥，努力想要将他猜透的外甥。他不时会告诉我一些有关植物的消息——几乎是秘密。一个真正属于植物的人能将他身体的精华发散到树叶中、发散到树的内部组织中，将他自己从牢牢抓住土壤的树根送到最高的树梢上去。他像是在自言自语，说有来自行星中心的力量，与悲伤颇为相似，将绿色的冲动驱赶到表面，来到阳光中，这一举动得到了树叶的拍手叫好。我不敢肯定他是否真的知道自己在说些什么。他对我很信任，这足以让他信马由缰，把让人难以理解的想法、让人无法接受的观念，对我诉诸言辞。尽管他对这些有机组织的解剖结构非常熟悉，他还是能对它们有一种特殊的构想。我之前在提到玛蒂尔达的长腿以及其与躯体的连接时（从丈夫的视点）说过，如果你把这样的幻想拂到一边，便得不到生活的真相。从这个意义上讲，我不能略去贝恩关于梧桐树所说的最后一句话。他在盯着它们看的时候，觉得自己听到从身后，从那大如牧场的房间里传来一声呻吟。那是在为什么而呻吟呢?（这并不是人的声音。）唯一负责任的解读是，这是一种心理投射，纯粹而又简单，由光秃秃的梧桐树所引发。这不禁让人对“负责任的解读”这一说法本身产生了怀疑。

如果不是他行为表现极为良好的话，那一声呻吟很有可能是他自己发出的。但在这趟参观未来居处之行中，他的表现堪称理想丈夫。这栋巨大的建筑是于1910年由纺织品的商界巨子们出资兴建的——楼里的房间，他说，让他想到一个个业已干涸的、曾经盛满自恋的蓄水池，现在这栋建筑最初的居住者已经全都搬去了墓地。但是纵容这样的幻想是有害的，于是他开始检查起家具来，沙发和大件的家具。他对玛蒂尔达说：“沙发套已经不行了，全是味道。”

“我什么都没有闻到。”

“哦，肯定有。不好的味道。”

“埃蒂姨婆留下了一些很不错的家具。但她的遗嘱规定，在葬礼后，她的亲属和友人必须直接回到这里，马上。每件东西上都有标签，继承的人当时当地就得把给他们的东西拿走。”

“马上？”

“说得没错。我有些表亲得到了很漂亮的古董。”

回想到这段，他说，她的“灯丝还因为愤怒而放着光”。

“有人居然比你还聪明。”

“啊，他们花言巧语把老太婆给骗了。”

“有闹出什么麻烦吗？”

“没有，葬礼刚结束后没有，但在他们拿走战利品的时候倒是有不少交锋。所以你现在看到的是没贴标签的，这些都是我的。很多值钱的物件都被拿走了。说起那个老太婆，这些沙发可是有年头了。所有的东西都得重新摆过。爸爸医院的旧货店会来把这些长沙发和安乐椅收走。”

“那可是得一大笔钱啊，重新配家具。”贝恩说，“我们可以把所有还过得去的家具搬到主要几个房间里。可能再换一下沙发套。”

“不用，亲爱的。不用。”她说。

这声“亲爱的”，表示异议的“亲爱的”，像一大块水泥砖一般砸了下来，贝恩跟我说。这个蓝眼睛、胖墩墩的男人表面看上去似乎不敏感，但其实他是一台能进行复杂标记的仪器，配备了无数的感知纤维。

“你到哪儿能找到合适的家具呢？斯堪的纳维亚的设计在这儿瞧着可不合适。”

“也许在里约吧。他们肯定会有很棒的东西。”她说。

“那货运的费用呢？大约有五千海里呢。”

“空运也许便宜些。再说总有些交易可做的。比如，你替美国新闻署去做公开演讲。这样我们还能好好看看那个国家。”

“我看你早就有这个想法了。我们怎么能搞到外交护照呢？”

“你在挖苦我。你在你们那个领域是个国际名人——跟个纪念碑似的。大咖。他们会为你做任何事的。你自己真的不知道……”

那是一个凄凉的冬日，灰色的天空让树木这些大自然的骨骼显得特别白。但是建筑像是有一层能覆盖住所有骨骼的脂肪，待在建筑里你可以完全不顾外面的环境。取暖器释放着大量的热量，其实有点太多了，同时还释放着老式的声响和气味，那呼出的物质构成我们必死的命运，让我们想起每个人都释放过的私密的气体。这个地方传递的讯息是：“不用担心。你会在这里得到照料的。”但罗阿诺克不只是一所公寓。你不可以只是住在里面。如果这样的话，你会腐烂的。它其实是，如我所说过的，一处宫殿。你必须在这里开派对——宴会、私人音乐会——否则周围的环境就会在你身上展现一种让你脱离躯壳的效应。要不了多久，你就会成为一个鬼魂，在餐具室里出没。玛蒂尔达在带着贝恩看卧室和仆佣区的时候所说的话表露了很直白的意思，他们将会有很多的款待活动。款待谁？城中那些值得结交的人呗。（为什么要结交呢？贝恩没有问出口，但他在心中这样想了。）有些客人会登门拜访，像多勃雷宁、基辛格、玛丽莲·霍恩[1]、芭蕾舞蹈家们、君特·格拉斯这样的人——如果他们正在旅途中，没有更好的地方去打发掉一个夜晚——会在这里找到一个文明的港湾。

“这不是很贵吗？”舅舅问道，好像他不知道似的。他只是一个教授，年薪六万，或者如我之前所说，差不多史泰特维尔惩戒中心拘押两个罪犯的费用。他每年能从中存下一万块，所以他拥有了大约二十万元的财产，再加上他的年金，这笔钱他退休之前不能碰（幸亏如此），还有莉娜的保险，将这笔钱花在罗阿诺克（用于款待亨利·基辛格或帕瓦罗蒂这些她继任者的朋友们）是说不过去的。玛蒂尔达对他的焦虑只是付之一笑。很显然，她心中早已有了总体的规划。

在我的鼓励下，贝恩重现了他跟玛蒂尔达在这些空房间中的对话。

“在处理这个地方时，你得更有想象力才行。”她说，“这儿看上去华丽而又肮脏。可我有着对它更美好岁月的回忆。我要告诉你，如果这房子是在纽约第五大道上，那就会值好几百万，你得是莱曼或是沃伯格[2]才能住得起。它或许是匹兹堡和丹佛之间最华丽的住宅楼了。至少是从匹兹堡到丹佛。即便是在这儿，它也是受保护的地标建筑，是禁止拆除的。维修费用很低，税相对房子来说不值一提。”

“如果你想的话，我完全赞成。”贝恩说，“为什么不呢？不

---

1 此句提及人物中：阿纳托利·多勃雷宁（1919—2010），苏联驻美国大使；玛丽莲·霍恩（1934— ），美国女中音歌唱家。

2 这里提到的莱曼和沃伯格都是在美国富可敌国的犹太家族，在商业和金融业具有极其深远的影响力。

过，我想要知道的是我们要进入的状态，亲爱的。我住的地方从来没有对我如此重要过。”（不完全是实话，在三十年左右的时间里他一直在他那套老旧的公寓里住得很舒服。）“可我能办得到吗？这可是个问题。这个十五个卧室的巨无霸会吞掉我所有的工资，而且还远远不止。”

“别急，可别被吓坏了。”她说。

“哦，我没紧张，只是问问。”

“我当然已经全方位考虑过了。”她笑容可掬地说道，“我想，这对于你身上的堂吉诃德会更有吸引力的。”

贝恩说：“堂吉诃德是个单身汉。”

“我的意思是这其中超乎理性的一面或许会吸引你。”

“我们可以做的是，最开始，把正门修缮好，那是门面，我和你可以先住到后面去。”

“吃罐头？”她的幽默不乏狡黠，“还是去领食物救济券？”

他说：“假如你要把它给卖了——能卖个什么价？”

“那也是不现实的。在将其摆到市场上去之前，你得先把它修缮好。照现在这个状态，根本卖不出价钱。”对于他会问出这样的问题来她倒没有生气。她给了他一个略带点卑微的笑容，一边低下头来，隔着衣服松了松内衣的松紧带。谈话的时候，她会松一松腰部或后背被勒到的地方。她在讨好他，这马上就变得明显了，而且她根本没有要放弃这个富丽堂皇的住处的意思。

“不跟你开玩笑，”舅舅对我说，“起居室够停两三架私人飞机的。她为婚姻幸福而制定的终生计划中包含这些——在我眼里活像是博物馆大厅。这就像是一场三角比赛：玛蒂尔达、我和罗阿诺克大厦。我之前没有意识到这点。可是，又有谁事先能料到呢？

不过，想起医生曾夸奖过她的脑子，说她差点就让蒙代尔当上了总统，我就开始跟她打听可以利用的资源。比如：‘你觉得你父母会替你出钱吗？你的埃蒂老姨婆有没有为这个目的给你留过钱？’但是一无所获。我不相信这些来自帕里什广场的精明的家伙会没有算计过。但我从玛蒂尔达那里得不到任何直接的回答。怎么办呢，我能做的全部就是设定出我能支出的上限。我相信要花上一点时间才能分辨出这整个的设计，这张大地毯上的图案。”

“他们当然是设计过的，”我说，“就凭你那点工资让你为这么大一所宅子付钱，这简直是滑天下之大稽，那些人精当然清楚得很。他们不可能指望你杀了自己来取悦你爱的女人。而她当然也是爱你的，当然不想你把自己给搭进去。所以我想，最好的态度就是，暂且将这当成一个可爱的谜。那就是我的建议。”

“嗯，对。我们关于财务的讨论最后得出的结论就是，我要去跟莱亚萌医生仔细调查一下我们的财务状况。她要在市中心帮我们俩约一顿午餐。”

“讨论财务问题。”

“我想是这么回事。”

我不相信舅舅能在这顿午餐中很能干地代表他自己的利益。这类事情已经让他泥足深陷了。我之前曾引述过丘吉尔谈论大英帝国的话，说它是在不经意间成就的，我还将其与舅舅的婚姻进行了比拟，但我自己并不太相信这套不经意理论。不经意背后秘密的动机是要在有罪的时候显得无辜。不经意是具有欺骗性的无辜。对于我舅舅这样一个人来说，没有任何东西能真正逃得过他的眼睛，所以这样的说明根本就是不能接受的。至于说到地毯上的图案，只要他自己躺在那张地毯上面，就永远也休想能分辨得出来。到目前为止，以我无可否认的艰难判断，他是躺着的。我把事实以我当时对他们的了解过了一遍：一个美丽的女人把自己的终身托付给了一个世界闻名的植物学家。他或许觉得这会满足自己的需要。不，整个过程中她一直在考虑着她能利用他来做什么。我想象自己又回到了波拿巴大街，跟科耶夫一起来解决这件事——只有我们两个人在。我选择他，是因为他是个冷酷无情的推理者。贝恩是个想找老婆的植物学家，而他找到了一个正想要这样一个植物学家来充当男主人款待各界名流的老婆——一个与房子相配的丈夫。他的动机是向往。如此的向往！你不能指望具有如此深度的向往能拥有，或能找到明确的目标。对于玛蒂尔达来说，她是有着相当清晰的目标的。她知道自己要的是什么而且她得到了。他不知道自己要的是什么，而他想要努力去得到。

我要做的事就该由我去做：我要帮助亲爱的舅舅来保卫他自己。我不觉得莱亚萌一家想要对他造成很大的伤害，只是他们不大可能会尊重他的魔法，或者会有为了他的天赋而去维护他的概念。这其中有许多东西处于危险之中。我不能再一遍遍地重提了。比如：在南极的伯德少将所揭示的人性枯竭的诅咒；拉金提到过的人类身上爱的沉眠；把沉迷性爱当作济世灵方的追求；把灵魂当成唯一值得经营的项目；还有我个人对存在主义的拒绝，我就是因为存在主义才离开法国移居美国的，才会在分析动机时如此严苛。这些都是我想指的东西。

我对舅舅说：“就算帮我个忙吧——因为我非常好奇——这次，问问莱亚萌医生那个主持婚礼的法官的事情。你说过你要问的。”

“我会问的，我现在就把这事记上一笔。”他掏出钱包来，想找个小纸片什么的，结果只找到了一张美国运通卡的收据条。他打开钢笔的笔帽，用印刷体在其背面写下了“阿玛多 · C”的字样。等到明年四月，他的会计师会问，他是否请此人吃了饭，这顿饭能不能扣税。他把这张纸条跟其他角上都已变了色的纸条塞到了一起，我估计这张纸他再也不会看第二遍了。我用充满怀疑的口吻自言自语地评论道（我正在学着不要对他唠叨）：“这事就这么算完了。”但其实他在吃饭的时候真的记得把这事给提了出来。我对此颇感快慰，这表明他把我的话还是很当回事的，而且他也是能采取主动的。

医生把自己的女婿带去了阿维尼翁餐厅，那儿主打的是新式菜肴。又是一处摩天楼的顶层，贝恩说。显然，莱亚萌很喜欢待在顶层的感觉。他们走进被玻璃幕墙围着的餐厅，这家餐厅位于城中最新的摩天楼之一的第七十五层，窗子加了点紫红色以避免反射出强光。医生刚去过理发店，日渐稀疏的头发洗过了，梳成了中分，手指甲也做了护理。他走进来的时候像是一个全副武装的步兵师的指挥官，两个肩膀端得有点僵硬——“看着太像二维的了，那两个肩膀。”贝恩说了好几次。这类特征对他来说很重要。（就像一棵树并不只是一棵树，也是一个符号。）而且他对医生进行了详细的描述，这是舅舅的特色。医生的脖子瘦而灵活，在他想要把某一点东西讲清楚的时候会“驱策”自己的脸凑向你。还是关于莱亚萌医生的脸，他补充说，和他的身长相比，他的脸算是小的，在他脸的中间有某样东西好比手表上会反光的水晶，在捕捉到阳光的一刻会成为一个闪烁的亮点。可当你想要寻找那闪光点的源头时，却又一个也找不到。

午餐并没有一个很好的开始。医生想要贝恩能欣赏这顿三星级的款待，并做出适当的回应。“新式菜肴。”他说了好几遍（新式菜肴现在已经渐渐过气了！），而贝恩在他的反应中并没有呈现出电视那般的亮度来。相反，他很快就出现了失礼，或犯了一个愚蠢的错误。在进入餐厅的时候，会有人带你看当日的特色菜，每道菜都会以上桌时的样子展现在你面前——鱼或排骨，煮成浓汤的胡萝卜或笋瓜——这些菜品都有法国名字并翻成了英语。陈列品之上覆盖了一层亮晶晶的塑料布。“我想这是莎伦包装膜。”贝恩说。医生觉得这很时髦，但贝恩说这让他想起刚刚遭遇丧父或丧母之痛的人必须要去挑一口棺材时，人家展示给他们看的东西。医生听了这话颇为气恼。（“人一下子僵硬得就像用来加强混凝土的钢筋一样。”贝恩说。）如果说医生有哪里不能忍受这位女婿的话，那就是他在联想上的这种无政府状态。医生的眼底现出了一丝红辣椒的颜色。他走得很快，贝恩则跟在领班的身后。舅舅说他忍不住。小牛肉和面拖鳎鱼那副样子冷冷地摆在那里。但是医生原先订好的约会已经被迫取消了，而如果把医生牺牲掉的办公室时间和这顿饭的账单加到一起，的确会让人的心态发生很大的改变。还有，据玛蒂尔达事后的评论，医生讨厌在谈话中提到死，特别是在吃饭的时候。

“那会儿，有一分钟，”贝恩说，“他差点要杀了我，肯尼斯。我看见他的脸色一下子就变了。他为了我不辞劳苦，不过没用，因为我这人天生就会把事情搞砸。不过他恢复了自控。父亲的身份占了上风。还有正面思考的力量。”

“他信那个？”

“经常听他说起。”

他们被安排到了一个包着皮革的小隔间，像一辆保时捷或是兰吉雅，医生拿起酒水单。“白葡萄酒还是红葡萄酒——法国的还是加州的？今天这场合也算是难得。”最后点了一瓶法国武弗雷起泡葡萄酒，医生的祝酒词是：“欢迎进入我们家庭！我和乔都为玛蒂尔达的选择感到骄傲！我们相信你爱我们家姑娘！”

贝恩表白道：“我爱她的。”

“你当然爱她。而且会对她坦诚以待的。”

“我对第一个妻子就很坦诚。”

“这我知道。你在第一个和第二个之间所做的事情谁都管不着。”

一杯葡萄酒下肚，医生又重新平静了下来。他从对那个棺材玩笑的气恼中恢复了。他比较喜欢身体上的亲近，在阿维尼翁餐厅的小隔间里，他和贝恩紧挨着而坐。那可真不是普通的亲近，你都分不出来谁的呼吸是谁的。“我要是个女孩子的话，他都会抓过我的领口，顺着我的衣服里往下看。”贝恩说。医生的眼镜两边不一样高，他看人的眼光也一样是歪的。他脸的两边，顺着一条垂直的轴来看，并不完全对等。他的皮肤干燥，嘴型狭长，说起话来很碎很絮叨，眼睛看上去不是很协调。在医院里他的外号叫快嘴。他像个真诚热情的牧场主那样用臂弯搂着贝恩，感受着他，挤压着他。“或许他是在搜集医学信息吧。”贝恩说，“他甚至用手指攥紧了我的大腿，就在膝盖上面的地方。在他们摸着《圣经·旧约》发誓的时候，手就是放在那个地方的。”贝恩认识到，就体型而言，他跟玛蒂尔达并不相配。舅舅属于一种更早的肉体类型，属于那些移民和他们的第一代孩子。在一个大量养殖并用维生素灯照射（家禽和小牛）的国家里，在一个以其孩子们的牙齿、他们健康的皮肤、他们以有氧运动锻炼起来的四肢令全世界都为之目眩、为之赞叹的国家，贝恩以他球形的脑袋、俄国人的背部曲线，就像某本关于人类形态进化的书中的一幅插图——大约离顶端还差了三四个形态。玛蒂尔达高踞在形态进化的顶端，医生的黄金孩子。（我们会看到，贝恩处在他那迷宫般大脑的中心空地处，对此并不赞同。）那为什么玛蒂尔达会选了这个犹太佬呢！这是医生渴望知道的。他们喝完第一杯酒后点了午餐。侍者帮他们又倒了点武弗雷葡萄酒，医生说话叽叽喳喳的样子像动物园里的鸟舍，那里边的鸟儿代表了那么多的种类，彼此间毫无共同之处，唯有制造出来的噪声是一样的。

“回到我们前两天说过的话题吧。”医生一直对此念念不忘，“我就快要停止追踪性革命的进展了。”

“可是，为什么要去追踪呢？”舅舅问道。

“将你自己放到我的位置上来，一个根本上属于老派的父亲，有一个女儿，而且是家里唯一的孩子。这人还是个医生，要应付得了各种疑难杂症的病人。你必须要试着去理解这一切的背景。你指望一个医生能怎样对生活中的事实做出反应呢？每天都是办公室家里两点一线。”我可以想象出贝恩当时的样子，仿佛很有距离（不是冷漠），从远处、从高处看着医生。“孩子们没有父母的监护，看着色情的电视节目，”医生继续说道，“或是听有色情内容的摇滚乐。‘跪下来！要把你的屁股钉到地板上！’这样的唱片能卖上百万张，变成金唱片。数字都快赶上国家预算了……”

“这我倒真没想过。”

“你们这些搞纯科学的家伙，哪儿用得着想这些啊。”

舅舅说：“这些东西都是作为个体的公民够不着的——炸弹就是个例子。原子弹刚炸完，让人性高潮的炸弹又落到我们头上了。”

医生正跟往常一样，在变着法儿地追问、打听，想要从他身上套出关于自己女儿的信息来——抱怨、坦白、丑闻，什么都行。

“你并没有一头扎进庇护所里，”医生说，“这其中也有你的份。”他看见贝恩要表示抗议，就加快了说话速度，“我不是要指责你。它也带来了一定的好处，没道理你就不能获得你那份快乐和刺激。我一直都建议病人永远不要放弃性生活，即便是那些快要老得做不动的人。你要是知道有多少人跑来跟我说他们已经再也不行了，以及我让他们注射荷尔蒙以满足妻子的看法，准会大吃一惊的。我跟他们说，‘听我说，只要你有膝盖、有手肘、有鼻子、有大脚趾，有爱你的老婆，只要你在能硬起来的日子里尽到对她的义务，那么无论你现在有什么，她都会接受你的，你也不再多欠她什么。’这些老傻瓜们当然害怕某个空手道教练会把他们的老母鸡拐走，于是他们都开始问起假体的事了。或者也许用一个小气囊，让你能给那个部分充气，变大。就像血压计袖带，你懂的。”

贝恩（我们可以确信这点）做出了认真考虑的样子，但他其实并不能搞明白这番关于性的谈话是怎么回事。他怀疑医生跟自己女儿的关系已经密切到对性非管不可的地步了。贝恩自己并不合适去说他没有那方面的麻烦。这听上去像是一份严正声明，一份辩护词，而不是价值中立的声明。

“听我说，莱亚萌医生——”

“叫我威廉。”

“好吧，威廉，为什么你要跟我讲荷尔蒙或是把生殖器变大呢？你是觉得我要跟你坦承病情了吗？”

医生的脸涨红了——不是普通的红，他的红是橘红，就是你在乡间路上能见到的蝶螈的颜色。

“我为什么会……”

“我不知道你为什么会，或许这些暗示的目的是要给我来个开场白。又或许玛蒂尔达跟你聊起过这个话题。”

“才没有呢！”医生说，“你可别激动。”

“现在的女人，你放心吧，在结婚前不会没有一个试婚期的。玛蒂尔达去年夏天到瑞士来跟我一起过了一个月。”

“这不是什么秘密。她给我们寄照片的。”

“什么照片？”

“苏黎世和日内瓦的明信片，说她很开心。你彻底误解我了，本诺。我和乔对你的印象都挺不错的。你听了别生气，不过我们对你进行了小小的考验，纯粹秘密进行而且绝对慎重。你不能怪我们。这是一个有点变态的时代，玛蒂尔达又是我们唯一的孩子，将要继承一笔数目相当巨大的遗产。玛蒂尔达不喜欢这样，说这么做毫无必要，她自己调查了你的过去，以她自己的方式。她对你以前感兴趣过的女士们看法还不错。”

“所以你雇了个调查员来到处调查，看有没有被抛弃的女人或是私生子？”

“才怪呢，伙计，你整天到处跑，那得要中情局或者国际刑警才能查得过来。要是真有什么不好的事情，我们这会儿也不会一起坐在阿维尼翁了。再说了，要是那家伙的报告里真有什么要紧的东西，他肯定会先跑到你那儿去，想法儿把它卖给你。那是常见的敲诈，谁都能想到的。你雇了个调查员，而那个狗娘养的从他调查的人那里拿到了他能得到的最好的价钱。”

“我希望他给了你一张数目很大的账单。玛蒂尔达看过报告了吗？”

“我不会给她看的。而且她也不想看。她说你们俩有过约定，互相不打听过去的事。”

“我猜那家伙只是到大学里搜刮了一下本地的谣言。”

调查员去卡罗琳那儿了吗？即便是现在，舅舅也依然对卡罗琳保持着神秘的爱慕。她拥有某些他很看重的女性特质——一种下喉部和乳房的皮下波纹。他并不想念卡罗琳。他现在承认她是个疯子。但正是出于这个原因她很容易沮丧。她这个人或许已经被全部看穿了，但他给了她尴尬，对她心中有愧，可怜的家伙——这是他的原话，我在我们谈完话后做的笔记里是这么写的。他提到这个时在说的话是“我们的精神状态，我们中的大多数，我们遇见的人中的大多数，都住在精神的贫民区中。一个个的都是流浪汉、穷酒鬼”。就拿莱亚萌医生自己、这么一位医学大咖和红人来说：他很多时间里都控制不住自己在说的话。他每说的十句话里，只有三句似乎经过了脑子，其余的都不知道是从哪儿冒出来的。“就像你的第二重自我叫你把硬币给捡破烂的？”（我是照着笔记本来的。）“有点像，”舅舅说，“你喜欢称其为魔鬼。我查过柏拉图，里面说爱神是诸神和人类之间的中介人。可我看不出来我们为什么要把可怜的爱神给拉到这堆污秽的东西中来。”

所以医生不能为自己所说的话负责。他就是一个查理·麦卡锡玩偶，一个被潜意识力量所掌控的傀儡。除了他在谈论钱的时候。这证实了弥尔顿·弗里德曼的观点，金钱才是能帮我们保持理性的东西。但另一方面，那花在性欲目的上的海量金钱又该怎么说呢？难道说花钱是理性的？跟挣钱一样理性？舅舅一直在努力回想一个名字，是我跟他提过的一个俄国人，此人说性或许是重获天堂的魔鬼路径，一种“有毒的代用品”，一种对美丽与崇高的恶搞，一种性之撒旦洒落到我们破坏行为之上的虚假的光——如果像爱神或撒旦之类的大神还在跟我们人类这群疯子捣乱的话。

总而言之，男人和女人打定了主意要从彼此身上得到以其他任何方式根本无法得到的东西。

至于卡罗琳，舅舅没有必要对她感到愧疚。很显然，他在她婚礼之日上的落跑还排不进她生活中最惊人或最别致的事件之列。

“别生气，贝恩，”医生说，“有钱人必须得要叫人为他们准备好特别的调查报告。请人做调查是很平常的事情。”

“这得要看那家伙问的是些什么问题了。”贝恩冷冷地说道。

“你以为我会蠢到派个人去调查女人对你的感觉吗？我当了四十年医生了，不会发现不了，女人的反应是完全不同的，远远超过了有联邦调查局背景的私家侦探的眼界。我并不是一个十足的傻瓜，只是说话方式有点不合规范而已。”

“我不喜欢把自己的命运交给第三方去摆布。”贝恩说。

（这话到底什么意思？只有第二方有权利给他带来痛苦？）

医生说：“听着，孩子，跟你直说吧，你从我这儿得到的信息比我花钱从私家侦探那儿得到的要多。我告诉过你，玛蒂尔达有可能是怎样一个泼妇。或者是，直到现在。嫁对男人的话会为她带来改变——已经改变她了。你是个特别的人物，别以为我不知道这点。那些油头粉面的电台主持人，他们所知道的一切都是从交际课程里学来的——的确，他们挣的工资高得吓人，但要让我把女儿嫁给他们，那还不如嫁给一片乳蛋饼呢。过上一个月左右，她见到他就想要吐了。跟你这样的人结婚就不一样了。她一直都能仰视你，从你那儿学到东西，还能因为你而吸引人们到她家里来。”

“为什么吸引？”

“因为你对植物知道得彻彻底底、明明白白。那是很大的吸引力……啊，终于来了！你的午餐。这些光鲜的餐厅啊，上菜就喜欢磨磨蹭蹭……我吃小牛肉，我的客人吃鳎鱼……我向你保证，如果你学会喜欢有人陪伴，你的生活会变得令人愉快的。你是那种爱孤独的人，而玛蒂尔达很喜欢交际。在那方面她跟她母亲很像，而一个妻子，特别是医生的妻子，既能成就男人，也能毁了男人。你自己是不是一个天才的诊断专家我不在乎，但如果你妻子是那种自私的、神经过敏的人，不擅交际，不会招待客人，那你休想有一流的事业。到头来也就在保险公司里替人量量血压，或是替矿工们按摩按摩前列腺。女人要能把合适的人聚拢到一起，要会聊天。如果你还没注意到这一点，那等你们自己住的时候就会注意到的。玛蒂尔达很善于跟出色的人物打交道，她能把他们请来，因为有你，在你的领域里你可是个大人物。头一次他们是冲着你来的，后来就是冲着她来了。倒也不是说你有多不爱交际，但一个人要是喜欢人多的话是不会最终选择研究南极的。”

“我可不是因为那样才去……”

医生一边切着小牛肉一边说道，“你在那儿干些什么能说说吗，如果不是机密情报的话？”

“不是。我有一个研究苔藓的特别项目。苔藓能从大气中汲取养分，我跟研究世界大气气流的气象学家们一起合作。”

“你每次一说到南极，说话的样子就不一样了。”

“是吗？我一直都很想去那儿。地球的尽头。为什么……”

于是舅舅在沉默中罗列出了他的理由：因为那是一片史诗般恢宏的土地，是由沙克尔顿、斯科特和亚孟森这些英雄探索过的。因为在那里人们相互间会以命相许。因为南极会让人预先尝到永恒的滋味，那时灵魂将不得不离开它所寄寓的温暖躯体，在那里，当那一时刻来临时，你可以对你所需要的温度表现出不屑一顾的冷漠。

舅舅永远也不会试着去给出这样一份回答。这样的回答是不能，也不会公开发表的。无论你给医生的是什么，如果不能缓解他所感到的不安，他便会毫不耐烦地将其抛到一边。如果跟他说灵魂离开躯体，他会死死地盯着你，好像你是个疯子似的。不说这种话，保持沉默，又会让你显得不擅交际。

午餐已经过半了。他们吃着。他们那家高耸入云的餐厅位于一个匪夷所思的所在——离地面街道之高已经达到了钢梁能拼装的极限。工程学让这变得“容易”；不过相形之下，对话反倒是困难的。难以传递的概念、诸如“让人性高潮的炸弹”这种心血来潮的奇怪表达、莎伦包装膜覆盖下的新式菜肴被比作棺材展示，这些都让医生无法定下心来好好谈话。不过，尽管总体上感到不满意，他仍在谈着。

医生现在在讲的是，报纸上曾刊登过一篇文章，说有一对新人申请要在南极结婚，这样新娘就可以拥有一场百分之百的白色婚礼。“北极算什么！谁都能去北极。直升机频繁跑去探险，你可以飞过去吃上顿午饭，再回到文明世界来享用鸡尾酒。但南极，那可就是截然不同的问题了。那其中依然还有神秘和浪漫。”说到浪漫，贝恩和玛蒂尔达是相互爱上的，不光这是件好事，而且他们爱上的点也是幸运时刻。此时结婚恰逢其时。不要再你追我我追你了。现在进行随意的性接触比以往任何时候都要更危险，医学暂时对艾滋病（一场形成中的流行病，一种常规性的瘟疫）等病毒以及其他不那么为公众所知的性传染疾病还束手无策。一夫一妻制正在悄然回归。他希望玛蒂尔达计划到巴西怀孕。“孩子，这是你拥有一个家庭的最后机会了。就算她，作为初产的孕妇，年龄也已经很大了。我对玛蒂尔达的生理习性一直都很好奇。在产房里，她刚生下来的时候——我记得很清楚——我们做医生的都得为这个孩子而苦苦思考。这到底是一个男孩还是一个女孩呢？”

“你一定是在开玩笑吧。”贝恩说。

“我只是想说，刚开始的时候没人非常确定。有些孩子刚生下来的时候干干净净、漂漂亮亮，而另外一些则看上去像是雪崩生下来的。”

穿着奇怪的衣服，在奇怪的高度用着午餐，平时的外形也被玛蒂尔达派来的发型师给改变了，舅舅对自己的举止变得不确定起来。不过，他还有足够的头脑说：“嗯，您请放心吧，医生，她是个如假包换的女性。”

从阿维尼翁看出去，电子公司大厦同样显得非常近，是凌驾于其他建筑之上的第二高的建筑。在阿维尼翁停止旋转的时候，从顶层望出去，它的伙伴或大姐依然在向上蹿升。“又可以看到你原来的家了。”医生一边说一边端起手中的杯子一指，“在你母亲经营那家绝症之家的时候从来没想到过，有朝一日，它会变成这么一座辉煌的纪念碑吧，你说呢？”

贝恩被这个问题弄得有点光火，回答道：“这么描述可不准确。这是个像家庭一样的地方，大多数人都是杰弗逊大街上的老朋友。”

不过舅舅不准备再让医生在谈话中大开无轨电车了。他恢复了主动，用他那深蓝色的眼睛紧紧盯着自己的老丈人，手里攥着刀叉。“我想要知道，为什么你要那个叫切特尼克的家伙来主持婚礼。”

“怎么啦，切特尼克是我们家一个老朋友，我们上的同一所高中。他给波纳切奥做过文书，在禁酒令时期波纳切奥是辛迪加的代言人。”

“历史部分不用去管。他是我们诉维利泽一案的法官。”

“这我知道。”

“那么问题就是你为什么要请他来主持婚礼。这里面肯定有猫腻。”

“说话小心啊。要是这么乱说的话，你会惹大麻烦的。”

“我是想通过婚礼成为这个家庭的一员，可不是要开一场记者招待会。我是在婚礼上才发现他是谁的。”

“你大吃一惊了。”医生的语气中带着点讽刺。

“我是生气了。他肯定很得意。他先是在法庭上待我们那么刻薄……”

“那他——他又对你开了第二枪？”

“知道在那桩官司上我们花了几年才付清相关费用吗？”

“那得谢谢你姐姐，还有她请的那些傻瓜律师——对了，顺便问一句，他们是哪家律师行的？”

“我们不是在讨论这个。”

“好吧，那个律师就是个蠢蛋，要不然他就会知道得更清楚些，该怎样在切特尼克的法庭里跟维利泽打官司。他应该到塔斯马尼亚岛去执业，他不属于这里。不过他开账单倒是很在行，对吧？这就是为什么摩西·达杨在发起第一轮攻击的时候要请律师们参加，因为当他喊‘冲锋！’[1]的时候——小伙子，在收费这件事上没人能干得过那些律师。”

贝恩没有因为这个拙劣的笑话而停止，他告诉我。

医生随后对他说：“我希望你在这方面能学学我的样子，要是你对我的反应感兴趣，我是有点高兴的。很高兴能看到你坚持己见。”

当舅舅处于崇高区没下来的时候，你是根本接近不了他的。

1　这里用到了双关语，原文中用到的charge既有“冲锋”的意思，又有“收费”的意思。

现在，为着私利，你能够控制他了。莱亚萌一家合力把贝恩拽了进去，也就是说，他们把他重新带回到了美国所具有的唯一了不起的东西之中，也就是美国性。你那待在美国火炉边的女婿不可以拥有另一个栖居之地——地球之外或类似该死的地方。更有甚者，贝恩一直都想要从崇高区下去，他有一个特别的愿望，那就是进入最主流的思想状态，而且甚至或许是进入与此种状态相联系的特殊的性生活方式当中去。

"玛蒂尔达知道阿马多尔·切特尼克就是那个切特尼克吗？"贝恩问。

"她可能知道一点，不过他多年以来一直是我们家的朋友，所以在她看来这很自然……"

"威廉，别跟我来这套。"

"好吧，是的。稍微做了点劝说的工作，不过跟她把好处一摆，她马上就明白了。这么做绝对没有坏处。过去的都已经过去了。没有人会对你幸灾乐祸。你们当时正处于浪漫之中，没有人会拿这种事来烦你。切特尼克自己也在转变，在改换门庭。不过他依然坚持说，你那野驴舅舅的这个案子很难翻案。"

"怎么，作为母亲的遗嘱执行人，用实际由他自己拥有的假公司把产业从我们这儿买走，这也叫铁案？"

"你是个出类拔萃的科学家，却摊上维利泽这么一个麻烦的家人，我真是感到遗憾。他当时在城市规划委员会里，的确事先得到了消息，知道那块地要开发。"医生说，"阿马多尔来当这个案子的法官的确是你舅舅操作的，在好些年里，他都有办法在法官候选人名单中把他给拿下。"

"我在等着听把他拉到婚礼中来的好处呢。"贝恩说。

“毫不放松，”医生颇为自得地说，“冷酷无情。我喜欢。难怪你跟你舅舅处不好。他习惯了那些溜须拍马的家伙，身边总是有很多那样的人。对于一个有着你这般头脑的人，应该能看出来，目标是要从你的哈罗德舅舅那里把钱给要回来。这便是全部的计划。”

“用来重新装修罗阿诺克大厦的房子？”

“对！而且还能有很多富余呢。埃蒂留了一小笔钱用于维修之类的事宜。不过她的理财观念是属于旧财富时代的，那时物价便宜，服务廉价。老太太的钱省吃俭用的话能让人撑到死。要对那个地方进行现代化装修，得花上三十多万。你不能指望玛蒂尔达跑去巴西，把这些责任都扔在空中吧。必须得有一点解决方案。那家跨国的——主要是日本的——联合大企业，黄道圈电子公司，你知道他们给了哈罗德多少钱买你那块地吗？”

“我怎么会知道这些个东西！也许切特尼克知道。他不帮我们就是为了留在名单里吧。”

“总之你不能指望阿马多尔跟任何人说起此事，他拿了钱就是要让你们输官司的。也不可能指望他在俱乐部的高尔夫球道上转过头来对我说，‘哈罗德·维利泽控制了我。’”

“我没有跟过这种生活的人打交道的经验，不过既然我必须得去琢磨他们的话，我发现我还是有点才能的。那么说，这个圈子里的老手都懂，维利泽控制了切特尼克。当然，切特尼克是不会说的。”

“也不用他说。而且，我会用上过去时：维利泽曾经收买过切特尼克。说到你的才能，你很自然会拥有这样的才能。甚至是天赋也说不定——你有遗传。好了，我不能告诉你我的消息来源，不过用来买你父母贫民区那块地皮的价钱至少有一千五百万。”

贝恩对此毫不在意。钱多钱少不重要，这只是那种永远在你耳朵边上被人提到的数字之一，就像全国吸食可卡因的人数，世界大战中死亡的人数，或每天失去脑细胞的数量。

医生又说道：“一千五百万——听到没有，孩子？”他所需要的是听到这个数字后该有的反应。

“听到了，没问题。你说维利泽曾经控制过切特尼克。这是过去的事了？他什么时候不再控制他了？”

“在本地区的地方检察官一门心思想要把切特尼克给除掉的时候。内部人士会告诉你，有一项联邦控诉已经在几个月后等着了。阿马多尔有自己的屁股要擦。司法部……其实这都是老一套，共和党政府上台后，杀气腾腾地要把当地的民主党干过的脏事给揭露出来。所以现在这个时候你去跟你舅舅谈这件事是最有利的。”

“不，不，我不能做这种事。他已经八十多岁了。”

莱亚萌医生的皱纹已经全都舒展开了——像换了个人一样——看起来似乎没怎么听到他的话。“如果有个聪明的检察官表现出最佳状态的话，他能经营好大陪审团和媒体，他会掌握好发布通告的时机，他会把消息暗中捅给电视台。他会像摔跤选手那样死死卡住对手，能拧断那个可怜傻瓜的脖子。想想他趾高气扬地走进州议会议事大厅，而那个干了坏事的家伙则落得蹲监狱的下场。所以你要是把维利泽送进监狱，就走上了一条通向参议院的明路。或者你能成为州长，甚至还会被提名竞选总统，也许吧。我们现在这位州长就是这么上来的。”

医生在意味深长的凝视方面简直可以开一个大师班。小牛肉和武弗雷葡萄酒被排到了一边。他望着贝恩，目光中带着特别的嘉许。这显示了他真正的热衷所在。他对医学成就的追求从没有像对政治智慧那么多过。

“好，那我该跟我舅舅谈些什么呢？”贝恩问。

“你要跟他指出，在这个时刻重启你诉讼他的案子，那对他可是大大的不利啊。”

“明白了。阿马多尔·切特尼克现在已经反水了，他会在法律上对我们进行指导。是的，我明白了。这就是为什么你请这位法官来主持我和玛蒂尔达的婚礼。”

“啊，很好，你理解得很快。”医生边说边拍了两下手鼓掌。

“可我不想伤害维利泽——他是我舅舅。当然，他对我不算好，不过他还是我舅舅——他是我妈妈的弟弟啊。”

“这会儿想到家庭感情了，真可笑。”

“你对玛蒂尔达也有家庭感情。”舅舅说。

“我自己的孩子，那是不一样的，可即便那样，要是她做了什么不好的事惹到我了，就像哈罗德·维利泽对你做的那样，那可有人要跟她好好斗上一斗了，这她心里清楚。而她，相信我，绝对是个很难对付的家伙。不会对你，这是当然的。爱情是个很大的例外。你是她的大孩子。不过我要告诉你，像她这样的头脑是可以用在军事学院里的。这样也不会有格拉纳达那样的惨败了，来自相互竞争部队的傻瓜们会互相撞到一起。她可是个智多星。你娶到了很棒的姑娘，对吧？”

“这是她的主意吗，关于维利泽和切特尼克？”

“当然不是。你什么意思？做这一切主要是为了求个公道。你被骗走了好几百万。现在你的新家庭正在保护你的权利，你有权住在一个像罗阿诺克这样的地方。你有权过时髦的生活，你是一个富有的科学家，不只是个普普通通的研究人员。”

“那她想要我逼维利泽？这一切我都要和她商量商量。”

“哈罗德会成为第一个了解你动机的人，他可是个在名利场中摸爬滚打了多年的老手。”

“莱亚萌医生，我觉得这样跑去威胁他是不对的。尤其是我还没怎么看到问题的所有角度，那些隐藏的角度。我需要把这件事再好好想想。”

“我会把跟维利泽的开价初定在五百万，可以慢慢降到三百万。我估算他的全部净资产是一个亿。”

“那不关我的事。”舅舅说，“你要我做的事反正就是一种威胁。我不觉得重启案件的审理对他来说会那么具有破坏性。这事不会对他有什么好处，可是为什么它就能对他造成价值五百万元的伤害呢？他要是当着我的面大笑怎么办？你觉得我靠着敲诈来的钱过上高档的生活，能过得开心吗？”

“什么叫敲诈啊！那他骗了他姐姐的孩子们又怎么说。只要某几方给出话来，联邦检控已经准备好要揍得他屁滚尿流了。还有，要是传唤你去作证怎么办？你的证词会把他彻底给打发了，但你连一分钱的好处也得不到。”

“我还必须得说阿马多尔·切特尼克有不当行径。”

“要证明他有不当行径就得证明你的哈罗德舅舅向他行贿了才行。这其中我们添油加醋的东西太多了。你在证人席上拿不出材料来证明。我们还是回到根本上来吧。玛蒂尔达想要让自己有个显赫的地位，作为一个女人有这点要求不算过分吧。你现在挣多少——六万？”

“够用了。”贝恩说。

“扯淡。知道吗，就在前几天，玛格丽特·撒切尔还在说，要是美国把所得税税率降到百分之二十七，而英国还让每个人被税收压得苦不堪言，那么英国有创造力的科学家就要都跑到美国去了。他们要离开自己的国家。而你甚至连为了你该得的东西逼一逼你舅舅都不愿意。”

“在研究植物形态学的人里面，六万是很高的收入了。我爱玛蒂尔达，愿意为了她做任何合理范围内的事情。可我不想让舅舅死在监狱里，而自己住在罗阿诺克那个富丽堂皇的房子里。我愿意以和平的方式去和哈罗德接触。”

“和平！你带着橄榄枝去，维利泽会从你手里一把夺过，然后插到你的屁眼儿里。”医生说。他的脸部因为大笑而变得扭曲，它比以往任何时候都受着他那亢奋性情和热烈的纵容自内而外的烘烤。在他体内，他已经过热了，需要一个比绝对零度还要低的超导体来降降温。“不！”他又恢复了严肃，“如果你想要钱，真的钱，一大笔钱，那么你就必须带着极其强硬的态度去。橄榄枝会让你变得一钱不值。或许该派一个精明的律师去。”

“谢谢，不用！”贝恩的态度很坚定，他给自己画了一条明确的底线，“无论发生什么，我都要自己来处理。不需要第三方，我不会要任何第三方。”

“好吧，反正是你的舅舅。我看得出来你是认真的。那样的话，你会需要很多详细的指示。”

再多的指示也于事无补。而且，没有任何东西能阻止医生向维利泽派出他自己的使者。他有很多人可用来达成目的，他的目的就是向哈罗德施压，逼他就范。他们可以说，也肯定会说，他们这样干是为了贝恩，是得到他同意的。

虽说我讲述得很简洁，我还是要允许自己夹带一小点私货：因为我是这些事件的亲历者，跟维利泽的儿子费舍尔见面，再回来跟舅舅汇报，以及诸如此类，我并不是从一颗理论的卫星上来观察这一切的。需要说的是，从莱亚萌医生的立场来看，舅舅是根本无法胜任此类谈判的。让他干这个，还不如给西南太平洋上的美拉尼西亚岛民一辆带说明书的崭新的雅马哈摩托，然后把他扔到高速公路上不管了。他甚至不会发动，更不会停下。因此医生眼中的舅舅基本上就是被派到白俄罗斯的老大波诺马连科眼中的俄国群众——一个无辜的人，为了他的利益，必须要犯下从历史上看是无可避免的、不可或缺的罪行。舅舅是一个懦弱的人：我不是说医生都想好了，是我在替他这么想。很明显，舅舅是个教授，跟别的教授没什么两样，因此行事信奉的是温和的道德（尼采术语所谓之群体的道德，温和、卑劣、愚蠢——医生并不会转而论述起人的堕落和胆怯的道德——我不会跑偏到那上面去的，永远不用害怕）。医生眼中的自己是凌驾于一切之上的，谁都骗不了他。世上还存在着一个性的视角，而我觉得他甚至是知道的。在对付玛蒂尔达选来压在自己身上的丈夫时，他在想入非非和暴怒之间突兀地切换着。贝恩提出了申请，想要获得这一令他难以容忍的特权，医生一定要确保他付出代价。“如果你要和这个出身名门、姿色诱人的姑娘分享一张床并且在床上打滚儿，你必须得找到能这么做所需要的金钱。巧的是这城里最值钱的一笔房地产直到五年前还是属于你的财产，而你叫它让人给骗走了，朋友。我们觉得你该叫它物归原主。开始动手吧。”

由此引出了后面的故事。

这里我可以恭维一下自己（这是人们永远都在做的事情），说我并不想干涉舅舅的事。但这根本不是真的。他面临的困境令人生畏，我不大可能起到什么作用。而且，就算我有什么正确的建议给舅舅，他也不会采纳的。因此更多是为了我自己而不是为了他，我跟维利泽的儿子费舍尔约好后见了一次面。

费舍尔在市中心跟另一个行为古怪的家伙分享办公空间，在电话簿上登记的是“维利泽商业伙伴——为起步阶段的企业家们提供种子基金”。照贝恩舅舅的意见，这意见在我看来是正确的，费舍尔若是在其父与其断绝关系后离开城里，应该能发展得更好。从老维利泽的儿子那里，是接触不到他的。费舍尔不想跟老头儿扯上任何关系，而且对此毫不讳言。有大约十五年的时间，费舍尔完全自食其力，搞了不少丰富多彩的项目，均以失败而告终，有些项目差一点就够得上重罪。没多久前，他构思了一个把瑜伽生活方式和商业投资结合到一起的项目。他把自己描述成一位西海岸印度教精神领袖在当地的代表，炮制了一本投资者手册，将之寄给了大量的订阅者。其主要想法就是在精神的基础上来进行市场投资行为。冥想通过减少意识的振荡，会使人成为一个更加精明能干的投资者。这个项目获得了一点成功，直到费舍尔心血来潮地告诉自己的客户去申请大量的信用卡，比如至少五百张。从每张卡里借上一千块（短期的），你就得到了五十万块，根本不用支付利息或付得很少。凭着这笔资本你可以去期权市场，凭着冥想驱赶掉你的紧张，你可以挣到许多钱——每投资一千块至少可以赚一千块。你每天都进行交易，这是为了安全的考虑，避免延长承诺的风险，这样不到一个月你就可以拥有你自己的五十万块了。受此影响的银行马上采取行动拦截了这些现金劫掠，他们的律师向费舍尔的咨询公司发起了严厉的诉讼，该案在媒体上得到了广泛报道。某些政府机构也插手其中——也许是证券交易委员会吧——不待事情尘埃落定，自己也麻烦缠身的老维利泽便对媒体说："他不是我的儿子！"被这场失败弄得意气消沉了一段时间之后，费舍尔接下来又研究起了中国针灸，随即挂牌干起了针灸堕胎的营生。这次他又摊上了官司，告他的是一个在接受了治疗后还是生下了孩子的女人。打官司永远是能让人指望得上的。宾夕法尼亚州的一个陪审团最近刚刚判给一个女人一大笔赔偿，该女子告的是在接受了CAT扫描（计算机化X射线轴向分层造影扫描）后自己失去了通灵的能力。在以灵媒的身份谋生多年后，她被迫关了自己的店。你对美国大可以想说什么就说什么，但当今世上的确没几个国家比美国更鼓励创造，而创造在美国已前所未有地成了一种大众现象。

我特别的目的是尽我所能地了解老维利泽跟阿马多尔·切特尼克的关系。我跟费舍尔通了电话，他说很愿意见见我。

我的朋友迪塔·施瓦兹那天要去见自己的医生，就用自己的绿色道奇厢式货车把我带进了城。她上过我的俄国文学课。她长期担任学院办公室的工作人员，俄语是自学的，在来大学之前其实已经学了很多东西。独立、复杂、坚定、有想象力的人总能给我带来最大的乐趣。她没过多久就拿到了斯拉夫学研究的硕士。这让她得到了州立大学本市分校的一份工作。虽然年纪比我大出一点点，但她样子要比我年轻许多——一副成熟的样貌，脸色苍白，黑色眼睛，头发生长之茂盛仿佛带着印第安的蓬勃生命力。她父母都是工厂工人，她拥有的是无产阶级的家教——另一个正在消失中的物种，无产阶级：再见了，蓝领工人们。迪塔对我有着特别的关注，至少目前这一点无可否认，尽管否认会给我带来一些好处，因为不然会令我稍微有点尴尬。与此同时，我又忍不住对此有点欣然接受。为了自尊的缘故。在那个系里，特雷娅对我造成了一些伤害。但那是个讨厌的成见、自尊。必须要让意见能影响我的人不超出一定数量。除非他们关心我，或能做出对我们有些好处的事情，或作出某种承诺，可为什么要把他们的看法当回事呢?

我让自己跟费舍尔一起待了足足一个小时，心里认定他有这个时间。

他有的是时间。我一看到他办公室所在的那栋老房子的大堂，就知道他不大可能会很忙。这些建筑的历史可以追溯到世纪初。缀着波形装饰短线的电梯走得很慢，我有大把的时间可以细细观察——一楼有一家专做鸟类标本的标本店；二楼有一家可以追溯到爱德华七世时期的衬衫制造商，以及一位顺势疗法的药剂师，他那儿摆着一个个大肚酒瓶，里面装着粉红色和绿色的液体，还有一个个装满草药的大罐子；三楼是一家疗养院旧货店，里面摆着烘华夫饼的铁模、电咖啡壶、鸡尾酒混合器和古董高尔夫球棒——5号、9号等各种型号的铁头球棒。费舍尔的办公室在走廊的一个角落里，跟男厕所在一起。

虽然身处在这些旧东西当中，费舍尔自己倒是一个颇为时髦的人物。他身材丰满，举止有礼，穿着三件套的西装，脚上蹬了双软皮平底便鞋。脑袋上长着蓬松的金发，但已经微秃了。照我的口味来看，他脑袋后面的发量不如应有的充足。他的脸胖胖的，有了双下巴，轮廓呈现出古罗马的帝王风格。他的脸有点算得上是娃娃脸，但他那双让我想起贝恩的蓝眼睛却告诉你，不要对他想当然，也不要单凭环境就对他下结论。他的眼睛跟双下巴煞是匹配，也是眼袋低垂，但眼中的目光却很锐利，警告着人们不要对他有太多先入之见。这个男人不是个傻瓜。从他做过的事来看，他脑瓜好使着呢。

就在我仔细打量他的时候，他（用他自己的表达来说）正在录入我的资料。他观察到的是：家族中的一员；三十五岁；在外国受的教育；交际能力中偏下；听力受损；人不算蠢，但受困于各种奇葩的偏见。这次聚会总的来说让我们彼此都感到高兴。我没有那种对我来说再常见不过的如坐针毡的感觉，想要尽快从某人身边逃离。如果他真是他想让人觉得的那种精明强干的公司高管类型，我肯定待上十五分钟就会出来，坐着那台老旧的电梯下楼。

他从一开始就试图通过提问来掌控我们的谈话。好的交际者知道这有多重要，而我很快就发现，费舍尔正是一个高级的交际人才。他所属的那个人群正在为人们越来越熟悉——他们边做边解释自己正在做的事情，就像戴尔·卡内基或诺曼·文森特·皮尔，技巧也是他们理念的一部分。对他们来说，传递讯息的手段跟讯息同样令人感到兴奋。我很快就意识到，他一直让我回答他提出的问题，而我则试图抓住主动权，逼他回答我自己的问题。家里人怎么样了？维利泽舅姥姥几年前已经过世了，但费舍尔和几个兄弟还保持着良好的关系。他们从他与他们老爸的争吵中得了好处，做着跟城市相关的大生意。他们拥有一家保险公司，市里的很多政策都是由他们起草的。

“他们一个也没有从政？”我问。

“没那方面的才能。而且也没多少前途了，我是指白人。要不了二十年，搞政治的黑人们就会掌管一切，因此再也不会有市里来的甜美的保险生意了。这个家需要多样化。我跟他们说过，把遍布全城各处的房产都处理掉，到郊区来投资。”

费舍尔对自己的观点非常坚定，没有任何人说得动他。不过，从他的话里我听得出来，他的兄弟们并没有接受他的建议。信用卡骗局、瑜伽和针灸这三个项目，让他的话越来越没人信了。

“我表哥贝恩怎么样了？他现在结婚了，你们俩还走得那么近吗？”

“现在还不好说。当然了，这会儿没人能近得过他老婆。你老爸怎么样了？”

“你肯定也听说了，我跟他不怎么来往了。太糟糕了。他的心脏有点弱，政治上也正承受着很多压力。现在正是我能对他派上用场的时候。你对本地发生的事有关注吗？”

“没你关注得多。我没空。”

“对——你到这儿来是来研究沙皇俄国的。圣彼得堡，1913年。你以前跟我说过。你在这里研究那玩意儿跟在别的地方研究没什么两样。”

费舍尔对我露出笑容。我第一次注意到他的牙齿长得有多棒——很漂亮，珐琅质完好无损，没有任何一点污垢，没有哪颗牙长歪，也没有哪颗修补过。

“你父亲在承受的压力是什么？”

“他有很有力的敌手。他们之中至少有一个称得上是压榨机。”

“你这些信息都是从哪儿来的？”我问，“还是整个闹市区的大街上都在传？”

“从他的政治伙伴那儿来的，那些人从我小时候起就认识我了。有些人还是挺有趣的。他们总会有内幕消息。当然了，这些家伙全是些野蛮人，不过他们也都精明得可怕。他们已经越来越没有什么可失去的了，因为他们正在抽身而退。如果华盛顿政府充满敌意，那么司法部总是会对地方上的人士调查并起诉。市政厅里到处都是即将被定罪的重罪犯。每个人都贪了好多年了。大陪审团随便选一个都能成为打击的目标。”

“我不是要转移话题，”我说，“不过你参加贝恩的婚礼了吗？”

费舍尔不会说自己没有受到邀请，这会成为社交能力弱的标志。“很遗憾，我没能去成。”这便是他对我的回答。

“之所以会有这么一问，是因为我在想，不知道你认不认识给贝恩和玛蒂尔达主持婚礼的那个法官。”

“是个法官？”

“阿马多尔·切特尼克法官。”

他那用双下巴展现出来的镇静变得如此完美，他是如此沉默，所以我知道我让他惊到了。

我追问了一句：“没有评论吗？”

“莱亚萌一家可是做了个奇怪的选择啊。”费舍尔说，“切特尼克就是贝恩那个案子的法官，对吧？”

“对。裁决有利于你父亲，对吧？”

“贝恩知道吗？”

“他很快就发现了。这事你是怎么想的？”

“我觉得这事办得可有点奇怪。他唯一女儿的婚礼……”

“而且是唯一的孩子。”

“他们好歹也该把勾心斗角至少暂停个十五分钟吧，这些家伙。那个老莱亚萌——我听说过他。据说他琢磨人的角度比几何书里的都多。”

“我想我应该找个更熟悉这些事在这里怎么运作的人问问。”

“切特尼克的秘密其实现在也已经不是秘密了。城里有五十个人都能告诉你他惹了多少麻烦。联邦检察官对他的起诉暂时还没有公布，不过也快了，切特尼克会被关进桑德斯通监狱的。联邦监狱里关着好多咱们的法官呢。”

“你父亲保护不了他？”

“他连试都不会想试。你懂的，他们真正打的是老爸的主意。他肯定听说了新娘的父母请了切特尼克来为他外甥和这个女人主持婚礼。她的父亲是在用这个法官来制造某种效果。所以切特尼克已经两次把你的贝恩舅舅玩弄于股掌之上了。”

我的信息对费舍尔造成了有力的影响，他的装腔作势或是准备好的反应比我原本猜测的要少。只要把他给逗得兴奋起来，如我刚刚所做的，你就会窥见一个很不同的费舍尔。“你应该多跟我说说，肯尼斯，这事也许很重要。”他说。

“我并没有更多好说的了，我不觉得法官可以将舅舅任意摆布。对于贝恩这样一个人来说，有何种力量能完全掌控住他，这真是很难想象的。他会受到巧妙的操纵，是的。但他会被谁攥在手心里完全掌控吗？像那些人所理解的那样？”

费舍尔显然很喜欢这种看问题视角的提升，而且他的思路完全和我不同，说话也变得更自然、更有热情了，于是我开始更能理解他了。此时的他正处于名声不佳的境地，租来办公的这个地方几乎是栋被遗弃的建筑——位于四楼，靠近一个将近用了百年的厕所。这片很有价值的土地的主人也许正在跟开发商谈条件。费舍尔的位置显得很弱。他看着像是个可笑的胖子，摆出一副牛哄哄的企业家派头，嘴上挂着的都是风险投资啊种子基金什么的——据他对自己业务的描述，那正是他在干的事情。“我眼下正感兴趣的是……”从这番描述中我意识到他欣赏并热爱企业家精神，脑子里想的一直都是。那些在事业上不走寻常路的人——精力充沛、意志坚定、富于想象、勇敢的人，这样的人敢于也应该从事生物医药业、航空航天业或通信行业。他用到的那些企业家的行话令我着迷。那是他的攀玩架、他的蹦床、他的秋千架、他的教堂。而只有在你用他那些生意上的失败去衡量他时他才看上去显得弱。这些不过是意外，是转瞬即逝的。“我不认识失败。”他跟我说，“能量满满的人从来都不知失败为何物，他们对失败根本不在乎。”他眼中的自己是个聪明、有韧性、可靠而又专注的人，将来注定会成为一个首席执行官——如果能生逢其时的话。

“不过让我们来看一下切特尼克。”他说，“他的年薪只有七万，怎么能在市中心这儿拥有一套四居室的大公寓，自己开一辆梅赛德斯，老婆开一辆奔驰呢？他怎么能在佛罗里达还买得起另一套房？谁给了他免费的夏威夷度假，还有其他那些美丽的外快？”

“不是你父亲吗？”

“不是，父亲收买切特尼克的时候，他还是个年轻的律师，甚至连党的区代表都不是，还在挨家挨户地按门铃，请人家给他投票呢。他买下他来，把他放在板凳席上。你还需要知道的是，有些家伙来到法院大楼，然后坐着电梯上上下下。这些诱惑者知道州法官们的时间表，就等着机会跟他们私下里说上几句。房间里有可能会装了窃听器，所以他们会跑到电梯里进行游说。这些家伙都带着特别的好处，像是数目很大的无息贷款，这样的贷款永远也不用还。对于谁有贪腐的潜质，他们有着异乎寻常的嗅觉。”

“你说的是那些行贿的人？”

“才不是呢。这些是可靠的、有影响力的党派人士。他们往往都是知名律师行的高级合伙人。他们计划着要把重要的案子拿给他们最喜欢的法官去审，就这么回事。一场电梯中一对一的短暂邂逅，交易就谈成了。”

“原来是这样运作的啊！非常感谢你告诉我这个。”

“这些我不到十二岁就懂了。”费舍尔说，“你母亲在跟我老爸打电子公司大厦的官司前来咨询我就好了。这事发生的时候我还只是个大学本科生，不过我已经可以给你们推荐更好的律师了。最重要的是，责任都在你们的律师身上。他要么是个怪人，要么就是在把账单做大而根本不指望打赢官司。这事我不怪贝恩。他是投身创造性输出的人，想问题直来直去的，对于这样一个哪怕一辈子置身其中也未必能看出端倪的情形，他不可能弄得明白。贝恩的本事似乎还在不断显露啊。我很喜欢我这位表哥。过去甚至喜欢得更厉害。我老爸对他有点戒心，甚至我也被牵连。贝恩和我太像了，都不对我爸的胃口。我们两人有个共同点。我们面对着同一个问题，贝恩和我：‘我该拿自己的创造性来干点什么呢？’他有没有跟你说过，读大学的时候，我跟他想一起申请一项发明的专利？”

“从来没听过。”

“有过，那是一种竹子做的自行车框架，很轻，也容易散架。你可以把它折叠起来放进汽车的后备厢。真他妈太有才了。我们当时没有足够的见识去获得专利。当然了，那只是兴之所至时对自己的挑战。植物学才是他命中注定要搞的事业。他太有主见了，很难成为真正能在当下吃得开的那种人。发明一辆竹子做的自行车对他来说只是娱乐。发大财则是我的动力。这并不是说我是个百分之百随波逐流的人。我也是内心有主张的——别人不知道而已。那才是我的核心问题。我觉得贝恩比我要好。”

“你觉得原因何在呢？”我问了一句。

“他没有把整个一生耗在跟父母的斗争之中。我遇到过八十岁的人还在为父母当年调教他们上厕所习惯的事而愤愤不平，或者为他们的老爸不带他们去看球赛而记恨。想想，这是多么幼稚的人生啊！如此地跟爸爸和妈妈束缚在一起。一辈子都惦记着拉屎拉尿的事！但凡有点自尊的人是不会屈从的。如果能跟自己的父母相安无事，那就好；要是不能，那就叫他们滚他娘的蛋。你到了二十岁就该走自己的路了，至少的。我这人就是个典型，到了五十岁还在追着自己的父亲，恨啊，爱啊，乞求他把那挥霍掉的岁月再找回来。到现在为止，我已经尝试过一打胡乱挥霍的事业了，每一项都比前一项更耸人听闻。贝恩干得比我好。他没有想东想西就从更高的层面上走了出来。他天生就是一个爱沉思的人。”

“你也看出来了！”

“当然啦，我一直都知道。他也许是真的爱父母，但他脑子里从来都没想过要把自己的一生按着爸妈的心意献给他们。与此同时又在心里咒骂着他们，像数以百万计的美国人在干的那样。哪怕遇到的是邪恶的大狗他们也会做出同样的事来——一段悲催的狗仔岁月。贝恩没有，他从更高的层面上走了出来，没有左顾右盼，仿佛是从五十层楼的窗子里走出来一样，而且他还一点都没有受过伤。谈论植物的美拯救了他——植物生命之美。”

“他现在还是这样。他计划要写一本那个主题的书。”

“在他跟玛蒂尔达·莱亚萌结婚后，他顺着那些对植物的审美来到了人间。”这个让人惊叹的费舍尔说，“她是个美女。我以前隔三岔五能见到她。从来没跟她约会过，我配不上她。只是一个相处融洽的熟人。”

我说：“他的确对女人很挑剔。他跟各种各样的女人产生过纠葛，但一个也没有娶，因为她们没有达到某个标准。”

“什么样的标准？”

“这我说不上来，费舍尔。不会是植物学的标准，因为植物里也有很多丑的。有些简直令人毛骨悚然。就算是在鸟类和昆虫里也没有形成统一的审美观，比如——蜂鸟似乎喜欢红色的花，蝴蝶也是。黄蜂据说喜欢深褐色的花，而苍蝇喜欢肉色或黄褐色。因此，每个物种都有其什么美什么令人厌恶的观念。我这里就暂且不提对香气的偏好了。”

“啊，这样一个经过特殊发展的高级而又复杂的人，由一个曾让他蒙受几百万损失的法官来主持婚礼，这可真是戏里才有的事情。你跑来见我是因为你担心他。而我也担心，担心的是我爸。”

“你得告诉我你为什么会担心。”

“好。你马上就会明白的。你有没有听说过豁免要约？看来你没听说过。当检察官要拿下某人的时候，他可以向关键证人提供免罪的特权。根据法律，证人如果拒绝做证的话，可以被判藐视法庭而入狱。政府就是用这个来对付黑手党[1]的，但这种做法后来用得越来越宽泛。我们现在要说的是阿马多尔·切特尼克——联邦检察官真正感兴趣的不是他。他要追的是更大的猎物。”

“比如哈罗德·维利泽。”

“你说得对。切特尼克如果做出对老爸不利的证词，就能获得减刑。好，假如切特尼克说出了电子公司大厦一案的真相……你来替我说后半句吧。”

“老莱亚萌就能重启案子，然后为贝恩舅舅讨回好几百万。”

“我们家族里可都是聪明人。这种事不是平常能见到的，可只要摆在你面前，你一眼就能看出其中的关键。”

“贝恩能得到几百万就等于玛蒂尔达得到几百万。这就是为什么切特尼克被请去主持婚礼。”

“听着，伙计，我就是郁郁寡欢的艾特加，受到了老葛罗斯特，他的父亲的诅咒[2]。这就是为什么我待在这间屎一样的办公室里，而我的弟弟们高高在上待在猪的天堂里。真想把他软木一样的双臂给紧紧捆起来！挖出他的眼睛来踩到你的脚下！老爸从来也不能算个真正的好人，可我是他的儿子，一直都想着要拯救他。想跟他和好如初。这一切背后的人是多诺万·斯蒂沃特。”

“哪个斯蒂沃特？”

“你们这帮书呆子啊，一点都不知道本地发生的事。斯蒂沃特是州长，我们自己州的州长。在他得势的时候他就是这里的联邦检

1 这里原文用的是Cosa Nostra，这是美国黑手党犯罪集团的秘密代号，意为“咱们的行当”。

2 这两个都是莎士比亚《李尔王》中的角色。戏中有艾特加的弟弟埃德蒙出于嫉妒向父亲进谗言挑拨其与长兄关系的情节。

察官，之后的每一个继任者都是来自他最初团队中的年轻人。你自己猜猜看斯蒂沃特对现在在任的检察官有没有影响力吧。”

“费舍尔，斯蒂沃特有什么对哈罗德舅公不利的东西，让他在舅公八十岁的时候还要把他送进监狱？”

“哦，他想把父亲送进监狱，这里面没有什么个人原因。这只是个拓展其控制的机会。你以改革者和征服者的姿态出现，把腐败的政客从他们的堡垒中赶下来，然后拿走数十亿的税收——比如机场里的几百项特许经营权——获得好几百万选民的选票……构建起一个正规的帝国。我父亲和他那帮人已经撤了，他们的政治影响力已经失去，没有机会继续掌控这个城市了，所以他们一直在剥离，不过这很好。”

“再回到切特尼克身上来，他这么做有什么好处？”我问。

“一个减过刑的判决，再加上他还能留下一些受贿所得，说不定还有很快就能获得假释的交易。或许还能从贝恩从老爸那儿拿回来的东西里分上一份。”

“你觉得莱亚萌和切特尼克已经都策划好了吗？”

“我可没有超人的视力，肯；我所拥有的只是我的见识。此外，我想在人力所及的范围内帮一把那个可怜的傻瓜，我那年迈的老爸。我想要给他看看，只有我，这个被他抛弃了的儿子，还在保护着那个强硬的吃人巨妖，我要让他看看我才是深爱他的那个，不是我那些备受溺爱的没用的兄弟们。”

“我也深爱着贝恩舅舅。我不明白为什么你老爸非要那样对待我母亲和贝恩。”

“他做的是不地道。但一旦男人抛弃了他的旧气质，就必须将其踩在脚下，再一脚踢开，争取一劳永逸地消灭它。哈罗德·维利泽是个骗子。别指望有罪的人对他的亲戚只犯下童子军般的小过失。他们的行事准则就是‘别放过任何人’。好了，说正题吧，贝恩要我父亲给他几百万吗？”

“那不是贝恩舅舅。这不是他做事情的风格。”

“他可以为了自己的妻子变成那种风格啊。”

“不，他不是为了财富而结婚的，只是为了美色。”

现在，费舍尔面对我，已经再没有一点企业家和种子基金人的架势了。我给他带来的信息把他整个改变了。甚至就连外表，也不再是那个在这间散发着樟脑丸气味的办公室里接待我的长着双下巴、圆滑世故的男人了。他的眼睛、鼻子，他外貌上的任何一个细节都和原来不一样了。我不禁寻思道，若是没有见到过一个人因为充满感情而发生的外貌变化，你都根本不能算是开始认识一个人。在发现他也许处在能保卫自己父亲、将他从敌人手中解救出来的地位之中时，一个截然不同的费舍尔出现在了我眼前。在我记录下这种变化时，我忍不住会想，我自身感受能力的提高是出于舅舅的影响。舅舅说过：“我体内寄寓着的第二个人……叫我把五分硬币给了那个捡破烂的。”也许在费舍尔的身上也有这么一个“第二个人”。他这会儿已经不说“录入资料”或者任何高科技的行话了。他现在是开诚布公的——这对于一个能想出那么多花哨伎俩的人来说实在很不寻常。他说：“我得想想该做些什么。我的推想是莱亚萌想要贝恩来找我父亲。”

“或者找个别人来干这件事，说贝恩有意要重启那个案子。一个也不放过是你老爸自己的规矩。想想，要是贝恩也跟他奉行同样的标准！”

“贝恩不应该由着他们搞这一套的，他都到了人生的这个阶段，不应该同意另起炉灶，追求起跟以往不同的东西来。”

“你替他设身处地想想吧。”我说。

“我会的，如果你能多告诉我一点信息。”

“我是照着自己的主见行事的，”我对费舍尔说，“他跟我说的话，都是在私下里说的，除了已经说的之外，我没有别的能说的了。”

“我们必须搞清楚的，是莱亚萌医生给切特尼克开出了怎样的条件。切特尼克就快要进监狱了。他要是告发了老爸可以获得减刑。或者他可以闭上嘴什么都不说，拿到一大笔钱。等将来出狱了，他会需要这笔钱的。所以老爸要想从这件事中全身而退，就得各给阿马多尔和贝恩一笔钱。两百万,三百万,四百万。玛蒂尔达可以用这钱在股票交易所里买个位子了。”

“股票交易所？她要那玩意儿干什么？”

“不到一个星期前我听说她要进入一家证券公司。芬格尔兄弟和霍克尼公司。”

“进入？”

“也许还在谈。这是一家共同基金。她应该还需要一些培训。现在到处都在发了疯一样地寻找有天赋的女性。这些公司倒也不是迫于平权法案的直接压力，但如果在高管职位上有一位女性天才，是能给他们加分的……你第一次听说这件事吗？贝恩一点都没提到过？”

“没，一点也没。我从你这儿听来的许多东西很像是人们在发高烧时看到的画面……玛蒂尔达为什么会这么想要到证券公司当学徒的这点钱呢？”

“买上价值一百万的这家公司的股票。然后他们就只能很快地提升她。你肯定在想，这对贝恩会有怎样的影响。”

“是啊，他最如胶似漆的关系是和那些植物，这你是知道的。看不出我们的世界会有什么理由对他造成太大的影响。很自然，这并不是贝恩结婚的目的。”

“听着好像是女的倒追他似的。”费舍尔说。

“占优势的总是那些大家能意识得到的意图。”我说，“他又有什么不值得追的呢？那是另一类别的投机买卖。不过，两个人之间的事没人能说得准。他们在彼此身上所发现的东西也许比外人能看得出来的要多。你结过婚吗？”

“嗯，好几次。”费舍尔说，“不过最近这阵儿我没有结婚的心思。你觉得莱亚萌医生会在很早以前就盘算过这事吗？毕竟，电子公司大厦可是个大家伙，值得试上一试，看能不能用那样的办法敲上一笔。”

“等等，费舍尔，”我说，“玛蒂尔达可是很抢手的，随随便便就能嫁个有钱的……”

“是啊，没错，可换了别人她就不会有同样的控制力了。我不想争辩，肯尼斯，可对于一个不喜欢粗俗社会的女人来说，著名的教授一直都是如意的伴侣。对于大多数女人来说，最好的丈夫是一种组合而成的东西。有时候跟女人聊天的时候不妨验证一下。我试过，结果很奇妙。坦诚的女人会告诉你，我想要一点这个再加上一点那个——来点穆罕默德·阿里的性能力，来点基辛格的见识，来点加里·格兰特的外貌，来点杰克·尼克尔森的风趣幽默，再加上安德烈·马尔罗或某个犹太人的头脑。这实在是再常见不过的幻想。不幸的是，你只能把自己想嫁的如意郎君局限到一人。这样一来，一位心不在焉的教授倒也不是太糟糕的选择，要是他有名望，也不是太心不在焉，你就不用真的在他早上出门前替他做‘飞行前的安全检查’。现在她成了本诺·克莱德尔夫人，可以把有趣的人物吸引到她的圈子里来。在这座城里，也许有不止一位女主人曾经冷落过她，她会很愿意好好嘲笑上她们一番的。但贝恩挣的是怎么样的薪水，这点薪水又能给他妻子多少选择上的自由呢？她的老爸是个一毛不拔的铁公鸡，都名声在外了，想想，要是能把自家女婿变成个百万富翁，那是多棒的一件事啊，他自己要不是那么一个怪咖，原本也应该是百万富翁的。是个正常人就会保护自己的利益——被别人骗难道是值得受人尊敬的事吗？”

我真的很喜欢费舍尔讲的梦幻组合丈夫的那番话，每个男人都是快乐餐桌上的一盘菜，一盘自助餐大杂烩。费舍尔的想法或洞见比他精挑细选的那套行为风范要出色许多。这些想法使他的谈话莫名地令人感到愉悦。不过当他提议由他来主导这些事的时候，我的态度略微保守了起来。他说：“你为什么不把这整件事交给我呢？给我一两个礼拜，我帮你弄清楚我父亲是怎么想的。”

“为什么问我呢？我是置身事外的。”

“你可以向你的贝恩舅舅提出建议啊。跟他说，‘别擅自行动。费舍尔答应了帮我们调查。’或者‘费舍尔是站在你这边的。这类事情他知道得清清楚楚。让他帮你策划一整套行动方案，你不同寻常的需求会得到重视的。’”

“我觉得舅舅已经厌倦了所有人都跟他说他不行，说他命中注定、由命运安排好了会误入歧途。那就是为什么这次结婚他完全是自己拿的主意。他跟谁都没有咨询过。”

“好吧，不过他可不是唯一受到影响的一方。”费舍尔表舅说，“我爸也会受到影响。我承认，老爸对克莱德尔家的人是很吝啬。他应该给他们每人五十万的。扔给他们侮辱性的几个零钱的确很糟糕。你母亲觉得遭受了侮辱。”

“才几万块，都加在一块儿了，大部分都付了律师费。”

费舍尔说："跟贝恩讲明白我会对他多有用，要不然他全都攥在他岳父的手里。"

"还有玛蒂尔达的手里。只是这话我不能跟他说。"

"你肯定对他有着很大的影响力。"

"我可以向他提出建议。我也认为他需要明智的指引。可要是他觉得你在精心策划复杂的计划，那他会暴走的。"

"什么叫'复杂的'？"

"我估计这是你喜欢干的事情。"

"如果你指的是我那些商业计划的话，那我必须要说，你听到的只是些说我搞砸了的消息、无知的闲话和彻头彻尾的误解。新闻做成这样简直再糟糕不过了。让人生气的不是闲话，是对事实的愚蠢编排。这会儿让我担心的是我父亲。坏家伙们追着他不放。你不会想要你舅舅完全沦为莱亚萌一家的囚犯吧。"

"我想给他的教训，"我说，"谁叫他不跟我商量就匆匆忙忙地结婚，让他看看他陷入的是何等境地。"

"这是气话，"费舍尔很理性地说道，"当不得真。这不是真正的肯尼斯在说话。"这话出自他口，配上他那张苍白的、胖胖的、霸气十足的脸，给我带来一种很奇怪的感觉。真的肯尼斯？那有真的费舍尔吗？随着我对他仔细地打量，这个看着活像漫画人物的胖子形象似乎从他身上分离了出来，一阵抖动之后，离他而去了。我是如实道出我当时感受的。另一个费舍尔正坐在那里，西装背心上的纽扣扣得好好的，双脚穿着软皮平底鞋，温顺地交叉着。这是什么征兆吧，也许，这是第二个费舍尔。

"我猜，我今天给你带来了一个良机。"我说，"你现在发现了一条路径，可以跟你老爸重归于好，可以向他证明在某些最根本的事情上你有多聪明，绝不是个傻瓜。而且关心他。而且你爱他超过了任何人。”

“别停下啊，把你已经开始说的话说完。”

“好，我会的。你肯定觉得他在走下坡路了，那头曾经的野牛已经老了，所以他会敞开心灵，开始动感情了。但你自己之前也说过，他的座右铭是‘一个也不放过’。我对此的理解是‘他拥有现代型的头脑’。也许比他的大儿子还要现代。调和主义与心灵的贴合对他来说并不是最重要的事。”

“在我跟他接触的时候——如果我能接触得到的话——他也许会叫我滚一边儿去。不过，不管他要不要，我的冲动是去接触。”

“祝你在这件事上有好运。”说罢，我站起了身，“我搭的车在等我。我会跟你联系的。”

“最重要的是，叫你舅舅不要自己去找我老爸。要认真地警告他。”

我乘坐着那台巨大而又奇慢无比的电梯缓缓而下，经过陈列着猫头鹰和山猫的标本店，经过摆满坛坛罐罐的草药店，脑子里的奇思怪想多到不同寻常。这个身处种子基金行业的奇怪的费舍尔在我的脑袋里种下了各种各样的暗示。尽管他揶揄我搬到美国中西部来研究最后时期的沙皇俄国，可他自己又何尝不是，栖身在一间蹩脚的办公室里，活脱脱就是那一时代的一个俄国人。至少在他的情绪发展中，闪现着那个属于罗扎诺夫、梅耶荷德[1]、契诃夫、曼德尔施塔姆和别雷的时代的精神实质。更有甚者，这个建立在大草原之上的

1　此句提及人物中：罗扎诺夫（Rozanov，1856—1919），俄国白银时代作家；梅耶荷德（Meyerhold，1874—1940），早年是俄国著名戏剧导演、演员。

美国大都市与1913年的圣彼得堡不乏相似之处。这里也同样混合着野蛮状态与老旧到不堪使用的人道主义文化（必须承认的是后者在美国的这些地方从来就没有过开花结果的机会）。在这片土地上甚至有一批从东欧移民过来的农民，他们的发展停留在了1913年的阶段。他们说着在他们的故国已经没人在说的波兰或乌克兰方言，哪怕他们开的是日本的本田摩托，穿的是杰西潘尼的内裤。这些都是令人兴奋的思考。在性的方面也能找到类比。比如，一种大脑中的兽性或原始主义；疯狂的毒品崇拜者们追逐以往只有神秘主义者们才体验过的幻想的狂喜；施虐受虐狂（施加或承受的狂暴的虐待，并将之与爱或快感等同起来）。还有一种更深层次的相似性，那便是许多虚幻的世界在我们身边滋生出来，人们真诚地将自己交托到它们的规则中。它们之所以能将你吸引过去，是因为它们似乎知道自己在干的是什么。它们自始至终都处在一种恍惚的状态之中，却又依然言之凿凿地讲着“真实”。举个例子，比如别雷笔下的阿布留科夫，他在一群阴谋家们的影响下，同意将一枚定时炸弹放进自己父亲的卧室。他并不真的想要成为一名弑父者。一种貌似道德的逻辑引诱了他。但渐渐地，事情变得明显起来，长久以来支撑着那种道德秩序的形而上学已然分崩离析了。对我来说，这种与圣彼得堡之间的相似性是一种刺激。其中蕴含着令人陶醉的类比。特别是那些恋母情结的类比。

我站在街边，等着迪塔将她那辆绿色的道奇厢式车停到我身边——一个漂亮、身材匀称的女人操作着一台卡车一般的机器。她身量有点高大丰满，自己对此略略有点在意，因此在举止上便刻意多加了些玲珑与雅致来掩饰。在我们约定的街角有一家卖好家伙玉米花的店，铜锅里丝丝温暖而又黏稠的香气袅袅地袭来。那几口大铜锅有定音鼓那么大，把宜人的暖意和亮闪闪的铜光发散到大街上。置身在一个熙攘的地方同样让人觉得开心。毕竟，我真正的职业是与美妙的人性现实展开内在的交流。这是一个没有多少竞争的领域，干这行的人寥寥无几。我干这个因为我深信这是周遭唯一值得干的事业。我之前说过，除非你能让自己的生命成为时代的转折点，否则便没有生存的理由。只是你没能让自己成为转折点，而是发现了转折点，那是全人类的迫切需求（当然，人类对此并没有意识到，大多数迫切需求都没有被意识到）。我刚刚开始承认，我自己打算为人类做的事，正是贝恩舅舅为苔藓的藻类系统生物体所做的事。我跟费舍尔的会面让我彻底弄清楚了这一点，就在我看到（或以为我看到了）“正式呈现的”费舍尔在脸部一阵抖动后从他身上分离出来，离他而去，留下一个完全不同的人在那里，一个与傻乎乎推进着一桩桩古怪生意的费舍尔不同的家伙。我必须承认，经历这样一件事（或者，出于对客观原则的尊重，想象我经历了这样一件事）给了我极大的快感。

说点更近一点的（说说我自己，我这人很好认，个子瘦长，头发长长的，表情略显忧郁，但其实是一个还带着天真激情的三十多岁的男人），我留心看顾着舅舅的利益正像费舍尔——借用加拿大国歌中的歌词——“警惕地守卫”着他的父亲。费舍尔已经抖擞起精神准备与对手交手并战而胜之了。他的对手包括莱亚萌医生、阿马多尔·切特尼克法官，甚至还有——用更远的眼光看的话——斯蒂沃特州长，据说这片联邦地区所有的大陪审团都是他安排的。费舍尔可真够胆，居然觉得自己能跟这些明星、这个杀手团相抗衡。作为自封的舅舅的守护神，我也必须要尽力去揣摩他们的动机，预判他们的计划。当然，我也必须跟费舍尔相互商量。我不可能独自跟这些冷酷无情、深谙套路、在政治上狡诈多谋的人物周旋，或奢望能在智谋上胜过这些老奸巨猾之辈。出于虚荣心我动了动尝试的念头。我能做的事有哪些？我怎样才能赢？我能赢得什么？然而穿过了一个人自身的渺小后，他或许会进入——还不是浅尝辄止地——到别人的渺小目标中。我想象着这些目标（不再纯然渺小了，而是那样丰富，吸引了那许多睿智的活力）像小蟹一样被拖曳着陷入了海草中。每个人——可是每个人啊！——在这一路的拖曳之中都会遭遇数量巨大的此类海草。

此刻，迪塔开着她的道奇厢式车从右车道上慢慢朝边上靠来。马路上车水马龙，她正透过挡风玻璃向我打着手势。与其在这里胡思乱想，我真应该给她买上一包糖浆玉米花。她一直都说喜欢吃好家伙玉米花的。不过，她跟许多很自觉的人一样，很注重减肥，再说机会已经错过了。她已经来到了跟前，浑身散发着女人味儿。钻进道奇车后，你在感受到暖气前就已经感受到了她胸部的温暖。

“嗨，亲爱的，”她说，“等得好冷吧。应该到停车场，或者哪怕去医生的候诊室也好。”

她可以用很友好的男人的方式说“嗨”，但她的吐气自有一种女性的味道，那双黑眼睛也完全是女人的样子。你会注意这点是因为她的皮肤并不特别女性。算不上是很好的皮肤，有点像混合编织的布料，表面有一层疤痕组织，来自火爆青春期的无序生活。即便是在霜气之中，她的脸依旧显得很白。她喜欢对此表现得不以为意。但有时候，她会为自己的皮肤感到闷闷不乐或是很生气，觉得这是一种缺陷，是她心里的痛。不过，把自己最不好的特征摆在明面上，而不是隐藏着，倒也不尽然是坏事，这样就逼着你得坚强面对了。只有那些隐藏的缺陷才为你带来最糟糕的麻烦。（我心里想到的是我在父亲面前感受到的性自卑，那是我必须背负的生殖器崇拜的十字架。）迪塔看着苍白是因为她的皮肤太厚，显不出颜色来。她曾经问我要特雷娅的照片来看。我这儿只有她一张照片，是用傻瓜相机拍的，照片上特雷娅裸露着双肩正在开怀大笑——白闪闪的牙，蓝色的眼睛，粉色的脸。迪塔最为关注的是粉色的脸。看罢她只问了句："特雷娅，这算什么名字啊？"我问过她自己的名字：不，这不是珀迪塔的简短形式，更不是埃迪塔；就是迪塔——这是她那工人阶级的母亲在产科病房期间读的一本言情小说里的人物。这场对话发生时我和迪塔还是师生，关系融洽。她很愿意听我聊聊我的麻烦，忍受着我的离题和跑偏，我各种荒唐的想法，其实这些让她听得很开心。我说的东西在那些见解一般的人听来会感觉怪怪的，但迪塔和我读过那么多果戈理，还有陀思妥耶夫斯基的幻想作品，还有索洛古勃[1]和安德烈·别雷，因此清高自傲和怪诞的想法不会让她有什么不自在的。她习惯我的思路和表述方式。E. M. 福斯特曾经说过："在我没看到我说的话之前，怎么知道自己想的是什么呢？"这话就现状来说，说得真没错。不过英国人在有了漂亮的开头之后往往煞是得意，于是就停在那里了。接下来要做的，是把思想再朝前推进，不要令其停留在一句聪明的说辞。迪塔往往能预先明白我想要说的话，不等我说完就能接口。她问我跟费舍尔谈得怎么样。我虽然没有把她当无话不谈的密友，但进城的一路上我都在发抖，想来她是看出来了。"跟你表舅维利泽的见面怎么样？"她问。

1　弗·库·索洛古勃（捷杰尔尼科夫，1863—1927），俄罗斯白银时代就的现代派作家。

“就是所有我们这些野蛮人和杂种该有的样子呗。”我回答。

没有必要把话说得太明。她知道我向来的看法——也就是说，总体上这是一个杂种的世纪，如果你不是个杂种，如果你认定自己是在按经典的、传统的标准生活，像某些因此而受到称赞的人那样，那你便不合时宜了。（我明白，我还是把话给说明了。）你也许是个值得尊敬的人，但你却住在“别处”——住在1914年之前，甚至是18世纪之前。当然，那样的感觉也许不错，但那意味着你已从当前的时代起身告退了，主动撤出了。（这段看着也许更跑题了，不过请稍等。）犹太人，鉴于他们孤零零地活在他们古老的行为准则之中，已经那样做了几千年了，简直可以上溯至化石年代。但随后他们开始自觉自愿地进入了当前的时代，后来又被强拖进了当代历史，数以百万计的他们，坐着运牲口的列车被拖进了历史，因此意识到（那些有时间能意识到的人），对他们来说，根本就没有温文尔雅的选择，可以宣告他们要站在当代文明之外。现在我不能再继续这个话题了，我有别的更重要的事。但这作为背景却是合理的，能够解释为什么我要那样形容我和费舍尔·维利泽之间的谈话。他和我是一种特别的美国类型的野蛮人或杂种。如果你冒险想要在美国进行思考，也会觉得极有必要配上一段历史简述，让你的思想变得真实可靠或合理合法。所以，瞬间的闪念要配上十五分钟的引经据典和累人的详尽阐述——学术性废话。从洛克到弗洛伊德，还得在某些地方车站停上几站，比如边沁和克尔凯郭尔。对于非得要进行此种搭配性解释的人，人们不由得要替他有点过意不去。或者（这是一种更好的选择）人们可以渐渐学会发现此事的喜剧性一面。

我不会跟迪塔讨论贝恩舅舅的麻烦。我们俩是朋友，彼此之间没有暧昧，所以可以放心地讨论各种事情。不过舅舅在婚姻上遇到的困难和性方面的痛苦是不可为外人道的事。我非常想跟人聊聊这些事，而迪塔本该是最合适的人选，她有着出类拔萃的头脑。但我连旁敲侧击都不行，因为她是个一点就透的人。

我问："你在看什么医生？"。

"皮肤科大夫。"她告诉我。这话她说得很轻飘飘，所以我猜她头脑里并没有什么很认真的想法（比如，尝试要改变自己的外表以和特雷姬抗衡）。我满脑子想的都是贝恩舅舅，罗阿诺克的哑谜、大陪审团，诸如此类，所以我一时没能明白迪塔正在向我发出的信号。她提到皮肤科大夫的时候，我唯一的反应是："她不可能是想做整容手术，她还年轻着呢。肯定是什么难言之处的皮疹。"我就这么把它给放过去了。

回到我那间小小的斯拉夫学研究办公室后，我发现门下有一张舅舅留的字条。"在家，今天下午。"我甚至还没来得及脱掉外套。我知道那个"家"的所指，便径直去了他校园附近的那间公寓。最近这段时间他不常去那儿，而是往帕里什广场跑得很勤，一心想着要跟玛蒂尔达家建立起良好关系。莱亚萌医生下了班之后很少直接回家。他到俱乐部里跟人打牌，赌注相当大。玛蒂尔达特别想要贝恩跟她母亲多交往，跟她建立起私人间的关系。这事并不像你想的那样简单，因为乔·莱亚萌经常坐在她那间外人禁止入内的办公室里，当贝恩出现在了她门外家具中间那片空间时，她并不跟他打招呼。如果说要叫他去敲她那扇可以上下各自分别打开的门，他还太害羞了一点。如果他不时朝那儿瞟上一眼的话，见得更多的倒是远处角落里那盆红杜鹃，而不是他的岳母在伏案工作。

总之，我在他自己那套更小、房间更暗的公寓里找到了他，身边环绕着他的植物学书籍、镶在画框里标着拉丁文名称的植物照片，或是我看不出任何名堂的植物形态横截面图。舅舅自己的状态不是很好。他最近不是太顺，这很明显，因此面色不好。他给我倒了杯野火鸡威士忌。最近，他没有在收拾这里的屋子，所以杯子都有点白蒙蒙的了。要是换在一年前，他会把这些杯子放在洗涤槽里用洗洁精泡上，要用的时候拿上一个干净的。他说，因为心律失常，心脏病专家又给他用上了奎尼丁葡萄糖酸盐。他的呼吸也有点让人感到沮丧，而作为一个杰出的“注意者”（的确有这么一种类型），他确凿无疑地意识到了这点，因为他马上就说道：“今天感觉有点气急。”

“没不高兴吧，舅舅？”

“不，不能算不高兴。”

“蜜月后的调整？”

“别老跟我话里有话的。”舅舅说，“我后悔过结婚吗？答案是斩钉截铁的一个不字。我干了一件非常棒的事。”

“我也没说不棒啊。我自己还没结过婚，可据说在婚姻的早期阶段，人们还蜜意正酣的时候，就已经可以注意到变化的发生了。我不想让你觉得我是在戏弄你或是欺骗你，舅舅。只是正常的关心。”

“没关系，肯尼斯。你关于爱情的观点我相当熟悉——说每个人都是处在一个独立的系统之中的。”

“法国人说的‘独立的系统’？”

“在每个人的胸臆中都有一道有待融化的冰川，否则爱便无法流转。”

“我不否认我们用这些术语讨论过这一问题。这是些黑暗的术语，毫无疑义。我不是想要打击你，贝恩舅舅。”

“我也觉得你不是。”

“我刚才提到蜜月后的调整，只是想起了本杰明·富兰克林曾经说过的话。他的建议是，结婚前要把眼睛睁得大点，结婚后眼开眼闭就行了。”

“你是说结婚后还把眼睛睁得大大的是犯了大错喽？”

“富兰克林以这句理性的、平凡的、符合中庸之道的格言而闻名，要想获得满意的人生就得如此。要不然他怎么能成为百元大票上的头像呢？我只是想说，舅舅，你瞧着有点消沉啊。”

“有几天晚上没睡好，就这么回事。”

“有新的焦虑了？看见你自己在把罗阿诺克所有的空间填满？还是维利泽舅公的事让你担心呢？”

我一下子把这么多问题抛向了舅舅，这让我看到了之前与费舍尔·维利泽谈话的余痕，企业家保持上风的策略。把这招用在舅舅身上真算不上公平。我很快便放弃了。舅舅多少有点言不由衷，说他并没有为维利泽的事而担心。不过他很热切地想听听我跟费舍尔见面的情形。“我希望，你没有跟他透露任何我的信息吧？”

“只提到阿马多尔·切特尼克主持了婚礼。这让他说起了切特尼克的事。切特尼克正在接受调查，因为对于一个法官来说，他太富有了。”

“调查的事我们知道了。”舅舅有点不耐烦地说道。

“为了减轻对自己的判决，因为他进监狱是一定的，他也许会把自己知道的关于哈罗德舅公的事情告诉当局。哈罗德是他们猎获的对象。”

“对，可到目前为止他还没倒。照我岳父的说法，知不知道该怎么贪污是区分政坛中成年人和毛孩子的标准。”

“只要他们的政治机器没有遭到破坏，维利泽这样的人就能躲过任何事情。不过这台机器已经严重受损了。对于民主党人来说，现在唯一安全的基地是在众议院里，那儿还是民主党的。即便是在那里，昔日的辉煌也已经过去了，只有那些大委员会的主席们除外，那些举足轻重的家伙们，就连道德委员会也不敢碰这些铁腕人物。这是那些应该知道内幕的人告诉我的。在我们这片地方上，哈罗德舅公为了本党利益而被改划了选区，所以他失势了，这就是为什么他再也无法保护自己了。他是那些自FDR[1]那会儿就一直掌权的老家伙之一，现在他们甚至连自己贪下的钱都留不住了。”

“这听着更像是费舍尔说的话而不是你的，如果你能原谅我这么说。你的印象是什么——费舍尔难道不是个怪胎吗？”

“不比我们大多数人更怪。要点是他下定了决心要保护他父亲。”

“对你来说这是最重要的事实了。这是能打动你的东西。我希望对这一切能有更好的理解。很惭愧地说，我甚至不知道改划选区是什么意思。要对抗这些人和这么大笔的钱，我觉得自己又弱小又滑稽。”

我对他所说的东西简直太了解了！像我们自己这样的人并不是主要事业的一部分。所谓主要的事业是美国自身，及其权力的增加。屈从于那些权力使你有所成就。即便是与之对抗也算一种成就（如果你是个吸可卡因的人，举个例子，你虽然从劳动力人口中退了出来，可你进入了市场去购买毒品，因此你对社会的抵抗在某种程度上是被收买的，是得到报酬的）。但舅舅，和他那俄国人的虎背、他的大脑袋、他那无穷大符号形状的眼眶（那蓝色双纽线的凝

1　指美国第三十二任总统富兰克林·德兰诺·罗斯福（Franklin Delano Roosevelt）。

视），该嵌入这幅图景中的何处呢？他懂保罗·沃尔克[1]关于利率所说的话吗？或者和喷气推进有任何关联吗？电气工程呢？那些把技术秘密卖给俄国人的间谍都比舅舅走得更前面，因为他们能看懂技术图纸。如果舅舅能多少干过点事情在电视上、在共同基金方面、在广告方面、在商业音乐方面、在水力学方面、在蛋白质化学方面，那么莱亚萌一家对他的态度会变得多么不同啊！但他对技术图纸一窍不通，对财务状况表一窍不通，所以他们怎么能理解他呢？他一直在莱亚萌世界的边缘逡巡着，被自己的向往吸引着。这些向往可以进一步分解，分解成对美女的爱慕；继续分解成和一个女人在爱情和善意中维系到一起的欲望；最终，分解成性的需要，而性的需要，让我们坦率言之，很少能摆脱各种奇怪的想法，如果还算不上彻头彻尾的变态执念的话。

我向舅舅建议道："为什么不说不呢？对所有的一切说不。你为什么不说你不想搬进罗阿诺克的公寓去？不说你不想去羞辱哈罗德舅公。你可以拒绝啊。"

"我怎么能拒绝呢？我对玛蒂尔达负有某些责任。她是那么美丽、那么精力充沛，还有其他诸如此类的优点。我不能跟她说，她必须过教授妻子那种乏味的生活。到头来，这也会对我造成伤害。"

我不能义正词严地跟他辩论，或是采取强硬的立场，因为在我自己对特雷娅的爱慕中也是有妥协的，他完全可以以此来反驳我。

"玛蒂尔达想要你怎么对待维利泽？"

"她不想要我去跟他谈。那就只能找别人了。"

1　保罗·沃尔克（Paul Volcke，1927—2019），美国经济学家，政治家，1979年至1987年任美联储主席，对稳定20世纪80年代的美国经济起过关键性作用。

“你只能说这个别人是在代表你了？”

“肯尼斯，老家伙对希尔达和我的确不公平。”

“你不可能得到那份产业的一千五百万的。”

“他那么蔑视我。”舅舅说。

“那又怎么啦？什么叫蔑视？他已经是过气之人了。你不会真的想要威胁他……”

“玛蒂尔达说他不会对我们造成任何伤害的。她不会允许那样的事情发生。”

“舅舅——费舍尔希望你能让他来对付他老爸。”

“不，不，肯尼斯。我更想自己来干这件事，如果这事非干不可的话。”

“费舍尔，据我的理解，是担心他父亲的健康。”

“也许是吧。此外他也想像个救世主一样出现在他老爸面前。我想不出他有哪件事干成过。玛蒂尔达说他在某种叫牲畜期货的东西上陷入了极大的麻烦。他以保证金形式买进，不管那是什么东西，然后就出现了一场暴风雪，饲料干草没法运到那些动物那里。它们全都死了。于是维利泽只好花了五十万块才保他不进监狱。照哈罗德的说法就是这么回事。”

“为什么阿马多尔·切特尼克要来替你主持婚礼——玛蒂尔达说起过这事吗？”

“一点都没提过，一位家族朋友。他很粗鲁，有一个令人感到恶心的鼻子，但跟其他十来个人也没有什么不同。再怎么说，婚礼也是为了父母而走的过场。”

“她没有意识到切特尼克是那个作出对你不利裁决的法官？”

“她可是新娘啊，肯尼斯。新婚还不到一个月，难道已经满口谎言了吗？我必须要相信她的话。”

我想跟他说，在某些人身上，撒谎是永远也不会停止的，如果说婚礼只是一种传统习俗的话，那么像“真”和“假”这样的词也一样。但这会儿不是跟舅舅讲逻辑诡辩的时候。他并不是他自己，而是背负着不熟悉的、沉重的负担。我在他身上观察到的内心纠结让我很替他担心。

舅舅说：“玛蒂尔达和莱亚萌医生觉得我应该拿到全部的收益。我此前从来没听到过那种说法——我猜城里人才这么说。从帕里什广场看出去一切都显得不同。我从来没有住得离事物的中心如此靠近。每次只要我靠近一扇窗口，就能看到那栋该死的摩天大楼。我以往的生活就被它压在下面——我母亲的厨房，我父亲的书架，那些桑树。就像是田纳西流域管理局的谷地里被淹掉的某个村庄一样，要想重新探访自己的孩提时代，就得戴着水肺潜下去才行。”

“我从来没有到电子大厦里面去过。也许我们应该进去四下看看，就为了消除一下神秘感。我想，下次碰到晴朗的日子，我们上到大厦的瞭望台去看看吧。”

“你最好告诉费舍尔，叫他不要代替我行事。他只是个年岁渐长的嬉皮士，还削尖了脑袋想往生意圈里钻。这种事他应该在二十年前就完成的。”

我说：“那并不是费舍尔最主要的一面，可以说只是一片次大陆。从根本上说，费舍尔还是挺明智的。”

关于这点我附加上一点个人的思考：

首先，贝恩和我除了费舍尔之外无人可以求助。他有一双锐利的眼睛，但这双眼睛所在的地方（胖脸、帝王风格的双下巴、蓬松金发隐藏下的微秃）让人不是百分之百的放心。我可以毫不犹豫地

（或者我出生地的人们有时会说的，直截了当）向你承认这点。不过你不能只按某些细节来评判一个人。那些细节都是从某个单一的源头流出来的。如果你找不到源头，那你得到的只能是风格混杂的嘴唇、鼻子、耳朵、发际线、颅骨等——不连贯的残片。不过，在费舍尔这个人身上，我觉得我是抓住了源头的，他这个人从根本上来说是说得准的，是值得信赖的。至少比莱亚萌一家要值得信赖得多。据我猜想，医生一得知舅舅有维利泽这门亲戚后，便立刻进入了一种构思阴谋的灵感状态。他可以不用花上自己一分钱就让玛蒂尔达变得富有，而这位老派植物学家克莱德尔非但不是鲜花错插的牛粪，反而是莱亚萌一家几乎已经不抱希望了的金龟婿。世界上最大的婚姻计算机也找不出如此理想的一个男人来。他具有不可估量的巨大优势，其中之一便是他没有金钱上的头脑。除此之外，他还会因为自己得到的数百万元而感激他的岳父岳母。剩下的事就可以交给玛蒂尔达了。她会找出各种可能性，把所有松了的线头给系紧。

这很有可能就是莱亚萌家看待贝恩的眼光，在我眼里，贝恩是百万里挑一的人物，一个真正的特例。他们看来并不知道他是什么样的人。他自己知道吗？他知道一部分。这样一个拥有魔法或预言天赋的人，不得不答应要在现实生活中去做荒唐之事。这样的想法是我很不喜欢的。这种想法太过吻合地嵌入了“实用主义者”们的假定，实用主义者们这些傲慢的家伙把自己看作唯一能真正阐释现实的人，并且能以漫不经心的“特例”的名义获得逃过谋杀指控的许可。现在，那些特例无权可以给得如此漫不经心。如果你问我的话，那些特例本身就是堕落的，太过屈从于退化。在这一点上，我经常会想起威·休·奥登讲过的一句不太重要的话：“麻烦在没有人被其缠住的时候是迷人的。”他所谓的“没有被其缠住”是什么意思？没有与真正的需要建立起关系？放弃了自己的职业？向垃圾屈从就因为满眼望去都是垃圾？哦，那么多人的线都缠绕在了最琐碎的线轴之上。如果你把那些分心的东西抛开足够长的时间来思考这个问题，你就会开始感受到深深的悲伤，这正应了舅舅说过的一句话。有一次一个记者采访他，请他谈谈来自三里岛[1]和切尔诺贝利的核辐射的危险。舅舅的回答（大意）是："心中的悲伤能杀死许多人。"心碎造成的死亡比核辐射造成的要多得多，这样的猜想应该是没有什么问题的。然而却没有什么群众运动来抗议心碎，大街上也没有抗议心碎的示威游行。

不过最重要的是，我讨厌舅舅让自己被利用来对付哈罗德·维利泽。维利泽毫无疑问是个很有权势又长袖善舞的人。他主要的目标就是积累起巨额的个人财富，至于其他的就让它们都见鬼去吧。我与他没有私人恩怨，但如果获得财富的逻辑就是这么运行的，他也应该被打垮，那就让这样的事情发生吧。得到剑的人亦为剑所杀，这实在是很合情合理的事情。同理，得到阴茎或随便什么东西的人也该遭遇同样的命运。既然有了规则，就要做好失败的准备，因为规则对于所有讲道理的人来说都是不容辩驳和公正的。这规则应该也适用于维利泽，为什么不呢？其实我不喜欢的是舅舅居然成了为人所假手的人。我可以将那看作他当前位置的后果之一，也即爱情和婚姻将他拽入的复杂困境——或者，如果你喜欢的话，也可以说成是肉欲、淫荡、性爱的业报。我从来都不是完全肯定，舅舅是受一股压倒一切的性冲动驱使，还是在索取他应得的东西或付出他应付的代价。可怜的老黛拉·比德尔就曾是一个索取者（"那

1　三里岛（Three Mile Island），美国宾夕法尼亚州米德尔敦附近一岛，该地核电站曾发生灾难性事故。

我的性欲该如何解决呢？”）。而舅舅则也许是屈从了索取（“你必须得经历其他男人都经历过的东西”）。我一直也没办法完全肯定，即便舅舅最后的确告诉了我他和玛蒂尔达的关系究竟怎样。如我之前所说，这位老伙计会把所有能想到的东西都告诉我。

我认为舅舅同意对维利泽施加压力是在堕落。在最初的诉讼中他只是名义上的原告。他当时为了专业上的事去了阿萨姆，对案子的进展并不怎么关心。是莱亚萌一家告诉他，让人欺骗了是羞耻的。“不能让这个人把你当傻瓜了，哪怕他是你的血亲。”医生说。

不过，即便有这么多事，我还是忍不住觉得到美国来是对的。我曾经跟父母说：“在那里，行动已经停止了。”这话看来居然是对的。我不能说我来得不值。即便是在当前这样一个时代，舅舅身处一个快速发展的危机之中，被放到了一个错误的位置上，穿着他们给他定制的新西装中的一套坐在我面前，被他们的意愿束缚着，可以说成是被依附在衣服中的莱亚萌一家的意愿束缚着，即便如此，他依旧是一个不同凡响的人物，他依旧是一个主要人物，也许是那些永恒之公民中的一个，一个神秘的存在——一个他也许投射到了植物之上的谜。对，植物学。植物学是大事。不过它有一个竞争对手，那就是对女性的性欲。他放不下女人。当他环游世界的时候，他的职业掩护是根、叶、茎、花，但其实存在着一种力量强大的与之对抗的势力。他部分的性本能已经脱离了植物而转向了姑娘们。那都是些什么姑娘啊！一只凤凰鸟在追着纵火犯跑！这就是我油然而生的令人吃惊的念头。被烧成灰烬，又自灰烬中重生。毕竟每一次欲望的回归都是一种重生。因为在欲望离去后，没有哪个男人能肯定它还会再回来。就像叶芝的诗所说的：“许多次我死去，许多次我又重新站了起来。”

我选了一个阳光明媚的日子，带着舅舅来到了市中心，换了几部电梯后，我们上到了第一百零二层的瞭望台，电子大厦的顶层。这里曾经是克莱德尔病人之家的所在地，现在底层是伯克和黑尔国家银行，有着多层的钢结构穹顶。这家机构，贝恩——近来如此热衷于阅读《华尔街日报》——有能力告诉我，最近靠联邦政府的担保才脱离了困境，因为它把太多后来成为呆账的贷款投向第三世界国家，这同一家报纸把国家的首脑称作窃国大盗——也就是说这些军人或高官把借来的数十亿美元都转到了瑞士的私人户头上。不管它了，反正这里矗立着这座庞大而又干净的纪念碑，其地基直打入天知道有几百英尺深的二叠纪或三叠纪地层中。当然，无论换成是谁家的宅地，这都是可堪慨叹的巨变。门票是一块五，对城中的旅游景点来说算是最便宜的了。这趟游览真的令我感到快乐。无论身心上有着怎样的凌乱，在如此高的高度也都忘却了——无论是许久以前犯下的一桩罪行，还是判断上出现过的致命失误。即便是正在你身上悄然出现的癌细胞，当你站在一百零二层的高处，全神贯注于眼前的景象时，也同样被忘却了。我想说的是，人类的任何不快，在你面对一座埃及的金字塔，或是西斯廷教堂的穹顶时，都会出现片刻的中止。我静静地跟在舅舅的身后，他则用他那双钴蓝色的眼眸视察着他出生的这座城市——空无一人的废弃工厂、平静下来了的货场、被翻乱的街道、死寂如鱼缸水面的大河支流；然后是郊野，摆脱了城市暗影的草地，覆盖着白色冰雪的农田，象征着自由、让人联想到飞翔与摆脱的天空。我心中猜想，舅舅该不会也在想着那样的事情吧：多么完美的一个日子，正可以逃离，像他曾做过的那样；但现在没有航班；而且一个妻子也不是一只小旅行包。从他脸上看不出任何端倪来。说不定是有关科学的念头来了又走，又或许是莫名的感伤。也许他还记得海姆·维特尔写的关于生命之树的书，那本书在老宅被夷为平地的时候失落了。也许埋在那儿了。贝恩唯一说的一句话是关于他父亲的死，就发生在我们下面的某处，在二十年前。

离开大楼前，我们在大堂里瞄了一眼楼层指示牌：保险公司、工程和会计类的公司、外国领馆、全国性的销售连锁店；没有法老的坟墓。舅舅想要在一家地标性餐厅——靠近农贸市场的斯凯里餐厅请我吃午饭，可那里已经找不到任何市场的痕迹了，黄页电话本上也没有列出任何斯凯里餐厅。斯凯里已经得到了他应得的奖赏——安息于一座天主教的公墓里——于是我们没有吃午饭就分手了，未发一言，想着各自的心事，此后一连几天也都没有见面。

我自己这些天出乎意料地忙，而忙碌并不总能让我感到高兴。我和舅舅之间只是通了几个例行的电话，随便聊了几句。这会儿他自己都麻烦缠身，所以我不想再用自己的麻烦去给他添堵了。有一位坦尼娅·斯特林太太最近跟我联系过。她是特雷姬的母亲。几天前我收到了她留给我的一封短信。她要到我们市来参加在会议中心举办的家用品展销会，将下榻于万豪酒店。我们可否一晤？我很自然得征求一下特雷娅的意见，而我并没有她工作的那家复员军人医院的号码。因为西雅图时间比我们这儿晚两个小时，吃晚饭的时候打电话挺不方便。我最近常见迪塔·施瓦茨，她这段时间状态不大好，需要我的帮助。在那烦心事不少的一周里，环境中唯一让我感到喜欢的是极好的冬日天气。我这人很受天气的影响，会因为气候而焦虑，会有季节性的情绪，愉悦或低落。但现在我们所拥有的是一连好几天让人喜欢的天气，寒冷而又阳光明媚的一月的下午，这样的日子让我头脑中会有动人的旋律响起，特别适合用来沉思。不幸的是，我忙得根本没有时间沉思，这大好的机会都叫烦心事给糟蹋了。等我终于等到西雅图有人接电话了，电话那头传来一个男人的声音，问我是谁，要干什么。怀疑和嫉妒令我的信息解读能力变得更强，我判断那家伙晚饭正吃到一半，特雷娅从煤气炉边给叫了过来："特雷娅？有人要跟你说话。"这不是一个夜晚的访客，那个男人对那里已经很熟了。坐在高椅子上的小宝宝说不定已经拿他当爸爸了。特雷娅在煤气炉边为他忙活着做晚饭。那个彩色玻璃的固定装置——我们称为"雅痞蒂芬妮"的——会在桌子的中央闪闪发光。那画面仿佛就在我的眼前。我在西雅图的时候特雷娅从来没请我吃过饭。她一般会做的那几道菜没有一道是我错过了会感到后悔的。菜谱上会有从微波炉里端出来的冷冻菜肴——要么是这些，要么就是煎牛肉馅饼配冷冻的绿巨人豌豆。如果她在做菜，房间里就会到处是烟，而她那位粗野的朋友在我的想象中穿着背心，像《欲望号街车》中的科瓦尔斯基。我为这堆肮脏与污秽贡献了一个小女孩。是我自己活该，这下该得着教训了，不要放不下那么多的"尊严"，那么讲礼貌、坚持原则，跟那些身上根本无原则可寻的人。我完全有权勇敢地对特雷娅说："那个男人是谁！"以及诸如此类的话。但这恰是一个缩影，我对着的是整个当代的环境，对抗着那些我从来就没有胜算的人。所以我所取的态度，用法律的语言说，叫无罪申诉[1]，我大致的翻译是“期待轻判”。

“你在吃晚饭啊。”我对特雷姬说，“抱歉打扰了你。我自己半小时后也有一个约会，所以我长话短说。”

“好啊，肯。想说什么？”

“是你母亲。她要到城里来，叫我去跟她喝一杯。”

“哦，她有……”

“所以我得问问你，咱们的事她知道多少？”

“哦，她已经来过我这儿，见到过南希了。在哥斯达黎加过了五年之后，她又对自己的女儿迸发出兴趣了。没有什么需要保密的，如果有过什么秘密的话。”

“哦？哥斯达黎加？你以前倒确实跟我提到过。”

“她在跟某个政府无法引渡的罗伯特·韦斯科[2]一类的家伙玩浪漫。我猜他最后终于把她给甩掉了，所以他现在不仅摆脱了国税局，也摆脱了一位母亲。肯，还有什么我能告诉你的吗？”

“宝宝还好吗？”

“在托儿所里还算好。”

瘦如麻秆、缺乏自信的生父远在中西部，没有为对话做好准备，实在想不出怎么和她把电话再说下去了。他自己尚且是一个神秘的人（同样未能成为例外，大多数人类都是浅陋的心理学体系所远远不能解释的），而他孩子的母亲甚至比他还要难以揣测，令他

1 指刑事诉讼中，被告不认罪但又放弃申辩。

2 罗伯特·韦斯科（Robert Vesco），一名因涉嫌在美国走私毒品、证券诈欺而被美国联邦政府通缉多年的罪犯。

无法理解。“你有不想让我跟她见面吗？你觉得她会想跟我聊点什么？”

从她说话的语调，我清楚地知道特雷娅的双肩正在做着怎样的动作。在我们初次相拥的时候，那双肩是裸露的，她耸了耸肩，对我问她腿上的瘀青表示出挑衅。所以我敢打赌，那双肩膀现在正在耸起。虽说我的听力有点障碍，可我对电话中的语调可以十分敏感。我能说出两千英里之外的人正在干什么。她说：“坦尼娅到这儿来跟我吵了一架。这永远是她来访的主要目的。我对你要跟她说些什么真的是一点也不在乎。”

“她见了孩子还高兴吗？”

“那种女人见了孙辈总是想要抓到手里的。她说的话是：‘我的外孙女应当成为我自己孩子应当成为的样子，而不是现在的样子。’”

对我，特雷娅既算不上友好，也算不上不友好。我们之间的亲密已经流失了十到二十个刻度，因为她的家里已经有了个常来的住客。她的风格就是任何东西都不能令她感到尴尬，而这些东西要是搁在过去都是会令人无比尴尬的。我怎么感觉是我的事，她根本不用对此负责。心脏收缩是我自己该警惕的事。如果这些事对我的烦扰到了那个程度，我可以去看医生，叫他给我开点药片。要是我觉得她逃脱了太多的惩罚，那也该由我来设计一种恰当的应对。我甚至想（这时候竟然还会有这样的想法！）有人应当做一下对温顺的研究，这是所有的宗教策略中最不成功的一种了。如果我觉得自己的行为很体面，值得褒奖，那么该由谁来褒奖呢？我真正想做的是，赶上下一趟航班飞到西雅图，去踢上特雷娅几脚，让她长点脑子。把那个跟她同居的男人扔出去，将他暴揍一顿，用锤子砸他的脑袋，把他从楼梯上一把扔下去。这些暴力的幻想，我现在意识到，源自我对舅舅境遇的愤怒，他那么习以为常地接受着对他的虐待，就如同列车员接受乘客递给他的换乘车票一样。但如果你不想接受虐待，那便不可能和别人建立起任何联系了，一点也不可能。

特雷姬说："我这会儿正用肩膀和耳朵夹着听筒呢。要是不用两只手的话，这些汉堡就要焦了。所以有什么事可以稍后再打来。"

我说不上来我们俩谁先挂的电话。我觉得她抢先挂了，也许是她感觉到我的礼貌快要枯竭了，接下来会冒出什么重话来，比如："刚才接电话的那个粗鲁的笨蛋是谁？"

好了，我想要见她母亲。如果特雷姬是在跟坦尼娅开战，那么我可以通过几杯鸡尾酒从老太太那里套到信息，获悉一些我到目前为止还拒绝在心里坐实的事情。于是我给万豪打去电话并留了，或试图要留下一条讯息。只要拨上十二个或十五个号码，你就可以接通世界的各个地方，但要是想留话，则不是一件简单的事情。几个月前，我举个例子吧，在一场筹款集会上，一位担心自己有生命危险的妇人凑到县议会主席跟前。主席先生并没有当时当地听她说话，只是说了句："给我办公室打电话。"也许她真的打了。很可能的情况是那条讯息没能到达主席先生那里。她应该在现场对主席说："我捐一千块给您的竞选，如果您现在能给我十分钟。"但她不懂政治，因而失去了生命。四个月后她被发现时已经遭到了谋杀，坐在自己汽车的方向盘后面，沉在一条由本县疏浚维护的运河十四英尺的河底。（跟她一起的有二十七辆小汽车，都是被它们的主人沉下去的，然后这些车主就填了失窃的表格，从保险公司骗得了赔偿。）

第二天坦尼娅·斯特林回了我电话，但我那会儿正有事跟迪塔·施瓦茨在一起，没接到。

迪塔心中有个执念，那就是她一定要跟特雷娅那张光滑的脸一竞短长。出于这样的执念，她跑去城里找了一位皮肤科的大夫，这位大夫说他能为她效力。由于年轻时长过青春痘，痘疤令她的脸凹凸不平，脸色白得怕人。而她的头发和眼睛也黑到引人注目。我现在意识到，在我向她极尽琐细地讲述我对特雷娅的情感时，其实是加剧了她盘踞终身的对自己这些瑕疵的不满意。现在，她决定要采取行动了。她确信是自己的皮肤让我每次见到她时屡屡分心。我是个高度紧张而又爱挑剔的人，何时受到吸引，何时又生出反感，完全让人捉摸不定。她倒没有太生气，至少没有怪过我居然把她拖入这样一场选美比赛（而我还跟贝恩舅舅说过人生绝不是选美比赛！），而且还是跟特雷娅这样的女孩比，在她眼里特雷娅就是个傻瓜，是个绝对没品的人。品级在这里，在不止一层意义上，并非无足轻重的事情。我记得我之前说过，迪塔是一个犹太铸造工人的女儿。她其实是一个高人一等的女人。两个女孩子如果要论聪明、自尊、女性的温柔、文雅、公主般的行为和亲和力，我会很客观地把票投给迪塔。只是客观与此事毫不相干。如果她品质不佳的皮肤令人望而却步（我曾经跟舅舅说过这个，当时我们正在漫不经心地谈论着女人），你可以像中学生们说过的那样，在她脸上蒙上国旗，然后为了你的国家而与她性交——我觉得像迪塔这样一个兼具贵族和无产者气质的人，应该不会被这样一个笑话给冒犯到（如果这个笑话说的不是她的话）。她自己用起市井俚语来的随意程度就跟总统们在椭圆办公室里说话时一样，有一次她在翻阅时尚杂志的时候抬起头来说道："不知怎么搞的，我见了没胸的老娘们儿就是来气。"不过在她天性的另一面，是对诗歌和哲学语言的良好品位，而且她是个有着严肃的兴趣爱好的女人。我给过她俄罗斯文学上的训练，她正在写一篇关于斯克里亚宾、康定斯基和其他艺术神秘主义者的论文。她符合所有更高的标准。

去年秋天，她和我一起看了一个电视节目，节目介绍了瑞士一家皮肤病专科诊所。贵妇们去到那里，用外科手术的方法从脸上祛除旧皮层，然后躺在她们美丽的床上，一直等到脸上长出新的皮肤组织来。整个过程费时、痛苦且昂贵。不过对于迪塔来说，这是一部非常吸引人的影片，用彩色的艺术胶片拍摄而成，颜色柔美得就像那部《魂断威尼斯》（一部伪柏拉图主义的廉价作品）。镜头中的太太们待在豪华的疗养院里，眺望窗外阿尔卑斯山脉的山峰和萦绕在山峦间的白云，这是指那些头上没有裹太多绷带而不能视物的人。在手术后的早期，她们裹得像个黄蜂巢似的。再稍后些她们的脸上依旧蒙着纱，就像首批问世的汽车（“游览汽车”）上女性乘客们那样，保护她们娇嫩的脸庞免于沾染路上的尘土。

这部影片击中了迪塔，我这话的意思是它命中了她深深埋藏的致命之处，此后便一直萦绕在她的心头，就像查尔斯·亚当斯的漫画一直萦绕在贝恩舅舅的心间那样。“你该不会是想要给你自己来这个吧？”我问。

“就凭我的工资？给大学低年级学生教教基础俄语那点钱？我甚至连去苏黎世的机票都买不起。”

她说得没错。她必须得是某个第三世界窃国大盗那拼命想要挽回失落青春的妻子才行。那些房间里配着插在中国花瓶里的剑兰，人们都用韦奇伍德野草莓骨瓷茶具饮着茶。换了一身新皮之后，此刻变得光彩熠熠的夫人要回家了（她家乡的人民正因痢疾而不断死去），也许回去后会发现自己已经被人取而代之了，如果没有的话，那么首先要做的，便是享受击败竞争对手们的快感。（我们必须要把所有这样的组合都记在脑子里，否则人类的悲剧命运便没人能看到。）

在这里，美国的中西部，迪塔购物都是要货比三家的，作为她这样的打工女郎，她找到了一个城里的家伙，那家伙给她报了价，就在当地麻醉师的配合下，在自己的办公室里帮她祛除表层死皮。他用一台磨砂机，即一个转动的圆盘用力擦她的脸颊、鼻子和下巴。因为眼睛被蒙上了，她没法告诉我那个设备是不是像一把电钻（我想也没想就问出这样的问题来）。它像喷砂那样发出咝咝的轻响，她说。她知道等奴佛卡因的药劲儿过去后会很痛，但除去脸上的坏皮是一种解放、一种洁净，你必须要付出代价（西方之苦难的一个很小的例子，我曾在索马里试图跟母亲讨论这个问题）。等我看到我的朋友和学生像一只奇异果、一只鳄梨或一只丑橘那般脱去了让人反感的表皮，我也许会爱上属于那个真的迪塔的天使般的脸。

那天早上我送她去城里，心里并不怎么清楚是去干吗，然后就一直在外边的道奇厢式车里等。那辆车浅绿色，但色调有点暗，车龄已经有十年了，车身上坑坑洼洼的有不少碰撞的痕迹，里程计读数停在120 000英里，安装得像邪恶之眼。我不能把车停在外面等，交警叫我转圈，因为靠近医疗建筑的地方总是有很多出租车在上下客。在我们这个城市里，出租车司机现在都是从发展中国家来的，行事也像，吵吵嚷嚷的，一心想跟人干架。我能明白为什么迪塔不想要坐出租车回家。于是，在开车绕圈绕了有一万年之后（我不是有天赋的司机），我再次经过，从她的冬装中认出她来。我根本没想到她会在熙熙攘攘的市中心被绷带裹得像个蜂巢一样出现，还因为绷带而显得更高了一点。绷带上留了让眼睛看的洞，嘴巴那里也有开口，但整套绷带出现了滑动，麻药的药劲也正在渐渐过去。等我把她弄进车里时，她已经快要痛昏过去了。我还在忙着给她扣安全带，身后排着队的出租车已经不耐烦了，司机们纷纷用拳头砸着喇叭。我现在一点都顾不上他们，因为迪塔的绷带不断渗血，我怕纱布会黏到她脸上，开始在想要不要直接送她去最近的医院。医生给过她几小包样品的止疼片。他的护士领着她下到大堂，穿过旋转门。我想要碰到哪家药店停下来给她多买点保护伤口的敷料，但她好不容易才开口跟我说她事先就备足了，要我直接把车开回家。她住的那栋楼有一个地下车库，以往那些汽车司机们停车时都会（半开玩笑地）向她求欢，但那天都没有上前。看见她脖子上顶着个大白锥，一个肩膀耸得高高、身材瘦削的长发男悄无声息地走在她身边，这些男人总算没有调戏她。我把她送上楼，从她钱包里掏出钥匙，搀着她来到了沙发床上，帮她脱去外衣、鞋子。有那么一会儿她似乎昏了过去——看不到脸的时候很难确定是不是晕过去了。我正准备打电话叫救护车，都已经在问总机紧急号码了，这时迪塔开口说道："别打了，只要坐在我身边就行了。"所以那天剩下的时间我都是在那儿度过的。我不算是个好护士，这几乎不用我说，但即便治疗是否成功尚且存疑，在帮着脱了外衣和鞋子，在握住承受痛苦的人向你伸来的手之后，两人之间的亲密关系不可能不更进一步，一股温暖的依恋迅速流入我们的心田。当"男人和女人"的力量喷薄而出时，你马上就看透了"老师和学生"之中包蕴着的那层薄薄的东西。在我心灵屋宇的某处依然还有一些为特雷姬而感到的悲伤。我无法否认这一点。但我必须照顾迪塔。她成了我全心照料的人。

在迪塔脸上的绷带被血浸透后，我不顾她的抗议替她拿掉了绷带。真弄不明白那家伙怎么能让那些高速转动的圆盘对她的脸做下如此残暴的事情。我觉得他也许是以前的那种专看各类性病的大夫，后来抗生素问世断了他们的财路，于是摇身一变，成了皮肤科大夫。在我揭掉了裹在迪塔脸上的医用纱布后，她的脸看上去就像被人在高速公路上拖过一样。那些身在瑞士的贵妇们绝对不可能是像这样的。如同以前来自底层的智慧所说，便宜没好货。这就是她身为无产者的运气。我用新纱布重新把她裹起来时，心中对此有了更深的感触，因为我就是造成此事的原因。她想要跟特雷娅比比，或许还有玛蒂尔达。她也认识玛蒂尔达。她曾经称后者为“那个睡榻上的皇后”。不过这些都是有着精美容颜的幸运女性，为了她们，舅舅和我都愿意作出牺牲。所以迪塔自告奋勇作出了她自己的牺牲。这些令女人奉献出她们身体的折磨与牺牲，这些她们向自己长期厌恶的缺点或是想象中缺陷发起的猛烈进攻啊！那样欣然地侵犯她们自己，孤注一掷的治疗。让人感到可怜地磨她们自己的脸。

不管你如何描述，我都不值得让她受罪。特雷娅作为对手也不值得她这么做。在大多数方面，迪塔都不费任何力气地高出我们俩许多。她心中的情感十倍于我们，这在她身上产生了一种我们所不熟悉的美。我觉得我在跟贝恩舅舅谈论整个美的话题时一定要把这种美说个明白。关于美存在着一些错误的认知，某些关于经典面容的想法是古怪离奇的，那些所谓罗马的宏伟，希腊的荣耀。爱伦·坡这个可怜的天才白痴娶了一个智力低下而且永远到不了适婚年龄的小女孩……这里我们看到的是一个诗人直直地跑进了一个世界，这个世界被理性的智力碾成了一张比萨（而且是在资本主义发展最初的原始阶段——我们可千万别忽略了资本主义），而他用威士忌、诗歌、梦、谜和性变态来予以还击。如你所见，常规想法的嫌疑犯们都已经被包围了。

不过，一连几个星期里，我有了值得做的事情。我去了超市。我相当喜欢这些家务琐事，还有照顾病人。替迪塔理家并不是一件太难的事。她对理家并没有太多的兴趣。浴室的门背后挂着她没有洗过的衣物。我在厨房里手忙脚乱，冲咖啡或用诺尔牌的汤料包煮汤。我买了一瓶野火鸡威士忌，在最大的痛苦过去前这一直是受难者的主药。有好几天我都透过绷带喂她肉汤，用吸管，等她好到能出门了，她的样子依然还不太能见人。一条条变干的皮肤从她脸上耷拉下来，其中一条有屋顶的木瓦板那样大小，整张脸上斑斑点点的都是擦伤、刮伤和血痂。触碰是绝对禁止的，必须等到某天早上在床单上欣喜地发现掉落的血痂才行。小孩子都知道那是多么令人激动的一件事情。不管怎样，我继续帮她购物、整理厨房和浴室，在这一过程中我知道了她在生活上是多么的不在乎，比如她根本不在意澡盆里掉着戒指，到处都长了霉，窗玻璃和镜子上斑斑点点，也不在乎煤气灶背后已经有了多少只剩火腿油脂的马口铁罐子。我从舅舅的公寓里借来了吸尘器、玻璃清洁剂和409多用途清洁剂，倒不是我有多爱整洁，而是想让自己一直忙着。目前我已经不做诺尔方便汤而改吃比萨了，因为比萨可以打电话订，或者订中国菜，偶尔也做个煎蛋卷。我不像舅舅那么擅长厨艺——更像是个笨拙的炼金术士，用量杯配着各种东西。读大学的时候，舅舅在一家希腊人的廉价小餐馆里做过快餐厨子。如果莱亚萌一家能让他用平底锅做煎饼的话，他在顶层豪宅里的日子能过得更开心些。莱亚萌家的波兰厨子是一个性情阴郁的人，她的雇主们有点怕她，对待她就像对待表演艺术家罗斯特罗波维奇一样——极尽恭敬之能事。

最终，迪塔并没有得到一张新脸。极其苍白的面色没有了，粗糙的起伏不平却依然如故。这事现在没那么重要了，就算试验没有成功，我们之间已经有了更加明确的关系，站到了一个更加亲密的基础之上。如果她没有治好她自己，她至少治好了我。作为一个病人，迪塔没有穿太多衣服。她不是在刻意卖弄，也没有故意炫耀。不过在我端着汤碗坐在她身边的时候，她的浴袍开了。一个头上裹着纱布的女人，你不能指望她自己把扣子一直扣到脖子。让我熟悉她的身体似乎给了她一种更深刻的满足——我能抛开脸看到真正的她了。那阵子在她的床畔，我一边吃着重新热过的芙蓉蛋，喝着兑过自来水的野火鸡威士忌，一边谈论斯克里亚宾和布拉瓦茨基夫人[1]。眼前的这个女人为了我让自己的脸承受了野蛮的打磨，在我为了特雷姬而憔悴的时候，迪塔却把自己的爱摆到了我的面前，所以我在爱上面并不是绝对的一无所有了。

再次思考这件事，我开始产生了这样的想法，一个男人要么把他从他主要的事业（比如，为生存而作的抗争，或职业对他的要求；还有虚荣、狂热、权力——每个男人都会有一张自己的单子）中省下的时间献给女人和爱情，要么从工作中抽身而退，进入女性的温柔乡，按着这个世界中特殊的轻重缓急顺序，奔向截然不同的目标。我举一个每个人都能明白的例子：如果你没有像马克·安东尼那样在打仗，那你就是像马克·安东尼一样在恋爱；在后一种情形中你离开了战斗，在克莱奥帕特拉的战船逃往亚克兴的时候追随而去。在我内心最深处对古罗马的那一套并不是很感冒——也就是说罗马的法律、罗马的政治组织和罗马的公民权利什么的。别忘

1 布拉瓦茨基夫人（Madam Blavatsky，1831—1891），19世纪的“预言家”，擅长占星术。

了，在古代的世界中，只有犹太人出于他们自己顽固的动机而拒绝了帝国许给他们的公民权利……啊，我会记得的，我现在不是要做历史讲座，而是要讲述贝恩舅舅生活中奇怪的转折。

长话短说，该和坦尼娅·斯特林一起喝一杯了。我指望着特雷姬的母亲会有很多东西要跟我说，关于她女儿、关于我的后任、关于我的小南希的前景，还有那些特雷姬认为应当要做出的改变。

我在装袜子的抽屉里翻出了我那几张信用卡后，坐公共汽车进了城——时间已快近黄昏，西面的天空中好大一片冬日的霞光，沿途的街道两边堆起了积雪，其他各种形状的冰也都折射着晶莹的光芒。万豪酒店的酒吧，也就是我找到特雷姬母亲的地方，则是一派完全不同的景象——一个室内的空中花园，里面有喷泉、蕨类、苔藓、栀子花，一切都是为了取悦高管阶层的（在某些更加柔软的时刻，在这个阶层需要鲜艳的颜色与怡人芬芳的时候）。斯特林夫人看上去比她的实际年龄要年轻。她见了我的眼神后马上解释道："我做新娘的时候还是个孩子。"她说这话的时候隐隐还带着点新娘的余韵。她依然还是一个性感的女人。她没有像可怜的黛拉·比德尔（因为黛拉是带着满腹委屈的）那样，问出"我的性欲该如何解决"的问题来。很少有人会宣布自己退出赛跑。停止奔跑，你就加入了死者的统计数字中去了。这就是为什么男人女人在行动和目的中都充满了性的疯狂。如果在某个特定的情形中他们并没有明确的性企图，那么他们就是在排练，在不停尝试着什么东西，在做着准备，在练习着他们的掌控力：就像猫儿相互间的嬉戏打闹一样。

有几个关于坦尼娅·斯特林的事实颇值一提。其中最引人注目的便是她化的妆——脸上宛如戴了一张蓝紫色的浣熊面具，眼睛边上有很大一片蓝色眼影，而她的眼睛是灰色的，有点充血。她好像没有自己的眉毛，只是用马克笔画上去的两道。但她依然是个美女，绝对有吸引力，散发着真正的个人气场。我现在不是在说她身上浓烈的香水味——阿拉伯麝香、广藿香或者之类的东西（我在这方面并不是很精通，并不能在不完全了解的情况下说话，而我父亲则可以轻易就把这些说得清清楚楚）。我说的是发散出来的光线、声波、频率，女性那种非理性的音乐，借着鼻音、呼吸或低头。尽管坦尼娅个子不算高，身板却比较宽，衣着得体大方，双手纤细颀长；不像特雷姬那样小——她从来就没有过那种令人陶醉的、丰满的、小小的身体，我在心中判定。她脸上带着热诚的微笑，举止友好随便，很容易相信别人似的，无拘无束。如果退休规定能执行得更严格的话，她依然还在释放的魅力信号相比她的年龄就已经不合时宜了。不过那种让寡妇显丑的寡妇帽现在只能在博物馆里见到了。年过八旬、骨质疏松的老太依然称自己为“女孩子”。但这么说的话我把坦尼娅推得有点远了。她肯定最多五十八九岁，不会再老了。为了让自己的描述稍微保守稳重一点，我得说她的行为还是亲切和蔼的。如她所说，我俩之间还是有纽带的。我是她唯一的外孙辈的父亲。“几个月前我都不知道我已经有了个外孙女。”她说，“在哥斯达黎加待了五年，有点跟大家失联了。就算是在纽约，也应该没多少联系了。那些年轻的嬉皮士们说的话都不怎么听得懂了，又没有给做父母查的字典。我们弄不懂他们，他们也弄不懂自己。”坦尼娅以这种风格继续讲着，讲南希有多可爱，有多像我。她倒是直截了当地跟我说我的外貌和举止没有让她失望。特别是我的面颊骨和略显古怪的眼眶位置让她觉得很受吸引。她不会建议一个三十四五岁的男人留这么长的头发，但它到了太阳穴上方时有个不同寻常的转弯，头发的黄褐色与红润肤色构成了不同寻常的颜色搭配，更常见的搭配是黄褐色与蜡黄色。对此我无话可说。我根本没想让别人对我评头论足。

讲到这儿她也停顿了一会儿，喉咙里不停地哼哼唧唧，不是在哼什么调子，实在是因为她头脑里的发电机还在运转着。所有声响都停留在喉咙里。她手握着高脚杯的杯脚，转动着手里的得其利鸡尾酒。

我忍不住想道，她跟巴顿将军一样，正在想着接下来要从哪一侧对你发起攻击。

又过了一会儿她开口说道："你上次跟特雷姬通电话是什么时候？"

"上礼拜。她跟我说你去过她那儿了。"

"没别的了？"

这时我意识到坦尼娅想要说说我的后任了。好吧，为什么不呢。

"我跟她说了我们要见面。"

"没提起罗纳德？她也许会提的，他都已经搬进去跟她一起住了。"

我说："没必要。他接的电话。"

"你有点不安吧。"特雷姬的母亲说。

我回答说我当然不安。不过我不想谈论自己的感情，我告诉她。

"当然，因为你跟我一点都不熟。不过，你肯定是不安的。"

"我不想一场普通的谈话老围着私人感情打转。"

"这让我觉得你还爱着她。就我那个可怜孩子，爱她不可能是一件让人愉快的事情。对她来说，只爱一个人让她太感到拘束了。"

"罗纳德是什么人？"

"哦，傻大个类型的。我觉得他不讨人喜欢。他以前是障碍滑雪冠军，后来当了滑雪教练。在滑雪坡道上的时候会让女人心态发生变化，我觉得，而当教练的完全掌控着局面。不过这个冬季运动的偶像现在在开雪橇摩托。他说这是一项新兴的产业。我说，在五十英里的时速下，要是头脑不保持清醒的话，一根铁丝网就能把头给砍下来。那家伙听了只是大笑。”

“这么说他是个粗人。”我评价道。

“你对她的口味来说一定是太文雅了。”

也许我踢特雷姬的小腿骨能把她给赢回来。可我又不忍心那样干。我倒不觉得自己有多么仁慈高尚。也许我的残忍不是那种类型吧。但在接下来的时间里我感受到了痛苦。

我不知道她真正的同情有多少温暖，但坦尼娅向我传递了一种女性同情的信息。她的牙齿很迷人，赋予了她的笑容一种富有同情心的青春气息，让你几乎忘了她宽宽的脸和宽阔的身板。我真的不是很在意她的皱纹，因为尽管她在皱纹上画上了浣熊眼影，她并没有把自己说成是一个年轻人。她手里拿着调酒棒，这让她有一种罗斯福总统拿着雪茄般的轻松随意，却也让她有点显老。如果她结婚很早的话，那么她当新娘那会儿应该是在罗斯福的新政时期。

“见到了你本人后，肯尼斯，我发现我女儿没有追求幸福的计划。她是个傻瓜。不过我猜你是个有自尊的人，不会终日沉湎在悲伤中。你看着很温和，但其实是个斗士。不是那种只知道喝酒，整天抱着雪莉酒瓶的人。你更像是我这种人——与众不同，但不引人注目。”

“谢谢。”我说，“您能在我身上注意到您的品质对我的自我感觉大有好处。”

“特雷姬其实在青春期之前一直是个好孩子，然后，嘭！嘭！

别看她人这么小，可是憋了一股子劲想要有所行动。成熟女人身上哪些因素会占据主导地位是谁也说不准的。”说到这里坦尼娅打开了她的大提包，之前这个提包一直放在她的双脚中间。她用了一个习惯性的全身动作把提包拎到了桌上，这动作更像是颤抖而不是一个实用性的动作，仿佛她是从肉欲之井中拽着一个水桶。也许我对她这个动作阐释过度了。待她打开提包一番寻找后，脸上现出失望之色道：“我带了家庭照片来给你看的，特别是特雷姬还是小姑娘的照片。我肯定是忘在房间里了，我这就去拿下来。”

“不用麻烦了。”

“一点都不麻烦。我知道你想看看她过去有多好看，跟我们小南希长得可像了。头的形状像你，但眼睛周围这部分像极了她妈妈。”

“以后肯定还会有机会的。”

“特雷姬说你是在巴黎长大的。我应该能猜到，你身上的派头看得出来。这就是教养。现在那个家伙是个乡巴佬。女孩子怎么会对粗暴对待她们的人感兴趣，我实在是弄不懂。我试着去想象他们俩能从这样的生活中得到些什么，什么都想不出。他们简直过回到农民的日子了。”

她肯定是在指她女儿那满是瘀青的双腿。

她接着说道：“我以前读书的时候认识一个女孩子，胳膊给她同居的家伙打断过两次。两次都坐了救护车去贝列佛医院，完事后她还会再回去想要得到更多。不过人们说现在也没太大变化，一直都是那样的。”

“照你的观点，就性上面来说，现在还是非凡的年代喽？”

“你最好这么认为。”

我把她的意见很当回事。她说话时带着一种权威。不知怎的她让我想起了舅舅的朋友卡罗琳·邦奇。如果卡罗琳能够拥有她全部的理智，两个人的相似度还能更高些。在卡罗琳走神的地方，坦尼娅还有着完全的意识。两个人在男人方面都相当有经验。她们俩加在一起见过的裸体男人说不定比美国的外科主任医师见过的都多。我丝毫没有贬损的意思，只是想澄清一个很重要并且迫切需要得到回答的问题。德拉贡大街上那位叶尔梅洛夫老师曾经努力想让我思考这个问题，当时我还只是亨利四世公立中学的一个学童。我也许从纪德、普鲁斯特等人那里学到了一点东西，作为一个巴黎的青少年，读这些人的书是再理所当然的事情了。但即便是普鲁斯特也没有涉及过如今这样一些范围：贵族阶层在性方面讲求的品位，上流社会在这方面的品行不端和胡作非为，无产阶级和农民阶级动物般的性交（见左拉的《萌芽》等作品），这些与当今民主化加第三世界的色情混合物并不在同一个类别之中。数以百万计的人已经从劳作、常规、誓约、乱伦禁忌等当中解脱了出来，肆无忌惮地发明着，人类所有的智慧，或如叶尔梅洛夫曾说，没有灵魂的智力，得到了放纵——疯子们想要受苦的意志涌入了色欲的渠道。你完全可以相信，一个神圣的、关于爱的进化的总体规划已经失败了，纯洁无瑕的天使接收到了混乱的信号，把所有错误的冲动灌输到了人类身上。用老叶尔梅洛夫的话说就是“从感官本性中喷薄而出的力”。他告诉我，站在意大利的火山地区，如果你点燃一张纸，马上就会有烟从土壤里冒出来。我从来没有见到过火山。

告诉你们吧，贝恩舅舅和我都是在这个世上负有着专属使命的。会不会专门有一类女人对我们特别加以留意呢？

此刻，特雷娅的母亲跟我说了一句我完全预想不到的话。“为什么这姑娘做事随心所欲而又不受一点惩罚？真是没道理。”

“受到法律制裁？”我说，“在她这样的情形中，如果能看到一个公正的范例自是不错。在任何情形中都是。只是并没有多少人能识得公正为何物。”

“你得对她采取强硬措施才行。”坦尼娅说。

“比如？”

“我们可以在她面前扭转劣势。南希也是你的孩子，特雷娅真不适合行使母亲的抚养权。你应该跟她打抚养权官司。”

“我可没能力做那种事，斯特林夫人。”

“叫我坦尼娅吧……我们俩联手，或许就有能力了，如果——为了这个目的，只是为了这个目的——咱们俩结婚。看来有点吓到你了。”

“没错。”

“这只是个形式，就像奥登跟艾丽卡·曼恩结婚是为了把她从纳粹手中拯救出来。”

“这完全是两码事。”我说，“法院也是很疯狂的。你应该听听我表舅费舍尔——一个远亲——是怎么说那些法官的。我可不指望法庭里会有理性。我们身边有些力量会让理性失效的。它似乎已经不再像过去那么有社会基础了。而且，坦尼娅，费舍尔不久前曾跟我说过一番话，你听了也许会觉得有道理的，他说女人自己拼凑起她们眼中的理想男人，一部分这个，再加一部分那个——舒格·雷的身体，马斯楚安尼的魅力，马尔罗的浪漫勇气，提出DNA双螺旋结构分子模型的克里克和沃森那样的杰出科学才能，再加上斯宾诺莎的头脑。你想问这和我们刚才说的有什么关系吗？我有一部分是特雷娅在她那混合的理想中所需要的，但她需要的更多。”

“肯尼斯，你是在回避我。我不知道为什么我会这么想，但如果你见到了那些照片的话，你也许会想要采取行动去获得南希的抚养权。怎么就把那些照片忘在房间里了呢，我真是不能原谅我自己。你若是不嫌麻烦的话，愿意跟我一起上楼跑一趟吗？”

我抬腕看表，估算着时间。

“你就要说你有个约会了吧。”

“有个朋友身体不行，自己没法吃饭，我得照顾她。”

“你可以忙完之后再坐出租车过来。”

“或者我们另选个时间看照片。”

“你觉得这是我骗你上楼的借口吧。那也太拙劣了。双方都有点棘手的问题。现在该拿出点文明的坦诚。你本来会成为我的女婿，如果我女儿不是个小荡妇或白痴，看不出她面对的男人有着一种很宝贵的能力：善待女人。只有一个有过生活阅历的人才知道这种能力多么稀缺。在你遇见的女人当中至少有百分之二十，如果她们意识到了这点，会欣然选你做丈夫。但也存在着与之相反的一群人，会正因为你所拥有的品质而鄙视你、虐待你。这样的人是你永远也无法取悦的。就拿特雷姬这样的姑娘来看吧。你必须得顺着她的心意来。她不想要你取悦她。哪怕你付出一生的时间想要讨她的喜欢，哪怕你投入了五十年的光阴，她依然对你毫无裨益。对于另外一种类型的女人来说，哪怕你只是握住她的手，对她都会是一种无上的幸福。我脑子里设想的那种婚姻会是对你的一种保护。是的，我比你大了十岁左右，但正因为如此，我们可以拥有一种放松的关系。要是有哪个咄咄逼人的女人要对你采取行动，你就可以说：‘我已经结婚了。’”

“那你指望我点什么呢？”

“你想干什么就干什么。如果你在床上搂着我，我就很幸福了。”

比我大十岁？真实的数字应该是二十都不止。

“再想想南希吧。唉，我不应该建议你想的。要我说呀，你就是那种想得太多的人，想啊想的，直到事情给想没了。还是说回到我和你吧。我们会在一起度过的愉快夜晚会给予我们面对任何事情的力量。你想尝试一下，看看那是怎样一种感觉吗？”

我说我很肯定这会是一种美妙的尝试，但现在就我还没做好准备。

“只是躺在床上而已，说不说话都随你便。”

她对着我微笑，露出她那特别迷人的皓齿。她的确是个很迷人的女人，哪怕她把自己画得像个浣熊或是獾什么的。而且，要掩盖我喜欢荒唐可笑的人这样的事实，会有悖于我诚实的准则。

对于疯子来说，真是什么令人瞠目结舌的条件都开得出来！这是我离开饭店时脑子里掠过的念头。万豪酒店门口天篷那温暖的杆子下排着一列出租车，我愣过神来后朝接下来的一辆举起了纤长的手臂。出租车沿着又长又直的街道碾过霜雾，一路向西开去，远处冬日那蓝水晶一般的暮色构成了背景，映衬着落日那一点红。

在陪我穿过大堂的一路上，坦尼娅依然在说着古怪的话，其中有几句是：“这个叫罗纳德的，我一眼就能看出他阅女无数。要是你有过三百个女人，那么两百九十九个和三百零一个又有什么差别呢？”

到了那个时间，直达的公交车已经停运了，我于是花了十二块钱叫了出租。如果乘地方上的公交车，一路上要停三十个站，车后排出的柴油尾气会让我头疼。想想还是算了。

第二天下午在舅舅的公寓里，我和他交换了各自前一天的经历。结果发现他也经历了一两桩事情。我对他说："唉，所有这些关于爱情的东西都被揭穿了、断绝了、坏了名声。长久以来，世界对年轻姑娘们许下爱的诺言，比如'一切都会好起来的。'可这是骗局——是背叛！于是到了现在，自然地，女人们很生气，再也不相信了。对于那些正经的男人，他们也得问自己：'我们这是在干吗？'我可以理解走进爱的世界——理解，我是说，对头脑实际的人来说其理由就是为了推销东西：鞋、衣服、包包、珠宝、毛皮大衣、发型、化妆品。还有心理治疗，这个行业里的钱多着呢。所有的东西，只除了爱本身，因为那些可以爱的天性已经变得太不稳定，不堪其功能了。那些有'榜样'或'自我形象'的人无法实现目标，因为这些东西都是编织或组装而成的。"

"对，对，对，对，"舅舅连声说，主要是为了让我闭嘴，"现在让我来跟你说说昨天的事。"

我依然像平时一样喃喃自语着，直到他打断我，我才意识到他有多么不安。他的发梢跟眼光一样显现出不安，那双蓝色的眼睛在横8形的眼眶中瞪得大大的，望着我，满是心慌意乱。在他跟我说

“让我来跟你说说昨天的事”时他上半身的倾斜让我不由得对自己说“哦——哦！”他那圆圆的脑袋也呈现出了一副不同的样子。我以前从来没有想到过，不过那么圆的脑袋生下来就该是摇来晃去的。

这是他危机的肇始。

他先告诉我，他跟医生有过一场约会。见面地点就是老莱亚萌供职的那家医院。目的是召开战略会议。他们计划一起吃三明治，然后坐医生的宾利一起回帕里什广场。

“那家医院叫什么？”

“迈蒙尼提斯医院[1]。在我还是个孩子的时候那是个恐怖的名字。我父母临终前的几次手术都是在那里做的，所以我对它的联想要多糟糕就有多糟糕。自那以后他们又盖了很多新的建筑。那儿曾经有个很美的旧花园，但他们需要那块地盖一间戒毒诊所。以前那儿都是体面的老裁缝、小店主、针线行业的工人，现在看到的都是僵尸一样的人，随时准备去做脑子里想到的任何事情。为什么不呢？”

“可怕的景象，嗯？”

“那儿是所有问题都咕嘟咕嘟冒出来的地方。这些新加的建筑给你的感觉是，‘不用担心，现代医学一切尽在掌握。一切都会好起来的。’所以我祈祷、我祝愿并相信它们没问题。在这些建筑的正当中便是最早的迈蒙尼提斯医院楼，已经变得相当旧了。我应该先找到问询处，可结果有一半的门都出于安全的考虑而关着，地下又有那么多弯弯绕绕，等我最后找到的时候已经精疲力竭了。我按

1　迈蒙尼提斯（Moses Maimonides，1135—1204）是犹太哲学家、医生兼神学家。有一篇据说是他写的祷文被认为与希波克拉底誓词同为医学伦理之指南。

他事先的吩咐让问询处呼叫了他，然后坐下来看杂志。最后他终于进来了，你知道他走路一摇一摆的。”

这点观察十分准确。医生的肩膀动得很奇怪，跟他的步子在节奏上相应和，脖子则僵硬地微微后仰。他在太平洋战争中服过役，因此可能那会儿学到了一点道格拉斯·麦克阿瑟的派头。在瓜达尔卡纳尔岛战役时他已经是莱亚萌中校了。所以他一摇一摆地进来了，穿着白大褂。他对贝恩说他的巡诊查房还没结束，原定的时间安排拖后了。

“他向我道歉。”贝恩说，“我跟他说‘没事，我可以等。我很愿意等，那儿有好多旧杂志。’‘不，不，’他说，‘我倒宁愿你来陪陪我。你会感兴趣的。’他要我穿上白大褂，假装成一个医生。”

“你没有拒绝？”

“我看不出有什么办法拒绝。我是在享受内部人士的待遇，这是一种荣耀。我当然不愿意，但他用大笑打消了我的顾虑。他之前这样做过，人们觉得很开心、很兴奋，大多数人都是，扮演成医生。我觉得这是一种医学院学生式打架斗殴的幽默，像回到了四十年前。”

“嗯，偶尔干点小坏事对灵魂是有益的。”

“别用理论来归纳我，看在上帝的分儿上！”舅舅说话的语气中带了一丝少有的锐利，“他帮我套上了白大褂，还往我口袋里塞了个听诊器，对我说，‘你是一个植物的大夫。’我都可以想象自己正在努力找一棵树的心跳了。”舅舅没有为自己的笑话而动容。他的眼睛瞪得太大了，所以笑不出来。“真叫人尴尬，”他说，“假扮医生？他这是把我拖进他的恶作剧呢。他的病人都在最初的迈蒙尼提斯医院最老旧的部分，给人带来可怕的联想，尤其是关于你外婆的可怕回忆，因为昨天的病人都是老年妇女。”

“只有女人？”

“只有老年妇女。他是特意把她们留着等我来的。都是髋部的病例，髋关节固定，只要看上一眼就够了，所以看起来很快，像跑步前进一样，进病房、出病房、掀开被单看一眼。滑稽的是那些女士们并不在乎自己得到怎样的治疗。没有一个老人因为暴露身体而感到尴尬。没有哪张脸上的表情会有所改变。医生们可以为所欲为。隔上一会儿莱亚萌就会说，‘这位是克莱德尔医生，我的助理’；根本没有人在意。到了外面的走廊上后他恢复了平素的絮叨——快嘴莱亚萌——我觉得他视力正常，但两只眼睛之间似乎有点不协调。他风风火火地冲进又冲出房间，推开门、推开一切东西，啪地揭掉床单。那些女人们的头发都染过，做过发型，她们抹着口红，擦了其他化妆品，她们穿着带花边的短睡衣，身上有缝针的伤疤，有短短的大腿，有温暖、闪亮的胫骨，耻骨之丘和稀疏的阴毛——都是光秃秃的小丘。但也有些老人或许在编织或缝补纽扣，她们的表情那么洋洋自得。那些曾经围绕在她们身边的喧嚣算是什么呢？所有那些爱过她们的男人，朝思暮想地想要得到她们，被嫉妒折磨得几欲疯狂，欲望如同平头钉一般击打入他们的心灵，他们苦苦哀求，他们痛哭流涕，而这些女人们也都为了决定哪个男人才是自己的真命天子而陷入痛苦，这些如今都算是什么呢？在看了六七个这样的老太后，我开始有了一种眩晕的感觉。”

“像什么一样？”

“像什么？我感觉就像坐在直升机上飞越岩石嶙峋的荒原。我开始心律不齐，我的心脏快要跳不动了，我觉得这是发动机的问题，直升机就快要坠毁了。或许我该安装心脏起搏器了。”

“你说什么呢？你刚娶了个年轻姑娘——你才不需要心脏起搏器呢。你只是不够坚强，对医生年复一年每天都看的东西一时无法面对而已，而也许那正是他想要让你牢牢记住的——他是怎样为那些女人们觉得天经地义的奢侈品和服务付出代价的。对于一个新郎来说这依然是一件如地狱般无法接受的事情。”

“可能他觉得我还不是一个真正的新郎，而跟我的新娘相比，我的年龄更接近那些髋骨骨折、韶华逝去的人。他一直隔着病床看我的表情……”

“用他那对不对称的眼睛。”

“在走廊上的时候，我以为他说的话是无的放矢。”

“他说什么了？”

“他说，‘我偶尔也会搞到漂亮姑娘。来当我的病人，别想歪了。这儿也不是只有老娘们儿的。’”

“平时对自己自律甚严的人，偶尔也会干点疯狂之举来放松一下。跟你在一起，他会放任自己按冲动来行事。”

“那些老太让我感觉很不好，要是她们知道了我去那儿纯粹只是博人一笑，医生的恶作剧图的就是这个，她们会觉得多可怕啊。”

“她们根本就不会把你放在心上。我想她们和医生们之间有一种理解——某种无性的东西。对他来说，我觉得他并不知道自己能胜任什么，什么东西正在困扰着他，某种色情狂。你应该叫他去找个心理医生看一下。”

“我才不说呢！”

“你对他太恭敬了，舅舅。你不应该这么缺乏自信的。我这话是当真的。你不承认自己是自成一派的、万里挑一的人物，对你那非凡的地位你要承担起责任来，拒绝莱亚萌一家正在强加给你的东西。”

“不，是因为那样一来我就必须按他们的方式来思考了，而我不想触碰他们的大前提。”

“因为你从他们那儿拿走了一个漂亮的女儿？”

舅舅深深地不安起来。

我说：“你不用跟他们完全撕破脸，只要保护好你特别的才华就行了。他们不理解这些才华——根本意识不到。”

“那些才华对他们一点用也没有。我不喜欢老是为自己而大惊小怪的人。”

“好吧，舅舅。那这个就先撇过不提。如此说来，你被他牵着鼻子走了。”

“跟着走倒是没错。他带路，我只是在后面跟着。我之前从来没有意识到他的肩膀有多宽。单从肩膀你就能确定他是玛蒂尔达的父亲。他的肩膀不厚，有点像二维空间的，抬得很高。在你是小孩子的时候，你有没有试过努力看向一个只比你高出几英寸的篱笆的外面？”

我无法对此作出回答。他已经进入了一种状态，如此奇怪，所以并不需要作出任何回答。

“好吧，正如你有时候所说的那样，把后背和肩膀看得如此重要，实在是荒唐。那也是独一份的，而且这不是一个很高级的属种。”

这话他说得很对。当时我并不知道他说得有多对，或是“对”意味着什么。那一点我要稍后才会发现。踮起脚尖来，想要看向篱笆外面，但那里有什么可看呢——一座棒球场的内场、一座砾石采石场、一片斯坦伯格美图式的风景，还是一片珍稀的北极苔藓呢？

“是的，从后面看过去，他们俩的身材很像。”舅舅说着捋起外套的袖子，移动了一下手腕内侧的表带，把指尖搭上去测自己的脉搏。依旧心律不齐？每隔两下心跳后，第三下会有延迟，他只能再次到盖尔特曼医生那里去做心动电流图。身体不好让他有点烦躁，而他从来也不会用疾病来替自己找借口。药物——镇静剂、β-受体阻滞剂——干扰了他的科研工作。他没耐心对自己的病疑神疑鬼。他讨厌听到人们说起神经症。

“不过，”他说道，“看到父亲和女儿如此相像对我打击很大——玛蒂尔达那么漂亮而医生正好相反。一个长着这种肩膀的人是很独特的。”

“这话什么意思？”

“我也说不上来什么意思。单独一个种类。我似乎在指某种永恒的东西。”

“是人体学之类的吗？”

他断然地说道：“不，不是。咱们俩别钻牛角尖了。我不是要谈解剖学和性格。”

我努力想要弄清楚他所谓的“某种永恒的东西”指的是什么，看得出来，一个搞科学的人如果只能屈从于这样的暗示或神神道道的联想，想必是十分痛苦的。他没有办法将这些从头脑中挥之而去。

“好了，舅舅，说到巡诊查房结束了，你们俩一起吃了三明治。他跟你说起维利泽的事情了。”

“他觉得我应该直面哈罗德舅舅。”

“他先是让你去看那些老太让你震惊……”

“现在还震惊着呢。”

“看出来了。不过我觉得这未必就是故意的。他没那么自觉地残忍。他是个咄咄逼人，总的来说很粗鲁的人。他感知到了你的弱点，他没有把你吓得魂飞魄散。那，你准备怎么对付维利泽？你准备怎么跟他说？”

“我准备跟他说，我岳父觉得你少找了我零钱，我觉得这个问题得重新谈谈。”这时贝恩短暂地岔开了话题，说道：“就身体而言，医生是个奇怪的人。各个部分相互之间不匹配。也许这就是为什么他的举止如此亲密——我是指在你跟他在小隔间里一起吃午饭的时候他控制、感觉、审视、施压的样子。他想要知道为什么你综合成整体的方式和他不一样。你有没有发现他的脸色很奇怪？有时候他脸上会有那种古怪的橙色，那是小蝾螈身上的颜色。还是因为他批评我牙齿有重叠，我才故意找他的碴儿对他给予还击？”

“他根本没想过你有能力跟维利泽面对面地对抗。”

“他想要跟我简单讲讲这个城市里的政治是怎么玩的。可他说的主要部分又冗长又复杂。”

“而且他听不懂你的话。”

“两分钟以后就听不懂了。”舅舅说，“他要我亲自告诉哈罗德舅舅，他卖掉房产的方式是我所不能接受的。”

“而你觉得你该拿回你应得的。”

“就是这么回事。这些狗娘养的东西，整天为了钱争来争去，就没有一刻是消停的！我想要的只不过是跟一个爱我的妻子过安定的日子，以一种文明的方式。做我的工作，拥有玛蒂尔达……”

“这个你爱的人。”

“尊重和爱。通过爱你能触及存在的本质。”舅舅说。我已经习惯了他会往外蹦两句漫无边际的话，但最后这句话中的思维跳跃却让我吃惊不小。他似乎像在说大话。他当然有点不在状态，让我觉得他有点像挑木棒游戏，开始游戏时要把一束细细的棒子掉落到桌面上，这些游戏棒呈螺旋状交叠着，散向各个方向。我觉得这样的状况即将发生。

“你能再现一下跟医生的谈话吗？”

“你必须得想你是在跟一个傻瓜谈话，肯尼斯。就像这样：我说，‘也许我该给哈罗德舅舅写封信。’医生说事情不是那样干的。永远不要把任何东西落到书面上；在这儿没人是那样做交易的。然后我说，‘可他永远也不会答应见我的。’‘哦，我们会找到办法的。’‘我倒情愿先等他儿子费舍尔去帮我摸摸他的底。’‘这可不是一个能成事的建议，孩子。你还有不到一周就要动身去巴西了，此外，费舍尔是个懦弱无用的人，被他们家老爷子断绝了关系。是个让家庭蒙羞的家伙。’‘我有点弄不明白，维利泽的家庭本来就以肮脏交易而闻名，你还有什么办法令其蒙羞。’‘即便是那种类型的家庭，你会感到意外，也有自己的行为准则。相信我，在这个城里，要想享有恶名是很难的——就拿我们的州长来说吧，他给开工资的人里边有专业杀手和其他类型能干杀人活儿的。他正在竞选谋求连任，而且民意调查的支持率还很高——但针灸堕胎实在是太没品了。老维利泽有许多丢不起的面子。’我说，‘我姑且信了你说的这些都是真的，医生。你了解他们，我不了解。不过，我要是能了解总体的计划，会更愿意扮演好自己的角色。你就不能把事情的大概说得更详细些，也好让我知道自己参与其中的是怎么一回事吗？’‘那，最基本的你肯定是清楚的——你母亲留给你的房产值很大一笔钱，而维利泽给你的只是九牛一毛。’‘你想要对他施加什么样的压力呢？’‘那种他不能不引起注意的。他的政治团伙掌控这个城市足足五十年。现在他们要退出舞台了。他都已经过八十岁了，为什么还需要他昧下的那数以亿计的钱呢？'我听了这话说，'我也不需要啊。我甚至都不知道该拿这么多钱来干什么。我想要的一切我都已经有了。我看着房子里的那些杂志——乔订的——就是不明白为什么要花那样的钱。比如"你只能活一次，那就穿着雷威龙俄罗斯天然紫貂皮活吧。"或者你们家梳妆台和餐桌用的沃特福德手工切割水晶和标准纯银。这些从来就不在我个人生活所追求的目标之列。'医生对我说，'听着，孩子，女人们必须得有与她们相称的活动。如果她们不是女性参与者[1]（这个词是我女儿一直在用的，到后来我也学会了），她们就会变坏，我指的是真的很坏，要阴谋诡计，对她们的男人当面一套背后一套。最好是让她们获得自我上的满足。'我说，'对，特别是如果她们就是以那样的方式培养大的话。''玛蒂尔达可不是培养大的，她是自己成长起来的。如果男人所爱的女人有特殊的需求，那他如果知好歹，就应该满足她。这只是本分。而且，给她所需要的开始，她自己会去做其余的事情——让你获得不曾梦想过的幸福。你可以全身心地投入工作，去玩儿你的苔藓，想玩多久玩多久。她会整天待在金融区里。她回家——家里就有了美与爱。你他妈的还能多奢求什么？她会脱下自己的职业装，换上在家吃饭的破衣烂衫，给自己喷上香水。'肯尼斯，在说到这一部分，即梦想生活的时候，他用指节敲打着桌面。他会想要付出任何东西来成为这样一位妻子的丈夫，他的表情变得十分急躁，实话实说，他看上去一副你有时候称之为魔鬼的样子。行动！这正是最魔鬼的一部分。

1　此处为法语engagées。

抬起你的屁股！抓住它！抓住你要的东西！”

“那么，你准备怎么样抓呢，舅舅？”

“不逞着心意乱来的话，我就必须把事情进行下去，毕竟，我刚结婚还没多久，最需要做的就是尽量满足新娘的愿望。”

“到什么程度？”

“你自己也看得出来，我并没有很多选择，肯尼斯。首先，我必须得表现出善意。”

“我看不到的是莱亚萌一家表现的善意。那医生的计划是？”

“维利泽不会见我。但不久后会有一场公开的州假释裁决委员会举行的听证会，哈罗德舅舅是这个委员会的委员，所以他有可能会出席。我问医生，‘为什么维利泽会进假释裁决委员会？我觉得委员会里应该都是些上了年纪的典狱官、犯罪学家、退休警察或警长，以及社工之类的。’似乎是维利泽几年前主动要求的这份工作，为的是帮助自己的政治同伙们早点放出来。有时候监狱里也有大佬在操控，就像稍早前爆出的赛马丑闻一样，或者在建筑行业也是如此，因此假释委员会的人脉很重要，甚至颇有利可图……我怎么会知道这些乱七八糟的东西？跟北极苔藓一样的生长速度，几个世纪里每天只有一两个小时的阳光，二十多年的时间直径只朝外扩张一英寸——所以他们被维利泽连哄带骗了五十年，而我所研究的生物体寿命会有五千年。不管怎么说，州长让维利泽保留了他在委员会的位子，公开的听证会下周五在县政府大楼举行，我希望你能跟我一起去。”

“你要我跟你一起去？”

“有什么好吃惊的？你母亲也会想要你去的，这事她也有份的。”

“你是被吓傻了，不敢独自面对他。这事为什么要我们两个人去呢？”

“随你怎么说啦。我的确不在状态，完全不在状态。”

“你应该把玛蒂尔达带去。因为是她让你陷入这种境地的，让她自己也面对一些压力吧，这样才公平。”

“我不想让她掺和进来。她会跟哈罗德吵起来的。”

“构成威胁。也许吧。”我说，“那就我来。答应我别跟他陷入家族亲情。要把血缘情感看得一文不值。”

“首先，我打算将这纯然看作生意，其次，我要问一问他是怎么看这事的。”

“费舍尔觉得你去接触维利泽绝对是个错误。他对此非常担心。老头儿有很危险的心脏并发症。”

“肯尼斯，你和我两个能伤害得了维利泽？那两只花栗鼠就能摧毁重兵把守的导弹基地了。”

“我们只不过是先遣队罢了，舅舅。费舍尔觉得这么做很严重。我想，他是想要维利泽能够撑到改变心意——改变遗嘱[1]或许也可以。不过我知道你一定会到听证会上去堵他，我不会让你一个人去的。”我觉得自己起了好胜心。我关心贝恩，一如费舍尔关心他父亲。舅舅抵抗不住莱亚萌一家对他施加的压力。他的活力似乎要耗尽了，我担心他会崩溃。已经出现了险恶的征兆。比如，对于我答应陪他去听证会他谢了一遍又一遍，像中国娃娃一样郑重其事地对我点着头。（不正常！）

“要是没你的话这事不会好办的。”

1　改变心意的原文是change his will，改变遗嘱的原文是changes in the will，作者在此一语双关。

“只是出于好奇，舅舅，为了能让我对发生的事有更完整的了解，跟我说说昨天剩余时间里发生的事吧。你们在医院的咖啡馆里吃了顿简餐……”

“医生很少从迈蒙尼提斯医院直接回家去。通常他会在俱乐部里赌牌。”

“就算是他也不怎么爱他那个美丽的家嘛——也许。天不亮就出门上医院去了，而不到吃晚饭不会回家。他带你去哪儿了？”

“市中心有一家卖遗产首饰的店。他们会从印度海得拉巴的土邦主或巴基斯坦斯瓦特地区的阿訇那里弄到些东西。医生需要给乔买一条项链做生日礼物。我们直接走进了克利普施泰因珠宝店的内室，老板是医生当年在部队里一起打闹的粗鲁的伙伴。那地方真可以称得上是保安严密，有监控电视、镜子和报警按钮，只有上帝知道那儿装了多少报警系统来保卫那些红宝石、钻石和艺术品。那儿也许有二十尊佛像排成了一排，还有一大堆上了漆的大象和其他异国情调的玩具。医生花了两个多小时在那儿开玩笑、闲磕牙、争来吵去、讨价还价，然后他买了价值五千块的猫眼石耳环，说好了不满意可以退货。在回家的路上，医生说乔明天会到卡蒂埃珠宝店去专门做一次鉴定。克利普施泰因知道她会去的。路上车堵得很厉害，又花了一个小时才回到帕里什广场。那时距离晚饭开饭已经只有几分钟了，女士们都已经打扮停当，但乔甚至连医生送自己的礼物还没看上一眼就命令他去把衬衫给换了。最后，我们四个人坐在圆筒形真皮靠背转椅里啜饮着杜松子酒、雪莉酒和一杯血腥玛丽。”（对于莱亚萌一家来说是欢乐时光，对舅舅来说却不一定是。）

“莱亚萌太太对猫眼石耳环做出反应了吗？”

“反应一般般，她是那种很冷静的类型。”

“那晚餐呢？”

“棕榈心沙拉，这是医生的最爱，配西班牙甘椒。柠檬小牛肉，赤霞珠干红，波兰木瓜馅饼。谈话，由医生主导——国会怎样拨付数十亿的款项，并且攫取了迫使总统花掉这些款项的权力。每年他们都有跟落基山脉的派克峰一样高的税款要花，他们把钱分发给他们最喜欢的产业，以换取竞选的基金。每到第二年总要花上双倍的钱才能竞选到国会中的席位。乔·莱亚萌以一种很有教养的风格吃着、喝着、说着。玛蒂尔达不时对我眨眨眼以让我不失去兴致。”

“怎么，她知道你心绪不佳？”

“这事从没说起过。”

“那接下来呢？”

“接下来我们看电视和录像。昨天晚上我们先是看了特勒博士和贝蒂博士辩论星球大战计划，看着很像邪恶的巫师，两张苍老的脸争论着关于人类生存和地球命运的终极问题，谈论的都是激光粒子射线或由原子爆炸所产生的X光射线。然后我们看了《一笼傻鸟》——同性恋营地和令人捧腹大笑的异装癖者。我眼前一直会出现贝蒂那张面具脸，就像画在某人脚后跟上的那种人脸一样，而特勒则像是从西奈山上带着写在氢板上的十诫而来的原子能摩西。后来，玛蒂尔达为了让我高兴，把电视节目调成了克林特·伊斯特伍德和某个变态杀手交换他所杀女人的脑袋[1]。我溜到洗手间，然后在那儿无所事事地瞎转，仔细看了一个个装了灯的水晶橱柜和所有的韦奇伍德陶瓷、坎佩尔陶瓷和产自瑞典的玻璃工艺品。我朝着乔办公

1 出自克林特·伊斯特伍德拍摄于1971年的惊悚片《牡丹花下》。

室里的杜鹃望了一眼。我没有进去，你懂的。”

“很滑稽的规矩，那间小房间成了她的圣地了。”

“不过，那是漂亮的植物，对我有好处。这种植物最初的名字有‘干’的意思，也许是因为这种灌木不好养活，或者也许是在干燥的土壤里生长得最好。”

“在你与它沟通的时候……当你有了一个美妙的新婚妻子时，有好多东西可以让你对着杜鹃花出神呢。”

他的眼睛——他只用眼睛回应着我——充满着，甚至是满溢着无声的评论。在掩藏的技巧方面他从来都没有超越过小学生阶段，而在跟我诉说的时候他并不准备假装拥有自己所没有的技巧。到了这时，也许是意料之中，鉴于我俩之间的亲密关系，我们相互间开诚布公的习惯（更不用说我还一直盯着他看，给予他无声的鼓励），他终于敞开心扉了。在他周围有着那么一大堆闪闪发光的麻烦，以至于他种种的紧张症候都很耀眼。“我想我不得不跟你说说这件事了。我本来想要自己搞定的。”

“为什么是不得不呢？”

“因为人们都是自己搞定的，他们必须如此。而且跟别人说起这事是可耻的，是屈辱的，这就是为什么。另一方面，我不想把这事一路带到里约去。我在那儿孤身一人，那就太糟了，是我所不能承受的。”

“孤身一人？”

他提高了声音：“别提玛蒂尔达来让我难堪。我结婚时的确没通知你，可现在不是你拿这个来教训我的时候。”

“我可不是想要刨根问底，舅舅。你无法搞定的究竟是什么呢？我们在这个地方聊了都有几百次了，而且谁也没有辜负过彼此的信任。”我指的是那些让人头脑冷静的书，那被帘帷遮暗了的灯光和那些可以追溯到莉娜舅妈那会儿的皮椅——舅舅真正的栖息地，在我心目中，这里胜过巴黎所有那些更吸引人的场所，因为我期盼着在这里人类的生活能取得根本性的进步。在这里我可以期盼得到真正的心灵澄澈。

贝恩先开始讲的是他确信玛蒂尔达正是他需要的女人。最初他说得很慢，说得很谨慎，仿佛是在对一个从布拉格来的熟人解释宪法的条令和各种精妙制衡。在去年十月的时候，那会儿我已经动身前往巴黎和东非去看我父母了，他和玛蒂尔达决定在圣诞节那一周结婚。为了让自己能有更多时间上的机动，贝恩把自己的教学安排得很轻松。他只上一门植物形态学的课。他的助教会在他需要离开的时候替他顶上。玛蒂尔达说她喜欢乡村，提议他们到伯克谢尔去待上一周，欣赏一下秋色。她有些朋友在巴林顿和迦南之间的某地有房子，当时人在夏威夷，他们说很乐意把自己的夏季度假屋借给他们“度过蜜月之前的假期”。在马萨诸塞州那个很有钱的角上有许多令人心旷神怡的小村庄。贝恩对于树叶当然再了解不过了。于是这一对儿就专挑僻径小路走。那些美妙、清凉、明亮、令人心旷神怡、蓝色的散发着木柴味道的早晨；薄煎饼配枫糖浆的早餐；无人问津的树上满挂着的成熟的、冷冰冰的苹果。某些迟开的花贝恩毫不费力就认了出来，不过他小心翼翼地不让自己显出爱卖弄的样子——这还是他们俩第一次有机会单独相处。远处传来了猎鹿人打猎的一阵枪声。为了保证自身的安全，他们都戴着红色的帽子。在那一点上不会有麻烦。土路又硬又干。“棒球帽帽舌下那典雅的侧影。”但在经过了几天枫树和榉树，“倾听我用絮语将它们覆盖”后，他们渐渐地需要有其他的娱乐活动了。住的地方有一辆旧车可以开着去购物或在当地兜兜风。没有电视，吃完饭后没有什么活动，而玛蒂尔达也不习惯九点就上床。塞到信箱的报纸上登着镇上在放的电影。一个怀旧经典系列引起了玛蒂尔达的兴趣。“我们开车去看《惊魂记》吧？”她说，“希区柯克拍的最初的那一部。我只看过后来那些续作。”

“我早在六十年代就看过了。”贝恩说，“给我留下了不好的印象。我知道这片子后来出名了——成了经典。不太想再看一遍。”

玛蒂尔达为了哄他去看，回答道：“坐在我身边，你的观感说不定会比二十年前要好的。”

于是他们开车去看六点那场。天已经暗了，贝恩说。每一天都像是由田野、篱笆、道路和树林构成的一场艺术展，只是闭馆的时间越来越早了。听着舅舅说话的时候，我想必是呈现出了自己最法国的一面——长长的脸庞，再配上公立中学里学来的韵文：“我们并肩走着像一对未婚夫妻……皎洁的月光照得人失去理智。”未婚夫妻中至少有一个失去了理智，这是绝对可以肯定的。我马上就要讲到了。啊不，贝恩对《惊魂记》的观感并没有改善。看第二遍的感觉比看第一遍还要糟糕。“那就是个赝品，我很讨厌。我讨厌所有那些没有焦点的紧张刺激。不过是在按照套路引发条件反射而已。这正是我在莱亚萌家看的那些录像片最突出的特点。逻辑关联都是缺失的，填补缺口的是噪声——音效。你只能放弃对连贯性的追求。影片让你一直保持紧张，一场谋杀接着一场谋杀。你马上就不再问了，他们为什么要杀这个人呢？”

虽然不喜欢，他对电影的回忆倒是很准确。他记得那家汽车旅馆活像殡仪馆，俗气的古董，丑陋的庭院。“所有我们的坏点子，脑子里烂透了的想法，制造出一种跟蜘蛛有点像的植物。它破土而出，部分是植物，部分是蜘蛛。那便是在那所令人讨厌的房子周围沐浴着令人讨厌的阳光，覆盖着那片地面的东西。”

然后那位漂亮姑娘登场了，外形上是个甜美的少女，其实却是个罪犯，而且在潜逃中。她租了个房间，在房间里脱光了衣服后迈进了淋浴间——然后被刺、被刺、被刺，摄影机镜头对着的是流进下水道的鲜血。他感到浑身发冷（夏天的空调有什么非要一直开到秋天呢？），便把双手垫在大腿下面取暖。玛蒂尔达把爆米花盒子递给他。不，谢谢，他不喜欢那玩意儿，黏牙。他说，如果他能再提高点警惕的话，就会注意到一团预示着麻烦的水雾在他的脑袋中渐渐成形，并得到事先的警告。但一个人对自己的了解总是不够的。他讨厌这部电影。玛蒂尔达看得津津有味。电影院里的光亮刚够显现出她优雅的侧影。她看都不看就从他胸前的口袋里掏出手帕，擦了擦手指间的盐和黄油。

漂亮姑娘死后，尾随她而至的侦探也被谋杀了。当那个注定要死的男人爬上楼梯时，镜头对准了一个站在地面上静静等着的身影的后背。这个跟这栋房子一样不真实的人穿了一条长长的维多利亚时代裙子，肩头披着一件深色印花布的仿男式女衬衫。那两个肩膀僵硬而又高耸，对于一个女人来说宽得有点不自然。

“玛蒂尔达！”他一瞬间便认了出来。那个人从背后看就是玛蒂尔达。这一结论不仅得出得很快，而且斩钉截铁。贝恩对任何东西都是见过一眼就再也不会忘的。

他被自己的发现惊呆了，自己头脑（也许是自己身上那第二个人）所犯下的暴行让他僵在了那里。他看着自己已经知道了的事情在眼前发生。很快那位杀人犯就要杀人了。然后你就会看到男人残暴的脸，头上戴着假发，一个疯子。警探要被谋杀了，来不及惊愣就死了，他会向后栽下。因为预见到了，贝恩说，他已经试图采取一些逃避行动，与其说是不想面对“犯罪”（这么做毕竟是在作弊），还不如说是在逃避指向玛蒂尔达的联想。这可真是太卑劣了！居然在这个异装癖的身上看到她。他到底想从中得到什么！所有各方中到底谁是最疯狂的那个？贝恩说，莫非这就是我们头脑中常会一闪而过的杀人念头——怎么说呢，就像是看到盥洗槽里的刀子时会被触发的那种。就像来到很高的地方会让人不由自主地想到自杀。这些昙花一现的念头是很容易对付的。不会造成伤害，不完全会。但是把玛蒂尔达跟扮演精神变态者的安东尼·博金斯合而为一——那可是致命的一步。这个念头来自更深的深处，并且似乎把贝恩给吓傻了。“我没有办法让自己远离这个念头。”他说。这不是那种忽然在脑子里迸出来的念头，或是对恐怖的故意玩味；这是当真的。那个女人是他的未婚妻。婚礼的日子已经排定了，请柬正在印刷中。而电影院中的这幕景象告诉他别娶这个女人。

最糟糕的是，这种联想固定了下来，真实得令他无法摆脱。“我的感觉？”他说，“心烦意乱难道还不够？我记得很久很久以前在动物学实验室里做的一次演示。是拿水螅做的，就是普通的淡水珊瑚虫。你先拿一小点纸在弱酸溶液中泡一会儿，然后放到珊瑚虫身上去。然后珊瑚虫嘴边的触须就会竭尽全力地避开刺激物。展示了初级的神经系统。”

令他烦恼的原因部分在于一部糟糕的电影居然在他身上激起了如此强烈的反应——只考虑挣钱的希区柯克大杂烩中加了点性倒错而已——来自他内心的讯息居然是由这部徒有票房的烂片传达的。这会让人们对他的心作何感想——说它是由垃圾所激活的吗？有时候他早上醒来，会为自己做过的傻乎乎的梦而生气。当那些梦特别白痴的时候，简直令你蒙羞。不过做梦是不可控的，而刚才发生的事情是在完全清醒的状态下发生的，在一家离坦格尔伍德[1]并不远的电影院里，那里可是音乐爱好者们会大老远从波士顿和纽约跑来参加很棒的音乐会的地方，而他却让自己中了这份恶臭的好莱坞尸碱的毒。或许他不应该怪这部电影把他拽了下去；也许是他自己把自己拽下去的。他无法摆脱自己犯了罪的感觉。

“我终于还是不得不告诉你这个。”他说。

“我明白你的苦衷。”

我有时会放纵自己做如下的想象，那就是他那双眼睛，在形状和颜色上如此引人注目，是最早的视觉功能的原型，是单纯为了看见这种能力自身而由光创造出来的，仿佛光要求世间的生物都看见光。此时他的双眼太过暗淡，看不出来是蓝色的，从那里面流露出的尽是悲伤。那当然是悲伤，而且他并没有试着将其变成最值得称道的那种。他事先并没有想要对玛蒂尔达造成这样大的伤害。一个男人眼睛里告诉你的东西，你不要将其具体化。不要靠得太近。贝恩确信自己犯了罪并为此而愧疚，这有点像是阿贾克斯在醒过来之后意识到自己此前失去了理智，砍倒了那么多头羊。催眠后的醒觉和痛楚！当一个对植物有洞察力的人，我一直都把舅舅当作这样的人，把他的注意力投到人类身上……会有什么好说的呢？不久前我对费尔巴哈那句很糙的格言“吃什么样的东西，你就是什么样的人”很不客气，并说布莱克的“我见故我在”要更接近真理。从你眼中见到的世界可以判定你头脑的分类。姑且假定想象具有一种独立的塑形力，拥有像神一般的程度和范围。但我们现在说到的这个

1　此地因每年举办美国最著名的两大音乐节之一（另一为阿斯本音乐节）而著称。

事例，当其发生时，世界是由一个堕落的幻象强加于你的。贝恩指出了希区柯克的堕落幻象，这究竟能否给他庇护还是个问题。但他并没有试着去那样做。希区柯克并不用对玛蒂尔达的肩膀负责，而贝恩还说："特别是那双肩膀。问题就出在那双肩膀上。"

电影余下的部分无足轻重，只是占据了结束前的时间而已。不能忍受的是它占据了时间，你必须安静而又耐心地等待富于技巧的希区柯克让你经历完他所有的把戏和步骤，如贝恩所说的，"一波接一波"。最后你看到疯子杀手的母亲坐在一把摇椅里，像著名的惠斯勒太太[1]一样，只是她已经变成木乃伊了，两只眼窝空空如也，头骨上盖着椰棕制成的假发。死亡以这样的形式出现并不能给你带来多大的影响。死亡并不是死，虽然约翰·多恩说过死神将死去[2]。死亡没法死去，因为它甚至不是真的。于是随后电影院的灯就亮了。

贝恩舅舅在帮玛蒂尔达穿上外套的时候，再次面对了她的双肩——双肩一副浑然无辜的样子。（它们的确是无辜的！）她在他给她穿的时候身体略略前倾，而且她没有把手臂伸进袖子里去，只是披着，双手在下巴下面攥着衣领，丝毫没有意识到加诸于她的恶意。在他告诉我这一切的时候，他补充说他当时躲避着，没有去看她那张眼睛大、前额低、正恍有所思的漂亮面孔。她的心思正集中在电影上面，或者更有可能是在想着怎么以最佳的方式来开始一场讨论。任她打破头也猜不到他此刻有多么的沮丧和愁苦。（世间有

1　指19世纪美国画家詹姆斯·阿博特·麦克尼尔·惠斯勒在1871年创作的人像画《惠斯勒的母亲》中的人物。

2　这里指的是英国玄学派诗歌代表人物约翰·多恩所作的一首十四行诗《死亡，不要骄傲》（"*Death be not proud*"），这首诗的结尾是"death, thou shalt die"（死神也将死去）。

一种慈悲是为着让生活的流动得以继续的。倘若那流动停止了，我们将会落入怎样的境地呢？）

“那片子是不是比你记得的要好？”她开口问道。

“没有。”

他稍稍拖在了后面一点。走廊里的人群是他的借口。“我的腿都僵得有点动不了了。它们似乎在座位上睡着了。僵了，瘫了。我掐了几下，还用脚踢，好让小腿肚子重新找回感觉。”

到了大街上，他向玛蒂尔达承认道：“那部希区柯克电影不知怎的让我的心情糟透了。”

那是新英格兰地区一个寻常的浅蓝石板色的秋日夜晚，那天还是礼拜天。礼拜天总是难以把握的。他发动了车子，沿着小镇灯火通明的主大街开。直到他拐过街角后，他们才发现车头灯不亮了。

他说：“灯不亮了。我们掉头回去吧。”

“为什么？修车店都关门了。那，你可以用应急的双跳灯。一旦到了土路上，就只有半英里而已。”

他情绪萎靡，无意争执，便打了双跳灯以每小时十五英里的速度开着。但还没等他们开到岔道，一辆大马力的轿车从后面超了上来，挡在了他们前面。他们被迫把车停在了路边。一个平民，而不是警官，骂骂咧咧地从车里下来了。“你个狗屎！你个傻子！你个基佬！”

“你他妈又是谁？”贝恩回道。

“我以平民的身份逮捕你，免得你去杀人。”

“这家伙喝醉了。”玛蒂尔达把头靠到车窗边说，“你自己才是个危险呢，一股威士忌味儿，肯定通不过吹气测试。”

“叫你婆娘闭嘴。”男人对贝恩说，“给你一个选择。要么跟我回去，要么我把你的轮胎打爆。”

玛蒂尔达再次对他表示不服："你的枪呢？"

"你最好希望自己不要见到我的枪。"

在他们开回主大街的路上，玛蒂尔达用因为生气而有点发颤的尖嗓门说道："你不应该让那么一个杂种那样跟你说话。"

"我没办法。"

"谁都不能对你那样。"

"他带着枪。"

"你应该下车，照着他的睾丸狠狠踢过去。"

"玛蒂尔达，你是受了希区柯克的影响了。你自己说的他醉了，而且他看着像个越战老兵。再说了，我们开着这辆破车，的确是有点危险。"

"向威胁低头是一种大屠杀造成的心态。"

"我可不想跟这个橄榄球运动员打架。他要是想伤害你我会抵抗的。没有车头灯，又是在不熟悉的路上，我们有可能开到沟里去的。他车子的散热器上有一个副警长的星形徽章。"

"在我们来的地方，副警长就是专干杀人勾当的。"

镇上的警察让贝恩用他的3A信用卡交付了保释金，翌日早晨治安法官将举行听证会。玛蒂尔达想要打车回房子去，然而在礼拜天找到肯来的司机是想也不用想的。贝恩说还不如待在酒店里更方便些，特别是如果餐厅还开着的话。就算坐到了出租车兜了半天回到家里也还得自己做饭。尽管玛蒂尔达有点生他的气，还是顺了他的心意。（她不喜欢做饭，我在此得说明一下。）于是他们在酒店里住了下来，这家酒店还不错。餐厅里有一团用木柴生的火。"饭还不错，"贝恩说，"不过他们这儿有热的印第安布丁配冰激凌——我喜欢配布丁的玉米粉、糖浆和香料组合。我还记得波士顿德金园鱼和牛排餐馆里的印第安布丁。我一直在说印第安布丁。我抓着印第安布丁的话题不放。慢慢地玛蒂尔达就原谅了我，不再说我面对那个逮捕我们的醉鬼时表现懦弱了。我能告诉你的就是，我们那天晚上没有回到树林深处去，对此我实在是感谢上帝。”

“树林深处有什么问题吗？”

“我浑身发抖了，肯尼斯。我害怕极了，要说实话的话。”

“什么实话？我以为你喜欢树林呢。”

“我真不忍去想晚上可能会发生的事情。有时候人们在睡着时会变得很暴力，做出很可怕的事情来。要是我在无意识之中做了很可怕的事情怎么办？”

“对她？！”

“别逼我把话说得那么明白！”

“就好比——《麦克白》里面邓肯王的侍从们被控对国王做下的事？”

“他们那是醉了。我只能告诉你我吓坏了。”

“你不会觉得你会掐死她……就因为那双肩膀吧！”

“我在心里打定了主意，要是我们非得回到那个阴森森的房子里去，我一定要服下双份的水合氯醛[1]。我身上总会带着一些，怕晚上睡不好。我想确保自己睡晕过去。一旦这些念头抓住了你，你就得按照它们的规则玩了。你会像个足球一样被踢来踢去。”

“纯粹是神经过敏。”我说。

“也许吧。这就是为什么酒店让我很满意。那儿有一种正常的愉快气氛。我知道这种气氛也许并不比老式的墙纸厚多少，但它保

1 又名水合三氯乙醛，一种起效迅速的催眠药。

护了我。那儿有一张优雅的双人雪橇床。古董。胡桃木的。我看了看床上的拼花布棉被，心想，拼花布！这绝不是适合犯罪的场景。”

“你能够逃避开的。落跑新郎的闹剧便是给这类问题的答案。我跟你说起过果戈理剧作中那个傻家伙，他就是在婚礼举行前一会儿跳窗落跑了。我老爸喜欢跟我讲一个后表现主义画家和一个跟他同居的迷人姑娘的故事。一天那姑娘说，‘现在该认真讨论一下咱们俩的关系了。’他说，‘当然，但是我得先去上个洗手间。’然后他从洗手间的窗子里爬了出去，一路跑去了车站。还有莫里哀笔下的乔治·唐丹[1]，他就是该跑而没跑的典型。”

在我们展开这番对话的时候，贝恩舅舅才结婚两个月不到。

我说：“如果说那不是适合犯罪的场景，那么有谁准备要犯罪呢？你肯定会是你吗？她也有可能受了启发要来谋杀你啊。”

他理会错我的意思了，我觉得。但他情绪太激动，听不进不同意见。我只是想说，究竟谁在威胁谁，两个人之中谁更有敌意，现在仍未可知。

一条被子盖着两个精神病人。

不管怎么说，雪橇床和乡村壁纸，用煤气改成了用电的旧取暖器，花朵图案的水罐和洗脸台盆，使他渐渐摆脱了恐惧。不再需要水合氯醛了。任何对玛蒂尔达的伤害都会令他付出生命代价，而他在原则上又是反对自杀的。他需要做的只是不要见到她的肩膀而已，所以他一晚上都侧向左面，结果一晚上都睡得很好。到了早上——多么美好啊！——阳光明媚，贝恩和玛蒂尔达和好如初，如

---

1 出自莫里哀的三幕散文喜剧《乔治·唐丹》。富商乔治·唐丹为取得贵族的身份，娶了一个没落贵族的女儿。但是岳父母和妻子都看不起他，妻子还和人家私通，使他受尽了奚落和侮辱。

胶似漆。她没有牙刷，他没有剃须刀；不过这儿的咖啡是一流的。

九点半的时候他们出现在了治安法官面前，法官是个正宗的新英格兰人——蓝眼睛，眼神漠然；红红的脸庞上颧骨高高隆起；稀疏的头发上可以清楚看到梳过的印迹。他经营一家五金店，听证会便在他的小办公室里举行。他接受了贝恩对车头灯的解释。对外州人算是不错了。

“灯的问题得解决啊。”

“马上，这就去修。”

“那个逮捕我们的人好凶啊。”玛蒂尔达说，“他说他有枪。”

治安法官说这位叫达恩斯的先生是行政委员，也是副警长。“案子驳回。不用罚款。把灯修好。”

“那个人喝醉了。”玛蒂尔达说。

贝恩向治安法官道了谢。“他问我是干哪行的？我说我是个植物学教授。他把驾照还给了我。”

玛蒂尔达还不罢休：“那个下流的家伙是滥用权力。他有持枪的执照吗？这个州关于持枪的法律不是很严格吗？”

“我就搞不懂了，是不是那个人把我关起来反倒会更好。”贝恩对我说，“他没有回答玛蒂尔达，几乎都没看她一眼。他要是拘留我，我也不会太介意。也许他还阻止了一场犯罪呢。而且，我挺羡慕那位法官的，真希望自己能跟他对换一下。多好的一个办公室啊！木板墙上铺满了阳光。外面是白色的教堂般的尖顶。里面漆成了枫树的颜色。当然，我也明白：在这个古老的伯克谢尔的村庄里是不会有犹太人治安法官的。就像我不可能在爱尔兰或匈牙利成为吉卜赛流浪者一样。犹太人倒还是在巴黎当红衣主教更容易些。”

“玛蒂尔达到底是在干吗呢，舅舅？”

“说不上来。只有怪胎才会这么干吧。一对毫无道理可言的夫妻，就这么向一个把他们放走的乡下五金商人表示感谢！倒似乎更愿意在鄙视的沉默中交上一笔罚款。又或者她也许是在向我展现她的男子气概，因为我太傻了，连为了自己抗争都不会。”这时他又加了几句话描述了一下她的外貌——超大的丁香花的眼睛，从低低的前额处开始浓密地生长出来的头发，比以往显得更窄的前额，光泽黯淡，线条锋利。我问自己为什么体格上的特征居然会如此重要，随即就想出了答案，身体上的美正是支持她做出如此行为的基础。她来到治安法官面前时就像一团怒火。我没有问她的牙齿是否也显得很锋利；他已经跟我讲过牙齿了。我什么都没问，因为舅舅的精神比任何时候都涣散。坦白道出自己的想法并未带来解脱。它让原本巨大的东西有了更加清晰的焦点，我很可怜他。换作另一个心肠稍硬的人或会对此一笑置之。舅舅在让我知悉了他的秘密后，心情反倒更糟了。和片面的理解相比，或许还是当一个彻头彻尾的疯子更好些。

我能够理解舅舅为什么还是把结婚的事进行了下去。他不能向自己头脑里的一阵发作低头。他有一个体系、一份稳定的既得利益要维持。对于荒诞不经的东西必须不予理睬。而且，他那些落跑的念头对那个女人是不公的，他对此很敏感。乔装成医生走在女病人们中间，看着玛蒂尔达的父亲揭开盖在她们身上的床单让他心里很不舒服。盯着她们可怜的、光秃秃的私处看是很不道德的。一旦进入了当代风格的情欲生活中之后，你便陷入一个不断加速的过程，直到自己身上最细小的微粒也飞散而去。

我能清楚感知的是他不停地跟我说着“她是个美人。优雅的脸庞。一个真正的美女”，重复到都要从我耳朵里溢出来，或者借用法语更有表现力的说法，从我眼睛里溢出来了，这就是在替这场婚姻辩护，而这场婚姻如今看来越来越像是由莱亚萌神父和阿马多尔·切特尼克法官共同主持的一场牲祭。因为，你知道，他已经得到过警告了。这警告几乎可以说是来自上天（尽管阿尔弗雷德·希区柯克和安东尼·博金斯是起了很大作用的代理人），他被告知，“不要娶她。她不是你心中所需的女人”。现在他那双致力于科学事业的大眼睛中，姑且这么说吧，已经因为罪与罚而显现出了疯狂（只是一点）。我意识到自己决不能做任何事情来刺激他。跟他头头是道地分析就是一种刺激，所以我最好还是不要跟他上升到理论了。理论分析就等于是说“我跟你说过的”，“你这是咎由自取”。（其最冷酷的表现形式，便是哈姆雷特向霍瑞旭解释他为什么不在乎罗森克兰茨和吉尔登斯特恩被砍了脑袋：“哎，朋友，这份差事可是他们自己千方百计求去的。”[1]）不，我不能那样对待可怜的贝恩。再怎么说，你是可以指望他对自己所受的苦难负全责的。

“你觉得玛蒂尔达有没有一丝丝想到过……？”

“她有没有意识到自己和父亲很像？在她说我应该踢那个醉鬼的睾丸时，这话简直就跟他会说的一模一样。”

“不，不是这个，我说的是她从后面看上去的双肩。”

舅舅说：“我一直都认为，女人对自己的评价会达到一种令人痛苦的程度。优点会令她们满意，缺点会令她们痛苦，而痛苦的程度会比满意的程度大出许多倍。所以她肯定会有意识的。放心吧，女人肯定会知道自己身上各项尺寸的。”

1　语出《哈姆雷特》第五幕第二场，哈姆雷特的叔父派哈姆雷特出使英国，却在信中拜托英王杀掉来使。哈姆雷特在洞悉了其叔父的阴谋后顺水推舟地让罗森克兰茨和吉尔登斯特恩替他出使了英国。

“男人也知道自己的尺寸。”

“部分正确。”他说，“十六点五厘米，袖长三十五厘米。”

那其实并不是我脑子里想的，但我闭上了嘴没有说话。

如果她不是他心中所需的女人会怎么样呢？他或许也并不是她心中所需的男人。会有人建议你在这件事上根本不用去管心怎么想。心里怎么想并不重要，是靠不住的。在有些人的情形中，心早就从这件事中退出了。在我们大学里，有个搞哲学的有次说了句话叫我大吃一惊：“你的心也同样可能是什么都不信的。”这句话让我迷惑了一段时间，但我想现在我已经完全弄明白他的意思了。用心来判断并不是一个靠得住的准则。每个人嘴上当然都把心捧得很高，但每个人对爱情缺席的熟悉程度都要超过爱情在场，大家都习惯了空虚的感觉，这反倒成了“正常”。你不会想念感情的基础，除非你开始寻找自我，并且找不到可以假装成自我来支持你的东西。

“这事会解决的，舅舅。”我说，“像你这样的人是不能指望面面俱到的。植物学让你全神贯注。这时你受到了来自性方面的可怕攻击——你向往得到一个女人的爱，却并没有做好所需的准备。没有人会在这方面受过良好训练。你在接受采访时说的那句话简直正确到家了，你说尽管核辐射很危险，但更多的人死于心碎，然而却没有人组织起来对其加以抵抗。这事也不像修水管通下水道那样可以找别人来代劳。行，不管白天还是晚上，给我打电话就行。我想不出来该如何帮你，但我永远都会在你身边。”

“感谢上帝，身边能有你。”

“你把发生的事都告诉我，真是很勇敢。我知道这很不容易。”

等回到宿舍区的时候，我陷入了一种说不清道不明的状态之中：被舅舅搞得有点摸不着头脑，替他感到悲伤，但同时——这点很奇怪——情绪有点高昂，愤怒的那种，见谁跟谁较劲，包括我自己。在进入我那没有舒适可言的避难所后，我首先想做的就是把所有的书和纸都扔出去——就是那些我凭借来释疑解惑，来跟上20世纪潮流的那些书。不过在经历如许多的心智烦恼后，脑子里已经没有什么是清楚的了。我原本指望着贝恩舅舅来帮我正本清源，没想到他反倒要向我求助了。他身负重荷，玛蒂尔达双肩的重量比纯铜还重，压得他连腰都直不起来。

眼前是我的两个房间，仿哥特式的窗口里能从北面投进一些暗淡的光线，灰色的塑料四方地板上已经满是一团团蠕虫状的顽垢，迫切需要一块地毯。我已然放弃了动物层面的舒适享受，却没有从这种牺牲中得到大的收获。我有一个小厨房和一个极小的洗手间（厕所而已），淋浴间还是跟那些本科生合用的。学院觉得孩子们跟有学问的师长多些接触对他们有好处，正如我曾经指望能从跟舅舅的交往中获益，他是一个有品格的人，身上有那么多值得学习的地方。

我洗了个澡，然后为了迅速补充能量，吃了一板好时巧克力，这才坐下来记录我与舅舅之间的谈话。这回非但没有把纸给扔出去，反倒又增加了些。

白纸黑字地写下来后，那些事实显得更丑陋了。在舅舅是一个与世无争的植物形态学怪咖的时候，没有人会来过问他，人家对他的兴趣不会比对一个收集鸟类鸣叫的人多多少，但当他想要在更重要的层面上进入社会时，他便触及了一些人的利益，而这些人，其实还是不引起他们注意为好的。他能申辩说自己不谙世事吗？不能，因为只要他想去理解的事他都能理解得明明白白。他只是更愿意选择不介入世事而已。他选择娶一位生活奢华的美女，做与世无争、无辜的植物学家。他拒绝把玛蒂尔达看作某样事物的致命象征，直到他的想象以极具破坏性的手段把事情掌握到了自己手里。我不是很明白为什么极具才智的头脑非要替普通大众对他们所怀有的轻视之意辩解。为什么控制论之父[1]在离家之前就非得要让自己的妻子检查一下拉链有没有拉上呢？才智之士为什么就不能要求围绕在自己身边的傻瓜们给予他尊敬呢？

此时此刻，夜色降临帕里什广场，舅舅应该会让自己走进莱亚萌家的公寓，去找自己的新婚妻子，然后发现她已经打扮停当等着吃晚饭了。“嗨，回来啦。”这话她也许会说也许不会说；有时候她在忙着搞自己的指甲，或是在刮腿毛，在金色闺房的耀眼电灯泡下梳着她那风信子的柔发。即便是在打扮自己的时候她也会稍稍有些烦躁不安。她其实是怎么想自己丈夫的？他满足了她的期许吗？

1　指诺伯特·维纳（Norbert Wiener，1894—1964），美国应用数学家，控制论的创始人。

舅舅永远也吃不准自己究竟做得怎样。玛蒂尔达显然觉得最好一直让他保持着猜测，也许正是这种暧昧不明引发了那些黑暗的、无意识的力量，让她渐渐与安东尼·博金斯合二为一。玛蒂尔达正在穿衣打扮，从一面镜子走到另一面镜子前，口中聊着贝恩去巴西内地巡回讲学尚需做出的一些安排。她会比以往都更漂亮（他自己是第一个如此说的人）。她的额头长得不高——这并不意味着她不聪明；额头上有很多思考纹——让人为之心醉。但他正站在她的身后，依然是那双肩膀，依然宽阔，依然高耸，一个诅咒，一个劫数。我能将其克服吗？他问自己。他在身体内部测试了一下自己面对这道障碍的反应，检查了一下自己身上的各种力量。检查过的地方渐渐痛了起来。他锁定了这地方位于自己的横膈膜，因为他有着敏锐异乎常人的自我观察力。两道肋弓之间的肌肉现在摸上去有点痛。由于周围都是镜子，他没有去看自己，怕看到自己阴郁而又疯狂的脸。“绝对疯狂！”这是他以后会对我说的话，把一切都揽到自己头上。他走到外面的酒吧，这里跟她的更衣室一样也是发光玻璃，给自己倒了一杯杜松子酒，让自己可以撑过晚餐。然后在晚餐时他觉得，他说，就像是星期天增刊中给孩子猜的谜一样——有什么东西是不该出现在这幅画面中的？

棕榈心沙拉又端了上来，这是医生的最爱。考虑到他工作得有多辛苦，只有让他得到他想要的才公平。玛蒂尔达和她母亲在讲婚礼事务处怎么把甜点盘子的事给办砸了。板条箱会给送到罗阿诺克去，存放在餐具室里，乔要到那里去检查一下看有没有破损。在上菜的间隙，贝恩双手托腮呆坐着。因为很少有人问他的意见（他那些古怪的回答令玛蒂尔达的父母无语；他们不知道他究竟是从什么地方冒出来的），舅舅可以不受打扰地沉思。讲话的事可以留给医生，他在讲起市政厅那班伙计的轶事时会妙趣横生，脸上浮现出蝾螈般的条纹，竖起眉毛，简直像萧伯纳一般机智幽默。跟往常一样，电子大厦又飘浮着向他们靠近过来，直到位于他们的正上方，比十艘泰坦尼克号捆在一起还要大，每扇窗都亮着灯，挡住了顶层公寓的去路。那些感谢莱亚萌一家让他成为其中一员的可憎言辞令他感到恶心，谎言使他几欲窒息，他在上帝面前控诉自己，高声呼喊道："我都干了些什么啊！我怎么会在这里！"贝恩尽情地伤害着自己。他大部分的怒火都是冲着自己去的（临床术语称其为"内在惩罚法"），他瞪大眼睛注视着自己的罪恶，但因为他那双眼睛生来就让他看上去一直都像是在瞪眼注视，所以并没有人注意他。在晚餐桌上受到电子大厦的猛烈撞击并不会让舅舅心里有什么不好受。就让它发生吧！在这场幻想中的塞西尔·德米尔[1]式的大撞击中玛蒂尔达不会受到任何伤害。只有他自己将受到应有的惩罚。

我自己也想要出去吃饭了。在这间冰冷的宿舍里，除了不知什么时候放在衬衫里的巧克力之外没有什么东西好吃。迪塔请我过去。她还没恢复到能够在餐厅里亮相的程度，在这样的冬夜里我是她唯一的伴。下礼拜一她的病假就到期了，她准备回去上班。老爸之前从他的酒窖里给过我一瓶热夫雷·香贝丹红酒。在我还是个孩子的时候，有个推销红酒的人经常到波拿巴大街来接老爸的订单。我觉得即便是在巴黎，这样的人也所剩不多了——受过良好教育、毕恭毕敬、彬彬有礼的人，穿着整洁漂亮的夹大衣，刷得锃亮的皮鞋，戴顶洪堡软毡帽，一只手上拿着副小山羊皮白手套，假装以为

1　塞西尔·德米尔（Cecil B. DeMille，1881—1959），美国电影导演，曾执导《戏王之王》和《十诫》等经典名片，其中后者得到过奥斯卡最佳视觉效果奖。

我父亲在红酒方面有着丰富的学识。当那家伙摘下帽子时，从他头上散发出的味道真是好闻极了！

老爸在把那瓶好酒（金丘，罗伊园出品）交到我手里的时候说："这是往昔为了特别的场合而买的好东西。你带着它去那个该死的城市吧。对割伤和擦伤也很有用，不过得内服。"在我搬来中西部后，父亲订了一份家乡的报纸，对那儿的消息比我了解得还清楚。在给我的信中他时不时会提到有谁在街上被刺死了，谁躺在床上被闯入者给打死了，又有谁在公共汽车上遭遇了枪击，等等。他很替我担心，尽管我住在一块受到保护的、有围墙的区域中，大学每年要花三百万用于补充的警务开支。我拿此事跟他打趣。"至少这儿不是西贡或贝鲁特，"我说，"许多人依然很舒服地住在这里。"我想我指的是莱亚萌家那类人吧。他们家所住的建筑，或是罗阿诺克，都有着极强的安保措施。多亏了我的研究，我的心智更多逗留在1913年的彼得堡，而不是这个锈带的大城市中。我这类人的确会退回到书本和理论中去。如果你是个天体物理学家的话，你根本不会想到会在暴力法庭上度过一个早上。如果你是经济学家，你会依赖市场的力量来掌控局部的混乱。只要货币供应得到了明智的控制，混乱便会消失。我所属的这类人行事隐约都循着这样的信条，即如果我们不能创造出一个转折点，那我们的存在就毫无价值。分配给我们的使命便是人文学科、诗歌、哲学、绘画——这些人类的幼儿园游戏，这些在科学时代开启后便会被丢弃的东西。在大限将至的时候，人文学科会被唤来替人类的墓穴选一款墙纸。如果没有转折点出现，不久便是"审美的"需求大行其道的时代了。这样的想法几乎和它们想要解决的问题同样具有破坏性。

在我们头脑中响起咚咚的鼓声，令我们疯狂，那是伟大的想法！

我酝酿着一会儿吃饭时和迪塔聊天的内容。她喜欢边吃边聊，喜欢由我来提供话题。我自己特别喜欢餐桌上的聊天。如果没有人可沟通的话，懂多懂少又有什么用呢？现在这些东西没办法跟舅舅聊了，于是迪塔在我精神生活（如果你喜欢的话，也可以称其为我的秘密生活）中的价值得到了显著的提升。

我把酒瓶放进牛皮纸袋，心中暗暗希望不要被迫用它来砸抢劫犯的脑袋。这附近的街道上什么事情都有可能发生，我有一片行人稀少的空地要穿越。我打开了通向宿舍楼石头楼梯的门，那楼梯闻着像中世纪，这时忽然想起我还没听过电话答录机上的讯息。

第一条讯息来自费舍尔，我的亲戚，他的声音听上去既兴奋又紧张。光听声音我就知道他没刮胡子。显得很心烦意乱。他用干燥、动起来很快的嘴唇告诉我："我爸有事要从迈阿密过来一趟。他不应该在冬天跑这么一趟的。对他心脏不好。"有事？费舍尔不知道他父亲第二天要参加假释委员会的听证会。"贝恩知道他要飞过来吗？如果他知道的话，叫他务必别去跟我父亲谈，等我帮他想出一个好的接触方式。"现在说这个已经太晚了。莱亚萌医生已经给了贝恩听证会的媒体通行证。我会到城里去和他会合。

第二条录音讯息来自坦尼娅·斯特林："家用品展销会即将闭幕，截至此时都没有收到我所期待的礼貌回答，我向您发出真诚的提议。我已在西雅图雇了私家侦探。请跟我联系。"

说到真诚的提议，她倒不是在开玩笑。她是在出价来接管我，就像玛蒂尔达接管了舅舅。这也正是卡罗琳·邦奇所尝试过的。

没门儿——谁也休想接管。至少在我这儿不行，谢谢了，女士。我把那瓶酒握紧在我的夹大衣之下，心里其实还挺期盼跟迪塔共进晚餐的。我的房间实在是太寒酸了，那地方还不如让我一个人待着算了。我跑着穿过那片空地的小路。尽管有雪，有些秋天带刺的种子还是沾到了我的身上。我的战略就是，万一我在冰上滑倒，一定要保护好热夫雷·香贝丹。我父亲肯定不会同意我冲刺的——这会让瓶底的沉淀物泛起——但我平安到达了迪塔家的门前，这让我很高兴。香贝丹一直是科耶夫最喜欢的葡萄酒。他来我们家吃饭的时候父亲总是上香贝丹。

迪塔的公寓和波拿巴大街很不相同，但我很感谢那里的温暖和色彩，还有做饭的味道。我并不是一直都这么喜欢家庭的舒适，但今晚的天气实在太恶劣了，二月以爆炸般猛烈的势头从蒙大拿席卷而来。她住的地方照舅舅的标准还算不上整洁。不过，他现在住的可是有两个仆人的顶层公寓了。对于把个人衣物挂在浴室门背后，然后在台盆里洗手并梳理头发，我一点都不介意。从浴室出来后，我把酒开瓶后醒着，对自己来到了这里感到由衷的高兴。软木塞是旧的，但完整地起了出来，酒果然跟父亲说的一样好。“在欧洲对软木塞要煞有介事地做些什么[1]？”迪塔问道。“我也不清楚。只是一种仪式吧。”我说。

迪塔并不把烹饪看得比做家务更重。她是个有智慧的女人，这种人很少会吃得很好。独居的女人会失去对厨房的所有感情。但是

1　在欧洲的饭店中，侍者帮客人开瓶后一般会把瓶塞递给客人看，让客人确定一下瓶塞有没有损坏、虫蛀或是霉变。如果有上述这些情况，那就说明这瓶酒有可能是变质的，客人有权要求换一瓶酒。如看了以后确定瓶塞没有问题，客人会冲侍者点点头把瓶塞还给侍者。

她做的羊肉饭很好吃。“你来晚了，”她说，“我把羊肉饭从烤炉里拿出来，快要焦了。我本来想买羊羔肉的，可店里只剩普通羊肉了。尝尝，看还缺点啥。”

什么都不缺。正是我爱吃的味道，一次意料之外的成功，差点焦了，却因此而有了一层脆皮。

这瓶香贝丹是老爸给的礼物。这是伟大的科耶夫最喜欢的酒。

迪塔很高兴：“这些天晚上你都来我这儿，真是太好了。”

通过我，她在这个外表光鲜实则荒蛮的大都市里有了一层跟欧洲的联系，跟巴黎人，跟俄罗斯的文明的联系。今天晚上她看着很有魅力，系了条头巾。（我怀疑她不怎么爱洗头。她用康复期做借口。香波会刺激到她依旧敏感的脸部。）作为一个身材丰满的女性，她有着摩尔人风格的嘴唇，鼻子的丰满程度也稍稍有点过，不太能跟我对鼻子的评判标准达成协议，一张坚硬的脸庞而这坚硬之中没有任何男性气概。除了一些可以忽略的不足外，堪称非常的帅气。她的皮肤已经大体痊愈了——一个布满冰刀划痕的溜冰场，这是我对其的比喻。伤疤不久后就会消失。她端上食物并坐定后，眼睛看着坐在桌子对面的我，眼中放出的光芒直截了当地告诉我，能款待她的老师能令她多么心满意足。

她老师此刻想的是，他舅舅正在呼唤电子大厦撞向顶层公寓，终结自己的生命。

迪塔正在说话：“这瓶好酒给我算是糟蹋了。在家里我们喝‘涮锅水’——啤酒掺威士忌。我还是接着喝我的‘野火鸡’吧。你是有味蕾的人，你喝这瓶红酒吧。”我没有反驳，相反我在想，喝了这瓶科耶夫爱喝的酒，我说不定会受到诱惑，像科耶夫那样说话，把后历史精英那套唠叨个没完。

“跟我说说，你舅舅现在怎么样了？在我心目中他是个幸运的男人。不，不是因为他成了那位躺椅女皇的丈夫，而是因为你爱他。你千里迢迢地从欧洲来到他身边生活。”

“他值得我这么做。我依然认为我做得对。”

“你没有跟那个姑娘，特雷姬，去西雅图。你也没有恳求她不要搬走。你留在了你舅舅身边。”

“你以为恳求会有用吗？我怒吼过，也乞求过。就差朝着机场巴士撞过去了，但在语言上她是个伊萨伦[1]类型的人，对于这个行业术语没有什么词好拿来解释。”

“我就是不明白你为什么会想要去撞巴士。也许会葬身车轮之下，但也仅此而已。无论你怎么努力，都没法让她称心满意。她需要的是别人紧紧抱住她，狠狠抓住她，粗鲁地对她。她永远也不会理解像你这样一个人的动机，也永远不会付出努力。”

这是一个让人伤心的话题，却丝毫没有坏了我的兴致。我用叉子把最后几颗米饭扒进嘴里。那瓶美酒已经喝了三分之二。不用别人告诉我我也知道特雷姬是怎样的人，尽管迪塔是利益相关方，她的意见倒也不失公允，不显多余。特雷姬，那个苍白的土著女孩，是个原始主义者，她需要原始的性冲突。再过个一二十年，她的口味也许会变的。我也许，如果我愿意的话，会闲逛上二三十年，等着这种变化的出现。

迪塔穿了件可可色的棉绒衣服，扣子一直扣到喉咙口，袖子在手腕的地方膨起，其实并不适合穿着在厨房里做事。她手拿刀叉的

1　伊萨伦一词来自坐落于加州蒙特雷郡的伊萨伦学院（Esalen Institute），该学院吸引全世界的游客来到此地，通过使用“交友小组疗法”（Encounter Groups）探索人类的潜能和内心的秘密。该学院创立于1962年，现在依然存在。

姿态很淑女，她用工人阶级的雅致掌控着叉子，但吃食物的时候嘴却张得有点大。她是一个精致、坚强、帅气的女人，很怕自己没有足够的教养或高度。你可以从她的语调中听出这种担心，比如说词组时的降调，以及句末时刻意的英裔爱尔兰人风格的升调。在她大笑的时候所有这些就都忘记了。在她大笑的时候你可以看到她的舌头和后槽牙上补过的地方。她的面色一点也不糟糕了，这倒多半要归功于那个虐待狂的皮肤科医生。她那一头黑发此时除了前面一点外都被头巾裹着，有一股要冲冠而起的势头，像刺猬或豪猪一样。不过，她的身上散发出女性特有的令人心安的温暖——我是指睿智的、善解人意的温暖，能够与人共情，打交道时展现出真正的老练。这是我所谓的根本和底线。

“对了，你舅舅和他的新娘要去巴西了是吧？”

“对，就这两三天的事。他五月或六月会回来。又有一大段时间要见不到他了。结完婚后，我希望他不会再在外面跑来跑去了。”

“他走之前你和他见面多吗？”

“想见就见。明天早上我得到城里去跟他碰头。我有一个舅公，是政坛——”

“维利泽。这我早就知道了。”

“贝恩舅舅要在走之前跟他谈一谈。维利泽是假释委员会的，委员会明天要开会。”

“哦，别跟我说就是卡斯帕那桩案子。”迪塔说，“关在家里哪儿也去不了，我把所有有字的东西都给看了。这事在电视上也有。你们就是要去那儿吗？”

“他们给我们弄到了媒体通行证。”

“天哪，这都能弄到！这是城里最大的一场秀。州长都在亲自管这件事。”

“玛蒂尔达的父亲很有政治影响力。他安排了通行证的事。”

“我都想不出还有谁再能做成这事了。这可不是你舅舅精通的领域。”

“也不是我精通的吧？”

“嗯，你不是冰球迷或足球迷，不会去追印第安纳波利斯500英里车赛，也不会去看那个叫什么来着的女博士在电视上给人性方面建议的节目。她给那些在爱情方面有问题的女人支的招是去超市买一根又长又硬的黄瓜。你甚至不会去看约翰尼·卡森的深夜脱口秀，好知道自己的同时代人在干些什么。”

“我不觉得自己有舅舅那么落伍。”

“你不属于最大众的那个社会。你和你舅舅专注于彼此。我在深入研究斯克里亚宾和康定斯基的时候，这样的情形也在我身上发生。你知道卡斯帕案件是怎么回事吗？肯定不知道。我跟你简要介绍一下吧。有一个叫西克尔的年轻男子正因强奸罪在州监狱服刑。受害人的名字叫达娜厄·卡斯帕。正是她出庭作证把他送进了监狱。但她在皈依宗教后心灵发生了巨变，精神得到了重生。现在她说西克尔根本没有强奸过自己，这一切都是她编出来的。她的精神导师跟她说她必须要说出真相。这是她的良知提出的要求。”

“他被关了多少年了？”

“六七年吧。之前社会上已经针对这位无辜的年轻人闹得沸沸扬扬了，他们只能顺应民意，让他保释在外。斯图尔特州长亲自负责假释委员会的审议工作。西克尔的强奸案纪要已经公之于世。报社肯定向警局内部的某人花了一大笔钱，这份文件可真是够劲爆的。里面有诸如‘非法侵入车辆’‘零售盗窃’和‘半推半就’这样的词语。然后这起大案，‘恶性绑架和强奸。受害人被三名男性强行劫持，并在汽车后座上遭到强奸。’”迪塔从地板上捡起报纸对我读道，“嫌疑人的内裤被没收，以对内裤上掉落的阴毛进行检验。法医专家将其与自受害人阴部得来的阴毛进行对比分析。”

“这简直是一场色情秀啊。”我说。

“要不然它怎么会在电视上那么受欢迎啊？在最初的审判中，达娜厄·卡斯帕做出了令人信服的证供。她现在说她撒谎了，因为她一直跟另一个家伙保持着性关系，她觉得自己怀孕了，想到严格的父母她吓坏了。现在她除非在上帝面前赎清自己的罪过，否则便终日寝食难安。她请求得到遭冤枉的当事人的宽恕。他们在照相机和摄像机的镜头前相遇并握手。她已经洗心革面了，嫁给了一个名叫博尔德的家伙，成了一个家庭的女主人和几个孩子的母亲。她为公正而由衷祈祷，感动了许许多多的观众。她给人的感觉是过上了纯洁的生活。她的真实故事已经由她的律师经手卖出了电影版权，卖了多少钱则没有公布。”

“所以我们要去的就是现在这个阶段。”

“对，我还不知道你舅舅跟这事有什么关系呢。”

“他？他在他那年代可是看过一些淫秽演出的。他想要做的就是从所有这些令人不安的、心理不正常的性欲中脱身而去。”

“这就是为什么他娶了莱亚萌小姐吧。我听说她是玛格丽特·杜拉斯的朋友。”

“我母亲介绍她们认识的。”

“我读过那个女人的小说，讲一个身在西贡的法国小女孩，跟一个中国男人干了好些个淫秽的性勾当。那个在广岛搞性爱的是不是也是她弄的？还有那个法国抵抗组织搞性爱的？同时还跟一个法国奸细闹出一段情来。这多少是一种爱国的责任。岂不妙哉！真弄不明白，你舅舅找了这么个女人的美国女伴，怎么会觉得自己是在进入安全的港湾。”

“我觉得她跟那个存在主义政治的文学女色魔已经绝交了。”我说。

“等这对新婚伉俪从巴西回来后，他们会搬进罗阿诺克。我去过那栋建筑。而且，我在维也纳的时候游览过弗朗茨·约瑟夫的皇宫，我认为罗阿诺克更像克里姆林宫。”

“哦，克里姆林宫！自从那个叫芬妮的女人行刺列宁后，他非常迫切地想死，因为他无法控制自己的括约肌，并且深以为耻。”

迪塔张着嘴，很优雅地停顿了一会儿，然后问道：“这其中有什么关联吗？”

受到了热夫雷·香贝丹、舒适的晚餐以及房间的色调等多方面的刺激，我变得超乎寻常地——指情绪上——容易浮想联翩。玩味所有这些联想给我带来极大的审美愉悦，这很典型——这就是我：我在兴致高昂后的样子，充分地体验着当下现实中奇异、怪诞的事实，不用特意花力气将自己的认知强加到这些事实上。我并不是特别想要让这些联想说得通，只想顺着那些事实陶醉地随波逐流。

“那，你舅舅对罗阿诺克有多喜欢？”她问。

“就像鸡蛋对冷藏的那种喜欢。虽然能让鸡蛋不变质，但冷藏过的鸡蛋味道好不到哪里去。”

“他职业上的擅长是什么？”

“某种北极苔藓的植物形态。我对植物学从来没有研究。我能说的只是苔藓既是藻类又是真菌。在零下五十摄氏度的时候它们会冻住。太阳一照它们又重新活过来，千年复千年。这让我想起文明人胸臆间的那些小冰川。叶尔梅洛夫，我的第一个俄语老师，也是精神导师，他或许就是个可怜的老怪胎。他让这个冰的意象在我身上变得根深蒂固。许多俄罗斯的流放者们到了西方后失去了理智。在圣日耳曼代普雷有些店专门做布拉瓦茨基夫人、邬斯宾斯基、赫尔墨斯·特利斯墨吉斯忒斯和卡巴拉[1]的生意，还做得很大。俄国人非常热衷于此道。我的外公克莱德尔也会讲起犹太教的神秘主义——知识之树和生命之树。（那本《生命之树》就埋在电子大厦一千英尺之下的地方。）舅舅否认那棵树对他的影响，但他很有可能是受到过影响的。我觉得他工作起来像个冥想者，集中注意力毫不费劲，自然得就跟呼吸一样，不会受到欲望或回忆的动摇：用叶尔梅洛夫的话来说，有如一潭止水，而且很深——深不可测。那就是他和植物在一起时的样子。但你还必须考虑生活中其余的东西，而且最好还是精明地考虑，不然会有你苦头吃的。”

“能满足科学的需求却不能满足女人们的需求？”迪塔问。

“这么说不公平。女人们也会受到他的吸引。他身上带有一种电荷，女人们能感受到。顺便说一句，我知道个事，在迫不得已的情况下苔藓能从空气中获得养料——就像神话中用耳朵吃东西的怪物一样。犹太人有时很容易这样想自己——接受这些极其困难的任务。在移民前的故国里他们未必真的能做到。在威尼斯我见到过还剩下七八十个犹太人有这样的定力，而在萨洛尼卡和其他希腊社区里则几乎一个都不剩了，因为那儿的神秘学研究都是土耳其人在搞的。所有这些都已经消失了。”

1　此句提及人物中：邬斯宾斯基（1878—1947），俄国神秘学家；赫尔墨斯·特利斯墨吉斯忒斯，古埃及的伶俐之神；卡巴拉，中世纪犹太神秘哲学家。

“听你这话，好像觉得你舅舅要是摒弃情欲的话会过得更好。”

“我希望他不久以后就会告诉我那是怎么回事。他身上有件很有意思的事，那就是他能告诉你正在他身上发生的事情，只要他决定了不怕麻烦这么去做的话。那些东西都能显现出来，在他脑袋里。这一点我可做不到。”

“你是想告诉我他有着怎样的吸引力。”

“这我能说得清楚，没问题。舅舅是个很真实的人。他从不会偏离他最初的、天生的本性。他也许会想要摆脱，也许会逃避上那么一会儿，但到头来他都会老实坦白。他会站在法官席面前说出一切。我很钦佩他这一点。而且这也让我很是震惊，有时候这看着纯粹就是傻。如果你只是一根筋、认死理，而别人觉得你挡了路，他们就会毫不犹豫地把你给除掉。”

“你不喜欢那位美丽的玛蒂尔达吧？”

“男人为什么不应该想要一位美丽的妻子呢？哪怕他准备要放弃其他的一切，他也还是会想要一位美女的。除非他得到的礼物碰巧是世界上有史以来最精彩之物，一种处于巅峰的天赋，能令他得到外部的满足和很高的成就感。看看那些来自华盛顿州由果树栽培家们培育出来的美味悬钩子，或是意大利工程师制造的布加迪跑车。无情的美女从来没能达到过如此美妙的程度。但对于男人和女人来说，发明物之上又注入了人的温暖。如果一个女人眼中有光，脸颊上有热，你便无法肯定地判断出真假。你的美人是渴望爱情，渴望得到一个丈夫，还是只是在找一个男人做门面，为她施展美女的诸般手段找一个合适的掩饰？”

“你不是真的以为这纯粹就是陷阱吧？”

“当然不是，不过有太多人性上的变量可以让人看出欺骗存在的痕迹来。比如，舅舅也许已经知道得很清楚他会被欺骗，而他跟她一样想要有这场欺骗，因为这令他感到兴奋。否则他便会因为放大那些微不足道的缺点而毁了美人。一种疯狂的挑剔突然降临到他身上，让他对自己所爱的人找起碴儿来。他注意到了她的指关节或耳朵的形状。要不然她就是有一块小小的胎记，跟霍桑小说中除此之外堪称完美的美人一样[1]。疯狂的科学家埃尔默除去了妻子脸上的胎记，却也因此葬送了她的性命。你知道那些旧书上是怎么说的吗——酒神狄奥尼索斯跟冥王哈迪斯是同一个神，生命之神跟死亡之神是同一个神，这意味着整个物种的生要靠个体的死来实现。”

“对，没错，我在你关于索洛维约夫的那门课里说到过。”

我不仅是她的老师，她还选了我关于爱的意义的“俄罗斯研讨班451”。这就难怪她会心甘情愿地把自己的脸交到那个恶魔皮肤科医生手里，由着他用高速砂轮来惩罚自己了。自从参加了我的研讨班后她就再也不是以前那个人了。我的良心又蒙上了一层阴影。

“迪塔，我没法告诉你莱亚萌这桩事情教会了我多少。比如，莱亚萌医生跟舅舅聊起过阳痿的事（他为什么要干这种事！），说男人不用担心如何满足女人，只要他有大脚趾、大拇指、膝盖、手臂的残余部分和鼻子就行了。现如今的女人接受度很高，她们懂得真正重要的是精神，如果她们在乎你的话，所有这些对她们来说都不是很重要。另一方面，维利泽的儿子费舍尔跟我说，女人都有共同的幻想，那就是会拼凑出一个理想的男人来。没有哪个真的人会拥有她们所梦想的一切，所以她们这儿凑一点那儿凑一点——大的生殖器、闪闪发光的气质人格、数以百万计的财产、马尔罗般勇敢

1 指美国作家霍桑的短篇小说《胎记》。

出众的精神、《乱世佳人》中克拉克·盖博那般的男性魅力、法国贵族般的风度和物理学超人的脑子。”

迪塔听了大笑不已，停下来后才说：“别惹我笑。我的脸还在痛，没法把嘴张得那么大。”

“说说你的合成人是什么样的。”

“跟你说你舅舅真实的样子完全不同。”

“大多数都是拼装起来的，通常是她们亲自组装的。”

“所以你就按照自己的口味来组装。”

“你也可以拆卸、分割，像盲目崇拜者们干的那样。他们不需要全套的人，只需要一绺头发，一只女人的鞋或是她的围裙。其余的他们不需要。拿回厨房去吧。”

“又有谁能具备所有的东西呢？”迪塔说，“你怎么想起说这个话题的？”

我长长地、默不作声地望着她——我不想只为了满足她的好奇心而泄露舅舅的秘密（那双肩膀！），也不想以他为代价让自己显得很有趣。她同样目不转睛地望着我，最后说道：“我觉得你的眼睛在脑袋上的位置，比大多数人觉得正常的要略高、略宽。”

“回到我刚才正在说的话，在男人和女人之间的关系中，总是存在着某种错位，某种经过了拔高的陶醉，科耶夫喜欢用的是法语词——enivrement。瑟茜[1]的镜子，它们那辉煌的魔法。当爱情介入后，便对现实说再见了。科耶夫会在酒瓶快见底的时候说出这种话来……我可不想让他听到我在谈论他；我自己不是个哲学家，我吃不准自己是否正确领会了他的意思。我仍然觉得，我之所以这么喜

1 希腊神话中的女巫，有把人变成猪的魔法。

欢从大的方面来看问题，是当初受了他的影响。”

“对极了。”迪塔鼓励我道。

“在我去德拉贡大街上俄语会话课的路上，身为一个小孩子，我觉得自己就像宇宙中的一粒碎屑，飘浮在曾经的世界之都的街道上。德国人在我出生前就已经被赶跑了。经历过巷战，某些建筑至今布满弹孔，留下这些弹孔的人都还没怎么学会用手中的枪来瞄准。在五十年代的时候，巴黎依然凌乱，但我们在波拿巴街上过得很舒适，母亲的餐桌上有精美的餐食。父母准我跟大家一起用甜点，听科耶夫谈论历史的终结以及人类现在得到释放，可以追求欢乐了——也许吧。如果他愿意的话，可以纵情于艺术和爱情。他再也没必要去否定假设的事实了。他从成为最富特权之动物的历史性挣扎中解脱了出来。科耶夫谈起过后历史时期的富足和安全，他说诸如启蒙、科学和民主这些现代性课题都已经在美国找到了其主要的表达方式并获得了成功。你不能指望我这么一个孩子能听懂，但它们给我留下了深刻的印象。我当时心中绝对清楚的就是，我一定要到美国去，那里是行动所在的地方。俄国是不发达的美国，它就是物质主义的乡村老鼠。美国人是一个几乎没有了阶级的社会中的成员，占用着所有吸引他们的东西，却无须过度地工作。金钱、商品、运动、玩具和性欲的糖果便是他们所得报酬的诸般形式。”

“又说回到性了。”迪塔说。

“不完全是一回事。”我说。我真正想阐述的是以欲望为形式的苦难，我之前曾尝试过（当时没有提起科耶夫）将这种思想描绘给母亲听。只不过科耶夫不会将它看成是我们的苦难，而是堕落。

此时我感到有必要走了，便起身离桌，伸手去拿我的夹大衣。明天是个重要的日子，我跟舅舅一大早就约了一起吃早饭，我解释道，今晚也喝得够多了。迪塔并没有想要哄我留下，她对我太有好感，因此我说什么她都不会反对。她只让自己说了一句话，“你跟一个不喜欢听你说话的女人在一起就是在浪费时间——一个不知道你在说些什么，或是不知道你是怎样一个人的女人。我想我要重新思考一下之前对你和你舅舅之间亲密关系的看法了。我想错了。”

“保重。”我跟她告了别。

晚上，舅舅打来了一个不寻常的电话。时钟的夜光指针显示两点十分。

“天哪，出什么事啦？”

他该不会犯罪了吧？这是我脑海中第一个冒出来的念头。

“我非得要跟你聊聊不可，肯尼斯，我要你帮我管住我自己。”

“你在顶层公寓吗？”

“我穿上了衣服，下到了楼下的洗衣房。这是投币电话。”

“把号码告诉我我回打给你，不然说着说着就断了。”

“9628405。”

电话重新接通后，他说他已经关掉了洗衣房的灯，不然守夜的人会看见。

“你不能从公寓里打？”

“我不能冒被人听见的风险。”

“遇到什么事了？”

“昨晚我们开了一个关于维利泽的会。我不能一跑上来就告诉你——”

“关键是玛蒂尔达说了什么。”

“她说维利泽必须还清他昧下的钱。我们并不是在剥夺他什么东西，他活不了多久了，没时间去花他贪污下来的成百万的钱了，因此这些钱只能成为遗产——给我那些表哥表弟。我只是弄不懂有什么需要花钱的地方——有什么需要花那么多钱吗？我每次住宾馆就会想，谁曾在那些床单上和肮脏的毯子下做过什么。那毯子总有一股特有的味道。我能够理解为什么蒋夫人、艾维塔·庇隆或伊梅尔达·马科斯一定要有她们自己的寝具——丝绸床单。但凭这就有理由搞独裁了吗？”

“你妻子不应该再对你施加压力。维利泽的确骗了你，但他吐出来的钱——如果他肯吐的话——不会在你控制之下的。”

“我敢说医生已经对那位长着牛脸的阿马多尔·切特尼克做了安排。这位法官注定要蹲监狱了，他迫切想做一笔交易来缩短刑期，并给自己弄一笔现金，让他出来以后能重新开始。”

“是的，这个我之前就明白了。不用再重复了。你跟他们吵了吗？”

“我不想让他们借我的手来伤害哈罗德。”

“费舍尔就是这么说的。哈罗德舅公的健康状况不佳。他的心脏很不好。”

“哈罗德在电子大厦的交易中对我可是很不敬。”

“这并不意味着你就非得让他冠心病发作。在我们之间的某次谈话中，舅舅，记得谁说过，这一大笔钱会让你有最大的机会忘乎所以。可我怎么觉得你有点想要那笔钱。你，出于某种原因，想要那笔钱了！”

他叫了起来：“根本不是这么回事。”

“也许不单单是为了钱吧。我不知道。叔本华说金钱是抽象的幸福。也许是黑格尔说的。”

“看在大家都爱上帝的分儿上，肯尼斯，现在就别来这套了。我一直对自己的工资很满意。莉娜的保险金我一分钱都没有动过。其中的一部分买了霍姆斯特克矿业的股票，那是我唯一拥有的股票。她的个人积蓄账户还在银行里一动没动呢。”

“好，假设你得到钱了。莱亚萌一家会加强对你的控制。这会让玛蒂尔达获得更大的权力。跟一个什么都没有的男人相比，你能掌控的东西并不多多少。如果你不能从一个人手中夺去任何东西，那能拿什么来威胁他呢？我猜想，舅舅，如果你确实想要钱，很可能是因为你想寻找独立的力量。但是这可不是对付莱亚萌一家所需的那种力量。没有钱的话你的日子会更好过。”

“我睡不着。今晚我心里太不平静了。我起了床……”

“躺在她边上会不会有时让你感到不安？”

“我还不如都承认了吧……那些房间暖气开得太足了，我在鸭绒被下直出汗。女人在晚上需要比男人盖得多吗？我都有点喘不过气来。”

“在伯克谢尔，你看完电影后害怕跟她一起回到树林。我说的就是那种不安。”

“那个啊！那个来得快去得也快。我在慢慢学会如何掌控。我肯定能掌控得了的。我能忘掉那些幻想的冲动。我不会被任何如此愚蠢的东西给控制。”

“那么说你是正在为面对哈罗德舅公而焦虑。”

“不骗你，我不怕维利泽舅舅。我准备跟他心平气和地说这件事。”

“说你要跟他对簿公堂？那个阿马多尔·切特尼克会承认案子

受到了操纵？心平气和地勒索他？”

“我不准备让这件事脱离掌控。肯尼斯，听着，今晚有一部电影让我在睡觉前感到很不安。我必须得跟你说一说。这些电影都是假的，可我的心还是越跳越快。这是一部德国惊悚片。主人公是个体面的、胖胖的德国人，蓄着浓密的小胡子。他正在接受实验室检查，因为怀疑他得了一种致命的疾病。那个男人并没有得那种病。然而一个法国恶棍带着从诊所拿来的伪造的数据找到他说，‘你反正是要死了，而且没有任何东西可以留给你妻子和幼小的儿子。我需要你替我去杀个人。事成之后你能得到一大笔钱。我会为你提供交通工具、旅馆、枪和计划。你只需要在地铁里拦住他就行了。’于是那个德国好人就跑去在巴黎杀死了一个陌生人。然后他又被派到慕尼黑的特快列车上去杀另一个人。这点我完全不能理解。他应该在盥洗室里把他的目标用绳套勒死。突然冒出一个美国人来帮他。毫无理由，难以理解。这个美国人是谁？这时经典一刻出现了，德国好人被困在盥洗室里，身边是尸体，外面是要敲门进来查票的列车员。德国人找不到自己的票了。不过尸体身上有一张，于是他把票从门下边塞了出去。这其中任何一件事情都没有丝毫的动机，哪怕是做梦都不会做成这样。一切都没有意义，但你的心就是狂跳不已，腋下甚至是脚趾间会生出一股刺痒、燥热来。这算什么？不会是净化，这一点可以肯定。这只是身体内部的肾上腺素浴。如果角色们试图解释，你也听不见他们的解释之词，因为周围充斥着各种音效——火车发动机的声音、高速公路上的车流声、喷气式飞机飞过的声音、粗重的呼吸声、警笛声和枪声，甚至大人们在筹划阴谋时，一个小男孩的玩具都发出了噼啪碎裂的声响。逻辑从所有的行为中被抽离了，找不到丝毫的连贯性。这些人都被白白糟蹋了，被风吹得七零八落，显得真的该死。他们属于阴间地狱，所以谁又会在意他们呢。有个家伙被绷带裹得严严实实，像电影《隐身人》中的克劳德·雷恩斯，在一辆设下埋伏的救护车里被杀了。一场爆炸，升起一团火。他必定也是邪恶的，所以死了就死了呗，有什么可烦恼的？”

“你一直看到结束吗？”

“对，最后发现那位德国好人其实还是得上了那种致命的疾病。看电影的人只有生理上受到了影响，他分泌出了更多的肾上腺素，但除了生理层面外就没有任何触动了。没有理智的判断——只有出汗、心跳加快、血压升高；如果你更敏感些的话，还有刺痒、燥热。就这么些了。”

“让你感到战栗了？”

“别逼着我非告诉你……”

“你跑去乔·莱亚萌的办公室看你的杜鹃花了。”

“当然，我告诉你吧，那盆花跟我们结婚时的那棵香脂冷杉是一样的。”

“也许你对玛蒂尔达美貌的陶醉自你结婚那天就已经在渐渐消失了。如果你需要从植物世界获得额外的支持……在伯克谢尔，你就已经开始怀疑她的美貌只是一场幻梦了。你理智的判断里她是个很棒的姑娘，但你的本能出面阻挠，叫你别跟她在一起。别陷进去！你得到了警告。所以现在你才会被区区一部电影弄得胆战心惊——这是一部烂片之后的又一部烂片。你很自然地意识到，糟糕的艺术会最终让一个男人的心理出现问题。”

“稍等，肯尼斯——守夜的人正在用手电往这儿照……好了，他走了，我又在黑暗中了。小电话亭的折叠门一拉上，里面的电灯泡就会亮。我一躺到床上就浑身发抖，这倒是真的。脱衣服的时候，玛蒂尔达在说维利泽，而我便在此时渐渐意识到，那套豪华的寝具跟我的生活格格不入。我害怕得都感到了自己的脉搏。”

“她当时说维利泽什么了？”我问。

“不用替他担心，因为这就是他一直的生活方式。他‘大灶’的名头可不是无缘无故得来的。他把好多人的脸摁到炉灶上过。他把一个家伙的脑袋放进夹钳里夹。持剑者自然要有死于剑下的觉悟。他是个很现实的人，我不应该把我的标准施加到那些身家有好几百万的人身上，因为一直以来我这样的标准会留给他们许多空子可钻，这正是他们所需要的。政治的特殊之处便在于此。他在政界摸爬滚打了五十年，所以我应该让搞政治的人去对付他。我还应该考虑到，我通过婚姻有了一个家庭，这个家庭最终会保护我的利益。”

我说：“你得跟我说实话，舅舅，要不然我就帮不上多少忙。在你上了床，或当你看着她准备上床的时候，你还在注意她的双肩吗？我是说，它们会牢牢占据你的心神吗？”

“不是一直这样。我正在学着与它们共生共存。有时候我的确会有很不好的反应。”

“那个女人的身材不太对头。既然你让我注意到了这点，我没法让你摆脱这样的图景。”

“哦，肯尼斯，要是她在这一方面像的是她母亲，而不是像医生就好了。”

“舅舅，就某一方面来说你是个艺术家，而艺术家不会把任何东西看成它本来的样子，他们天生不是那样的人。你看待事物的方式能令各种现象焕发出独立的力量。你不能指望自己能对其加以控制，或理智地加以分辨。这种图景所属的类别越高，你对它的控制便越弱。举个例子来说吧，你看待卡罗琳的眼光让你有可能对她采取防范措施来保护你自己。”

舅舅叫了起来：“玛蒂尔达的两个乳房为什么会隔得那么远！”

“它们隔得很远吗？”舅舅这话把我吓了一跳。

“她不是只有肩膀宽，前面也是如此。她的两个乳房之间有好大一片空间。”

“空间能有什么要紧呢，舅舅？有些男人或许还觉得空间大一些才理想呢。你不觉得吗？”

“能不能的跟这事没关系。它确实已经造成影响了。我并不是在要你给我一个合理的解释，我是在告诉你事情是什么样子的。那两个乳房之间的距离对我产生影响了。”

“所以你需要它们变得更近一点。请原谅，舅舅，可这事你早就知道了。如果你的心在意识到这一点之后能去好好探究上一番，那你现在依然还会是单身。如果这是毫无美感的，这是令人讨厌的——好吧，令人厌恶这话说得有点重。”

“没事，但她同时也非常美丽。”

“错误已经犯下了。你或许可以等上一等的。你是要急着毁了自己吗，还是别的什么？”

“毁灭？你这话什么意思？我娶了一个美女。受过高等教育，很有文化气质，有各种魅力，是个很好的伴侣，一个能为我从别人那里赢得好感的妻子。所有这些不理性的反应到现在为止还是有可能解决的。我不会向这些反应低头。听我说，肯尼斯，我并不是个完全幼稚的人。在大学里我读过所有那些临床性学的书籍——哈夫洛克·霭理士、弗洛伊德、克拉夫特·埃宾，都读过。娶了漂亮女人的男人会被怀疑是同性恋，这对我来说不是新闻。他们靠这样的女人来吸引爱慕她们的男人。但我不喜欢在她身上看到莱亚萌医生的肩膀。我可不想吸引男人的注意力。把她跟安东尼·博金斯合二为一实在令人厌恶。我讨厌这一点！当然，做出这种事来的是我的脑子，我自己的脑子。这就是那种难以解释的欲望——反感干涉。对了，美女！我在喊‘美女’的时候在我面前升起的是什么呢？我被吸引着想要获得完美的性爱。这与同性爱毫无关系。”

“你想跟她一起做一些令人惊叹的事情。好，这件事还有另外一面：她想要跟你一起做的事情是什么？”

“我可还没能达到这种完美。在性方面，我离完美似乎还差得远呢。”

“也许她更适合用来爱慕，而不是交媾。但你现在正在指出她的错误，扭曲着她的形象。我今天晚上跟迪塔一起吃的晚饭，我们聊了盲目崇拜。那些在性方面存在缺陷的不幸福的人会爱上女人的脚。你是一个反向的崇拜者，因此会不爱玛蒂尔达的肩膀。但这依旧是分裂或瓦解。”

“这次你倒是比往常更靠谱些了。我需要你的想法，肯尼斯。再跟我多说点。我一直都具有陷入爱情的能力。我知道它在我身上。”

“你爱玛蒂尔达？”

“这么跟你说吧，她具有成为一个爱人的素质。”

“你是想告诉我，在经过这一切之后，你居然真正爱着她？”

“不是在每个方面，不是。但在某个方面，是的。用一把榔头在我脑袋上砸一下，我眼前会冒出十个玛蒂尔达来。这其中的一个是我热烈地爱着的。”

听到这话时我竟拿开了听筒，心里弄不懂听筒里怎么会冒出这样的东西来。我说："这是我跟人聊过的最糟糕的天。"

"这难道跟你爱特雷娅的方式那么不同吗？你难道喜欢那个跟一个又一个在她身上弄出瘀青来的人同居的特雷娅吗？"

一听这话，我的心都快跳出来了，不想再把对话进行下去。我可没有跟特雷娅结婚。说得更准确些，是她并没有嫁给我。贝恩在对玛蒂尔达进行了观察后产生了心理障碍，而她之所以没有嫁给我也许正因为她对我进行了堪与此相提并论的观察。可能是一些根本性的阻碍或是不可知的障碍令我们无缘长久。

在你半夜醒来的时候，你身上那低级的自我会主宰你。而较好的那个自我则还需反应上一会儿才能归来。又也许这只是出于虚荣——你的睡眠受到了打扰，你明天会看上去很糟糕，眼袋很重，脸上满是皱纹，目光呆滞。低级的自我是极其自恋的。如果你要说出一些刻薄的东西来，最有可能就是在这种情形下说。在眼下的这个事例中，我是以内心独白的方式道出这些话的，提醒我自己再怎么说我心里都还是很看重贝恩的，他此时正身处危机之中，对他奚落和嘲弄是不可原谅的。如果真有什么重话，我也会把它们锁在保险库里。想到贝恩在罗阿诺克像一只被冷藏的鸡蛋，我就在心里对他说，他可以预期与玛蒂尔达的生活将会一无所获。他能有什么好指望的呢？被冷藏上十年。为什么有谁该对自己施加以冷藏的判决，挥霍掉整整十年的生命呢？在俄国，政府会把你送去西伯利亚。在这里你却是自己对自己做出这样的事来。这才真叫是"无端之行动"[1]呢。贝恩在思想上比之于安德烈·纪德是遥遥领先的。把陌

1　原文为acte gratuit，这个词出自法国作家安德烈·纪德的小说《梵蒂冈地窖》。

生人从特快列车上推下去则根本无法与之相比。所以当那些赫赫有名的俄国流放者们说他们的国家正在经历苦难，他们到底是什么意思？正在发生的是什么呢？一场超级大国间关于苦难的竞争吗？又或许是身处大西洋这一边的我们才赢得了所有的东西，既赢得了最高的生活水平，也赢得了最高的苦难水平。某些俄国人宣称："我们经历苦难，我们有文化。而你们这些有气无力、脑满肠肥、被宠坏了、颓废堕落的家伙，是没有文化的。"这正是我在索马里告诉母亲的话（一场令我耿耿于怀的失败！），大西洋这边特有的苦难。诚然，我们没有能作出一场出色的秀，我们所做的充其量只是一张痛苦的清单，但那是因为我们没有正视我们独特的苦难。不过不管怎样，这是舅舅最不需要从我这里听到的东西。

他又开口说话了，从黑暗的洗衣房里："我需要你的想法，肯尼斯。科学家们在人文方面都太弱了。莉娜倒是让我读了几本书，但她没有你那样获得完整教育的机会。给我一点心理上的帮助吧。给我推荐点什么吧。"

"我不会建议你把这事跟心理学扯上关系，舅舅。你不需要那个。起关键作用的是爱，舅舅。这些毛病会朝你跳过来是因为爱在惩罚你，惩罚你把它派去了它不想去的地方，是那些灵魂的能力之一不愿意应召。它能成就美貌，它能成就力量；有时候为了特殊的目的，在得到真正的鼓舞与激励后，它甚至还能制造出新的器官来。没有爱，批判意识只会将所有应召而来的遣回各处，它将它们分化瓦解。许多男人，如果他们在妻子的床上不快乐，如果妻子的乳房或肩膀给他们带来痛苦，会硬着头皮撑着，会假装快乐，他们会做出虚伪的调整。"

"我不知道，肯尼斯。"舅舅很沮丧地说道，"我为什么要跟舅舅作对去获得几百万，就为了一个乳房分得这么开的女人？这事越来越让我弄不懂了。或许我能弄到里约某个不错的心理分析学家的名字。”

“别忘了这首先是一份葡萄牙语的分析报告！别干这种事，贝恩，别去做治疗。弗洛伊德教导我们，爱情就是高估。也就是说，如果你看到了爱情对象的本来面目，你就不可能爱了。这就是临床看待事物的眼光，直接从妇产科病房里得来的。这就是莱亚萌医生向你展示所有那些老妇人无毛的私处时在向你说明的道理。在家里，因为他有一个漂亮的女儿，他言语间说的都是爱情，但在他执业赚钱的地方，在医院里，那里是真正的行动发生的地方，他向你展示了真相。也许一个男人在坠入情网的时候的确会对自己撒谎，但就像科耶夫有时会说的那样——我想他这话是从尼采那儿来的——在爱情中时他撒谎撒得很好，爱情改变了他，让他变得富有，变得更加强大、更加成熟，爱情让他成了一个艺术家。没有了爱情，他只有一小部分是活着的，那一小部分不足以支撑一个真实的生命——这就是为什么团队变得如此必不可少。”

“不用在里约求助？我想我可以回来再说。”

“舅舅，听着。我要告诉你一些我基本上没怎么跟别人说过的东西。你是一个有想象力的人，这是你的长处。千万别走到反面去了。绝大多数人是从另一端出发的，他们试图治疗自己性格上的弱点，尤其是他们在性方面的失败。他们追溯到产伤和括约肌控制。每个人生下来的时候都是虚弱的、病病歪歪的，受到恋母势力的压迫，但他们相信如果能致力于婴儿期的经历，强烈聚焦于尿布和渺小无助的苦难，他们会成为具有洞察力的巨人，亚里士多德所说的那种灵魂强大的人。好了，舅舅，你为什么要玩这种从来就没有人获胜过的游戏呢？你早就已经遥遥领先于这种游戏了。”

“我让电话亭里的灯亮了，我一直都在这个煤气公司的账单信封上记着笔记。”

“别把你全部的生命都用来发现自己的弱点。”

“好几年来你一直都跟我说民主社会中人自视颇低，别人一直都让他们相信自己微不足道。将其倒转过来你就能得到妄想自大狂，对于这种人我们也已经见到过许许多多的例子。你和玛蒂尔达也许有一点共通，那就是你们俩都最不看重政治。啊，守夜的朝洗衣房走过来了。”

“哎，那又怎么样？你是住在这栋楼里的，不是吗，你是从顶层下来的。告诉他你正在跟你加利福尼亚的股票经纪人开会。”

“谢谢，肯尼斯，谢谢你听我说话。”

“回去再睡会儿吧。我们八点半碰头。”

我关上床头灯，心里想着，现在我们不仅有留在身后的问题，而且还有横亘在眼前的问题。我情绪低落，主要是因为舅舅，也有一小部分因为我自己。他天生就是个脾气温和、很讲道理的家伙，他越是把自己逼进他自以为明智的态度，就越是变得古怪。看看我：他打电话给我，说他快要被一堆麻烦给淹死了，而我却长篇大论地教训他——这就是我帮忙的方式。我把所有这些精巧的绳都缠绕在自己的手指间，跟他玩着翻花绳的游戏。“这儿，你把绳子接过去，然后我再从你手里接过来，只有上帝才知道我们能将它变得有多复杂，才知道我们还能玩多久。”我们不是在谈论民主社会中的人们吗，不妨再加一句，他们还是迂腐且爱说教的。一小时里行动只有十分钟，剩下的时间就是在开研讨会。不，这些认知上的努力永远也不会给我们带来任何帮助。我一直想要对舅舅说的是他应该更像——像谁呢，像威廉·布莱克，他的生命都被对形而上学和审美的关注所支配。先将你的长处投入进去，那些弱点就且让它们追去。布莱克正是舅舅该当效仿之人。他也许可以从一首名为《水晶柜》的诗开始：

那少女在原野中捉住了我，
我正在那儿快乐地舞蹈。
她把我放进她的柜子，
用金色的钥匙将我锁住。

这柜子用黄金做成，
还有闪亮的珍珠和水晶……

但第二天早上我们得到的不是威廉·布莱克，而是查尔斯·亚当斯。贝恩把从乔·莱亚萌的《怪物大聚会》中撕下的一页递给我，脸上带着笑容——或是这些天来在他脸上掠过的最近似于笑容的东西。

“这个，你怎么看？”

那幅漫画画的是墓地，四周墓碑林立，紫杉森森。两个怪异的人坐在长椅上，手握着手：

你不开心吧，亲爱的？
哦，不开心，不开心！不开心极了！

“给点评论。”舅舅带着考验的口吻说道。

"这不是说得很明白了吗？"我说。

"比阿尔弗雷德·希区柯克深刻多了。十足的当代。"

"我希望你不要把这拿给玛蒂尔达看。我可不觉得它有这么当代。这东西你在莎士比亚那里也能找得到。哈姆雷特叫奥菲利亚去嫁一个傻瓜，如果她非嫁人不可的话，'因为聪明人知道得很清楚，你把他们当成了怎样的怪物。'"

"我当然没有拿给她看。"

"她知道你有多努力想要取悦她吗——你把自己弄得精疲力竭，甚至要放弃你的科学？而你想要的只是一点感情上的回报？"

"确实如此。我的确向往感情。但她好像总是在离开。我进来，她走了。追逐似乎永无尽头。哈姆雷特说的'怪物'是什么意思？"

"我想他说的是卡寇德[1]——那种头上长角的怪物。"

"我觉得那个不合适。"

"你就是在自己头脑里对她进行丑化的怪物——你是这么理解的吧。"

我们正在进行着一场我们之间的典型谈话，坐在一张典型的餐馆桌子边，桌上放着低档的咖啡，桌面上的空间连四个胳膊肘都不大放得下，更不用说还有两只杯子、一个烟灰缸、一只番茄酱瓶还有一个装方糖和粉红色不增肥甜味剂的塑料容器。

"没有你，肯尼斯，我也许无法面对哈罗德舅舅。临出门前，玛蒂尔达说要跟我一起来。她说：'如果你叫你外甥待在家里，我就跟你一起进城去。'我跟她说别了。"

1　原文是cuckold，在英语中这个词被用来比喻妻子对自己不忠、给自己戴绿帽子的男人。

他想让我知道他对她有多说一不二。而我却只看出他内心的惶恐。在谈话中直接提及玛蒂尔达的性爱习惯是以前不曾有过的。此时他跟斯维亚托斯拉夫·里赫特之间的相似度也更胜以往，但这却是一个在半夜恶心欲吐、此时面色发绿兼带一些苍白的里赫特。在他那颇具感染力的双眼背后，开关似乎已经断开了，那样子仿佛彻夜都在守望着某件真值得注视的东西。一个体格魁梧的男人，静静地传递着焦虑、屈辱。他用十根手指的指尖搓了搓脸，又使劲按了按颌骨联结处，让自己放松下来。我对他实在太了解了，从最细小的动作也能解读出其含义。他也赞同要把生活牢牢地掌控在手里。生活是一件短暂而又盲目的东西，他觉得要用精神来驾驭生活。他凭人们怎样应对生活来判断一个人的价值。不过现在的环境几乎可以说是不利至极，与他哲学的高水平远离到了极致：我们正要去参加一个假释委员会的听证会，会上将听取一桩强奸案的证词，接下来他将不得不把他的维利泽舅舅堵住足够长的时间，把自己的要求陈述清楚。在话语间给出威胁的暗示，这可不是舅舅爱干的事。而且，他还冒着暴露出自己性生活经营不当的风险。极具破坏性的事实心照不宣地曝光，这种可能性已在头顶盘旋，越来越近了。如果他讲话声音发颤或是结结巴巴，狡猾的维利泽就会推断出，他是一个在性方面很失败的丈夫，他老婆手里攥着鞭子，把他派出来跑腿。凡是在性方面有问题的，人们总是在丈夫身上找原因。

所有这一切都是无须言明的。

这里还得说一下听证会举行的那栋楼，那是一栋新建筑，像一场庞大的玻璃妊娠，延伸了超过一个街区。这是一位颇具争议的建筑设计师富有挑衅性的作品，意在超过位于芝加哥的一栋相似建筑那过分的规模。按照卡罗琳·邦奇喜欢的说法，他是在“发表他的声明”。看到这样一座摩天大楼会令你相信永恒，光是想想这样一栋建筑也不能永久矗立，便或许会给人带来安慰。它最终必定会倒塌。但所有这曲线的、隆起的辉煌都是用日本的钢铁建造起来的，因此它至少会有半个世纪安然无恙，除非狂怒的暴民将其拆毁，或是经北极飞来的俄国导弹（从发射到命中目标共十五分钟）将其炸为废墟。建筑的内部更是令人印象深刻。你可以明白为什么其成本超支会成为丑闻了。某些小布勒盖尔[1]或耶罗尼米斯·博斯[2]的狂野基因定然在建筑师身上突然爆发过。我尽了最大的努力去理解他的构思。数十亿计大脑中生出的、在蓝色玻璃中工作的黄蜂造就了这栋庞大的圆形建筑；它被设计成光彩夺目的椭圆曲线，原型取自天球，展现了大胆的幻想，借助工程人员的技艺和奇迹般的技术方能得以实现。“真是超级巨大！”贝恩舅舅赞叹道。

它并没有像巴别塔那样对天堂造成威胁，而是从高度上消退下来，向下消融。计算机化了的官僚政治不再需要笔直的走廊了。怪异的环境并没有降低其效率，或减少其威慑力。我们顺着标志的指引来到了听证会正在进行的大厅。电视摄像机已经就位并开始了运转，灯光直直地照射着舞台。我们的媒体通行证让我们可以坐在前排，但舅舅更想让自己坐在维利泽舅公身后的地方。维利泽跟其他委员会的成员一起坐在长条桌边，居首的是州长，由他来负责这次调查（这没有先例）。证人们经传唤后来到长桌对面一张稍小些的

---

1 小布勒盖尔（Pieter Brueghel the Younger，1564？—1638？），被称为“地狱布勒盖尔”，以展示地狱般恐怖的绘画闻名。

2 耶罗尼米斯·博斯（Hieronymus Bosch，1450—1516），15世纪至16世纪的荷兰画家。他多数的画作在描绘罪恶与人类道德的沉沦。博斯以恶魔、半人半兽甚至是机械的形象来表现人的邪恶。

桌子跟前。委员会的成员们几乎很少要开口说话。

“他在那儿。”贝恩边说边用下巴指了指维利泽，“样子变了不少。几次大的发作都在六十岁到八十岁，现在他已经八十多了。”

维利泽的身量比他五年前小了一些，但依然有着本地政坛大佬们那股颐指气使的派头。他的头发也是向前梳的，像电视版《我，克劳迪乌斯》中的发型那样。（请原谅我提到这个，但接下来我要说的事或许能让人感兴趣：奥古斯都的女儿茱莉娅在片中被描绘成行为放荡、淫乱得肆无忌惮，似乎在她的高潮中蕴含着一种政治意图，因为她和她的伴侣们在干着黑暗的勾当时，旁边都有林神玛耳绪阿斯[1]的雕像，而玛耳绪阿斯代表的则是共和主义。我实在弄不明白，为什么一个半是野兽的性魔竟然会成为罗马的自由守护者。我能说的只是，茱莉娅的淫荡是对她父亲，罗马帝国的缔造者的一种政治挑战。）反正维利泽舅公留的是扮演克劳迪乌斯那个演员的发型。这种发型似乎在黑手党高层中很流行，你经常看到他们留着小小的、微卷的刘海儿。如果不是这样，那他们就会长着粗犷的脸，晒得黝黑，这是一定的。维利泽舅公看在你眼里也肯定是这样的。他爱嚼雪茄，不抽，只是嚼。他一天要嚼烂二十支左右。

在眼下这种人头攒动的情形中，维利泽是不大可能看见舅舅和我的。这肯定是个大事件，因为它让斯蒂沃特州长都亲自出马了。州长们如今再也不能高高在上了。过去，据贝恩讲，你很少能见得到州长。电视把他们从大楼里给逼出来了。今天上午会有数以百万计的人观看这场曝光度很高的听证会。在最近几周的沙门氏菌大恐

1　希腊神话中的半人半神，因吹奏芦笛挑战音乐的守护神阿波罗失败惨遭剥皮而死的惩罚。

慌期间，州长因为外出度假而广受批评，而这场能在众目睽睽之下办理公共事务的假释委员会的听证会便是专门为他度身定做的。（意在提升他的工作满意度。）我从来没有当面见过他本人。他是个有点松松垮垮的大块头，表面的松弛下面是极有条理的紧张。要叫我说，他是个非常危险的人物，一个卑鄙而又好斗的人。他的脸很大，下巴下面是一棱一棱的肉。我想，要是他是个小提琴家的话，该把小提琴夹哪儿肯定会让他很难决定。

我们就坐在几个主要证人的背后，其中大多数人我都在迪塔给我的报纸上见到过。达娜厄·卡斯帕是个漂亮、结实的金发女子，三个孩子的母亲。西克尔，那位涉嫌强奸的男子，坐在不远的地方，和他的律师在一起。数年的牢狱生活并没有令他脸上带上罪犯的凶相。现在的监狱不再制造出亡命徒或是长着比尔·赛克斯[1]那种脸庞的十足的坏蛋。在大众看来，像西克尔这样的年轻人多少有点像是他自己母亲心目中一个基本体面的儿子的理想形象了。站在显著位置的是一组组主要电视台的工作人员。今天上午，孩子们的卡通节目被取消了。对于数百万孩子们来说，要么看假释委员会的听证会，要么啥都没得看。孩子们对此也许比舅舅更能从容应对。而且在他这个年纪，身为一个从没犯过罪的无辜的人也不是什么值得称道的事。他没有要求豁免的权利。不过别忘了，当那个水晶柜最终迸裂开的时候，被锁在里面的年轻人变成了“一个在荒野上哭泣的婴儿”。

不过别去管这些深奥晦涩的考虑了。

维利泽没有转过头去观察自己的敌人——州长。他双眼直视

1　狄更斯经典小说《雾都孤儿》中的反派人物，是个小偷加恶棍。

着前方。而州长则津津有味地盘问着，展示着他那在法庭中磨炼得炉火纯青的高超技巧。在大陪审团面前，他一定曾是个可怕的检察官——他是那么能言善辩、巧舌如簧、滔滔不绝，那么条分缕析、娓娓道来，在镜头面前细滑如同丝绸，但内心却粗野如同地狱。

他的第一位证人是一位年轻的军人，达娜厄的前男友之一。达娜厄在昨天作证说她觉得恐怕是他让自己怀的孕，而这场强奸指控的原因也直接源自与他之间的情事。州长提问道，他是否与达娜厄——现在的博尔德夫人，当时的卡斯帕小姐——发生过性关系？发生过。是在怎样的情形下发生的？在她父母睡着后，她会让他进他们家。她当时穿着如何？穿了件睡袍。性交了？从凌晨两点到破晓。有射精吗？州长问。没有，她坚持让我抽出了。

舅舅低声问我："他为什么要卷进来？"

"肯定是法律上有要求吧。"

对于这答案我自己都不信。

"那么，"州长继续问道，"你的证词是你与卡斯帕小姐之间有着频繁的性交，但都在高潮到来前被中止了？"

"是的，先生。"

卡斯帕小姐（现在的弗兰克·博尔德夫人，她丈夫就在她身边）带着笃信宗教者特有的那种从容与镇定听着。她现在已经凌驾于所有的淫荡之上了。

"那么你从来也没有在她的阴道内射精过？"州长问。

"在我记忆所及的范围内，没有，先生。"

下一位证人是一位医学专家。州长通过他试图弄清精子在阴道中能存活多久。接下来三位法医学专家作出了关于女孩内裤的证词，那是她在发生侵害当晚所穿的内裤。州长一直聚焦在这些内裤上，一直把话题拉回到内裤上来。

“你不觉得这是很奇怪的行为吗？”舅舅对我说，“一直揪住内裤不放？”他有点不自在。而我，出于某种原因，则没有。整件事就像一出戏或一部电影，只是证据必须得到技术上的阐释，那个很费时间，也会让动作放缓。每位专家都独立检查过达娜厄的内衣裤，检查过血液和精子的样本。其中一位专家说，在经过了六年之后内裤上依然还能找到精子。警方一直都把这些衣物锁起来保管着。（我脑中出现了一个仓库，里面放着十万只储存箱。）精子的尾巴已经都解体了，但头部在显微镜下还能分辨得出来。“精液物质可以从任何Gm组别的捐精者那里获得。”技术证人说。

“那这位囚犯属于哪个组别呢？”

“Gm组，先生。”

“有必要一步一步地把所有这些都过一遍吗？”舅舅说话间已经有点心不在焉了。他给我的感觉是有一个恶魔般的人把他逼离了他的研究，让他来面对生活。那个人不是我，我在心中想道。恶魔般的人从来不会有我心中这般的痛苦。我是为了舅舅才到这里来的。舅舅到这儿来是要跟哈罗德·维利泽好好较量一番，后者此刻正坐在台上嚼着古巴雪茄——雪茄也许是由他在拉斯维加斯的一个关系户提供的。

“法医那一套可是科学啊。”我说。

“应用科学。”舅舅纠正我。他竭力守护着理论探索的纯粹性。

不过这些人算是贝恩舅舅隔了有点远的同事。当然，这些专家也是在作秀，那正是电视台人员来此的目的，但是他们证词极具暗示性的潜流带来了某些变质的东西，这些东西是舅舅的体系所绝对不能容忍的。我想，你没必要画图给他看。他能一眼看到事物的本来面目。他并非那么不谙世事。然后我又想，你们眼里心不在焉的天才就是一种推脱之词。所有人知道的东西他全都知道。他只是不想有任何来自肉体方面的干扰来打搅他的科学。

这番感想有点不太友好。我的样子想必也不友好——肤色黝黑、瘦脸、长发，我那英俊潇洒的老爸，他那些特征到了我脸上都跑偏了。在我出生那个城市的语言里，我也许看上去双眉紧锁，略带傲慢或不耐烦。不过为了舅舅，我必须得让自己变得强硬起来。我为自己的极其可靠而感到骄傲。让贝恩顺利渡过他生命中的这场危机是我的责任。

现在又换了一个证人，来自国内一个不同的区域。在程序上颇费了一番力气以确保证词能公正客观。在发完誓后，穿着三件套西装、五短身材的专家活像踏进一家大型保险公司的底层人士。他在桌边坐下，把胳膊肘放到桌面上，让袖口露了出来。他念了事先准备好的声明——技术性的东西。设想一下在实验室里做分析工作的一生——整天都是皮肤、唾液、溅出来的脑子、死者的胃容物。我对舅舅说："我更喜欢你那种解剖。"但舅舅没听见。他的脸看上去似乎肿了，有一种组胺导致的潮红，就好像被他在此前不停地飞行中一直逃避的一只热带飞虫给叮了，引发了过敏。

证人读完他的介绍后，房间里的灯暗了下来，他身后的银幕上出现一张被放大了许多倍的某物体的照片。那是一样黑黢黢、棕褐色的东西，上面有酱紫色污渍和飞蛾翅膀上的那种红点。那是什么？我看着就像是都灵裹尸布[1]。其实正相反，那是一件截然不同的

1　都灵裹尸布是一块亚麻布，长14英尺（约合4.26米），前后的印记表明曾用于包裹一名身材高大、长发蓄须的男子，他的双脚、手腕和身体两侧有伤，向外渗出血水。据说，耶稣在十字架上被钉死之后、复活之前，尸体就是用它包裹、下葬的。

东西。那是这位姑娘在遭到性侵当晚所穿内衣的照片。法医专家站到照片旁边，手里拿着一根十英尺长的教鞭，道出了证物的身份，然后便站着等待回答委员会的问题。然而，除了州长之外没有人说话。这完全是他的个人秀。看着他工作的样子，你就能明白为什么他能那样令人胆寒地拿出一份份起诉书，把那么多地位显赫的政客送进监狱。他充分利用了自己的块头——他是一个大个子，脸上都是肉，他抛出证据步步紧逼，他的提问直击要害。在调查询问的过程中你能够感受到他对犯罪和罪犯有着无所不至的了解。然而他的脸色也是温和的，那其中有些似是而非的东西，仿佛在暗示，也许腐败的罪行并不完全在被告这一边。当你像他此时这样被数以百万计的人观看时，不可能不动用上一点点表演技巧。

一件贴身的衣物——能麻烦您告诉我们这是什么吗?

这些是女人的短内裤，先生，从据称是强奸案的受害人身上拿来的。

她当晚穿着这些衣物吗?

她当晚穿着这些衣物。

接下来是科学发现物。请确认这些污渍。

舅舅戴上了眼镜。这能帮上什么忙？它只是用来阅读的。他肯定是想要借助任何可能的帮助来看清那团黑暗的、放得很大的东西，因此眼镜比没有还要糟糕。所有那些溅洒的印迹，那些参差不齐的圆圈很像飞船上拍摄的天王星月亮的照片。

教鞭从血渍移向了精斑。州长的问题无休无止。这是谁的血？这是谁的精液？这里有超过一种的精液吗？别忘了当时车子里有三个男人。

我说："州长真的是对此很感兴趣啊。"

“对于那个姑娘来说肯定十分痛苦。”舅舅说。

“我们必须认为，在她重启这个案子的时候她知道自己会陷入怎样的情形中去。”

“这些呈堂证供真是把他给撩拨起来了。”贝恩说，“再怎么说，他也是个大州的州长啊。”

与公众之间下流的沟通，这是我脑子里的想法。

“很难理解在这样的情况下西克尔先生怎么成了唯一的强奸嫌疑人。当时在场的还有另外两个年轻人。”州长说。

达娜厄·卡斯帕·博尔德看上去泰然自若。她现在属于一个宗教团体。她深信自己会得到宽恕，所以没有什么好担心的。这些罪行和折磨属于过去。她现在是个胸部丰满的已婚妇女。舅舅没有任何理由可以抱怨她的两个乳房相隔太远。你可以很明显地看出，它们挨得很近。

我可怜的疯舅舅啊！当着他遭遇危机时的这场听证会对他来说不啻地狱。他要想能靠近维利泽舅公就非得先穿过这些性的苦难。

“得有人让斯蒂沃特抛开这些女性内裤，否则他会花上整整一个小时的。”

我给了他一个经典的、相当无用的答复。“性方面的道德观念早就今非昔比了。每个人都正在度着自己的罗马假日。”

舅舅喃喃道：“我没意识到竟会如此凶残，所有这些淫秽不堪的东西。”

“这都是那些身居高位的人，那些站在社会阶梯顶端的人出钱为自己谋得的国家色情娱乐活动。”

“这其中有些我还是能够理解的。”舅舅说，“可这也太原始了。”

银幕上又换了一张幻灯片。这次照片显示的是达娜厄·卡斯帕的肚子，在她裸露的中段上用拙劣的字体写着“LOV”，像人行天桥上的涂鸦，只是这些是用碎玻璃划上去的。一位女警在医院里拍下了这张快照。在取消指控时达娜厄作证说，这是她自己用敲碎的啤酒瓶划上去的，而斯蒂沃特州长则以浮夸的嘲讽语调说，一个年轻人，一个十几岁的少女，站在全身镜跟前，用一个百威啤酒瓶在自己的皮肤上划出这些假证，然后跑到医院，控告一名男子强奸了她，这需要何等的刚毅、魄力和冷静的深谋远虑啊！她有办法能反着划出那些字母来吗？两名专家认为这是可行的。这些都是笔画很简单的字母。关于这点来来回回地争论了很久，在此期间，这些位于腹部变宽通向臀部处的红色划痕就一直倾斜着，像在一个脑损伤孩童组成的班级里制作出来的一张情人节卡片。这倒是与精神分裂心理状态相一致，而根据那些受人尊敬的当代思想家们的说法，我们每个人都受到这种心理状态或多或少的影响。

“州长要把这些年轻人的戏全都抢走了。”

“把所有人的戏都抢走了。”我说。

在州长的两侧，那些委员会的委员们，那么多静静坐着的人们，他们身上的主动性全都被他如同用了吸尘器一般吸得一点不剩。他一个人就享有了全部的力量。这个大块头男人正在戏弄着这些少年犯——不再是少年了，但即便是现在，依然是看着像孩子的成年女人和成年男人。尤其是达娜厄，即便她在穿着和打扮上都已经是一位受人尊敬的夫人。维利泽即使在这样的环境中也不会变成傻瓜，只见他转过脸去，不再看州长的官方（做作而又夸张的）表演。他嚼的那根粗大的、没有点燃的雪茄扭曲了他口腔侧面的肌肉。我一直留心着他。我要确保他不会溜走——从我们眼前消失。

斯蒂沃特州长肯定是要求再回看带污渍的连裤袜那张幻灯片，因为划着拙劣字迹的肚子那张移了出去。其他的法医专家也许是必须要确认一下第一个家伙的证词。我想划着“LOV”字样的肚子对舅舅的震撼要超过强奸留下的污渍。他说：“如果那小子后来用碎玻璃对她干了那事，他的同伴们必须把她摁倒才行。他们也许还塞住了她的嘴。”

“我猜他们会的。”

舅舅的眼中冒出火来。如果你在一个寒冷的日子进城，路上车流拥挤，汽车尾气很浓（不过消散得比夏天要快些），那么眼睛会有灼烧的感觉；不过我想舅舅的眼睛发红的必定有其他的原因。此刻他的衣服穿在身上显得紧绷绷的，而他穿的是莱亚萌家帮他定做的花格呢西服套装。既然他的体重没有增加，那么大腿处的鼓起和外套下面背部的膨胀就必然有其他的解释。之前我亲切地称之为昆虫翅鞘的隆起现在更像是野猪背上的肉峰了。他脸上由组胺引起的水肿也是相同的变形现象的一部分。这种现象不仅让他的脸颊变丑，也进入了他的双眼中。出于对他的了解，我敢发誓说他内心正感受着最深的罪恶感。而这个“LOV”的划痕令他对人的善产生了怀疑，对他造成了最恶劣的影响。我真的相信我能分辨出他的感受，这种感受大致说来应该是这样的：罪恶、惩罚、公正、权威，这些观念都在这场听证会中遭到了嘲讽。还要加上忏悔，加上真相。如果达娜厄在当初庭审的时候没有撒谎，那她就是正在这场收回指控的听证会上撒谎。所以无论是哪一种情况，真相都在被打脸。当然了，这样的事每天都在发生，你必须得是一个在植物上有着出众洞察力的人，而且得等到中年才能发现这一点。但这事也有其宗教性的一面——比如：“尽管你的罪是猩红的，但它们能够变得如雪般洁白。”这一点是很难让像舅舅这样的人接受的。这个年轻女人正在重建她的基督教贞洁，并以公开的方式修补着她的贞操。此时此刻正在吞噬着舅舅的是他自己的同谋关系。他卷入了所有这一切，以他在观看《惊魂记》时所感受到的刺激，以他在头脑中所犯下的骇人听闻的行为，以及他对自己未必是玛蒂尔达倾心相许的丈夫，她也未必是自己心之所向的妻子这一事实的发现。永恒曾经亲自警告过他，以阿尔弗雷德·希区柯克为媒介，叫他不要娶这个女人。此刻尚悬而未决的，据我推断，是达娜厄在那些十几岁的疯子在她肚子上划下那个奇形怪状的词“LOV”的时候，也许曾经被人用她自己的连裤袜堵住过嘴。因此你和贝恩舅舅，他到目前为止完全可以被描述为一个可爱的人，甚至是一个好人，你们在爱情的堕落中起着推波助澜的作用，这完全是精神分裂的心理状态。爱情是神圣精神的精髓所在，是人类获得天国温暖的来源。

我知道他心里是怎么想的，甚至知道他从已故的前妻莉娜那里学到的那些词汇。尽管她是研究巴尔扎克的，但在她更深层的关注中，她跟自己的丈夫一样远离当今世界。当你下落到当前的生活中来时，你真的会遭受严重的惩罚。而若是你拒绝落入其中，你又永远什么都不会懂。我并不是说舅舅故意要努力凌驾于当前的生活之上。不，他是凭着自己的力量才进入眼前这场危机中来的，把他结婚的决定瞒着我，选择了莱亚萌家的顶层公寓，选择了丝绸和缎子，选择了玛蒂尔达床上的鸭绒被，选择了比森林中的苔藓还厚的地毯，选择了浴室中出水强劲的水龙头，选择了涡流浴缸，选择了窗口望出去贫民窟的壮丽景色（一如浩劫后的索多玛和俄摩拉）。舅舅曾经向自己的工作表示过爱情。不过我并不想看到他的脑袋留在刽子手的垫头木上。

那可真他妈是个让人长知识的听证会！

“上次选举你投票了吗？”我问贝恩。

“恐怕是投了。”

“怎么啦，难道植物学家就不能也尽一下公民的义务吗？”

“我等着你接下来的问题呢。我的回答是投了。我给这位州长投了票。”

当然，在投票箱里面对着机器，你没有意识到当自己拉下杆子时会把一个怎样的幻影送到台上去（把机械装置等同于了秩序）。

但现在不是展开理论讨论的时候：这是我最根深蒂固的弱点之一，其令我感到痛苦的程度超出你的想象（一个无法摆脱的，也许是毁灭性的习惯）。我必须强制性地提醒自己，我为什么会离开巴黎来到美国生活。这里有行动，舅舅是我跑来向其学习的人，学习在这个后历史的世界上什么是或许有可能做的事情。而我的这个榜样现在正处于绝望中，这就是提醒必须强制性的原因。但是他依然拥有那些与众不同的看见的力量。那些力量他尚未失去。他是真正高人一等的个体，当然也容易受到人类弱点的影响，无法成功应对自己的性需求，或者说得更准确些，无法应对好自己对爱情的向往，但即便是现在我也还能从我个人的记忆银行中提取出那些美妙的时光，当时在他的影响下，不仅我的肺在呼吸，连我的心智也在呼吸。他的某些看见的力量传递到了我的身上。于是我也看见了。舅舅的许多行事动机也因此对我变得可见了。他读过海军少将伯德的书，认定自己无法接受这位探险家对北极那种有如被X光照着的人类生存环境的叙述，在这种悲观描述中，人类的灵魂如骷髅般呈现在彼此眼前。如果不花力气去融化胸臆间的寒冰，只是让自己的心灵向那些貌似占据着优势的零度状态低头，那是一种耻辱。（我再次提醒你马修·阿诺德关于他心中有三处为冰所覆盖的论述。）好了，不要扯得太远了，舅舅一直都在和没有恋爱的耻辱感抗争着。这是一个心怀希望的男人——希望着，比如，能娶到自己心之所属的女人。当你已致力于此时，当然是同时融化两颗心中的冰更好些。只一颗融化了的心有什么用呢？

另一边，州长显然对那位获得二次重生的少妇极为不屑。她必须得重生五次才能跟这些技术人员、法医专家们斗心眼儿，他们可是自从夏洛克·福尔摩斯和他的基本演绎法问世以来又取得了一个多世纪的科学进步。州长必须小心评估公众的宗教情绪，考虑到她虽则是在作假证，却也不能不顾及她的忏悔之心。公众喜欢忏悔。你不能对其浑然不顾。如果年轻的西克尔真的是强奸犯，那他一定是在心满意足地注视着这场转折——不仅可以获释，还额外赚到了一场秘密的娱乐。这个小女人成了一位多么出色的大场面制作人啊。州长并不准备把西克尔送回到监狱里去。至少不会是现在。

西克尔将获自由。享受这个城市的自由，跟任何人一样——你、我。跟舅舅也一样，他也将获得自由，等他把注意力转移到这事上来的时候。他几乎没空来想这事。

舅舅在还年轻的时候就找到了他对美国都市的回答，找到了一条整洁的小径来避开社会发展加到杰弗逊大街那个灵魂上的沉重负担。他把生命中更深的兴趣转移到了植物的内部。在最枯燥无趣的野草中隐藏着空气、土壤、光和繁殖的具有强大力量的秘密。所以他从路边的石头转向了蟋蟀草和桑树，转向了长在空地和货场里的牛蒡草。接着，在若干年之后，他又努力要把自己从根、茎、叶转回到人类的情感上。他并非头脑简单之人，也非逃避现实之人。陀思妥耶夫斯基曾说过，没有什么比现实更奇幻的东西。假如我们认可此话所言不虚，那么我们便可说，舅舅在勇敢面对现实-奇幻的考验方面是相当值得尊敬的。

州长现在起身对着电视镜头宣布，委员会将要退场去审议，于是我把大衣递给舅舅说："走吧，别让维利泽溜走了。"

维利泽脑子里根本就没想过要溜走。他似乎正在等着我们。他站在桌子后面，指关节撑在桌面上，凶狠地蹂躏着没有点着的雪茄。我们走上前去时，他对着我们怒目而视。玛蒂尔达曾经跟贝恩说过——他早餐的时候告诉了我——他才是那个受到了不公待遇的人，别忘了这一点，让哈罗德在气势上占了上风。我原先想着贝恩会试着用她推荐的态度来给自己打气壮胆。他并没有完全这么做。我想他没有感觉到自己有攻击性。他没有争斗的愿望。他的脸上出奇地带着温和的表情——并不特别是来和好的，但却是一种温和的坚定，就好像他选择了要以德服人。说实话，我原本还以为他会紧张的。

"你们这两个家伙是来跟我谈的吗，嗯？"维利泽拽了拽他洋葱形状的腕表，那表配着一根弹性表带，是拉斯维加斯那些丑陋的金物件。"我可以给你们十五分钟。我最多只能骂你们这么长时间了。"

他引着我们走向一部电梯，一路上再没有更多的解释。你知道这些新电梯开起来有多么平稳，多么迅捷。你感受不到它们的速度。"费舍尔跟你联系过吗？"电梯上升的时候我问道。

"我什么都知道了。"维利泽口中答着话，眼睛却直视着前方。我甚至连被他特意看上一眼的礼遇都没有得到。我想，到目前为止，我比舅舅更泄气。到了大约第五十层楼，只听"叮"的一声，电梯停了下来，门开后我们发现自己置身在了一片透明的环境里。他带我们进入的那间小会议室，其一半的天花板是蓝色的玻璃，与其说像一间温室，倒更像是人的脑门。在我们的正前方赫然矗立着电子大厦，楼顶的两根旗杆很像是维京海盗头盔上的角——它的高度已经非常接近芝加哥的西尔斯大楼了。

“你的身体怎么样？”舅舅问维利泽，“你做过心内直视手术，我知道的。”

“我还强壮得很呢。”哈罗德舅公说。

这我倒是能信的。愤怒能增强体力，如果其中没有掺杂别的东西的话——我是指没有那些时隐时现的焦虑，它们通常会包含在属性稍弱的愤怒之中。

哈罗德说：“多么令人高兴的会面啊，我的外甥和希尔达的儿子——你是希尔达的儿子，对吧？”

“我叫肯尼斯·特拉亨伯格。”

“啊，没错，”他说，“那位大情圣的儿子。他是个高大的帅哥。从你的样子来看，倒是可以去给人抬棺。”

我对这话一点也不介意。承认父亲在他的特殊领域里胜我一筹是我成长过程中的必修课。而且，我对维利泽舅公也颇感兴趣。据我估计，衰老已经令他的身材缩去了三分之一。他当然是个斗士。他甚至还有着一张从前的拳击手的脸，扁平的双颊，鼻子里已经再没剩下可被打碎的东西，眼窝深陷。他在这里也还是站在桌边，拳头撑在桌面上，一副酒吧招待的样子。他并不准备要坐下。不仅他那《我，克劳迪乌斯》风格的刘海儿往下卷曲着，而且他的上嘴唇也同样噘着，你从来不曾看到过它没有噘起的样子，即便是说话的时候牙齿也一直露着。他那金色的佛罗里达肤色很容易对人造成误导，因为他其实并没有健康的身体。

“这么说他们派你来打劫我。”维利泽说。

“他们？”

“你的新岳父和他的朋友切特尼克法官。”

“法官也是你的朋友。”舅舅说。

舅舅表现得如此理性，实在是令我刮目相看。换了我，必然不能有和他一样的表现。

“阿马多尔算个什么东西。”

“我懂，不过你让他当上了法官，舅舅。他在法官席上以裁决为你效力。”

“他最好是帮上忙了。再说你和你姐姐根本没理由来告我。你知道你们这些家伙从那笔交易中得到了什么好处吗？你父母买那处房产花了三百块现金。这笔交易是我通过估税员帮他们牵上线的。你父亲怎么有可能听说这种事？他整天埋头书本。我把你弄出了杰弗逊大街，你在那儿身边净是些黑人姑娘。到最后你和你姐姐从中得到了三十万。你买了一套大萧条时期的房子，捡了个大便宜，那也是我暗示你买的。唉，难怪都说好人没好报呢。”

“我不会把事情说成那样。”贝恩说，“首先，父亲说他花的是七百块。而且，你是从一开始就在打那个角落的主意了，也许这样说才更正确吧。你当时负责城市规划和功能区划分，这让你有机会看到更大的图景，你能够决定市中心地区的哪一边会得到拓展。你只是让你姐姐姐夫替你持有这片土地而已。这当然也是对他们好。我不否认你是有善心的。”

我很肯定舅舅跟玛蒂尔达和她父亲保证过，他面对维利泽会坚持自己的立场，这话的意思，我现在看到了，就是说他会以自己的方式来做这件事。平心而论，他让我有些吃惊。考虑到他此时身处的状态，考虑到莱亚萌家在躯体上的怪异之处，玛蒂尔达、莱亚萌医生和安东尼·博金斯与杀手奶奶之间的三重相似，加上新出现的他对自己新娘两个乳房间相隔太开的抱怨，考虑到天知道还有什么在他脑袋里挥之不去的疯狂想法，我绝想不到他在面对维利泽的怒气时居然能表现得如此平静和沉稳。他对自己的舅舅没有表现出任何敌意。而且还有一点我想趁着忘记之前写下来，那就是舅舅那双形状和颜色都很奇怪的眼睛当时变得很大很大，就像开座舱时期飞行员戴的防风镜，反射着无边无际的天光。

维利泽说："你太老实了，逼迫人的事你干不出来。找几个傻瓜亲戚来干脏活儿吧，你到时候跑过来要走你那份就可以了。你要是真对上百万的钱这么感兴趣的话，你应该凭自己的本事出去挣。"

"还是由你自己姐姐的孩子来做这事更好。"舅舅说。

"瞧瞧！"维利泽转过头来对我说道，"他甚至连最基本的准则都不知道。只要牵涉到了钱，那么真正管用的词就是无情。我问你，"维利泽继续说道，还是在跟我说，"这跟我该死的姐姐有他妈什么关系？"

他的话传递出了这样一条讯息：死亡是无情的，因此行为的基本规则中必须包含一种与之相等而且相反的冷酷。我必须得说，意识到自己很适合听到这样一条讯息，给了我某种满足感。顺着这个思路想下去，亲戚关系纯粹就是胡扯。你可以看出这能如何映照出我对舅舅以及舅舅对我的亲情。站在我们对立面上的是维利泽对自己儿子费舍尔的拒绝。费舍尔的中国针灸流产法、他那心血来潮的牲畜期货和股票预购买卖，都使得运用如此严苛的规则变得不可或缺。费舍尔对自己父亲的感情更是他不适应生存条件、对生存条件惘然无知的又一明证。

“所以他们派你来威胁我。”哈罗德舅公说，“重要的不是你准备要做什么，因为你并不知道该采取怎样的行动。重要的是莱亚萌一家把你当成幌子推在前面，他们到底想要干什么。”

斑斓的晨光洒落在玻璃会议室的各处，将这场谈话包裹其中，让人不禁联想起透过教堂窗子投下的斑驳花影。太阳自身，没有了蔓生于地面高度的大自然的隔阻，把有关我们人类起源的讯息直接传送了下来。来自我们地球之星的信号以辐射光线的形式将我们环绕。我们可以选择注意到它们，也可以选择不去注意。没有人是被迫的，这是当然的事情。

哈罗德·维利泽指着脑后的电子大厦说：“我做了一件大事，把那栋摩天大楼带到了这座城。我为美国做了一件了不起的大事。那是人类建造过的最大的摩天大楼之一。没有这栋楼，这座城就会跟锈带的其他地方一样垮掉。看看我创造的数以千计的就业岗位。而且，我还为了这座城市的稳定卖掉了那家跨国公司。按说该给我颁一枚勋章才对。算了，让勋章见鬼去吧。我宁愿没人来搭理我才好呢。不过州长可不准备就这么放过我。”

“为什么是州长？”

“因为他是走大陪审团路线当上州长的，说好了要把我们这些玩儿政治的送进监狱。他的私人团队，现在都是利润最肥的律师行的合伙人，一个接一个地当上了本地区的检察官。你永远也不会知道这些个狗娘养的会从多少个方向朝我偷偷摸过来。”

“费舍尔就是这么告诉我的。”

“这个小杂种总算有那么一次在钱的事上弄对了。”他老爸说道，“好了，本诺，你要多少？……我已经知道是七位数了。你想要我把你变成百万富翁。”

“我从没说过。”

“已经有人接触过我了。”哈罗德舅公说，“好像嫌我这么个老东西沾上了这些大陪审团还不够麻烦似的，还要把我送到阿马多尔·切特尼克的联邦法庭上。那些家伙会把我当鲱鱼一样给撕了。”

嗯，我能明白这一切。新的骗子登台了，老的骗子该退场了。在四十年的时间里，维利泽昧掉了数百万计的金钱。在城市走向衰落的背景下他能贪到这么多钱，干得真是不错，他让这个城市濒临崩溃。他为自己的老年做好了打算。港口湾岛将成为他的卡普里岛（我现在从克劳迪乌斯切换到了提比略）。但现在监房的阴影正围绕着这位八旬老人。而他在敌人的行列中竟然看到了自己的外甥本诺——那个傻瓜植物学家。

“你要两百万有什么用？”维利泽问。

我以自己的方式回答了这个问题，以那种有时候的确会令我为自己感到骄傲的一语中的对自己说：贝恩需要这笔钱来为自己的错误买单，那就是跟莱亚萌家联姻。罗阿诺克需要的只是有个声望卓著的科学家来应门，有个天才来洗洗碗碟。若是这场婚姻中有了个孩子，一位植物形态学的权威就会帮孩子换尿布。舅舅的精力还旺盛着呢，他会有孩子的。卡罗琳·邦奇就算是那么心思恍惚的一个人，也还没脱离现实到会跟一个毫无用处的人来制定结婚计划。就算他全心全意地到机场去接她时，她没有认出他来，从他身边走了过去，她至少还会在做爱时高喊：“你这个天使，你啊！”性行为或许是她与现实最后的接触点。一旦失去了那个点，她就完了。

“你不会回答这个问题的，哈罗德舅舅，”贝恩说，“可我还是要问，你卖那处房产赚了多少钱？”

“你以为我会跟你这样的人交底吗？”

“为什么不能跟我？”

“因为你什么都不懂！”尽管被激怒了，他说话还是像一个为自己跟钱打了一辈子高级交道而骄傲的人，所以跟贝恩讨论房地产和精妙的计算会让他很掉价。贝恩能看得懂资产负债表吗？他知道一个个搞定区域划分委员会的其他成员要付出怎样的代价吗？你可别忘了，哈罗德舅舅在二战时是出于对国家的爱而入的伍。是的，而且这跟他借助美军基地贩卖部的关系靠军队剩余物资发了大财并不矛盾，因为经济跟美国几乎就是同一回事。舅舅的问题比愚蠢更严重，这几乎就是怯懦。好像以为维利泽真会跟他说出一个数似的！就算他真的说了，那个数也会相差一千万。哪怕不考虑他身上的其他事实，单凭贝恩蠢成这样，便会让人觉得他跟自己的同类是何等格格不入了。而那些其他事实，关于他在自然领域中的长处，则是像维利泽那样的人所无法看到的。至于我自己，要不是我也对生意有天赋，是不会这么快、这么自然而然地理解这一切的。这是一种令人兴奋的经历，这种快速的领悟。然而从另一方面来看，这也是令人尴尬的。这是一种对更高级生活的背叛。如果没有这种能力的话，更高级的生活本应当很容易地就来到我身边。但话又说回来了，如果没有这样的天赋，则根本无法理解美国——如果没有真才实学的话，光凭着对美国的理解瞎胡闹又是为了什么呢？我对跟上时代的脚步总是很痴迷。

“不管怎么说，我不准备做交易。”维利泽说，“不跟你——绝对不跟——也不跟莱亚萌医生，这家伙整天忙着坑蒙拐骗，我不知道他哪还能有时间给病人看病。”

“我想我们或许可以把这事在我俩之间静悄悄地解决，用不着狗血的那一套。”贝恩舅舅说。

“我不跟你谈任何东西。”维利泽说，“你说了也不算。你连你自己的主都做不了。他们利用你来打击我。要叫我说，根本就没有什么事要解决的。”

“要是你在那块地上面能给我和希尔达一个公道的价钱……”

这样下去就要原地打转了，我在心中暗忖道。那老头儿宁愿死也不会从八千万养老金中拿出一块钱来给他们。他虽然不讲伦理那一套，但他多少还是有点荣誉观念的，这部分源自政治机器——本地政府的政治，部分源自黑手党，又有部分源自牛仔和印第安人。“我还有能力跟人好好斗一斗呢。”他说，“比莱亚萌和切特尼克更厉害的人一直都咬着我不放。要是那么容易被吓住，我早死了不知道多少年了。别的那些家伙——好吧，你知道我说的是谁，我说的就是州长和他那帮哥们儿，一路通到司法部的顶层——很久以前就在我的各处房子里都装了窃听器。一个调查接着一个调查，还从第一年起就研究我的纳税申报单。这些都是新型的威胁，新型的胁迫，甚至是新型的疾病。跟绑架、人质、赎金和恐怖那套没什么两样。你都不用跑到贝鲁特去看；这儿全都能找到，那些聪明的家伙针对公司和电视网络组织起抵制和所有那些狗屎玩意儿，一直到白宫都是这么玩的，用这套来对付东一处西一处绑架美国公民的阿拉伯人。我是想告诉你，本诺，这就是你现在在干的事：敲诈勒索。”

我颇有点被这老家伙打动。这并不只是气头上的话，这是分析和阐释。

“现在我要告诉你们——”维利泽冲着我们吼道，“我已经好多次被逼到了十字架跟前，我的屁股上已经扎着好多刺了，可他们还没把我给钉上去呢。”

他突然想要对贝恩舅舅动手。我挡到他们两人中间，制住了老头儿。抱住他的时候我感到他轻得就像一只装鸡蛋的空的硬纸盒。他已经连一只蛋都不剩了。他已经活不了多久了，尽管他那经历过手术的心脏还在怦怦地跳个不停。他的胸口装了个起搏器，这是我抱住他的双臂感受到的。我其实并没抱住他多久，却正巧被从门口进来的费舍尔给看到了。这本来是费舍尔表现的绝佳时机。可还没等他说出“这到底是怎么回事？”，维利泽已经对他吼道：“谁他妈叫你来的！”

“怎么啦，老爸，我来是想——”

“待会儿再说吧！”他父亲打断了他，“我要去跟州长见个面。”说完他大摇大摆——或毋宁说是摇摇晃晃——地走了出去，留下我们默默地站在那里。舅舅受了打击，一时说不出话来；他的上半身动弹不得，好像屏住了呼吸。费舍尔也不说话，因为他情感上的希望被抽走了。他冲进来是为了救他的“老头子”，跟他重归于好。而我并不是主角之一，此处不该我说话。我不知道老维利泽射出的子弹中哪颗射中了舅舅并且伤他最深。也许是“你要两百万有什么用？”那句话肯定是最能刺透他的。你跑到已故母亲上了年纪的弟弟面前，问他讨两百万。讨来干什么呢？这甚至不是你自己的需求。你在为别人而提出要求。作为一个在植物上慧眼独具的人，你要那种钱有什么用？特别是你研究的还是如苔藓那般卑微的生物，它们生存在赤裸的岩石上，有点小风，时不时晒点太阳就能活下来。而这还只是欲望之苦难刚开始时的情感渲染——这种命运的特别考验已经为我们所有人都准备好了。

费舍尔因为还没有放弃他那企业家的梦想，所以必须恢复企业家式的自控能力，也因此他在掌控自己的情感上比舅舅付出了更多的努力。他很快敛定心神，恢复了常态。我想我之前说过，他有着温和而又平静的外表。他喜欢让人看到的形象，他习惯性展现的形象，便是处变不惊。他有两道很平顺的眉毛。在他皱起眉头的时候，并非因为他自己感到困惑，而是因为你在困惑。有人曾问赫伯特·斯宾塞[1]为什么在历经了这么多年的思考后，他的额头上竟然没有皱纹，他回答说从来没有什么问题能令他长时间感到疑惑。费舍尔也是同样类型的善于给出出彩回答的人。“你能告诉我，”他对着我问道，“为什么你要揪着我老爸吗？”

“我不是在揪着他，是在拦着他。”然后我又补充了几句，因为我已经学到了，要有企业家那副高人一等的派头，你就得通过提问来掌控局面，“我为什么要揪着他呢？他都是八十多岁的人了，还做过心内直视手术。我只是拦住他不让他打贝恩。”

“你说他想要打贝恩？”

“他想用拳头打他。”

“我不是警告过你们别干这事的吗——给我点时间先给他吹吹风？”

“这事不能等。”

“你可能会得到更好的建议，可从结果来判断，也还是一样。”费舍尔讲话的腔调像是在进行议会辩论，“也许你觉得跟我的联系会损害你的事业？我跟你说过别把他当傻瓜耍。一个可怜的、时日无多的怪老头儿。”

“是，他当然是，”我说，“不过他依然不能忍受被钉到十字架上去，他上来就火气大得很。”

1　赫伯特·斯宾塞（Herbert Spencer，1820—1903），英国哲学家、社会学家、教育家，在理论上阐述进化论的英国哲学家先驱。

“因为你跟他最坏的敌人搞到一起去了。”

“反正他的火气都冲着贝恩舅舅去了。”

我的手臂上还残留着维利泽轻飘飘的记忆。他甚至连一所土房子都称不上；他是柳条编成的，是镂空的塑料器物。只有他衬衫下的心脏起搏器有点重量。然而他跟一块钱不忍分离的程度，丝毫不逊于病弱的米开朗琪罗不愿从西斯廷教堂的脚手架上下来[1]。

“好吧，我去办公室边上等着，州长会告诉假释委员会该做些什么——这个家伙很清楚地知道该如何运作。请你们暂时放过我父亲，好吗？我得怪你们俩，让他陷入这样的境地。这很危险。那么多人正在抛弃他……我告诉你，本诺表哥，你要是为了自己而盯上他，不是听了外人的指点而来盯上他，我会高看你一眼的。”

贝恩听了这话默不作声。帕里什广场艳光四射的美人玛蒂尔达可不是外人，如果你没有在婚后的最初几周里竭尽所能地去讨一个女人的欢心，那还不如继续打光棍儿呢。

“要是你家老头子没有再工于心计、算计这儿算计那儿了，”我说，“那你这话倒还有些道理。可他依然在开足马力跟人斗着心眼儿做着交易，所以贝恩在干的，不过是想跟他谈谈，应该不算过分。”

“如果你能让自己的良心过得去，那么我祝贺你。”

我们坏了费舍尔的好机会，所以他愤愤不平、心情沉重。他无法忍受老家伙在他们和解前便死去。在这一点上我同情他，完全能

1　米开朗琪罗曾于1508年5月至1512年10月底，独立完成了罗马西斯廷教堂总面积近600平方米的天顶画，《创世记》和《最后的审判》这两幅壁画工程被誉为意大利文艺复兴时期最伟大的艺术工程。在四年零五个月期间，除了配制颜料的助手外，没有人上去帮助他。当他走下脚手架时，眼睛已经毁坏，37岁的人看着像一个憔悴不堪的多病老人。

同理他这种孝心可鉴的幻想，并希望它能成真。

“只有我，这个该死的败家子，才能理解那个老杂种。”

费舍尔没有再说什么。他得走了。州长不会在委员会身上浪费太多时间。费舍尔接下来打算如何与他父亲相处呢？

他走了以后，舅舅闭上了眼睛，发出了一声长长的叹息。我说：“再怎么说，你也已经努力试过了。”

“我在想，不知道有没有什么对的事情能做。”

“你是说怎么都没有办法赢吗？”

“人不喜欢让自己处于傻瓜的地位。”

“你到了帕里什广场准备采取什么样的态度？”

他耸了耸肩。“我不想采取任何立场。我不想看到哈罗德被起诉。你想看到吗？”

“这事跟我们没多大关系——他们怎么着都要起诉他的。”

“我想要说的是，你愿意成为起诉的一方吗？你不是问我到了帕里什广场会怎么做吗？我不会再跟医生商量了。玛蒂尔达和我会在我们之间解决此事，夫妻之间。”

“你介意预测一下她会说什么吗？”

不，他不会介意的。他的脸上是一副并不典型的中立表情。“我们后天就得动身去巴西了。”

他以为离开就能解决问题吗？在他走后，莱亚萌医生会以他的名义做出什么来呢？阿马多尔·切特尼克法官会作出怎样的决定？要是咬出维利泽来，切特尼克说不定可以把自己的刑期缩短整整十年。

“你觉得玛蒂尔达会不会接受这样一个选择——放弃她对罗阿诺克的计划？”

“你似乎早就认定玛蒂尔达是不肯让步的人。”

他居然不怪玛蒂尔达，这是让人颇感奇怪的。他自己承认过不少秘密，首先是她的双肩，然后是她的乳房（接下来也许会是她大腿内侧的曲线，或者更令人尴尬的，直接拒绝做爱），尽管他自己从她身上挑出了这么多毛病，却没把它们转化成对她人品的非议。她依然还是他的美人儿。他在这一点上从来没有动摇过。而且他也不批评她的行为。他没有说：“她不应该挑唆我去跟哈罗德舅舅斗。”所以我猜是他那些穷凶极恶的幻想（在伯克谢尔那晚害怕跟她上床，怕自己在睡梦中掐死她）逼迫他选择了顺从。对于别人对他的冒犯他懵然不察，对别人对他的不公行为他也不往心里去，其原因却是他一门心思地在对自己调查、监督、盘问、立案、采集指纹。他从来没有对黛拉·比德尔们、对印度的拉贾什瓦里们、对卡罗琳·邦奇们说过一言半语的坏话。他觉得只有自己才是那个具有犯罪动机的人。所以他是在补偿玛蒂尔达，因为他在脑子里冤枉了她。就让她拥有二十个大房间的罗阿诺克吧。他也许是需要一点额外的空间来安放自己心中的愧疚。如果有杀她或任何其他的疯狂幻想向他袭来，他能够不用离开房子就靠散步来将它们驱散。“别管我了。我不适合逍遥自在的状态。我这人命中注定就不该自由。”

我现在在想我对他太苛刻了。但我只是在实事求是地说出正在发生的事。

在回家路上，在温暖的城市公交车车厢里，我在脑子里想了想两种不同的努力——费舍尔对他父亲的和贝恩对玛蒂尔达的。费舍尔没有多大机会能跟维利泽重归于好，我从来就没发现哈罗德给过他儿子机会，让他能说出对父亲的感情。我知道的是，州长跟委员会一打完交道，哈罗德就飞回港口湾岛（迈阿密海滩）去了，费舍尔也跟着他去了。我倒是更了解贝恩和玛蒂尔达之间的对话。他当天晚些时候跟我打电话说了此事。很幸运的是，医生到自己的俱乐部去了。天气冷到不适合打高尔夫球的时候，他会在周六下午去俱乐部玩拉米纸牌。他需要有豪气的伙伴，玩很高的赌注，并在黑黢黢的桥牌室里获取必不可少的政治信息。

“午饭就我们两个人吃。”贝恩说，“乔在自己的办公室——就是那个杜鹃花的房间——有事情要处理。所以我们俩就在早餐角里用了三明治。”

舅舅午饭一向吃得不多，然而今天却胃口大开。市中心的那场听证会在刺激作用上颇像京都的那场脱衣舞表演。当那些女孩子邀请观众们目不转睛地看着她们最深的秘密，人们感受到传说中硬核的性、抽象的兴奋、令人疯狂的不加掩饰。然后舅舅向一夫一妻制和家庭生活寻求保护。所以现在他的妻子为他奉上了一份白吐司火鸡三明治。他要了俄式调味酱，但没有能让有点柴的鸡胸肉口感变好。有时候他会有点逆行性食道咽异感症，即吞咽困难。什么？在一个如此精致的厨房，各种型号的铜锅挂在钩子上锃光瓦亮，工作台擦洗得干干净净，安纳波利斯来的检查都能通过，在这样的厨房里会难以下咽？唉，这里也能看到电子大厦，透过冬日阳光弥漫的雾霾渐渐靠近，它那硕大的旗杆就像一个音叉。舅舅总是能看到那个地方，那是他度过人生中一段最美好时光的地方，他在那里经历了对裁缝女儿的相思之苦，开始成长为一个植物学家——他自己在情感上对那段时光并不很眷恋。我觉得是我在替他感喟，这份感喟是听他跟我说了他喉咙发干、难以吞咽后而生的。当年，当那些鹩哥成群地飞到泥土地的后院，吃长在那里的白色桑葚时，没有人对他提出过那样的要求。那时的他是个身无分文的学生。现在他“拥有”东西了，也有了别人对他的期望和要求。他有了妻子。他的妻子有家庭。他们准备要“照顾”他。玛蒂尔达，非常公平地说，在他无法自己采取行动的时候必须替他采取行动。她也许发现了，他需要把某些事情做好，而她正在替他做。他娶了一个优雅的女人，不能指望她接受一种平淡而又乏味的生活。他从来没有明白无误地说过他不需要维利泽给他两三百万，让他得到他“应得的”，像他们在城里所说的那样。我觉得她认为自己跟贝恩有着一种亲密的伙伴关系，他娶她不仅是为她的美貌，也是为她的才干，其中之一便是经营管理上的才干。她干的是她该干的事，她觉得这是自己的职责所在。她后来告诉我，她非常清楚让他到城里去直面维利泽会让他有多么不安。她穿了一件他特别喜欢的红色连衣裙欢迎他回家，这是一条十分小巧优雅的裙子，上面有俄式的领子。裙子的颜色并不是纯红色，而是熟柿子的颜色，红色中带了点橙色，上面有斜开的口袋。她还戴了与之相配的珊瑚色手镯和雕刻耳环。她请母亲找点事忙，不用来吃午饭。“我还把头发梳成他喜欢的样式。他觉得女人该把脖子露出来，不喜欢头发披下来的那种女学生样式，他管那个叫爱丽丝漫游仙境的效果。你舅舅会提出很特别的要求。一切都得‘就这个样子’才行。在性关系当中也是如此。”

“你能举个例子吗？”

“我不该说的。说一件吧——他不喜欢我口气里有香烟或威士忌的味道。”

“他是个挑剔……”

“你简直想象不到得满足多少条件才行。你如果有什么疑问的话，我很高兴为你作答。”

“今天的人们可真是什么都敢讲啊。感谢上帝，老保守已经不见了。想想你的朋友玛格丽特·杜拉斯。在那件事上，萨德侯爵[1]的命真是跟她没法比啊。”我说。

“哦，没有什么稀奇古怪的。你舅舅没有怪癖。别领会错我的意思。没有变态的东西。只是有点细节控。他喜欢我穿着镶褶边的衬衫。”

我想要搞清楚的是她对舅舅有多认真。他在她心中有多少分量，她对他有多信任。关于这点她拒绝透露。我能够推断出的是，他们俩在做爱的时候，舅舅会要求她穿着镶褶边的衬衫。此外，他还对某一个床脚和床垫的某一角有着明确无误的偏好。我对这一类的细节不是很感兴趣。到现在大家也能看出来了，我喜好的是那些重大的问题。人类爱情的意义。牺牲自我主义以达成拯救个性之目的。就像索洛维约夫和其他俄国人。自我主义者自视甚高，把自己看得绝对重要，这在某种程度上是正确的，因为每个人作为一股生活力量的中心，作为一种无限趋向完美的可能，能够拥有绝对的重要性和价值，自视再高也不为过。但如果拒绝认为别人也有这种重要性，就很不公正，也是邪恶的。所以对我来说重要的是，舅舅为了要享受这个女人而把她拽到床脚，因为性关系如果真的是出自两情相悦，便代表着出类拔萃的爱情。不过算了，先不管这个了。

此刻，比我之前描述的那些事件已经过去了挺久，玛蒂尔达正努力想从我身上获得讯息，而且为了诱使我跟她礼尚往来，在跟我说话时特意带了股坦诚的劲头。作为一个酷爱优雅、高级的法国文学的人，她至少对于精致的做爱方式有着书本上的知识。不用说，

1　萨德侯爵（Marquisde Sade，1740—1814），历史上最受争议的色情文学作家之一，被称为情色小说鼻祖，代表作有《贾斯坦》和《索多玛120天》等。

我从来也没见过舅舅在卧室中任性而为的样子（那应该是颇值得一看的！），但那些陌生的性爱方式会让他不明所以，这么猜想应该八九不离十。我也不认为玛蒂尔达会在婚姻生活中期盼此等行为，尽管医生在跟贝恩的谈话中极具挑逗性地提到过年轻一代在色欲上的种种发明，他举了曼森邪教的例子——毒品、性交与谋杀，说这些是为人父者的噩梦，也是为人夫者的噩梦。医生在拉拢他的时候曾经说过，一个父亲要是想到他精心培养的女儿变成了什么样子，会难过得想要爬墙。但这只是中产阶级的恶魔行径，而在感情方面，这也是向上爬的一种形式，因为莱亚萌医生不是屋大维，他的女儿也不是茱莉娅，前面看不到帝国，只有投资组合项目，而且对玛蒂尔达来说，和贝恩一起在罗阿诺克生活也算不上是放逐。不管怎么说，医生那个老家伙的心理巫术没有对贝恩造成影响。这一套根本没有用。贝恩把自己想成是爱伦·坡诗中疲惫不堪、风尘仆仆的流浪汉。这正是他的问题所在。玛蒂尔达想在经纪人的世界里成为一个干练泼辣的婆娘，但她也想舒舒服服地嫁给一位受人尊敬的教授，在罗阿诺克过时髦的生活，在那儿（作为一个讲着流利的现代法语的女人）她可以获得某种接近于沙龙的东西，哪怕是在这个粗俗不堪的城市里。最后，她已经将沉沉睡去变成了一种狂热信仰，而罗阿诺克正是进行这种信仰活动的完美场所。

那会再次设定轨道，定义我们的极限。我总是担心他们会不告而别。贝恩给我打过几次电话，聊起过他们俩在早餐角的谈话和火鸡三明治。他说，不管他喝下多少啤酒，嘴一直都是干的。在电话中，他听上去很迷糊——说话乱七八糟，根本不过脑子，还会没头没脑地提到查尔斯·亚当斯。每通电话刚一打完又会再打过来，因为有东西忘说了。同样是在这个周末——事情就是这么巧——我自己跟特雷娅的麻烦事也终于浮出水面了。斯特林夫人在西雅图请的私人侦探给了她新的、令人痛苦的消息。特雷娅就要跟那位雪橇摩托推销员结婚了。这还不算完。因为雪橇摩托是季节性的东西，所以她和将来的丈夫正计划进军跳蚤市场。他们准备以皮吉特湾为基地展开经营活动，开着厢式货车或拖车或房车做跳蚤市场巡游。小南希自然跟着他们一起东奔西走，不过我准备提议，在特雷娅最忙的时候，她也可以来跟我一起过暑假。斯特林夫人从机场打来电话，语调中满是刻薄。“你不是想要推脱吗！”一个受了冒犯的女人居然还能说出这么文绉绉的词来！“这次你本来可以得到帮助的。”她的意思是一个女人的帮助。没错，可是要付出怎样的代价呢？无论转向哪条路，都有代价、代价和更多的代价。到现在为止，记录天使们自己也必须变成成本会计师才能理解他们正在记录的是什么了。娶了你小女儿的外婆，你的麻烦就会终结。“对这事情你准备怎么办——还是什么都不做？”坦尼娅·斯特林的话里带了些讽刺的分量。

怎么办？我必须飞一趟西雅图。飞行，五千英里的空中旅行，其本身就是在做一件事，而飞行或许是我所做事情的主要部分了。等落地之后我能起到多大作用，这就只能任由大家去猜测了。不过我可以赶一班大早上的飞机然后午夜回来。舅舅和玛蒂尔达会为前往巴西而整理行装。每逢有一段较长时间的外出，舅舅都会去跟自己的律师确认一下遗嘱。总是会有最后一分钟添加上去的附录。贝恩肯定会很忙。此外，我不应当把坦尼娅·斯特林所提到的急迫性太过当真。专横跋扈的人往往塞给你一张时间表，他们越是疯狂，给你的命令便越是不容置辩。唉，这可真不是离开的最佳时日啊。我在这里也是脱不开身。我甚至突然想到，糟糕的事情也许会在巴西发生。一场持久而又不断加剧的危机，身边又没个可以说话的人——没我他可怎么办哪？我要坦尼娅·斯特林把她在西雅图那个私家侦探的名字告诉我。她推三阻四地不是很乐意。他会觉得这么做不道德，她说。“我要是付他钱就没什么不道德了。直接接触会更好些。我现在获得的都是二手信息。”我解释道。她说这让她心里不舒服，但最后还是给了我那人的电话号码。接下来我就能亲自看到她对我有多坦诚了。她说她以为我是个更容易信任别人的人。

我为这些离题的话表示道歉。我必须按照真实发生的情形来讲述这个故事。毕竟，我是亲历其中的。也许是有点跑题了，因为我要好不容易才能把话题拉回到坐在早餐角里的玛蒂尔达跟贝恩身上。他们坐在那里，窗外可以望见电子大厦。你可不要觉得它一直都是那么咄咄逼人的。我们都知道，摩天大楼也展现了人们对自由的向往，一种昂然崛起的气势。它们或许塞满了令人讨厌的企业，但它们也的确传递了一种超越的理念。也许它们以一种错误的类比误导了我们或背叛了我们的希望。

不管了，反正这两口子在聊天，说着维利泽舅公的事。玛蒂尔达努力想要跟舅舅一样正派体面，维利泽的衰老（还有卡斯帕案件听证会所显现的人类职责的崩溃）令舅舅大为震撼，他努力想要告诉她这对他的影响有多大。玛蒂尔达必须要耐心。在意这些事是很难的，也许让自己想着去在意这些事更难。我们听说有几百个人死了，接着又听说几千个人死了。好，那么大家对这种增加所做的反应应该如何量化呢？对于更大的数字该如何表现出更难以接受呢？一千难道比一百糟糕十倍？又或者在人们都坠入深渊后我们要完全撤回情感吗？逝者已逝，一切都无济于事了。我们必须把精力都集中到活着的人身上。这并非是因为我们精擅此事。所以在听了可怜的维利泽的事后，玛蒂尔达拿出了同情的表征，适时呈现在了贝恩面前。应付了事。

“宝贝儿，真是可怕啊，对吗，但你准备怎么办呢？”

“我们非得从他身上弄到那笔钱吗？”

“非得？可你的产业值一千五百万，而他只给了你区区几十万。这不公平。这非常不公正。”

“对，可他一辈子都在和钱打交道。他沉湎于此。而我不是。”

“拿剑的人亦为剑所杀，这可是你自己说的。”玛蒂尔达提醒他。

“可为什么我要拿着他的剑消亡呢？我们难道不能不靠这些钱也活得好好的吗？”

“这可以成为一种理论上的可能性。”玛蒂尔达说罢似乎陷入了沉思。

“不一定非得住罗阿诺克。那地方是不错。但它值五十万，也许七十万。靠着这些钱，我们可以在别的地方过很好的生活。”

“你是从科学那边过来的，你看待事物的眼光跟我这样的人不一样。我看重我们住的地段、装修和消遣的品位。如果我觉得自己的标准得到了满足，你会感觉更幸福的。”

“我们可以从医生那里贷款，用罗阿诺克作抵押。”

“那是另一道我不愿失守的防线。我要不依赖老爸和母亲独立生活。”

她坐直身子动情地对贝恩说着话，举止非常优雅，虽然在吸烟但周到地把烟灰缸放在下风处，似乎意识到烟味会对他的情绪带来些许不好的影响。

“谈钱这事，”贝恩说，“谈多了人们就会醒悟过来要挣钱。

一旦上了心，就没个完了。等他们挣到钱了，花钱就会跟在做梦一样。”

“哈！”玛蒂尔达说道，“要是你把这套说法搬到国家预算上，那么在花出去几十亿几十亿的钱时，就非得把心灵里的灯关掉才行。这有点像是幻想曲了，对吗？”她眼睛望着天花板，沉浸在这种联想当中，并朝天喷着烟雾。

“对维利泽舅舅我还有什么可做的？”

“我希望你做的你全都做了。我没指望他会投降。”

“我们在巴西的时候会怎样呢？”

“不管怎样，司法部会继续跟进这个案子。这不是你我能左右的。维利泽如果能让阿马多尔·切特尼克置身事外，可以使自己的地位更稳固些。他不应该去跟他纠缠；他应该花钱把他打发掉。”

“我真是弄不明白，为什么那个牛脸的蠢杂种非得来给我们主持婚礼。”

“哦，那是爸爸的安排。他想要法官来是出于阶级的考虑。”

“事情在我的背后进行，”贝恩说，“我有一种毛骨悚然的感觉……而且，我从来没有这么长时间离开过自己的工作。”

“在巴西你可以回到你的专业上去啊。”

“什么，在整个国家到处跑给人做讲座？等我们回来后，罗阿诺克会等着我们去装修。安顿在……”

玛蒂尔达冷静地回答道：“嗯，你可以在生活中更多些紧迫感。那是每个人主要的生活方式，活在此处，活在当下，接触每天发生的事。我不是说要你跟着别人的步调走。你部分的魅力就来自你不跟从别人的步调。但你娶的女人对这种一次性的生存方式情有独钟，如果你想要理解她……如果你爱她，你会想要去理解她的……”

那是当然的！舅舅想道（他没忘记告诉我）。如果你非要娶一个美女，那你就必须做好面对困难的思想准备。只有勇士才配得上美女。这困难就叫理解她，或者做她期望你做的事。现在来做个简单的归纳或总结。你有渴望，这是男的爱神在你身上制造出来的；你踏上了性的路径，它将你引向淫荡，淫荡向疯狂敞开了大门，漫天的疯狂向你迎面扑来。一部非常糟糕的电影以暧昧的方式将你带入了这种境地，而接下来的一场听证会又暴露出你跟其他那些疯子们一样怪诞荒唐。突然间她的双肩就像安第斯山脉一样横亘在你面前，你无法用一只手握住她的双乳，因为它们分得太开。至于她对你是否有着相似的不满，你永远也不会知道。也不知道是你的生殖器能令她感到满意，还是她决定为了她的婚姻而慎重行事，忽略掉这些枝节性的东西，而最后则是你在骚扰你年逾八旬、疾病缠身的舅舅。

舅舅对我说："这些对人生规划的设计，若是你妻子在冷静中制定下的，便足以打垮一个男人。你知道吗？"

"我当然知道。你有没有跟她说你不想再去逼维利泽了？"

"我当然说了。可是她说：'我要你去找他的原因是考利斯科——就是那个联邦检察官——不管怎样都已经准备好对他的起诉书了。'"

"然后也许阿马多尔·切特尼克已经在大陪审团前作了证。你觉得维利泽舅公会知道他已经那样做了吗？"

"真的要谢谢你，肯尼斯。我怎么就没往那方面去想呢。"

我不明白，这么一个普普通通的想法，有什么好让他感谢的。这或许意味着我是站在他身边的，他正隔着电话紧紧按着我的手。这便是我对他的解读。

那天我又接到了他打来的几个电话，情绪一个比一个紧张。我也接到了费舍尔·维利泽表舅打来的电话，他想要追着他老爸去迈阿密海滩。“老头子病了。”他跟我说。

“你见到他了吗？”

“他们不让我跟他说话，但那儿好像有什么事情正在发生。你们俩到底怎么骗他了？”

“得了，费舍尔，别把我们当坏人。他病得怎么样？”

“挺重的。一想到他要死我就受不了！我都心乱如麻了。”

费舍尔身上最大的优点就是孝顺。他的种种不当行为都是因为他想要让人看出他和他那些鼠目寸光的兄弟们的区别来。那是一种想要继承他父亲事业的尝试，一种极尽真诚的表态。但他的父亲一直没有需要过继任者，也根本不在意他的尝试或表态。他想必更喜欢孩子们对他尊敬有加。他那些不择手段弄来的钱就是为着要让他们趋之若鹜的。

费舍尔说他会从迈阿密向我发布消息，只是我必须接听受话者付费的电话——他的资金不足一至于斯。我说：“好的，随时跟我通消息。”我觉得费舍尔在这个世界上没有可以求助的人。在感情的事上我是他最后一个可接触的人了。

那天晚上我睡得很不好。凌晨三点我终于向失眠缴械投降，起了床。几方面的问题凑到了一起，令我实在无法抛到一边置之不理。我正在电炉上热着朗姆口味的牛奶甜酒，电话铃声忽然响了起来。

“吵醒你了吗？”说话的是舅舅。

“我没在睡觉。什么事？”

“事情有点失控了。”

“你现在在哪儿？”

“还是在下面的洗衣房里。大概半夜的时候，费舍尔打电话给我，说他不知道哈罗德舅舅还能撑多久。他正在机场等退票——买不起去佛罗里达的全额机票。真是发疯了！那架势好像全都是我的错。”

“他这么说真让人难过。”我说，“并非真话才伤感情的。”

“全都乱套了。”舅舅说。他语调中包含的感情比我能献给费舍尔所传消息的感情多。“我进入了一种我尚未能掌控的生活。我觉得连对那样的生活动动心思都是错的。我应当能浮于任何一种水上。你跟我说这场婚姻让我毁了我自己，我听了很生气。我说，你这话什么意思！她是个美人儿。她那么有天赋。”

“后来你加以修正。你说如果有人用锤子敲你脑袋，你会看到十个玛蒂尔达，你爱的是其中的一个。那么问题来了：‘是哪一个呢？’”

“那只是一种比喻。”舅舅说。他跟我说你不用为一个比喻而负责，这话没说错。“我在看电影的时候得到警告不要结婚。不遵守警告行事是一种罪孽。但一个像我这样的人，接受过科学的训练，是不可能按天启行事的。一个人不可能在保持理性的同时又相信罪孽。”

“哦，舅舅，那都是扯淡。你没有落跑的勇气。你根本就不是什么理性的类型。”

“对，这话你经常说。现在是半夜三更，这儿一个人都没有，只有你和我。所以请你告诉我……”

“你看待事物的眼光中一点都看不出有什么理性。其他人都跟你看到的不一样。你不用替自己辩护，说你在植物中能看到什么。”

“那是一种稚气。”贝恩说，“在你是个孩子的时候，你有一个缎子般的精神世界。”

“我猜想走向成熟是一个威胁。你的缎子被磨薄了，它被弄脏了。”

“不得不虚与委蛇。事关生存啊。”舅舅说。语气与其说是陈述，莫若说是发问。“你的确有天赋，总能告诉我我最需要听的东西，肯尼斯。”

我无法想象他在凌晨三点的洗衣房里想干什么，这是一个经常跟灵魂的暗夜联系在一起的时刻。从他的声音来判断，他已经过了那个我很熟悉的惶恐不安的阶段。他正在下决心要告诉我一些重要性非同一般的事情。他要我提醒他，他是一个植物王国里的预言家，很容易进入由植物激发的恍惚状态。有时候他多少带着点神秘的气息问过我，如果他竟然对人也具有此种天赋呢？他也许已经具有了，但秘密地决定弃之不用，因为当你看到的不仅是现象，还有现象背后的力量时，你便无法控制自己看到的东西。毕竟，对于苔藓，你是无须加以防备的。

“那么告诉我，贝恩舅舅，到底发生了什么事？”

“我会告诉你的。那正是我打这个电话来的目的。我很震惊。不然我不会把你闹醒。跟费舍尔的谈话让我震惊。我很高兴他没有把全家都闹醒，不过我不能回去睡觉了，我就在顶复式里面转圈。每逢事情糟糕成那样，我往往可以从乔·莱亚萌办公室的杜鹃花那里得到力量。”

“现在没人拦着你了。”

“我来到那扇上下各自打开的门跟前，把手伸进去摸索电灯开关。这次我真的要跟植物发生接触了。我不是准备要讲欲望的本质。这跟我的活力有关。先不说这个。这次我拉开了下面的门闩，然后走进去，近距离地观察那丛杜鹃。过去，我的脑子里曾几次掠过这样的念头，即好像从来没有见到过那盆杜鹃有花朵掉落过。我将其归因于我岳母爱整洁，因为她在理家方面一丝不苟。但接下来我受到了重重一击。那盆杜鹃花是假的。”

“等等，你说什么，那是一盆人造的植物？”

“绸子做的，可能是台湾或香港生产的。仿得真他妈逼真。可还是假的。一盆小丑杜鹃——一个替身、一个冒名顶替的家伙、一个江湖骗子、一件仿制品、一个托儿！多少个礼拜，多少个礼拜啊，我居然一直从这件人工制造的产品中获取着精神上的支持。每次我需要解决方案、需要精神上的联系、需要有能量流入，都会向其求助。我，肯尼斯！这么多年来我跟植物一直保持着密不可分的和谐关系，如今居然被骗了。”他在所有那些洗衣机和干衣机中间——我能看到——恨恨地叫道。“那是我一直能有所依赖的东西。我的职业，我的本能，我与植物世界的关联……断了。”

“不是个好兆头。”我说。除此之外我还能说什么呢？

“兆头？你不会真的听不懂我的话吧？我已经失去它了。这么多周来想象中的精神关联！”

那笔特殊的宝藏失去了！我不是没有弄懂他跟我讲的。我懂得太彻底了。

“我被惩罚了，肯尼斯。为我做过的所有虚假的事，我被一件虚假的事物给惩罚了。”

“放松点，舅舅。”

“我失去方向了。”

“你那缎子般的精神世界还在。对此我绝对肯定，贝恩。”

“我对另一种不同的缎子起了兴趣。”

这或许指的是我们在京都看过的那场表演，那时我们用这样的词进行过讨论。

“根本不是。你陷入爱情了。”

“爱情不会带来今天这样的局面。”他如是回答道。

“别再兜圈子了，”我说，“你总不会在洗衣房里坐上一整夜吧。”

“我宁愿待在这里也不愿上楼。那个该死的顶复式里有诅咒。”

“吃点水合氯醛，好好睡上一觉吧。”我向他建议道。

“然后明天一整天都晕晕乎乎的？我可不想那么干。从现在开始我必须要保持头脑清醒，无论怎样……该我来掌控局面了。”

等我再次在孤独一人的床上躺下、盖好被子，我无法想象他会做些什么来实施掌控。在挂电话前我试过要安慰他，我像往常那样对他说：“不管是白天还是黑夜，有事随时给我打电话。”然而我想不出可以怎样帮他。发生在他身上的事情对我也产生了影响。我躺在那里，感到忧虑在不断蔓延，然后意识到我对他的情绪已经产生了依赖。没有了来自他的情绪的支持，那种从失望中恢复正常的能力便离我而去，整个城市都变成了让我感到不快的东西。美国，这个承载着我们命运的了不起的后历史企业，也失去了动力，委顿了，变软了。可怕的怀疑贯穿了我，美国为其活力而付出的代价大大超过了我的估计。我得到过警告，不要靠近它。我的父母都告诉过我，说我正在犯错。父亲还特别说过，我这人太雄心勃勃了，想要通过与美国的亲身接触让隐伏在自己身上的骄傲自大接受终极的考验。我有可能是自己脑补了细节，事实也的确如此。在这个非同寻常的国家，你的灵魂会有专为其准备的工作。你得了精神上的头痛。为了治疗这种头痛，你用了性的泰诺。这不是在药店买非处方药那么简单。你所付出的代价比开放社会让你以为的那些轻松假定不知昂贵了多少倍。贝恩是一个植物艺术家，他并不够格成为一个爱情艺术家。爱神向他否决了玛蒂尔达。他无视否决还是娶了她。似乎有一股巨大的力量在前行、在推进，推进的力量越来越大，拽走了个人生活的价值，将我们纳入了其巨大的目的中。它要求消灭诸如爱情和艺术这样的东西，消灭舅舅所拥有的这类天赋，这些东西倘若没有挡路的话，它还可间或容忍一二。

当然，今时今日，我们每个人心中都会有这样的想法，而不是只会祈祷了。我们觉得这样的想法是严肃的，我们为自己能思考，能详尽阐述头脑中的想法而感到骄傲，于是我们便在这样的意识中不停地转圈子。然而，转了半天圈子却依然停留在原地；我们的思考就像是一辆固定自行车。而这，也为我带来了划破黑暗的黎明。这些不断滋生与激增的思绪没有令我想出任何名堂，倒是害得我失眠了。它们是精神物质的摆荡，是不断加剧的振动。

我不知道舅舅说“该我来掌控局面了”这话是什么意思。当你失宠后，你有什么可掌控的？我翻来覆去地想着那句话直到天亮，然后接到了贝恩打来的又一个电话。他说：“我决定要飞一趟佛罗里达。”

“那巴西怎么办？你跟玛蒂尔达后天不是要飞去里约吗？”

我说的明天和后天到底是什么意思？我一整晚没睡，已经把日子整个儿给过糊涂了。

“我们要经迈阿密转机，我可以在迈阿密机场跟玛蒂尔达碰头，一点不干扰原来的计划。哈罗德的身体状况很糟。”

“你是怎么知道的？”

"我打电话过去核实费舍尔的故事，跟他住在迈阿密海滩的弟弟丹尼斯说了话。丹尼斯说哈罗德舅舅已经彻底病倒了。"

"听着真的很严重吗？"

"千真万确。这次应该是大限将至了。我想我应该到那儿去一趟。"

我弄不懂他指望在迈阿密能得到什么。不过这会儿去怀疑他为什么这么主动绝对不是一个好想法。他此时应该比以往任何时候都更想要独立行事。想要以他自己的方式来恢复平静。

于是我问他："玛蒂尔达对此是怎么想的？"

"她觉得这绝对没问题。我应该跟哈罗德舅舅再谈一谈。"

让他用濒死之手签署一份遗嘱附件或是修正方案？临终前的和解？谁能猜得出她脑子里想的是什么呢。

"所以我们该说再见了？"我说。

"也许你可以坐出租车到我这儿来。"

"跟你一起去机场？"

"我正是这么想的。高速上面这会儿应该不会太堵。上班族往城里来，我们是出城去。"

我跟他说就这么说定了，给我半个小时时间。然后我一时冲动地把牙刷、剃须刀和一件干净衬衣塞进了公文包，把信用卡塞进了钱包。我到的时候他正在帕里什广场门前等着我。门房帮他把行李拎了下来——我猜是他在巴西会需要的轻薄衣物。"我只好手忙脚乱地收拾了行李。"他说。

"玛蒂尔达不送你吗？"

"有什么好送的？我晚上把她闹醒，把这事都跟她说了。今天有得她忙呢。再说，我们明天就要在迈阿密机场碰头了。"

如此说来她还睡着，被鸭绒和绸缎包裹着，完全是一副标准美女光彩夺目的形象：蓝色的眼睑，长长的睫毛，精致的鼻子——一张经典的脸侧躺在枕头上均匀地呼吸着。世上肯定还存在着另一种不同的新陈代谢，一种计划、阴谋、不可告人的意图的新陈代谢，与另外那套生理过程并行着，只是科学尚不知如何从沉睡者的呼吸中分析这种新陈代谢的副产品。我们还什么东西都没看见呢！

我和舅舅坐进出租车，车门“嘭”地关上后朝着高速公路驶去。我看了他一眼。你不能指望身陷他这样处境的男人会看上去不错。他失去了某样东西。当然，这样东西肯定已经不见有些时日了。可如果我那么关心他的话，为什么会没有注意到差异呢？

“维利泽还有意识吗？”

“希望如此。他的家人可能未必会对我们讲实话。很显然，把情况说得尽可能严重是有好处的。你经常会看到那些一流的被告被人用轮椅推着进入法庭，身边还站着个主治大夫。”

“他们会让你看他吗？”

“我是他唯一的外甥。他们也许会不让。反正去了就知道了。”

“你想跟他说什么？”

“对一个都快要死的人，我还会跟他纠缠钱的事情吗？把我的脑袋伸到他的氧气罩里面去跟他吵吗？”

“这样的事不是没发生过。哪怕是为了比电子大厦的百万分之一还少的钱。”

“不会的，不会的，那样也太出格了。他应当见到我——见到家人。我只想出现在他眼前。”

“你相信有人会在临终前回心转意吗？我一直都觉得那是基督教的神话——任何时候弥合分歧都不会太晚什么的。当然，如果将死之人被温柔的爱所包围，他也许会敞开心扉。哈罗德也有可能叫你滚。”

“有可能。”舅舅说，“但我们俩之间有过一段温情脉脉的岁月，我们一起走进后院，他给我看那些桑葚可以吃。那时候还有歌舞杂耍表演，我们一起去看吉米·萨沃。”

“你得找个考古学家跑进他脑袋里才能挖掘出那时的回忆。”

“我想是吧。但如果能告诉他我对他毫无怨恨，我心里会好受些。财产的问题已经没那么重要了。我年轻的时候可喜欢哈罗德了。”

“你就是这么看待事物的，舅舅。那就是你缎子般精神世界的一部分。或者说你的心智很容易产生恍惚。你所望着的东西比别人能注意到的具有更多的色彩和维度。”

在这方面，舅舅的情感是有意义的。那个缎子般的精神世界在最初的岁月里是完好无损的。他刚刚才开始知道，一个人（多么令人激动！）在他自己身上有一面镜子，在这面镜子里可以照见自己的本性，那有点像是提供给外部世界的一个剧场。但最终他跟维利泽之流在维利泽熟悉的那类地盘中搅到了一起。最后，他陷在了那里——沉溺在各种与他本性格格不入的考虑中难以自拔。

“有几件事我想跟你聊一聊。”舅舅说。

“那盆假杜鹃给你的打击很大，我知道。”我说。

“别管那盆杜鹃了，这会儿不谈这个。我想要你接手我的旧公寓。银行里有委付款项会付房租。莉娜的账户我用的还是她自己的名字。水电煤什么的也不用你付。你不用花钱，这事对我很重要。”

“我从来就不明白为什么那地方对你会有那么重要。”

“那我还不明白你为什么会把自己的工资都交给特雷娅呢。她拿这钱根本就没道理，而你却永远身无分文。不过我不是来要你明白的，只想请你帮我的忙。”

“嗯，如果这是一个请求……如果都这么说了的话。”

“真皮家具必须得用普罗珀特皮革皂定期清洗。”

“莉娜用过的？”

“每年两次。”

“你不会离开那么久的。”

“把该关照的都告诉你会让我少一点混乱的感觉。”

“还有植物呢？”

“哦，对了……还有那些植物。”他说，“问我的助手吧，就在植物学系大楼里。”

“不用担心，我会照顾好它们的。”

我们俩有一小会儿没有说话。也许他是在把他遭遇的麻烦压紧压实，为他已经决定采取的措施留出些空间。他沉思着，那副神情像一个在认真阅读时必须用手指慢慢在书页上滑动的刚学会识字的人。真实的情况是他看上去并不是绝对的糟糕。有一点让人看了有点担心：他那双躺倒的8字形的眼睛，之前给人留下过那么深刻的印象，现在在我看来成了一个进退失据之人的标记。我希望这只是暂时的。除此之外，他那张仔细刮过的脸绷得硬邦邦的像一只生长良好的苹果——像最好的饭店之巴黎风味饭后甜点主打的那种加拿大苹果。唯一坦白地呈现出痛苦的标记是他那红肿发炎的双眼——里面名副其实地布满了绝望的血丝。他脸上的镇静表情属于一个最坏的情况已然发生而他没有选择只能让自己狠下心肠的男人。

在这个节点上，既然已经提到了莉娜的银行账户和皮革皂，那我便忍不住想起莉娜舅妈来了。正是她给了我那个很有价值的想法，即看见的方式是命运的问题，预言家的预言会影响我们看见的东西。她喜欢用画家惠斯勒的故事来当例子。有一次一位女士指责他说："我从来没有见到过那样的树。"他回答说，"是的，女士，可你难道不希望自己能看到那样的树吗？"这可以成为"你有眼睛却看不见"的变体，这是某位美学家口中对同样意思的表达。对于这种说法人们无法去进行核实，但做下述的揣测只怕是虽不中也不会太远的（人类已经把如此之多的可能性都给活到过了），即一个性情粗鄙之人看他自己的周遭只会见到难以名状且面目可憎的一滴滴、一抹抹、一团团，他们还会把自己内心的畸形与残缺投射到自然中，而像舅舅那样的心灵会使他成为一位对植物有洞察力的人。他永远也不会把这样的天赋向同事们提起，这会令他们感到震惊，他们对此会无法容忍。但我听说自然学家沃纳·维什尼亚克到了夏天会独自跑去他自己位于多瑙河中的小岛上，人们会看见他赤身裸体，身上满是尘泥，野鸟落在他的头顶和肩膀上，由此可见科学家在个人层面上往往会做出逾矩的行为来。我相信舅舅在直觉上一直都认为植物起着感觉器官的作用，在为地球收集着来自宇宙中的数据。这让他成为一个在绿色的宇宙教堂中领圣餐的人。而我若想追求这样的目标，还需要从他那里得到比他之前给过我的更多的具体信息。

可后来他居然把莱亚萌太太的假杜鹃当成了真的！

关于这一点，我同时又想到，他是遇到了一种不同类型的天赋，那就是东方人擅长模仿的天赋。而且在远东地区，剽窃与抄袭显然是不犯法的。所以，东方的某个小个子女人，用丝绸和剪刀把舅舅给骗了。若非他之前心灵受了大震撼，这样的事情原本是不可能发生的。

回到我们奔向机场的出租车之行中来。在舅舅没有说话的间隙里，我有时间对可怜的莉娜舅妈从斯威登堡或布莱克那里演化而来的原则进行一番思考。假设一个人所看到的东西便是我们对他作出评判的依据，那么舅舅现在到底怎么了？对贝恩这样的人不能简单予以划分：在植物方面具有远见卓识的人，在应对女人方面的呆子。如果你拥有特殊的才具，就必须要做好捍卫这些才具的准备。在这个（人类尚未得到充分发展的）世界上有多少人具有如此出类拔萃的能力（一种足以为人类争光的东西）呢？但这正是降临到天才身上的东西，在这个时候，十分之一的人类在做着银河系内的计算，而剩余的人类在扳着手指头计数。

在性领域历经了许多次失败后，贝恩得出结论，他所需要的是跟一个美丽的女人过安定的生活。好吧。想找美女没有错。美女不仅自身值得尊敬，而且他可以将之与植物学和谐地统一到一起。你能因为一个男人喜欢美女——济慈所言之“一种永恒的快乐”——而责怪他吗？如若娶的是一位美丽的妻子，那么当她不在身边或令他感到失望之时，他还可以在脑海中对其展开浪漫的想象。若她嘲笑他，他总是可以为美如何竟与善分道扬镳而纳闷儿不已。如果实在找不出别的好处，美丽的妻子至少可以让丈夫的痛苦保持在一个很高的水平上。在舅舅身上让人没有预料到的是他会在精神上对她发起攻击，意在扭曲她的美。在这样做之后，他把自己给吓了一跳。不过不知是出于自我防卫还是出于报复，他从背后看玛蒂尔达，有时会把她看成莱亚萌医生，有时看成希区柯克电影里的一个杀人犯——这是一种很奇怪的扭曲，一种一知半解的冲动，就像学童们对课本里面的女人加以丑化，或是画上胡子，或是画上阴茎时那样。在天赋受到呼唤来保卫自身时，这并不是它能作出的最佳选择。我告诉你的这些，其实是你自己也能告诉自己的。

转眼间机场已经近在眼前了。玻璃实在是一种奇妙的建筑材料。它让你相信自己能看到所有的东西。此外，它的坚固程度足以抵御强劲的风力，或是飞机最剧烈的气浪。

舅舅讲起了他的公寓——那些房间家具齐全、帘帷密布、书籍乱放，还有专门给他那些宝贝花朵用的紫外线灯管。“我从来就没觉得你会喜欢我那个地方。”

“也许吧，不过我已经开始从另一个角度来看它了。”我说。说来奇怪，这是真话。那地方不是我想象中的家。当然，这是他防御体系的一部分——是他赖以抵抗人行道、火车站、餐馆、加油站、医院、教堂、警车、直升机，还有那在都市的空气海洋中（在其中无论我们喜不喜欢都得呼吸）颤动着的看不见的人类意义。但在他营造的这个世界中，所有这些皮椅子、书籍、铜锅、警报系统都不能保护他不让黛拉·比德尔来冲击他的门。于是我自然产生了疑问，为什么他今天会那么在意他那些生活上的安排。事后来看，自然是再清楚不过了，但当时我不免替他感到忧心忡忡，也为了自己而有点心事重重。在德尔塔航空公司门口，我和他一起下了车。从他敞开的衣服里，甚至从他脸上散发出大量的热量。从热量这点上看，他很不正常，衣服穿得相当轻薄，因为浑身散发着这么多热量。他看向我的眼神呈现出奇怪的分裂，既镇定自若，又像惊弓之鸟。他那躺倒的8字形的双眼在元气满满的时候非常引人注目，现在则让他显出一副茫然无措的样子，这我已经注意到了。要不是我认为他根本无法承受的话，早就上去用胳膊搂住他了。

“今晚我在哪里能找到你？”

“你要给我打电话？”他给了我迈阿密海滩一个温泉会所的

名字。“完全在海上，”他说，“医生在那里有股份。他的通常做法，在一笔大生意中占上百分之一的股份。”

我告诉他：“我们必须保持联系。你这一走要好几个月。有好多问题要摆正呢。”

我目送他进了安检口。他的身形从远处看比以往任何时候都更像个俄国人，只见他从肩头处拉了拉蓝色衣服保护套的带子，那带子从他背部的隆起处（此时真是像极了放翅膀的鞘）经过。随后他转过身来向我举手告别，仿佛他要去西伯利亚了。他两手拿满了行李。一个有经验的旅行者是不会托运行李的，他会把它们全都随身带上飞机。他渐行渐远，那样子从后面看去就像一种生物明明是能飞的，却决意要行走。两条长长的手臂像极了斯维亚托斯拉夫·里赫特，头上戴了顶爱尔兰扁礼帽，那是你在迈阿密和里约最不需要的东西。看着他远去，我心中有点痛楚，他正在消耗着力量，这种力量目前来看还有很多——但还能撑多久呢？

待他从我的视野中消失后，我走去西北航空公司买了一张去西雅图的往返票。因为是礼拜天的早晨，所以飞机上有三分之二的位子都空着，要不然飞往佛罗里达州的飞机在这个季节应该是人满为患的。在35 000英尺的高空我又想起了舅舅：这是一个与他所在时代的生活隔绝开后依然可以过得很充实的人。那难道不是一种很棒的过人之处吗？但他却在追逐自己同时代人的过程中迷失了，一直不能满意，直到陷入大多数人所关注之物的迷宫中不能自拔。倒也不是大众的利益或是物质利益，而是关于性的——默认性的超卓地位，将其置于存在的核心，向世俗的共识低头。而他做这些是毫无天赋可言的。而我，在这方面，也同样天赋欠奉。否则我还会巴巴地赶去西雅图吗？但此刻，在离开地球表面七英里的地方，我们正朝着截然相反的方向飞行，穿透着由纯净色彩构成的这片空明。为了我们的罪，两个人都是。

礼拜天对于我的目的来说是最合适的日子。特雷娅会跟南希一起待在家里，而那个男朋友或许会在外面瞎转悠。她那个罗纳德，据我的猜测，应该是个健壮而又粗鲁的家伙，滑雪教练通常都是这种类型，对女性学员很有吸引力。不过在现在这样的环境中，位于蔚蓝世界的正中，比那些雪山高出五倍的地方，我感觉自己凶猛到足以向他发出挑战。他对我做什么事情都不要紧；光打我一顿是不够的，他非得杀了我才行。只要他一开门，我就会朝他扑去，把他的脸摁到墙上，揪住他的头发把他脑袋朝墙上砸，砸到他什么都看不清为止。等他倒地之后，我会在他的胳膊上跳上几下，让他动弹不得，然后踹他的脑袋……我想，飞机对于如此这般的情绪迸发多少是起了些作用的。喷气式飞机看似静止不动，你的威士忌杯子甚至没有一点晃动，但你心里明白，相对于地面，你正在以650英里每小时的速度运动着。尽管如此意愿坚决地想要对他发起猛烈的进攻，我并不觉得自己的脉搏有比平常快。我的心跳也似乎完全处于正常水平。

西雅图的天气对于我想要战斗，想要践踏那个男人的高能冲动很是理想。地面上冷冷的，跟离开时的中西部同样完美。由于时区上的差异，西雅图还只是十一点——一个阳光普照、寒气凛冽、天空晴朗的早晨。我披着长发，以一个高个子该有的样子佝偻着身子勉强钻出了出租车，在付车费的时候连零头都算得清清楚楚，法国做派，说话时还打着从我父亲那儿学来的手势（尽管老爸在这世界上绝不会像我这般登上一趟航班，也不会跟我一样对一个对手，或是不爱他的女人怀着戾气）。

我摁响了门铃。特雷姬从对讲系统里问道："谁啊？"

"联邦快递。"我说。

"嗞——"的一声门打开了，我走了进去，随后听到她在楼梯平台上说："可是礼拜天是不送件的。"

我从她身边经过，眼睛寻找着那个我前来与他搏斗的男人。我只看见我的小女儿南希坐在餐桌边，手里拿着一片火腿。她当然并不当我是她父亲。而在我这边，我看得出来她是我亲生的——那长脸和脸上耶稣一样的表情。她都已经三岁了还不认我这个爹，这让我前所未有地抓狂。

"你事先不打声招呼就这么冲进来，肯尼斯，简直太不像话了。"

我很快打开了厨房外面的几扇门，希望能逮到这个罗纳德正在睡觉。我进了卧室，可床上没人。

特雷姬脸色苍白，但却把小小的身躯挺得笔直，用带着微笑的胜利口吻说道："他去马萨诸塞了。如果他在这儿的话——你想要跟他干一架吗？你飞过来就是为了这个？"

我抓起被子一把掀开，又抓起床单和枕头扔到了角落里。然后一路冲进浴室开始搞起了破坏，把东西从架子上丁零当啷地打落到地上。特雷姬特别喜欢买自然健康的洗化用品，香波、护肤液和各种瓶瓶罐罐的草药。她以前上床的时候经常散发着缬草汁的味道。我把一瓶瓶药片倒空在马桶里，用水冲走。我猛地扯下浴帘，把浴帘杆也给扯了下来。我把她的维蕾德护足膏挤到了镜子上，在防滑垫上擦了手，把药品箱里的东西翻得乱七八糟，在找到装缬草汁的瓶子后把它在浴缸里给砸碎了。

"接下来干什么呢？"特雷姬在走廊里说道。

我没有回答。

“你是想把这儿整个儿撕成碎片吗？”

我想吗？我不想，但我感到非同一般的爽。此时进入我脑海的是，如果舅舅在帕里什广场干了我刚在这间小小的西雅图盥洗室里干的事情，说不定会给他带来好处。

“这应该能让你消火了吧。”

“我火不火不用你管。”我说。

我眼睛里依然喷着危险的怒火，但这个肤色苍白的土著小姑娘特雷娅在我眼里真的有着各种自然的吸引力，此时尤胜往昔。甚至现在我依然很吃这套。不知怎的，它们制住了我的怒气。有她在，总能让人看到美国印第安人的、土生土长的、哥伦布发现美洲大陆以前那些起源的痕迹。我不由自主地感受到这些影响。她的脸就像是（这是我此刻的印象）来自一个殖民地家庭的画廊——棕色的眼睛，柔软的嘴角两端的皱纹。她扮起无辜来简直完美，也许会被画成穿着带褶边的女式灯笼裤，像一位正在玩游戏或是正在跳绳的19世纪童贞少女。

但她是个坚强而又冷静的人。一间被毁坏的浴室只怕还不足以让她陷入恐慌。事实上，她开口说的第一句话——听着那么像公告——是：“我怎么也不会着急上火的。我绝不会这么做。我早就调整好了状态不动怒。”

在我身上，发怒的乐趣——我也许会将其称作陶醉——已经开始消退了，这时我开始感到狭小空间里空气缺乏流通。这里没有窗，只在墙上有一个小小的格栅。这里的空气很糟糕。比糟糕还要更糟。地面上升腾起一种男人与女人之间（还附带了一个孩子）根深蒂固的亲密的味道，这股味道向我袭来，它来自毛巾、水管、马桶底座，那是人体中的氨、硫化物和有机酸。要想不吸入这混合了各种分泌物的气息，除非根本不呼吸。我此时还戴着帽子、穿着外套，坐在里面还有碎瓶子的浴缸的边沿，思忖着这到底是怎么一回事。这股味道臭烘烘的，我想，呛得一个侵入者（我！）透不过气来，却比一纸结婚证更具有约束力。

特雷姬说，语气中听不出丝毫恶意："我猜你已经表达了想表达的意思。"

我还是什么都没有说。

"还有别的什么要摧毁吗？"

我站起身来，跟在她背后进了厨房，小姑娘还在吃她的火腿。在我托起孩子的下巴给她一个吻的时候，我能感受到自己的眼球在角膜处随着脉搏跳动着。她那可怜的生物学上的父亲只能在人类处境（或随便什么你想要的称呼）所限的范围内做他能为她做的事。

首要的目标从来就不是成为一个父亲。而是要享有那个成为妈妈的姑娘，被一个女人弄得兴奋起来，由于身高差，和这样一个女人以立姿做爱会很困难，却也因此而更刺激。做爱的时候需要膝盖微屈，而为什么这样一种运动会如此刺激，为什么这样一个女人会如此令我着迷，适足以成为古怪的病史研究材料。我觉得自己永远也不会想出个究竟来——是因为那些儿时恋人们的魅力，还是哪个身高只有常人一半的女人对我的吸引。不管怎么说，特雷姬正是因此而招得我神魂颠倒，她在吃饭的时候把电话本垫在椅子上，还会时不时地称自己是一个侏儒。我不想把埃德加·爱伦·坡扯进来，说我跟他有相似的品位。我之前这么做纯是在戏弄舅舅，是想在他对我引用"海伦，你的美貌对于我"的时候让他恢复理智。我想坡想过要从那个可怜的名叫克莱姆的小女孩渐渐过渡到古典的女神。

可分析这些说不清道不明的东西有什么意义呢？根本就不该允许这种东西成为一个话题。而站在一张嬉皮士风格的早餐桌边，上面摆着一罐罐从健康食品店里买来的各种植物纤维：干蓍草花、长豆角粉、花草茶以及诸如此类的东西，讨论这样的话题便尤其显得不合时宜。

特雷姬已经跑去换掉了睡衣，换上了衬衫和裙子。

我想，我原本总体上的目标是想要让她慢慢回心转意。既然她都已经跟我有了一个孩子，我想当然地便认为下一步是要把她变成一个正常人。其前提肯定是认为她会通过学会欣赏我的优点，享受与我的亲密关系而变得正常起来。但是（这真是令人十足惊诧！）她不需要我的任何一部分。我无法让她感到兴奋。

以下是值得列入痛苦清单的项目。

或者，如果你喜欢的话也可以这么说，那个相对来说更有建树的人（在法国受的教育，完全融入了美国，并且是一个对俄国历史和文化钻研颇深的人）却发现自己在垃圾一般的个人生活中已经双足深陷了。西方的苦难！——这正是我在索马里花了许多（没用的）力气向我母亲阐明的东西。

但此时，这个小个子女人，我孩子的母亲，已经回来了。对于一个懒得穿内衣的女人来说，她的外表已经尽可能地体面了。

"现在稍微平静点了吧？"她说，"你刚才发了好大的脾气啊！"

"对，我的确很生气。"

"还想要跟罗纳德打架？"

我承认。如果他这会儿从门口进来，我还是会跟他打一架的。可我说的是："我来看看孩子，想要知道你们到底怎么打算。"

“罗纳德还没有从马萨诸塞州回来。我跟南希一般都是在礼拜天和他一起吃早中饭。”

“我自己是要回去的。明天还有课。你和我关于孩子得有个说法。”

“哦，坦尼娅给了你报告了。她雇的那个私家探子。”

“你以为我只是不小心才当上父亲的吗？换了哪个男人都一样吗？”

“你要是不这么把自己太当回事的话，日子会好过许多的。你不就是这号人吗？你觉得自己要是不承担起责任来就不配活着了。这就是为什么你脑子里装满了那些空泛的大道理。你从这些大道理里面得了很多好处。”

我此时状态不佳，脑袋生疼，对她的话没有发表评论。

特雷姬说：“让我把南希放到电视机跟前，给她火腿，帮她铺好安全垫。卡通能让她保持安静。”

于是我等着——解开外套，放松表情。在这样的环境中，戴着帽子是可以接受的。外套下面我依然在出着汗，能感到汗珠顺着肋骨在流下。现在，我对自己在盥洗室中暴怒的场景感到羞愧了。（这个盥洗室是整个物种——男人、女人、孩子——通用的。）这里并不完全是一个会被严重的过错深深触痛的地方。我感到愤怒的热力自下往上运行，而羞愧的热力从头部往下运行。但两者相遇时彼此都发生了改变。一段耳清目明的感觉插了进来——那是受了愤怒的滋养、充满高能、略带着不耐烦的清晰判断。小小的特雷姬把水壶放上准备泡花草茶，我注意到旁边渗滤式咖啡壶的顶端居然已经与她的胸齐平了。她有美貌和生理缺陷，所以她从自身的情况出发来理解生活，你并不能指责她什么。她那儿童般无用的双手跟她那成熟的丰满配在一起，至今还令我心动。让人觉得有趣的是她在身体上竟然有着那么多值得称幸的东西。它们的价值远远超过了性生活上的不和谐和她身材上的短处。一只来自麦加的小虫子也许会愿意经历朝圣之旅，穿越整个亚洲和整个太平洋，只为了在她身上咬上一口。我依然很为她的身材所动。粗鲁的学童们或许会将她称作“矮鬼”，但她背部的隆起像一个引力场那般让我生出被吸引的感觉，我无法将其从脑海中消除。地球在与那些能吸引它的人的关系中为什么不自己展现其吸引力，这实在是很没道理。（从这类观念或联想中可以看到舅舅对我影响的痕迹。）我以这种方式更清晰地理解了特雷姬的吸引力。在之前的不定期探访中我跟她一直都很亲密。我不是她在寻找的人，我只是想要让她相信我是——用我的影响力、我的劝导和我所具有的个人魅力来让她回心转意。这些一样都没有起作用。她跟罗纳德结婚了吗？形式并不重要。浴室里的水管和那氤氲的器官气息（我绝不允许这些亲密的味道固定下来）所传达的讯息几乎已经等同于结婚公告了。我已经表达了抗议（我想这让她很满意），她觉得现在我们可以好好沟通、平静相处了。这是很简单的描述，我是以浓缩的形式讲给你们听的。

此时我脑子里想到的是欧洲城市里那些用篱笆围起来的小公园，你必须有私人的钥匙才能得以进入。只有付了会员费的人才有钥匙，而我的会员费已经到期了。

在我等着花草茶茶包泡出茶味的时候，特雷姬接了一个电话。我走进客厅，在我那小女儿的脑袋上印了一个吻——发香中混杂着火腿的味道。我们一起看电视，一辆压路机压扁了一条英国斗牛犬。没多久它就恢复了原来的模样，追赶他那卡通巨人的主人去了。没有谁真的受到伤害。我按下遥控器的按钮，画面切换到了一场东部的橄榄球赛。特雷娅走进房间，把电视调回到卡通片。我跟她还有未了之事，于是我们回到厨房——谈判桌边。她抹了口红，头发也已经用发卡固定了。

“这么说来，亲爱的母亲一直在跟你通消息。”她说，“我决定跟她雇的侦探开诚布公。有什么好藏着掖着的？我们现在关系很不错。很多这样的家伙都在军情处干过，或号称干过。反正他是个挺不错的家伙——跟我们是一路人。”

特雷娅证实了坦尼娅告诉我的事情。她就要辞掉复员军人医院的工作了。她和罗纳德准备在皮吉特湾那点生意的基础上两条腿走路，同时进军雪橇摩托和跳蚤市场。雪橇摩托的市场在内陆。太平洋斜坡一年下不了多少雪，没有什么生意好做。

他们会过一种吉卜赛式的生活，四处流浪、四海为家，开着房车到处转悠。在跳蚤市场，人们互相买对方的垃圾。挣不了多少钱，不过她也并不需要多少钱，她的邮件里有那么多股息分红的支票。“你不会把这种加州式的东西放在眼里，我知道。”她说，“你瞧不上应用禅学、心理治疗小组或信仰疗法之类的东西。你选择的是更严肃的生活方式。你一切都照着你舅舅的喜好来。他对你很特别，对吗？我喜欢他，但我一点也不为他着迷。对了，他的婚姻进展如何？”

“我要是能说得清才好呢。”

“他结婚图个啥呢？你提到他的时候这么怪腔怪调的。”特雷娅说，“这事说白了就是这个出色的男人准备怎么弄到他需要的出色女人。”

“我的话听起来是这个意思吗？我想我的确觉得他很特别。像舅舅那样的男人很难找到一个合适的人生伴侣。他吸引了很多女人，但种类却不是很多。”

“你觉得他陷进去的那些关系怎么样？”

“就像铁轨跟火车的关系。”

她脸上露出微笑，几乎是在为我奇怪的说话方式而可怜我。我的说话方式对她的神秘程度就像她看待事物的方式之于我——我指的是她那带着温暖又不知何往的眼神，她那透着力量的几缕散发，虽则聪慧却让人难以捉摸其目的——她说：“他在自己的领域是个很有名的人，但他大声说话的时候的确给人非常古怪的感觉。切尔诺贝利核泄漏的时候他的话还在报纸上登了出来。当时关于放射性威胁问题报纸采访了几位科学家，他是其中之一。”

“对，我看过。他说放射性增加是很可怕的事情。”

“但他没把这当回事。”

“他没有不把这当回事，特雷娅。他的评论是，比起放射性毒害，更多的人死于心碎。”

“那难道不是一句疯话吗？”

“也许并不是。如果人们能清楚地认识到这一点，能更多地意识到自己的感情，你就会在华盛顿看到一场真正的大进军。我们的首都永远也装不下所有那些悲伤。”

我这话让她笑了起来。“你是在说游行示威吗？就像要求核武器冻结，或绿色和平那种？那就跟你们两个一样，你们俩都是。你们把智慧集中到一起，又能想出什么办法来呢？”

“我认为政治并不是舅舅真正擅长的东西。”

也不是我擅长的，说这话时我心中想道。我指的是我的“转折点计划”——只有为极大的发现所作的探索、一种巨大的逆转、一种极具创造性的世界性改变、一个新的方向、一个为人类所极度需要的转折点才能让人名正言顺地意识到它的存在。

“如果他在植物学上那么伟大，那他就应该专注于自己所了解的事。”

“在植物学上，他看上去有点像是人们过去称之为炼金术士的那种人。”

“跟宗教有关？”

“我有时的确会这么想，特别是在看到他全神贯注于植物的时候。我实在没法告诉你叶子的茎和脉对他意味着什么。”

“他研究的不是北极的苔藓吗？”

“现在也还是。说多了我也说不清，反正他的研究在本质上涉及一个重要而又基础的生命问题。那些北极苔藓完完全全被冻住了。它们的存在中百分之九十五是冰。但只要有一点点变暖，它们就会复苏，甚至还能有一点生长。这样的过程能持续上几千年。”

“你以前告诉过我。你说我们甚至没有开始想象过从那些低等的生命形式中可以学到多少东西。这话让我听了很不舒服。我从来不敢确定，在你眼里我是不是还不如那些低等的生命形式。”

“你怎么会那么想的，简直毫无道理。我要是那么想的话，怎么会跟你一起生孩子，又怎么会跟你求了几十次婚呢。”

“跟你实话实说吧，就算我的确有坏习惯，有让你瞧不上的、令人不能接受的个人需求，可它们能让你感到兴奋。不用否认，我的性行为给你带来很多刺激。其他人的粗暴行为。你最好相信。”

“你的想法惊到我了。”我说，“我一定会好好想想的。不过现在，我们是否能讨论一些更迫在眉睫的事呢。”我把头朝客厅歪了过去，传入耳中的是乓乓乓的枪声、吹哨子的声音，以及其他各种嗡嗡嗡、邦邦邦、嘟嘟嘟的卡通音效。

“你想看孩子就可以来看，我这边没问题。”

“我就知道你会这么说的。”

“这儿的生活方式你怎么都看不惯的。但是对于一个孩子的成长来说，越多接触社会的不同侧面越有利。毕竟，我们身处一个价值多元的社会。多种文化相互渗透再正常不过。在她的成长阶段，正如人们所说，不能指望各种文化所占的时间均等。但总得要有一些输入才行。我同意这说法。”

“你是怎么看我对她的输入的？”

“你有一点自己的风格。甚至你动起手臂和手来也是。”

天哪，我在心中想道，这不是我的手势，这是老爸的——就像斯托科夫斯基[1]在指挥着一支由一百个女人组成的管弦乐团。

“你是一个平和的人，总的来说是这样——心眼儿好，但绝对内向。温柔却又谨慎——非常保守。我觉得你的光环应该是浅蓝色的。这跟我想要的相差很远。我的性格所呼唤的伴侣是橙色、红色和紫色的，更偏外向，需要更多的行动。不过我对你很好奇。一直都有人跟我说犹太男人对女孩子超级体贴。”

“我对此不是太肯定。这话听着让我觉得，没有单独哪个男人能满足所有条件。”

“对……除非他是多重人格。”特雷姬说。

“那是因为追逐色欲的行为已经花样百出了。性欲曾经只是单季种植的庄稼，比如棉花或小麦；但现在人们种上了各种东西。而犹太人在好多个世纪里一直都是把古老和现代结合在一起的。你几

1 斯托科夫斯基（Leopold Stokowski，1882—1977），美籍波兰指挥家，指挥风格豪华壮丽，对比强烈。

乎可以在一个当代的犹太人身上看到那个古老的人。但美国把这一切全给破坏了。”

“你刚刚给了一个最好的现身说法，说明了为什么你这人不好相处——只要在你跟前提到点什么，你马上就能扯个没完没了。这会让一个女人觉得自己脑瓜很不好使。”

对，点头同意。没有人会看重另一个人的想法。他往往会表现出尊重。不过他应该承认，没有人真正想要听别人的意见。意识出现波动其实并不是在思考，很大程度上只是个人的紧张。舅舅则不同。他有一个主题。他真正了解植物王国。他对秘密的东西进行仔细的观察——完全沉迷于它们隐藏的构造。无疑，世上会有女人也许就为了这一点而爱上他。可她们在哪儿呢？我并非讲到自己的短处就不说了。我想，如今的局面是我应得的。可贝恩有他的优点。他永远也不该成为别人通向一种向往的生活方式的门票。

“那，在你的新生活里，南希该处于怎样的位置呢？”

“孩子们喜欢到处走，而且跳蚤市场里也有很多东西可学。那儿吸引了大量形形色色的人物。讨价还价是一种很好的训练。此外，那么多偷来的东西在市场中亮相，你必须得特别警惕才行。又要说到你一点了——你从来都不必把你的高智商用在那些肮脏的细节上。如果南希遗传到你一些脑力的话，她会把它们用在更好的地方。”

“你不会收赃物吧？”

“联邦调查局不会为了防水长靴、雪地鞋、吊裤带、钻头、牛排餐刀或旧拉丁文字典而出动，在这儿亮相的就是这类东西。”

“让我更为担心的倒是，”我说，“她有一半的时间是在房车里跟你和她的继父一起生活。如果我们假定你丈夫具有非常浓厚的紫色光环，那她也许不会很安全。每年我可以带孩子去过上一段时间。”

“跟你一起住在宿舍里，听那些奇怪的对话？”

“我就要离开宿舍了。”我说，“有一处公寓空着。”

“是吗？那倒是个改变。”

“我在财务上的支出必须大幅下降。”

特雷姬认真地考虑着这话。她知道得非常清楚，如果他们在房车里亲热，而南希从上铺看着，应该会造成一些问题。我很识相，没有提起大麻或更厉害的毒品。

“你要是跟她一起，得有个女人给你帮把手才行。”特雷姬说。

“当然会的。我心里已经有人选了。如此安排对你的一个好处是，你有机会可以更加自由地探索你和你丈夫的新关系。”

特雷姬和我就这么说定了。她说：“皮吉特湾大约两周以后会关闭。我们得把这儿的东西安顿好——总得要一个月吧。然后你就可以把南希带走先试试看。”

“你这么看这件事我很高兴。”

“你有许多温情想要付出，只是一直找错了地方。把这些感情放在女儿身上总比放到别的地方要好。没理由让她成为一个感情上有残缺的人。”

“关于这点我没有异议。”

“很遗憾你这会儿见不到罗纳德了。”

在我脸上应该会被打到的地方，我感受着这场没有发生的打斗——有一点点刺痛。我似乎曾经想要跟他打上一架，几乎盼望着能在家里找到他。这是我一生中唯一一次毫无惧意。

“你把浴室彻底给毁了。”特雷姬说，“没事。我猜，你当时是怒气突然上来了。”

她的脸颊泛着光，说话的时候仰着脸。看来她不准备追究此事了。

“你不记恨我？”

“只是造成了一点小小的不便而已。”

这样可能更糟。这将意味着双方相互放弃权利。舅舅有时候称之为墨西哥僵局。

这是因为她对我根本一点都不在乎。对她而言，我甚至就不存在。

这事没什么好激动的，说白了只是一种很常见的经验——既不付出，也不接受。在实践中，这被认为是理所当然的事而接受，尽管在心里没有人对此完全认可。在我们的事情当中，即便关系断了，总还有点遥远的情感牵挂，毕竟我们是同一个孩子的父母。孩子的意义介于动物学、生物化学和永恒的伟大人性之间。但眼下这些只是一掠而过的概念，我不想抓住它们论述一番。走过客厅时我停住了脚步，第三次亲吻了南希。在我的脸颊下方她目不转睛地看着卡通片，一点都没有注意我。可怜的孩子，她将来会变成什么样子呢？也许迪塔会为她做些什么。迪塔拥有女性足够的特有的浪漫，会让她即便是对特雷姬的女儿也生出友善来。

我帮孩子拉上滑雪衫的拉链后，便离开了特雷姬家前往米尼旅馆，之前我从日本回来的时候，就是在那里过的夜。

此行的结果是，我既没有挨拳头，也没有得到亲吻。

我通过电话辗转找到了舅舅在迈阿密海滩住的那家温泉，给他留了几条口信。到了西部时间大约晚上九点的时候，电话响了。舅舅跑上来的几个词说得结结巴巴，所以我立刻知道他有坏消息要告诉我。这么一来，我们两个人中间的一个就必须得要冷酷——或者说坚定，反正就那个意思。在这种时候，总不能电话线的两头都结结巴巴吧。我当天早上意识到自己对特雷娅而言根本不存在，经此打击后心肠才刚变硬了些，所以我说："舅舅，说吧。"

"最糟糕的情况。"他的声音提高了，满含着惋惜之意。

"老头儿死了？"

"嗯。"他哭了一会儿，我等着。这种时候没别的事好做。

"可怜的老家伙。"我说。这会儿我脑子里想着哪个老家伙我自己也不是很清楚。"好吧，贝恩，这的确是感情上一个艰难的时刻。可他其实并不在乎你，我实在弄不明白为什么你要为了那个老骗子这么伤心。"

他提高了声音，也许是想让别人透过他的哭泣听到他说话："我们最后一次见到他时他的情况就很糟糕，可他依然是个人，一个活生生的人。现在他已经变成了一小包灰，装在一只黑盒子里。”

“他什么时候死的？”

“我到这儿之前的二十四小时。主动脉不行了。费舍尔跟我说的。”

“费舍尔已经到了？”我问，“他在机场等空位来着，那他准是运气不错。这家伙铁了心要跟他父亲和解。希望他做成这件对我们这么多人来说都是不可能的事。维利泽其他那些儿子怎么样？”

“他们也都很悲伤。我走下出租车的时候没有感受到任何暗示。我在想会不会跟这里的植物环境有关系。”现在，他说话已经连贯多了，“这种事情有时候会发生，在你从冬季气候来到郁郁葱葱的亚热带时。我之前从来没见过哈罗德的房子。那是一栋白色的、大而精致的西班牙风格建筑，在一个海湾里，门口就停着一艘可住宿的游艇。棕榈树，橘子树。那儿有一株很漂亮的弗吉尼亚橡树——我见过的最好的橡树之一。维利泽家的门开着，遭遇丧事的人家通常如此吧，我想，而且陆陆续续地有人进去。他是在开派对吗？我那会儿还根本没想到登门吊唁这回事。但那会儿要说开派对的话又嫌太早。我依然搞不清是怎么了。不过，我不管三七二十一还是进去了。有些人看着有点脸熟。他们是从我们家乡城市赶来的退休官员——法官啦，市议员之类的。我在报纸上隔三岔五地见过他们，他们要么是在竞选，要么是在被起诉。并不真的认识谁，只是以为我认识，就好比你认识总统，却也从来没有亲眼见到过他。所有这些家伙和他们的老婆都上了年纪。他们让我想起了鸟儿们在夏末聚集到一起，为迁徙做着准备。你也许见到过鸟类聚集到一起的样子。”

“可这些，如果我没理解错的话，都是疲惫的老鸟了，他们已经做好准备要从他们的躯壳里迁徙出去了。”

“说得没错。”舅舅说，“水面上辽阔的天空在等待，可你的眼睛永远也不会看到这样的迁徙发生了。”

“他们只能随风飘荡了。”我在心中说道。

“我来到后门，从厨房进去，那里放着酒瓶、冰块和玻璃杯。时候还早，我不准备喝任何烈性酒，不过我确实需要一点水来吃药。那儿有位黑人妇女，看着像是舅舅的管家——一个体格丰满的女人，穿着制服，心里有什么想法也不会说出口。治心动过速的药——葡萄糖酸奎尼丁——如果我不把它们一掰四，它们就会卡在我的嗓子眼儿，害得我这些天一直吞咽困难。反应能力也不正常了……我正在慢慢适应。我总是忍不住要说事情的详细经过，肯尼斯。我已经怀疑哈罗德舅舅死了。我问了管家，跟她说我是他唯一的外甥，是从北边赶过来的。”

贝恩能从那位黑人妇女身上所得到的便是默默地审视。并不是所有人对亲戚关系的感觉都跟舅舅一样。人们并不很想听到他的亲戚在此刻来访。她的反应让人不是很舒服。在家族成员索赔这件事上，她的态度与维利泽本人并无二致。她不会想要张开双臂把贝恩揽入怀中。等舅舅最终能令她开口的时候，她告诉他维利泽在回来后几分钟就咽了气。“刚走上门廊的台阶，踏进厨房。”

所以舅舅此刻正站在维利泽死去的房间，也许还正站在同一个点上。哈罗德舅公现在在哪儿呢？他们已经把他送去殡仪馆了吗？对，应该是已经去而复返了。他此刻在客厅里。所以这是家庭葬礼？她回答说两点的时候会有个仪式。她没有指给舅舅看客厅在哪儿，而房子那么大，没有人指点要摸上半天。她转身忙自己的事情去了。跟外面的人，她是能不搭理就不搭理的。

这所位于水边的房子装修得华美豪奢，其主人显然得有好几百万的身家才行。舅舅（悲痛的舅舅，讲话时带着忧戚，显然正在排解心中的苦痛）向我科普说，在这样的气候里，那些豪华的地毯和欧洲的古董家具若是没有除湿器的话会腐烂——因此你可以听到远远地传来机器运行的声音。这儿的有些东西如果能给搬到罗阿诺克去，会让玛蒂尔达哪怕用她的犬齿来换也愿意的（“犬齿”是贝恩的原话，我特意停下来提醒大家他对于她牙齿的感觉时至今日也依然挥之不去。）。这些漂亮的断层式家具和精美的椅子无疑将会令她那威尼斯宫殿风格的公寓更加出彩。她肯定会说——贝恩如此评述道——我们已经用电子大厦的钱为这些东西付过钱了。当时肯定请了顶级的装修公司，也许是从棕榈滩请来的。可哈罗德舅舅的遗体摆在哪儿了？贝恩（怀着悲悼之心）把底楼找了个遍，没有看见棺材。于是在前厅，那儿有个大天窗，闪耀着七彩的颜色，跟我们和舅公相遇的市政府大楼那处的玻璃很相似，就在前厅，他问了一个身穿白色制服端着酒的黑人（他和厨房里那个女人是有同居关系的一对），维利泽先生被摆在了哪里。那个人说：“就在这儿，在这个房间里。”贝恩四下寻找着摆放在搁板桌上的棺材，那个人用奇怪的眼光打量着他，仿佛自己是在和一个低能儿打交道。稍后，他无声地朝贝恩指出该往哪儿看。就在那扇宽阔的种植场时期风格大门的内侧，有一个漂亮的老式伞架和衣帽架。那东西一定来自澳大利亚，一件青铜的枝形物。帽子和伞已经从上面拿掉了，在一个红色大理石或斑岩架子上放着一个盒子。

“一个黑色的盒子，肯尼斯，比我装双筒望远镜的盒子大不了多少。”

“骨灰？”

“他就在那里面。”舅舅说，“我还准备着要在这个地球上看他最后一眼呢。”

这个平地而起的震惊，毫不夸张地说，让贝恩舅舅只觉得双膝发软，所以他只好坐了下来。他的两条腿已经不听使唤了。黑人给了他一把椅子，又递给他一小杯威士忌，这是在听说贝恩就是那个科学家外甥——主人的近亲后。这家的亲戚们都是些很实际的人。他们每天都在评估哈罗德，测算他活下去的机会有多少。或许他的死正是他们长久期盼的。

在点评贝恩的反应时我对他说：“你能够爱一个人，尽管不爱他对你做过的事。”

舅舅谢过了我对此事的理解。但此时此刻并不适宜放任我那爱发表高论的习惯。

“为什么那么着急就给火化了？”我问。

“这些都是哈罗德自己安排下的。他的命令就是立即火化，费舍尔告诉我的。死亡证明一签就火化了。日落前就都弄完了，他们把他的骨灰带了回来，放到了架子上。后来才知道他一想到葬礼就受不了。不能忍受被埋到地下。他对此极为反感。”

“有些人会迫不及待地想要让自己从世上消失。而另一些人则受不了让任何人离开。”

“你这话说到点子上了。”舅舅说，“没错，我不能忍受向哈罗德舅舅低头。我对自己的记忆也是如此。一旦我的记忆跟某个现象联系到一起，它便紧紧抓住不放了。这其中有一股顽强的劲头，对于植物形态学来说是个好处，但若是放到亲情上就要出乱子了。在有人死的时候这点尤其严重。我坐在椭圆椅背的椅子上，面对着那只黑盒子，这就是费舍尔发现我时的样子。所有的哀悼者之中只有我跟费舍尔两个是动了感情的。你想象不到他的一双眼睛有多红。他死死地瞪着我，那架势就好像如果不是我，他父亲不会这么快死去。我不禁起了个念头，费舍尔无论在哪方面从来都不是个稳定的人。他做过的那些事并不仅仅是他的计划。当然，他那些入不敷出的商业企划有时候的确跟精神有问题差不多。你忍不住会想，他的有些商业计划，其真正目的也许并不是挣钱，而是把挣钱当作幌子来实现他那些疯狂的想法。"

"别管那个了，贝恩舅舅，他说什么了？"

"首先，我们不应该面对面跟哈罗德摊牌。他，费舍尔自己，对他最了解，我们应该给他时间。也许会再拖上一阵，但这能让我们多放过哈罗德一会儿。有他妈什么好急的呢？我让自己被莱亚萌一家推着走。对了，费舍尔把医生可是好一顿痛骂。他认为医生和医院都有恶魔的一面，没有什么能比一所大城市的医院或是像莱亚萌那样盘踞其中的骗子更肮脏、更见利忘义。他说了一句叫人吃惊的话，虽说我听了很不安，却在我心里久久挥之不去。他说但凡在人类因为受折磨而涌现出感情的地方，就会招来一帮虚无主义的人，他们会在那里看到机会，把他们的虚无主义动机发挥得淋漓尽致。他说那些出现了误诊、被搞砸了的病人，如果说他们会被'允许'死亡以避免治疗不当的官司，他一点也不会感到吃惊。"

"这话你听了怎么想？"我问。

"我现在没心情讨论这样的话题。费舍尔说我是个性欲狂。"

"不会吧。"

"说了。他是怎么想到说这种话的？我不知道他在性方面有什么样的烦恼。不过，让我吃惊的是，他对我生活中的女人，知道得可是真不少啊。从外人嘴里听到对自己行为的看法，实在有点可怕。可怕的到底是你自己，还是看你的人？你的痛苦被忽略了。在他父亲的遗骨面前，他让我明白，我已经太老了，不该再被女人迷得神魂颠倒，而且必须比年龄只有我一半的人加倍努力才行。像玛蒂尔达那样一个有阅历的美女把我看得透透的，把我看得纤毫毕露。他说也许我在自己的科学中是个领先者，但其实我就是一个猥琐的老头儿。她为什么要克服这一切来取悦我呢？他的猜测是，她是一个行骗的老手，百分之九十九是故作姿态的引诱。我和她比起来完全是弱势的一方，我还偷走了哈罗德舅舅两三年金色的年华。此外，我还货真价实地对老头儿动了手。”

“那家伙心智大乱。这话说得太无情了。完全是疯话。这一多半可以归结于哈罗德的死对他的打击。我觉得费舍尔的性格没有这么脆弱。其实老头儿才是真正想要打击你的人。看在上帝的分儿上，别把费舍尔太当回事。”

“我没有，没有全当回事。但面对那盒骨灰，我是真的感到震惊。他甚至对我引用了《哈姆雷特》：‘你不能说那是爱，在您这个年纪/激情已不再燃烧……’”

“他这么说话可是太不公平了——简直称得上卑鄙，贝恩舅舅。他根本就不知道你的悲痛。好像只有他一个人在悲伤似的。现在我也觉得这场景有点古怪了。满满一屋子的人只有你们两个为哈罗德的死感到悲伤，而你们俩还在争吵。”

“我可没心情跟他争吵。”

“这我相信。你的弱点就是，不管别人说你什么，你都会往心里去。这是你身上孩子气的地方。费舍尔就是个疯子，他说的那些伤人的话，你只管左耳朵进右耳朵出就行了——我说的是他对你在性方面的攻击。”

“这的确是忠告，可是有用吗？你说我有孩子气的地方，说得好像我还没发育成熟似的。但是没有哪部《罗密欧与朱丽叶》是写给六十岁的恋人们看的。我必须承认，在我的行为中有刻意的地方。想要做得特别好。不愿意像古代或中世纪的人那样坦然接受生命的不同阶段。（尽管我对历史学家也不敢全信——他们的把戏有时候就是为了吓唬他们当世的人。）在我对爱情的执念下面其实埋藏着一些东西。不是所有的人都具有爱的天赋。关于那方面我们暂时先不聊。”

“这都是因为你的能量水平，舅舅。在处于低能量水平的时候你无法具有创造性。而且，大部分宗教作家都说灵魂是没有老年的。”

“我会回想起过去经历过的那些片段，肯尼斯。我想起黛拉·比德尔站在门口，对我呼喊，‘我的性欲该如何解决？’她该爱的年纪已经落后她三十年了。如果是那样的话，那我们唯一的一次性行为就更像是一场纪念仪式。”

我说：“记住一件事，舅舅——疯狂的人有一种特别的天分能找到你。但他们对你一无所知。你不是他们以为你是的那种人。你不是任何可以以常理度之的东西。他们虐待你的方式十足令人愤慨。比如，莱亚萌一家，他们对于你究竟是怎样的人就没有任何概念……”

“莱亚萌医生疯狂得就像卡纳维拉尔角[1]里追踪太空物体的仪器设备。还有，不管我也许曾经怎样，似乎都已经不再是了。”

“你错啦，贝恩。你出了一个小差错——一个小故障，这是宇航员们的说法。”

1　卡纳维拉尔角（Cape Canaveral），美国著名的航空基地。

“你是一片好意，对此我表示感谢。每个人都有权犯错。世上没有完美无缺的天赋。但如果你违拗自己内心深处的本能，便发出了一列因果律的火车，由着它向四面八方乱开了。一连几个星期我都在利用那盆该死的杜鹃，从中获得其实是幻象的反馈。现在所有的一切都走向了反面，在我说我没有做出任何让维利泽减寿的事时，我甚至连自己都不相信了。”

我明白他正在说的是什么意思。位于他那个因果网络中央的是玛蒂尔达的双肩。他自己那具有预言功能的灵魂给他送来过一条很特别的讯息。要避开那双宽阔的肩膀。接下来是她的一对乳房似乎相距太远，她的犬齿也不是个好兆头。那会预言的灵魂因为受了冒犯，便引着他扭曲她的美貌，于是原本是她的可爱之处，反倒令他感到厌恶了。心魔既成，他便觉得有一个造物主隐藏在那女人的皮肤之下——当她熟睡于羽绒被下，如同一束羊齿蕨一般静静地卧着（还记得那曼妙的轮廓吗），从那精致、笔挺的鼻子里有欺骗的气息喷出。

我对贝恩说：“千万不能让费舍尔把你给骗了。你没有从维利泽那里夺走任何东西。他本来就已经大限将至。忘掉金色年华那些个鬼话，我敢说维利泽自己也会讨厌这种想法。我拦着他的时候感觉他的骨头都已经疏松，像空心的泡沫塑料，像包装材料。金色年华的人摸上去可不是那样的。”

“费舍尔说我是毁灭舅舅的帮凶。我跟他的敌人们站在一起。”

“敌人？他让他的敌人孤苦无依，把他们耍得团团转。他把一手夺命的好牌打得风生水起。什么斯蒂沃特州长，什么阿马多尔·切特尼克，什么大陪审团，统统不是他的对手。”

“那样的话我说过。可是照费舍尔的说法，那也不能让我得到原谅。最大的胜利是骗过死亡。不让它迫近。就算我无意伤害哈罗德，也是个扫把星。甚至连扫把星都算不上，是一个来自不同星球的人，根本就不该插手正常的人间事务。”

听到最后这一句我马上想起来了，这是一句很明显的谴责之语。舅舅在成为莱亚萌家庭的成员之一时，穿上了定做的花格呢西装；那座植物瞭望台，也就是他的脑袋，经过了发型师的打理；身边都是亮着灯的橱柜，里面摆满皇家道尔顿的水晶玻璃杯和罗森塔尔的瓷器——就是在那个时候他觉得自己像个捣乱的人，一个故意传错话的人，一个和别人格格不入的人，一个冒名顶替的骗子，被人错当成了女婿，或是丈夫。然而他被劝告说必须要为此对莱亚萌家做出补偿，仿佛是他把他们放到了一个错误的位置上。

“舅舅，”我说，“请听我说。你这话什么意思——正常的事务！如果说这个星球被毁了，他们才更像是干下这种事的人。他们那种人除了是工具外什么都不是。他们是占据压倒性的目标用来呈现其弊端的。他们没有真正的主动性；他们只是容器。而像你这样的人……”

可他并不想要我用高大上的好词来形容他。谢谢，不用了。他说：“仪式开始了，而费舍尔和我依旧争论不休——争吵。这时有用人被派来找他，要他坐到直系亲属所在的前排去。我坐在后面，听一位改革派拉比致辞。他把所有的祈祷词都翻译成了英国上议院风格的英语。我有整整二十五年没进过犹太教堂了。但你外公是个希伯来语老师，肯尼斯——他从来没有习惯你的名字，他觉得这名字起错了，你应该叫基尼烈[1]才对——因此我根本不需要翻译。我没有

1　基尼烈（Kinnereth），《约书亚记》中提到过的一个地名，位于加利利海的西北岸。

忘记过任何东西。但等到拉比结尾时吟诵起《慈悲的上帝》[1]，我情绪失控，抽泣了起来，想着不知道慈悲的上帝会不会接收哈罗德这种人的灵魂。或者我的。那位黑人男仆走过来搀住了我的胳膊。他引着我走出哈罗德舅舅的别墅，到了港口湾岛才松开我，让我自己回温泉酒店去。”

“基督啊，舅舅！你所需要的就是这样一种丧亲之痛！你从来就不需要去巴西，不过如果换了我，我倒会期望这趟旅行，让自己有个地方能从这些打击中缓过来。”

“我的确这么想过。”

“那是一个截然不同的环境。”

“当然，”他说这话时好像脑子里在想着别的东西，“到了这片相邻的大陆就会不一样了。”

“你明天早上跟玛蒂尔达在机场碰头？”

“没那么早。她的飞机下午三点降落，去巴西的航班在两个小时之后。有足够的时间赶到国际候机楼，办好转机手续。”

“我希望你们在里约能放松心情。”

这话说得实在是糟糕而又不当。我面前的男人已经失去了天赋想象力的特权，堕入了与之相对的以野蛮残忍为主导的世界观中，而我却告诉他在一个充满拉丁欢娱的城市中放松自己。我以为他要发火，可他听了这话没有表示异议。他似乎明白，我与他相隔遥远，解除了武装，不能提供支持——只是重复着无用的时髦话：“放松心情”和甚至更糟的，“我希望”。他当然已经没有任何希望了。

“你给我的那个陌生的地区号是哪里？”他问。

1　一篇祈祷文，主要对比了和疾病、死亡以及葬礼相关的各种犹太律法和习俗。

“我在西雅图呢。”

“所以你是去了那儿。你不想打扰我。有你自己的麻烦——从特雷娅那堆烂事里出来了吗？”

“我明天早上飞回去。答应我到了巴西给我打电话。我甚至连你到了那儿怎么可以联络到你都不知道，你这一走就是好几个月。”

“当然。我会做得比那还要到位——还没等你起飞就给你打电话。你明天是怎么个日程？”

“我先要给罗扎诺夫的研讨班上课——一门关于俄国性学神秘主义者的课。两点结束。我可以在宿舍等你电话。”

“再好一点的话，在我的公寓里等。万一我忘了什么需要的东西。而且，在那儿的话，改由对方付费也方便，因为我会用公用电话打的。如果明天玛蒂尔达跟你联系，什么也别跟她说。什么也别说。”

“我觉得她不会有时间跟我打电话，她为什么在要动身去巴西的时候跟我打电话呢。再说我也从来不会跟她谈论你。”

“关于维利泽，”舅舅说，“我想由我自己把这个消息告诉她。”

“关于他报纸上不会提到一下吗？”

“目前还没有。他们家，出于某种复杂的商业策略上的原因，还没有宣布死讯。丹尼斯·维利泽跟我说的。”

“但记者每天都会察看医生必须签署的报告。我是说，死亡证明。”

“怎么说呢，丹尼斯说，那个也被掩盖过去了。他们放出了一条心脏病发作的消息。”

“他们要干什么呢？在基金上弄虚作假，篡改存款数字吧，我想。”

“所以报纸上只会说他得了心脏病。”

“不用多说了，贝恩舅舅。”

叫早的电话几乎毫无必要，因为我根本没怎么睡着。洗了几次热水澡也没能舒缓我脖颈处堆结在一起的肌肉，它们刺激着我背部的皮肤，让我无法入眠。于是我用一只银质的长颈瓶啜饮着白兰地，这是我要离开法国时父亲送我的礼物。我是醒着的，虽说还算不上是冷静的清醒。在这个时代，不是一直都能睡得上美容觉的。一位睿智的女士在一本杂志上将美容觉说成是“后人类的”。因此在那些危机来临时的夜晚，人们应当以最大的镇定来面对。你不应该担心憔悴的外表和眼袋。在那么多的支持和稳定都离你而去时，必须思考你主动离开它们所可能带来的优点——人，保留住人性的话，会找到一个能带他走向自由的通道。他消减的体重可以抵御无政府状态对他如磁力般的吸引，使他独立悬浮。或许我可以在这种独立状态中教育我的小女儿。我或许还能把这种更趋完美的洞察力也传递——等我使其更加完美之后——给贝恩舅舅。毕竟，在我离开巴黎跑来跟舅舅一起生活时，就已经把我生活中重要关系的数量减到了只剩两个。而对于两个来说，最理想的便是合二为一。爱原本就应当是这样的。舅舅试图把他的魔法力量从植物学转移到爱情上，他进行了（以很茫然的方式，没有得到任何解释说明）一场这般合二为一的实验。我必须记得把这话告诉舅舅。“这是一次实验，舅舅。你只是没有设置正确而已。”我打开了床头灯，在记事的便签上用链子拴着的圆珠笔记下这条以备忘。“伪造的人做不到这点。”我在米尼旅馆的便签本上写道，“和伪造的人混在一起，就算你有魔法，也永远别想能保得住。”魔法！对！舅舅当然是有魔法的。如果他没有的话，那他在这一天里遭受的痛苦又是什么呢？“他赌了。他输了。现在他还有什么能抢救出来，或是能恢复的呢？”

我关上了灯，回到黑暗中，继续从长颈瓶中啜饮着白兰地。父亲肯定不会同意我用他送的一流礼物来装我此刻喝的二流货色。但它却有助于我把所有事情理出个头绪来。我又把思路回到我的根基上去。贝恩拥有其他人所不具备的视野。他做了一个大胆的——不，是一个莽撞的实验。堕入了相反的、堕落的视野中。早前他能飞去远方，去到印度的森林、中国的山脉、尼罗河的源头去研究植物（这在某种程度上是一个借口）。但现在，这个星球上遥远的、尚未被人探访过的部分只有第三世界了，那里肮脏卑劣，被窃国的军人们把持着，实施着腐败的政治，到处是饥荒、污秽、艾滋病和大规模的谋杀。瞧啊——甚至是维利泽这样的人也在死后通过火化被夺走了百分之九十我们耳熟能详的化学物质。这便是展现在你面前的野蛮残酷的视野——就算我死后能留下数以百万计的钱，我留下的化学元素甚至连一块钱都不值。

关于我们的存在的秘密仍有待揭示。只是现在我们明白了，为其感到忧虑和加以嘲笑都毫无用处。第一步是要停止这些对我们意识的动摇，因为正是意识令我们保持清醒。只是，在你能令这些动摇停止前，在你能将情况核实清楚前，必须让自己进入能获得形而上帮助的位置。

由于盛行风在我们身后，回家的航程在用时上创了纪录。我回去之后在上课前还有一小时可以晃荡，便用这时间吃了点威斯康星白乳酪和撒盐饼干，然后在研讨会的会议桌边花了两小时来解释我自己也不甚明了的罗扎诺夫的性理论。罗扎诺夫是个恶棍（然而却不知怎的甚是迷人），这位基督教神秘主义者很羡慕犹太人的生殖崇拜（在他看来是如此），他认为犹太人的沐浴礼是他们性能力的来源。孩子们把这些都记了下来。他们能从中研究出什么样的东西来（如果能有的话），还得等将来再看了。

下课后我买了点熟食当午餐便带着行李赶回了舅舅的公寓，去等他的电话。我看着他咖啡桌上的书报杂志打发时间——都是些植物学的东西，对一位研究俄罗斯的学者来说没有多大意思。我只知道这些玩意儿吸引了他的注意力就够了。这些材料中大部分都跟苔藓有关，查那些术语会很麻烦。于是我改为浏览莉娜舅妈的书，那些书依然单独保管在一个箱子里——所有那些巴尔扎克、斯威登堡和霍夫曼的书。在霍夫曼的某一卷书中夹着一枚书签，自她留在那里之后就再也没有人动过。我翻到书签夹着的那一页读了起来："路德维格一跃而起，深深地吁了口气，抓过朋友的手来，贴在了自己的胸膛，'哦，费迪南德，我最最亲爱的朋友！'他大声说道：'在这粗犷的、充满暴风雨的时代，艺术将何去何从？它会不会像柔弱的植物般徒然地将脑袋朝向乌云，太阳消失在了乌云的背后，它也将就此枯萎凋谢？……自然的孩子在懒散无聊中堕落，她给予他们的最美丽的礼物被他们踩在脚下，踩进愚蠢的放荡之中……'"我将这看作我死去的舅妈跟我的一次沟通。如果有哪个警官来盘问我，我不会向他承认这点，也不会在法庭上就此宣誓作证，但对于任何费心读我这篇记叙的读者，我会坦然承认。而且还可以肯定地说，我听到的是莉娜自己的声音。

我跟迪塔在电话上聊了一会儿，告诉她特雷姬已经答应让我一年中有一段时间可以把南希接过来待在一起。"她要结婚了，不想让孩子打扰她。"我说。

"听着像是个合理的解释。身边有个孩子，你得表现好点才行。”迪塔是在表示愿意帮忙。我不准备拒绝她的好意。真是个好女人！“有空一起吃饭吗？我们一起去饭店吃怎么样？”我问，“我买了腌牛肉和泡菜。时间没法定，我正在等我舅舅一个很重要的电话。这会儿随时有可能打来。我觉得我该挂电话了。他刚去了巴西，你知道的。”

但电话直到过了预计的时间很久也没有响起。到了六点的时候我变得烦躁不安起来，我把电话铃声调到最响，这样，哪怕我人在浴室里开着水也能听到。现在迈阿密时间是晚上七点。也许航班晚点了。我试着猜测贝恩和玛蒂尔达在巴西航空公司的候机室里相互间会说些什么。他为什么想要隐瞒维利泽的死讯呢？他有什么要骗她呢？她和莱亚萌医生如果获悉了哈罗德的死讯，难道会执行什么B计划吗？打一场遗产官司？凭借什么样的证据呢？现在阿马多尔·切特尼克还有什么必要做证说他受了贿并受到了教唆——或者，如果这么说不对，是有不当行为呢？（对于如此司空见惯的事情这是多么独特的一个说法啊。）我在想，不知道舅舅能从玛蒂尔达那里得到怎样的安慰。除了恢复他业已丧失的力量外，其他的一切都于事无补。我想，巴西到处都能见到杜鹃吧。他以后还怎么能再面对它们呢？

正在这时，电话铃声响了起来。

“舅舅！怎么回事？航班延误了吗？”

“哦，没有。”他说，听上去（不是声音上，而是精神上）有点遥远。

“能请你告诉我，你那儿发生什么事了吗？你为什么不想让玛蒂尔达知道维利泽死了呢？”

“那是要让她相信我还不能离开迈阿密。就这么简单。”贝恩舅舅说，“哈罗德还活着——虽然虚弱但意识还清醒。我就是这么说的。有点回心转意。我们还有些许的机会。不管怎样，我不能在我母亲的弟弟奄奄一息之际一走了之。”

“别跟我说她信了。我想都没想过还会有这等事。”

“真信了，我确认过了，她的行李经过检查去了里约。我跟她说我的行李也已经去里约了。”

“其实没有？”

“你看见我随身拿着的。”

“所以你哄着她自己先去了？她已经上了去巴西的飞机？”

“我猜她应该明天早上到里约。”

“她难道没有问你要行李领取单，好帮你取行李？”

“我准备了一个信封，里面放了两张空白的硬纸板，我把它和她自己的行李单和机票放到了一起。”

“这实在让我无法想象。”我说。

“事实无非就是——这就是最基本的原因——我无法面对巴西。在落后的偏远地区的大学里举办巡回讲座。作为回报，玛蒂尔达依然在尝试争取获得外交特权，让她可以把买来准备布置罗阿诺克的东西免税运回去。”

“在那个辽阔的国家游荡上一大圈会让你最后剩下的那点力量彻底枯竭的。”

“绝不能那样做，肯尼斯。这会要了我命的。我不说你都会明白。你简直就是我的儿子……不像外甥，更像我自己的孩子。”

“那你要回这儿来吗？”

“此刻我在机场的另一边，刚买了机票，要去别的地方。”

“你还有别的计策？不回家？”

“玛蒂尔达不愿意跟我分开，独自飞行。想要留下来。她跟我说，光这样在维利泽身边转悠是不明智的，不会从中得到任何东西——永远不会。这只是我对家族情感的迷恋罢了。可我说，要是我走了，会在余生中将之视为一个污点。一个永远也擦洗不掉的污点。求上帝宽恕我，我甚至跟她说，费舍尔觉得哈罗德舅舅也许会愿意在最后时刻签一份遗嘱附件。”

“我真没想到你居然这么会骗人。”我说。

“哼，他们花了那么多力气想让我转变，我的确转变了。最终我也参与其中了。但愿你能相信，这件事我只跟自己商量过，全是我自己想出来的。挺可怜的一点成就。他们这一套把戏几乎没有什么门槛。这次我骗了人，以后再也不会了。不过让我告诉你我是怎么安排的吧。等到她在巴西降落的时候，我应该已经踏上前往北极的旅程了。知道吗，有人组建了一支进行专题研究的国际科考队。我三天前和他们签了约，考察南极和北极的苔藓，比较研究，探究一些植物形态学上的不解之谜。也不是什么大不了的谜。只有很专业的人才会有兴趣的那种。我们准备在斯堪的纳维亚的北部建立大本营，其实就是在芬兰的边缘。以及更远的地方。”

“一天只有两三小时的白昼？我不知道你这么做有什么意义。”

“这你留给我自己想吧。”舅舅说，“现在只有黑夜和冰才能帮到我了。黑夜让我能看不到自己。冰能起到纠正的作用。冰代表着严酷。也因为那里除了苔藓看不到任何别的植物。因为如果没有人际关系，如果人际关系死了，我在没有植物的环境里会过得更好。这得要细细地感觉才行。光靠想是想不透的。这是一种生存之道。我利用了这冰的世界和寒冷的黑暗来帮助自己生存下去。感谢上帝，喷气式飞机使得我能得到这种疗救，不然我只能在这里跳海了，从迈阿密海滩这里。”

“那样的话，舅舅，尽管感到困惑不解，我还是要为你的探险送上祝福。”

“嗯，还有不到一个小时我就要走了。我给你留了一个信封，里面有更完整的信息。你可以在我写字台左手边最上面那格抽屉里找到。我现在还不是很确定在芬兰的邮寄地址。这地址你千万……”

“我不会给玛蒂尔达的。你要离开多久？”

“说不准。照现在的感觉，不会很短。玛蒂尔达也许会去申请婚姻无效的判决，应该不难搞到，不过那是法律上的事，我对这类事情很不擅长。而且我也不想和他们再有任何瓜葛了。”

“你需要我帮你找一个律师来代理……有那个必要吗？”

“永远不会有那个必要。”

“你不想替自己辩护吗？”

“肯尼斯！有什么好辩护的！是我姐姐，还是你说过，说我是一只会追着纵火犯跑的凤凰？好，那就让我们来看看会发生什么吧，看看我会不会从灰烬中浴火重生。这会儿它就像是从他们自殡仪馆里拿回家的那些灰烬里让维利泽舅舅再复原一样。好了，我必须得挂了。如果我能让自己的心思安定下来，会给你写封信的。头几个月里我估计会很忙。苏联科学院据说会告诉我们他们要不要参加这次探险。从那些家伙的嘴里你永远都得不到直截了当的答案。”

“你在给我留的信里还说了别的什么吗？”我问，想要在电话上多留他一会儿。

“就是些最基本的、最低限度的信息。我可没心思作详尽的说明。好了，再见了，孩子。能让我想念的就只有你了。”

信封里的信笺上，他用他那科学家的手整洁地打下了一个不熟悉的研究团体的名字和一位芬兰教授在赫尔辛基的地址（家庭地址和办公室地址），外加一个看不出位于驯鹿之国何处的邮箱号码，反正是位于遥远的冻土苔原之上。也许靠近新地岛。就算是那里也还是不够远。

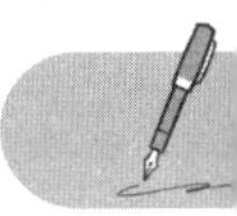

挣扎实录

——代译后记

1

一九八五年，索尔·贝娄结束了他的第四段婚姻。一九八六年，七十一岁的他爱上了比他小四十三岁的珍妮丝·弗里德曼，跟她生活在了一起。一九八七年，索尔·贝娄出版了他的第九部长篇小说《更多的人死于心碎》，在这本书中，主人公贝恩，某大学的一位植物学教授，娶了小自己三十多岁的漂亮女孩莱亚萌，婚后不久便发现这并不是自己理想中的生活，于是报名了一个北极科考队，略显狼狈地逃离了这段婚姻。

2

作家以自己的生活为素材来展开写作是写作这项事业的题中应有之义。绝大多数作家的处女作都具有高度的自传性质。但从第二部作品开始（如果他们能写得出第二部的话），作家们的写作道路便渐渐有了分岔，有的人开始关注起了别人的生活或想象中的世界，也有人继续在自己的世界里孜孜不倦地挖掘着。后面这条路不好走，容易越走越窄，容易让爱追求新奇的读者变得意兴阑珊。但也有成功者，比如我们熟悉的菲茨杰拉德，他的每部小说都是自己人生中刚过去那几年的实录。他的人生过得丰富而又精彩，他对时代的描摹如《清明上河图》般琐细而又真实，所以读者并没有觉得闷，反倒怀着吃瓜群众熊熊燃烧的八卦之心，饶有兴趣地读着这位替他们到上流社会去卧底的“记者”源源不断发来的追踪报道。

索尔·贝娄走的也是后面这条路，他笔下的主人公基本上一直是犹太大学教授，也就是他自己。他的这条路也走成功了，这至少有普利策奖和诺贝尔文学奖可以佐证，但他成功的方法和菲茨杰拉德略有不同。

3

写自己的生活最怕的就是陷进去，也就是“如入鲍鱼之肆，久而不闻其臭”，被自己所处的那种生活给同化了，失去了批判的距离和眼光。世上的凡夫俗子能从自己的生活中探出脑袋来反观自己，并真正看出名堂来的，得有几人哉？然而世界之大，也总会有那么几个得了造化垂青的，能凭了智慧，逃脱适用于庸常之人的规律的摆布。前面那样说菲茨杰拉德，非但没有贬低的意思，反倒是充满着佩服的。他在喝得酩酊大醉的时候，还能以艺术上的清醒来描摹这种醉态。虽然他的人生未能摆脱坠落的轨迹，但这份艺术上的清醒却予他以救赎，令他的坠落借助艺术的观照而成为一种另类的飞升。

这样的清醒到了索尔·贝娄这里，更多地表现在了思想上。最近的一段段生活到了索尔·贝娄的笔下会变成一股股源头的活水，汇入到他头脑中主题相对恒定的思考的海洋中，令这种思考不断变得更加深邃而又蕴藉，又在漫长而不易察觉的演变中勾勒出时代的轨迹。所以他才会在觅得新欢的时候，用我们中国人所谓“触霉头”的方式，写下那样一个婚姻的悲剧。人生不同阶段阅历的新酒被他装到了对西方文明的走向和知识分子命运进行反思和探寻的旧瓶里。而鉴于他思考的命题在时空上的深广和内容上的厚重，他的小说很自然地便带上了一抹令人“怆然而涕下”的悲剧色彩。

4

对索尔·贝娄小说的主题分析，早已有许多珠玉在前了，蕴藏在他作品中的深刻价值也早已有了定论，在这篇并不想与学术论文扯上关系的散漫文字里，我只想谈谈阅读这部作品给我带来的一些审美上的感受。

尽管索尔·贝娄的小说主题深刻厚重，且带有悲剧色彩，然而读起来却让人并不觉得闷，也不会因为悲剧的命运时刻盘旋于主人公的头顶而令读者气为之滞。这究竟是为什么呢？我细想了下，这大概是因为他的小说具有小、杂、趣、真的特点吧。

先来说说小。这种小是就小说表面上所呈现的格局而言的。先看人物，整部小说只有两个主要人物，那就是叙述者肯尼斯和他的舅舅贝恩，这种二人转模式贯穿了索尔·贝娄的大多数作品，是他用熟了的套路。我们知道，西方文明自古希腊开始便有辩证法的传统，一种思想即便不是以对话录的形式来呈现，也会在呈现时体现对话的理念，为的是充分展示思想的不同方面，让读者对这种思想有更全面、更理性的把握。索尔·贝娄笔下的双男主配置就是意在展现他心目中知识分子形象的一体两面，展现知识分子灵魂深处的挣扎。两个主要人物之间虽时有龃龉和冲突，但更多的还是相互间在价值观上的欣赏、鼓励和认同。除了很像是从一个人分出来的这一对主要人物外，其他角色充其量只是工具人，不过作者对这些次要角色虽运笔寥寥，倒也颇有出彩之处，这点到了后面再提。再看场面，整个故事其实只讲了老教授娶少妻这一个核心事件，从相识到结婚再到分开，前后也就一年多点的时间。落实到具体的事件上，作者展现的也无非是吃饭、聊天这等日常活动，这样的场面实在是太小，也太不刺激了。然而作者是怎样在如此局促的螺蛳壳里做出了一番热闹的大道场来的呢？窍门便在于作者将有形的小连接上了无形的大，为读者制造出了曲径通幽般的妙趣来。在我详说作者的手段之前，且容我先扯几句闲话，说说文学中小的妙处。

5

在相当长的历史时期内，我们的文学传统是以大为美的，这实在是因为我们目光向外的缘故。纷繁芜杂的人世、广袤的自然、漫长的历史乃至浩瀚的宇宙，都呼唤着我们用文字去描写、去反映、去思考，作品的容量自然就成为了检验作家功力的标准。这一传统直到20世纪才发生了重大的改变。一方面，以列夫·托尔斯泰为代表的现实主义作家已经把忠实展现历史大画卷的技巧发展到了极致，令后来人深感无力超越，另一方面，以弗洛伊德为代表的思想家把关注的眼光投向了人类自身，向世人揭示了长久以来未经开垦、然其广袤与浩瀚却不输宇宙的人类大脑的世界。当观察的目光从外部世界转向内部世界后，文学的审美标准发生改变便是顺理成章的事了。作家们不再贪大求全，因为一个个体的头脑之中完全容得下他们无尽的探索。于是，克莱丽莎·达洛维在伦敦街头的半日，利奥波德·布鲁姆在都柏林的一昼夜便足以缔造出“一花一世界”的经典。更何况，在艺术的任何领域，若想青史留名，审美眼光都是比具体的创作技巧更重要的。一流的艺术家无需靠外在的事物来成就作品的伟大，TA用一双慧眼看去，平淡无奇的生活日常自会焕发出别样的美来。正是如此，进入20世纪以后，小说创作日益呈现出了切口小、人物少、情节性减弱和注重内心的特点，“小”的美学价值逐渐得到彰显。虽然读者群体的审美口味相比作家群体和批评家群体会有所滞后，但这种导致审美口味更为多元的新变化、新趋势仍是确凿无疑地发生着。

6

索尔·贝娄小说的小是连着大的。前面提到过的杂的特点正反映了他作品中小世界与外部现实大世界连通的路径。读贝娄的小说有一种脚踩西瓜皮，滑到哪里是哪里的感觉。当然，这是通俗的说法，说得正式一点就是意识流。不过他的意识流与伍尔芙和乔伊斯等人略有不同，是带着浓浓学究气的，也可以说是在掉书袋。他无疑是一个很博学的人，在他的知识结构中占最主要部分的是俄罗斯的文学历史、欧洲的哲学和思想史、犹太教等蕴含一定神秘主义色彩的宗教思想，而其他如美学、医学、植物学、美国当代的时政新闻以及其他各色杂学他也多有涉猎。这些色彩斑斓的知识与学问在《更多的人死于心碎》中都得到了很好的呈现，他经常会讲着讲着就岔开去炫他的杂学了。一部分读者，尤其是缺乏一定知识储备的读者可能不喜欢甚至讨厌这种风格，他们会觉得这样的写法显得很凌乱，不能清清楚楚地凸显出小说的脉络。但其实这样的写法是作者刻意为之的，它令小说展现出一种复杂无序的美，如同一幅凑近了看的点彩画，只有当退出一定的距离后，作者的意图方能显出端倪。这样的写法不仅更真实地展现了叙述者的思维状态，也让语言形式参与到了人物艺术形象的塑造中。相信读者们在稍稍具备了现代小说的阅读训练后，便能接受这样的叙述风格，感受到这其中丝滑的思想流动。而贝娄正是凭借了这种打岔跑题掉书袋式的意识流突破了人物和场面上的小，做到了“精骛八极，心游万仞”，把读者们带到了充满自由联想的大世界里。

7

贝娄在小说中展现的杂学固然已经能让对各种知识不反感的读者读来觉得趣味盎然了，而他的幽默则更是能令这种阅读的趣味锦上添花。贝娄擅长的不是能惹人爆笑的段子（尽管他在提到名人轶事时也是一个不错的段子手），他的幽默感是犹太人特有的那种，偏冷，收着来，点到即止，出人意表，带点黑色，带点荒诞，最要紧的是发人深思。他借特雷姬之口对复员军人医院内种种丑陋怪象的揭露，对贝恩遇见女人时各种窘态的描述，对莱亚萌医生和特雷姬母亲等奇葩人物的白描无不被这种犹太式的幽默感浸润着。而小说将近结尾时贝恩发现自己岳母办公室中的杜鹃是假花这一情节尤其是这种幽默感诸多特点的集中体现。这种幽默未必能让人笑出声来，有时候它所勾起的或许只是失望乃至绝望的冷笑，但这绝对是幽默，而且是一种颇为高级的幽默。这种幽默弥漫在他这部小说的各个地方，有时候当我们看到贝恩的种种表现，甚至会产生出是在看一部滑稽小说的错觉来，而当我们掩卷细思，发现贝恩虽然满身不合时宜的呆气，却并不比他置身的社会更不正常，会不会恍然生出一点“小丑竟是我自己”的感悟呢？

8

这时便要说到贝娄小说的真了。贝娄的幽默之所以能打动人，在于它不是完美者对缺陷者居高临下的嘲讽，而是缺陷者的自嘲，这其中蕴含着真实与坦诚。批评家们早就提取出了索尔·贝娄知识分子主题系列小说的三个关键词：寻找、逃离和同化，在《更多的人死于心碎》中，我们于贝恩的身上最明显看到的便是逃离。他的逃离是落跑新郎的逃离，是硬回车式的逃离，是鸵鸟式的逃离，是世上最简单粗暴的逃离。在小说的结尾处，贝恩逃到了北极附近靠近新地岛的地方，贝娄的结尾句朴实而又冷厉——“就算是那里也还是不够远”。知识分子面对一个被欲望完全占据的社会是注定逃无可逃的。《更多的人死于心碎》就是一本知识分子在欲望社会中的挣扎实录，而贝娄在这部小说中借着对贝恩命运的描写为这种徒劳的挣扎画上了句号。而当我们把注意的目光从主题回到写作态度上来就会发现，令贝娄的小说好读的一个重要原因正是它的真实。这种真实我们也可以称为接地气（当然了，接的是知识分子阶层的地气）、沉浸式体验、自黑、把自己也搁进去。他毫不避讳地写出了知识分子精神皮袍下的小，而且根本无意去为他们粉饰，去为他们构想某种廉价的、虚幻的解决方式。如果你能体会到包含在这种真实当中的决绝与勇气，那么你读完这部文绉绉满是书袋的小说后甚至会觉得有点爽。

9

最后扯几句关于翻译的闲话。从翻第一本书到现在已经超过三十年了，岁月和经验带给我最大的改变就是虚荣心越来越淡。对原文理解得越多，下笔翻译时便越是谨慎，在译文的词汇和句式上便越来越采取无为的态度，而不会用自以为是的炫技来刷存在感。比如这部小说有个特点，那便是存在着大量以“我”开始的短句。一句接一句。一句一个句号。我全都照原样翻的。贝娄爷爷就是那样写的。得过诺奖的文坛大家该会有他自己的考虑，不至于会不懂得怎样合并简单句而需要我来代劳吧？若是因此而被人怀疑成是机翻，那我也没办法。更何况——人不知而不愠，不亦君子乎？

吴　刚
2022年2月于上海

索尔·贝娄诺贝尔文学奖获奖演说[1]

（1976年12月12日）

四十多年前，我是一个极为自相矛盾的本科生。我的习惯做法是注册一门课程，然后花大部分时间阅读另一学习门类的书籍。于是，应该花时间钻研“货币和银行”专业的我，却专注于阅读约瑟夫·康拉德的小说。我从来没有理由为此后悔。康拉德吸引我也许是因为他像个美国人——他曾是个背井离乡航行于异国海域的波兰人，说法语，但用英语写作，作品展现出非凡的美感和魅力。这对我，一个芝加哥移民区长大的移民的孩子来说，一个熟知马赛航线、当上英国海船船长的斯拉夫人，一个用东方风味的英语写作的人的吸引力当然是再自然不过的事了。但康拉德的真实生活并未在小说中表现出太多怪异之处。他的主题直截了当——忠诚、统帅、航海惯例、等级，以及遭遇台风袭击时水手们遵从的脆弱的守则。他信仰这些看似脆弱的规则的力量，也相信艺术的力量。他在

1 © The Nobel Foundation 1926，虞建华译。

《白水仙号上的黑家伙》序言中，对自己的艺术观作了简明扼要的陈述。他说，艺术是为赋予可见宇宙之最高正义所作的努力：试图在这个宇宙的物质和生活现实中，找到基本的、恒久的、本质的东西。康拉德说，作家们触及本质的方法与思想家和科学家们不同，后者通过系统的考查认知世界。而艺术家，首先只有他自己；他自我生成于孤独的领地，发现了“吁请的语言”。康拉德讲到他吁请的对象：“向着我们生命中先天赋予而非后天获得的成分，向着内在的愉悦和惊异的感觉能力……我们的同情心和痛苦感，向着潜在的与天下万灵为伍的情感——也向着微妙但不可战胜的对共同责任的信仰，这样的信仰将无以计数的孤独心灵聚合起来……让全人类联结成一体——死去的与活着的，活着的与未出生的。”

这一则热情洋溢的声明写于80年前，我们在接受之前可能需要对其略加修饰。我那一代读者熟知一长列华丽或高调的辞藻，那些被海明威等作家抛弃的诸如“不可战胜的信仰”或“全人类”之类。海明威替那些受到伍德罗·威尔逊和其他政客们巧言令色的宏大词汇激励而参加第一次世界大战的士兵们说话。他的语言必须与杂陈战壕的年轻结冰尸体形成呼应。海明威的青年读者相信，20世纪的恐怖以其致命的辐射已经伤害并杀死了人文主义的信仰。因此我告诉自己说，必须抵制康拉德式的修辞。但我从不认为他有任何过错。他直接向我诉说。感受个体总显得弱小——除了自己的弱小他无所感觉。但是如果他接受自己的弱小地位和分离状态，沉入自己的内心，强化这种孤独，他就能发现自己与其他所有孤独生灵的合一。

我觉得现在没有必要对康拉德的话提出质疑。但对有些作家而言，康拉德式的小说——所有那一类小说——都一去不复返了。寿终正寝。比如说，法国文学中有领军人物阿兰·罗布-格里耶，也是法语“choseisme”即“物本主义”的代言人。他写道，当代的伟大作品，如萨特的《恶心》，加缪的《局外人》或卡夫卡的《城堡》，其中都没有“人物”；你在这些书中看到的不是个人，而是个体。他说：“人物小说完全属于过去的时代。它描述了一个阶段：标志了个人的峰值。”这并不一定是一种进步，罗布-格里耶承认这一点。但这是真实现状。个人已被消灭。“当前阶段更是一种行政数字。对我们而言，这个世界天数已尽，代由某些家族的某些个人的起起落落而定义。”他进而说，在巴尔扎克的中产阶级时代，有个名字，有个“人物”十分重要；“人物”是生存竞争和成功的工具。在那个时期，“如果任何探索中个性既代表手段也代表目的，那么在这样的世界中有一张脸是必不可少的。”但他总结道，我们的世界更加谦卑。它不认可全能的个人。但它同时又更加雄心勃勃，“因为它看得更远。排他性的‘人类’崇拜让位于一种更广阔的意识，人类中心论逐渐被淡化。”不管怎样，他安慰我们说，新的进程和新发现的预示，已经出现在我们的面前。

在今天这样的场合我无意发起论战。我们都明白对“人物”的厌倦意味着什么。将人类型化已遭到质疑，令人厌烦。D. H. 劳伦斯在本世纪初就指出，我们，我们人类，被清教主义损坏了本能，在根本上互相排斥而不是互相关怀。“同情心已经破损，”他说。他进一步指出，“各自鼻孔里闻到的是对方的臭味。”另外在欧洲，几世纪以来经典的力量如此之强大，以至于每个国家都有各自“可辨认的个性”，来自莫里哀、拉辛、狄更斯或巴尔扎克。这是一个令人惊叹的现象。也许这与精妙的法国谚语有所关联：“个性凸显，事情难办。”这就让人产生联想，一个非独创的种族往往寻找便捷的资源，为其所用，就好像在旧城的废墟上建起新城。而且，心理分析概念的“人物”也同样，是一个丑陋死板的程式——是我们必须屈尊下从，而不是乐于拥抱的东西。威权主义意识形态也攻击中产阶级个人主义，有时将“人物”等同于财产。罗布-格里耶的论点中有同样的意味。对个性的排斥，污名标签，虚假的存在都有政治后果。

但在此我对艺术家的首要事项问题饶有兴趣。他应始于历史分析，持有观点或纳入系统，这样做有否必要，是否明智？普鲁斯特在《重现的时光》[1]中说道，青年知识分子读者中呈现越来越偏好道德和社会的严肃分析性作品的倾向。他说他们更喜欢贝戈特（《追忆似水年华》中的小说家）类的作家，在他们看来这样的作家更加深沉。“但是，”普鲁斯特说，“一旦艺术作品被理性检视，那么一切都不再稳固和确定，可以拿来证明任何想要证明的东西。”

罗布-格里耶的观点并不新颖。它告诉我们必须把中产阶级的人类中心主义从我们身上清除出去，做我们的先进文化所要求的时髦事情。人物？“五十年的疾病，严肃的论文作者已经多次签过死亡通知书，”罗布-格里耶说，“但是没有任何力量能把它从19世纪筑起的基座上推倒。现在它成了木乃伊，仍然安放在同样虚假奢华的宝座上，为传统文学批评尊崇的价值观所簇拥。”

罗布-格里耶那篇文章的标题是《几个陈旧观念的思考》。我本人已对所有种类的陈旧观念和木乃伊感到厌烦，但阅读杰作我永远乐此不疲。那么对他们书中的“人物”该怎么看待呢？是不是有必要中止对“人物”的探究？书本中如此生动的东西现在难道就一命呜呼了？是不是因为人类走进了死胡同？难道个性真的与历史和文化环境息息相关？我们能否接受被如此“权威地”描述的环境？依

1　原文为Time Regained，《追忆似水年华》的最后一卷。

我之见，这无关乎人类的基本利益，但问题存在于这些观念和描述中。僵死教条、闭锁不全的描述令人反感。要寻找问题的根源，我们必须首先检视自己的头脑。

“人物”的死亡通知由“最严肃的论文作者们签署”这一事实，只意味着另一群木乃伊——最受尊崇的知识界领袖们——设定了条规。让我感到好笑的是，这些严肃的论文作者被允许为文学作品签发死亡通知。艺术应该追随文化？一定是什么地方出了错。

如果创作规划需要，小说家就没有理由放弃“人物”。但从理论上划定以个人为最高核准的时代的终结，便是无稽之谈。我们不能把学界人士看作自己的老板。由他们操控艺术对他们亦无好处。难道他们阅读小说时，除了在其中发现对自己观点的认同外，其他一无所获？难道我们在此玩的是这样的游戏？

伊丽莎白·鲍恩曾说，人物不是作家创造的。他们是先在的，需要被发现。如果我们没能发现他们，如果我们无法对他们再现，问题在于我们。然而必须承认，发现“人物”绝非易事。人类的状况也许从未如此难以定义。那些告诉我们说我们仍然处在宇宙历史早期的人一定是正确的。我们被大量倾倒在一起，似乎经历着新意识层面的痛苦。在美国，成百万、上千万的人在近四十年中接受了“高等教育”——但很多情况忧喜难定。在六十年代多事之秋，我们第一次感受到前沿的教诲、概念、悟性以及无处不在的心理、教育和政治观念。

我们每年都能看到几十本著作和数十篇文章，其作者告诉美国人他们生活在一个怎样的国家，并对现状作出明智的，或幼稚的，或过激的，或骇人听闻的，或丧失理智的判断。所有这些书文都反映我们陷于其中的危机，同时告诉我们如何应对。这些分析家正是由他们试图开出药方医治的混乱所生成的。我是作为一名作家对他们的一切进行思考的：他们极端的道德敏锐性，他们追求完美的欲望，他们对社会缺陷疾恶如仇的态度，他们动人且滑稽的漫无边际的要求，他们的焦虑，他们的暴躁，他们的敏感，他们的慈悲，他们的善德，他们骚动，以及他们试验毒品、触摸理疗和炸弹时的那种鲁莽。前耶稣会神父玛拉基·马丁在他那本关于教会的书中，将现代美国人与米开朗琪罗的雕塑《囚徒》做了比较。他从一大块石料中看到了“一场为完美登场而进行的尚未结束的争斗”。美国“囚徒”在争斗中被“来自自封的先哲、教士、判官以及自身痛苦制造者的阐释、告诫、警示和自我描述所包围。”马丁说。

且允许我略花些时间更仔细地对这样的痛苦作一番探查。在个人生活中是失序或近似恐慌状态；在家庭——对丈夫、妻子、父母、孩子而言——是混乱；在公民行为，在个人忠诚，在性实践中（我不想背诵整条清单，我们已经听厌了）——是进一步的混乱。个人的失序伴随着公众的疯狂。我们在报纸上读到曾在科幻小说中逗人发笑的东西——《纽约时报》的文章谈美国和俄罗斯卫星太空战发射的死亡射线。在11月的《遭遇》杂志中，我的同事米尔顿·弗里德曼，一位清醒负责任的经济学家，宣称英国的公共支出很快将走上像智利这样穷国的道路。他为自己的预测感到吃惊。什么——始于《自由大宪章》崇高传统和民主权利的源泉将枯竭于独裁?“任何成长于这一传统的人作出英国正面临失去民主危险的预言都几乎是难以想象的，然而这又是事实！”

我们被这样的事实打趴在地，挣扎着生存。如果我同弗里德曼教授进行辩论，我可能会建议他把机构的抵制、英国和智利的文化差异以及民族个性和传统的差异诸多因素考虑在内，但是我的目的不是卷入一场我无法胜出的争论，而是将你们的注意力引向我们不得不与之共存的可怕预言、混乱无序的现实的根源和毁灭的想象。

你可能以为偶然在杂志某一期上见睹一篇此类文章不足为奇，但在《遭遇》的另一页上，休·西顿–沃森教授讨论了乔治·凯南对美国堕落及对世界的负面意义的近期调研。在描述美国的失败时，凯南谈到犯罪、城市衰败、毒品和色情泛滥、轻浮、教育标准下滑等，并得出结论，我们的巨大能量没起任何作用。我们无法领导世界，我们被罪孽所蛀蚀，很可能没有能力保卫自己。西顿–沃森教授写道，“如果最上层的十万男女，即决策者和帮助决策者形成思想的智囊人物，甘愿就范的话，那么这个社会就无药可救。”

资本主义超级大国就说这些。那么它的意识形态的对手情况如何？我翻动《遭遇》的书页到剑桥大学讲师乔治·沃森先生的一篇短文，关于左翼人士中的种族主义。他告诉我们，社会民主联盟创始人海因德曼把南非的战争称为犹太人战争；韦布斯时常发表种族主义的观点（在他之前还有拉斯金、卡莱尔和托马斯·亨利·赫胥黎）；他还提到恩格斯曾谴责东欧的小民族斯拉夫人，称他们为反革命种族垃圾；沃森先生在结论中引用了西德“红军纵队”的欧莱克·梅因霍夫1972年一次法庭听证会上的公开申明，表示认同“革命的灭杀”。在她看来，希特勒时代的德国反犹主义，基本上是反对资本主义。文章引述她的话说：“奥斯维辛意味着600万犹太人被杀并被扔进了欧洲的垃圾堆，正是因为他们是犹太敛财奴。”

我提及这些左派中的种族主义者，为的是说明没有光明的子孙或黑暗的子孙那种简单的二分法。善与恶不是沿着政治划分匀称地分配的。但我已陈述了我的观点，我们面临着所有的焦虑。一切都每况愈下，这是我们的日常担忧。在私人生活中我们心神不定，在公共问题上我们备受折磨。

至于艺术与文学——它们情况如何？四周一片狂暴喧嚣，但我们并未完全被冲昏头脑。我们仍然能够思考，能够区分，能够感受。更纯洁、更微妙、更崇高的活动没有屈从于愤怒和胡言。暂且没有。书仍然有人写，有人读。为快速流变的现代读者的头脑提供阅读可能更加困难，但仍然有可能冲破噪音抵达宁静之地。在那片宁静之地，我们也许会发现他正在虔诚地等候着我们。当复杂性增加，寻求本质的欲望也随之增加。始于第一次世界大战的无休无止的危机塑造了一种人，他经历了可怕、怪异的事情，明显减少了偏见，抛弃了令人失望的观念，增长了与各种类型的疯狂共处的能力，抱有追逐持久的人类之善的强烈愿望——比如真理，或自由，或智慧。我并不认为自己夸夸其谈，这方面有许多例证。分崩离析？好吧，是的，有不少分崩离析的现象，但是我们也在经历着一种非同一般的精炼过程。这个过程已经持续了很长时间。阅读普鲁斯特的《重现的时光》，我发现他明显意识到这一点。他描写伟大战争时期法国社会的小说，验证了他艺术的力量。他坚持认为，没有艺术直面个人和集体的恐怖，我们就无法了解我们自己和其他任何人。唯有艺术能冲破荣耀、激情、理智和习惯在四面竖起的貌似世界现实的高墙。还有另一个现实，更加真实但我们视而不见的现实。这个另外的现实不断向我们发送暗示，没有艺术我们就无法接收。普鲁斯特将这些暗示称为我们“真实印象”。若无艺术，这个真实印象，即我们延绵不绝的直觉感受，将隐秘难见，结果是，我们只剩“现实目的之类的词汇，却误以为它是生活”。托尔斯泰对此的阐述几乎如出一辙。他的《伊凡·伊里奇之死》也描述了同类的遮蔽生与死的“现实目的”。在最后的苦难中，伊凡·伊里奇通过撕开遮蔽，看穿“现实目的”而变成了一个真正的人，一个“人物”。

普鲁斯特仍能够在艺术与毁灭之间找到平衡，坚持认为艺术是生活所必需，是一个独立的伟大现实，是一种神奇的力量。但很长一段时间里，艺术不像过去那样与主要生活领域紧密相连。史学家埃德加·温德在《艺术与混乱》一书中告诉我们，很久以前黑格尔就已观察到艺术不再处于人类的中心考量之内。这些中心考量现为科学所占据——一种“无情的理性追问精神”。艺术让位到了边缘，在那里开辟了“一个博大、壮美、多彩的天地”。在科学时代，人们仍然绘画作诗，但是黑格尔说，不管上帝看到现代艺术作品有多精彩，也不管我们“在圣父和圣母玛利亚的形象中”发现何种尊严和完美，这些全无用处：我们不再屈膝于天神，我们久已不再虔诚地跪服在上帝面前。创造力、大胆的探索和新的发明取代了“直接关联”的艺术。根据黑格尔的观点，纯艺术最伟大的成就是摆脱了先前的责任性，不再是“严肃”的东西，而是“以形式的从容”让灵魂从“陷入现实牢笼的痛苦”中得到升华。我不知道今天还有谁还能发出这样的声音，宣称艺术可以让“陷入现实牢笼痛苦”的灵魂得到升华。我也难以确定，此刻纯科学的理性探究精神占据着人的中心考量。这个中心（也许是暂时的）似乎被我所描述的危机占领着。

19世纪的欧洲作家中有许多不甘放弃文学与主要人类活动之间的关联。这种想法会让托尔斯泰和陀思妥耶夫斯基感到震惊。但在西方，伟大的艺术与广大民众渐行渐远，形成了对普通读者和中产阶级的明显蔑视。他们中的精英看清了欧洲产生的是何种文明：炫丽但动荡而脆弱，面临被大灾难吞噬。这是历史学家埃里克·奥尔巴克告诉我们的。他说，这些作家中有些创作了“奇怪但朦胧中让人感到害怕的作品，或以悖论的和极端的观点让公众震惊。或是出于对公众的不屑，或出于他们自己小圈子的灵感，或存在致使其无法简单而真实地书写的某些不幸缺陷，他们中的许多人不在乎所写的作品是否便于读者的理解。”

在20世纪，他们的作品仍然产生着主要影响，因为尽管展示了激进和创新，我们的同代人其实仍然十分保守。他们跟随着19世纪的引领，维持着昔日的标准，以一种与上世纪大同小异的方法阐释历史和社会。如果他们感觉到文学可能再一次卷入“中心考量”之中，如果他们认识到存在着一种从边缘返回的渴望——回归简单真实的强烈愿望已经呈现，他们今天会怎么做?

当然我们无法仅仅因为想要回归中心而能够回归，但是人们需要作家，这点对我们具有重要性，而且危机的力量如此之大，呼唤着我们重返中心。开药方必将无济于事。没有人能告诉作家该做什么。想象力必须找到自己的路径。但我们可以热切地期望，他们——我们——可以从边缘返回中心。我们作家无法充分地代表人类。美国人如何看待他们自己，心理学家、社会学家、历史学家、新闻记者，还有作家又如何描述他们？在一种契约精神的光照之下，他们看到的是再熟悉不过的自身行为。这种在罗布-格里耶和我看来如此乏味的契约精神光照之下的形象，产生于当代世界观：我们把消费者、公务员、足球迷、情侣、看电视人写进书中。契约精神光照之下他们的生存徒具形骸。还有另一种人生，来自持续的自我意识，拒绝那种光照塑型的虚假生活——即为我们定制的活着的死亡。它是虚假的，我们心知肚明，我们从未放弃对它进行支离破碎的秘密抵制，因为那种抵制产生于持续的直觉感受。也许人类无法承受太多现实，但也无法容忍太多的非现实，太多对真实的滥用。

我们没把自己想象得太好；我们没有足够思考我们是什么。我们的集体成就已经如此大步地“超越”了我们，以至于我们指向那些成就为自己开脱。我们普通人乘坐喷气式飞机四小时内可以横跨大西洋，这就充分代表了我们所能申言的价值。然后我们又听说，现在是西方花园的关门时刻，我们的资本主义文明行将就木。几年前西里尔·康诺利写道，我们将要经历“完全的蜕变，不单单被定义为资本主义系统的崩溃，而是一种马克思或西格蒙德·弗洛伊德未能预见的关于现实本质的大潮变”。这意味着我们内缩还不够，必须准备继续缩小。我不敢确定这应该被称为理智的分析，还是知识分子作的分析。灾难就是灾难。把它们称作成功，就如某些政客所为，实在愚不可及。但我提请大家注意这样的事实：知识分子群体中有很大一批抱有越来越受人尊重的态度——关于社会、人性、阶级、政治和性的观念，关于思想和物质宇宙以及生命演化的认识。甚至在最优秀的作家群体中，很少有人花精力去重新审视这些态度或正统观念。这样的态度在乔伊斯或D. H. 劳伦斯笔下要比一般作家的书中更为强烈地闪现。它们比比皆是，但很少有人提出严肃的回应。自二十年代以来，有多少小说家回看过D. H. 劳伦斯，或者对性活力、对工业文明、对本能产生的影响提出过不同的观点？在接近一个世纪的时间里，文学固守着老一套的理念、神话和策略。可以看看罗布-格里耶所说的“近五十年最严肃的论文作者”。是的，确实如此。论文接论文，著作接著作，对最严肃的思想作出确认——波德莱尔的，尼采的，马克思的，心理分析的，等等——产出于这些最严肃的论文作者。罗布-格里耶关于“人物”的见解，也可以用于这些观念，维持大众社会的日常，包括非人性化及其他。对此我们已神倦心疲。他们对我们的呈现画虎类犬，对我们的塑造并不比古生物博物馆重建的爬行动物或其他巨兽更像我们。我们远远柔软得多，更加多才多艺，更加能说会道。我们更加丰富，我们都这么感觉。

那么，是什么占据着当代生活的中心呢？在此刻，不是艺术也不是科学，而是人类在混乱和迷蒙中的决定：是忍受还是沉沦。整个物种——每一个人——都必须行动起来。在这样的时刻，我们都必须轻装上阵，卸下重负，包括教育的累赘和所有机构化的陈词滥调，作出自己的判断，干自己要干的事。康拉德所言极是，要唤醒我们心灵中天赐的成分。我们必须在许多系统的残骸底下进行搜索。系统的失败可以带出有益的、必要的变化，使心灵能够从程式化中，从一个过分限定并误导的意识中得以释放。我越来越经常将得体的观念弃之一边。长期以来我认可——或者说我以为我认可——这些观念，试图借以辨别哪些是我生活的原则，哪些是别人的。对于黑格尔所说的艺术不受“严肃性”限制，在边缘闪光，以形式的从容让灵魂在陷入现实牢笼的痛苦中升华之类，在这场生存斗争中现已不合时宜。然而，这不是说卷入生存斗争的人们只有初步的人性而没有文化，完全不懂艺术。我们的堕落和我们的残暴显示，我们的思想和文化是多么的丰富。我们知道多少。我们感觉到多少。让我们惊厥的斗争迫使我们简化、反思，消除那些阻扰作家——以及读者——达到既简又真的不幸弱点。

作家们受到了很大的尊重。知识界对他们报以极大的耐心，继续阅读他们的作品，忍受着一个接一个的失望，等待着从艺术中听到神学、哲学、社会理论以及纯科学中听不到的声音。从中心的斗争中，传出一个巨大、痛苦的渴望，希望能获得更广博、更柔韧、更丰富、更连贯、更明晰的描述：我们是什么，我们是谁，我们为何而生存。在中心，人类为了自由与集体权力进行斗争，个人为灵魂的归属与非人性作斗争。如果作家不能再一次进入中心，那不是因为中心已被占领。绝对不是。如果他们希望进入的话，随时可以自由踏入。

我们所处环境的本质——其复杂性、混乱和痛苦，是以掠影闪现的形式让我们瞥见的，是以普鲁斯特和托尔斯泰所感觉的“真实印象”传递的。这种本质时而显现，时而又将自己隐藏起来。它退离时，我们又一次陷入疑惑。但我们似乎从未与发出短暂信息的深邃之处断绝联系。我们真正的强悍感，似乎来自宇宙本身的我们的力量，同样时隐时现。对此我们避而不谈，因为我们无从证明，因为我们的语言难胜其任，还因为很少有人甘冒发表此论的风险。他们不得不说“有一种精神”，而那是禁忌。因此，几乎所有人都保持沉默，尽管几乎所有人心里都有这样的意识。

文学的价值在于这些断断续续出现的“真实印象”。小说在物质、行为、现象组成的世界和另一个世界之间来回穿梭，后者产生“真实印象”，感动我们并让我们相信，尽管面对着恶，我们依然紧紧攀附的善却并非幻觉。

年复一年创作小说的人，无一不意识到善的存在。小说难比史诗，亦仰望诗剧的丰碑。但那是我们的最佳选择。它是当代的一舍棚屋，一个遮风挡雨的精神庇护所。一部小说在少量真实印象和构成我们称之为生活主体部分的众多虚假印象之间谋求平衡。它告诉我们，每一个人都有各种不同的存在；单一的存在本身也部分是幻觉；而多重的存在表述着某些东西，偏重于某些东西，又将某些东西付诸实现，提供企及意义、和谐甚至正义的希望。康拉德说得有理，艺术试图在这个宇宙的物质和生活现实中，找到基本的、恒久的、本质的东西。